Eigil Tvibur ist auf den Färöern aufgewachsen, in einem Holzhäuschen am eisblauen Fjord, inmitten von Fischern und Walfängern. Schon seine Vorfahren haben hier gelebt – doch wie diese ist er immer ein Außenseiter geblieben. Liegt es daran, dass er vor dreißig Jahren einen unverzeihlichen Fehler begangen hat? Oder liegt der Grund in den Wurzeln seiner Familiengeschichte? Eigil beginnt nachzuforschen …

JÓANES NIELSEN wurde 1953 in Tórshavn, der Hauptstadt der Färöer, geboren. Nach der Schule arbeitete er zunächst als Seemann. Erst danach entdeckte er das Schreiben.
Die Erinnerungen ist Nielsens vierter Roman. Neben einer Kurzgeschichtensammlung hat er neun Gedichtbände und drei Theaterstücke veröffentlicht. Zweimal wurde er bereits mit dem Literaturpreis der Färöer ausgezeichnet. 2002 bekam er den Nordischen Dramatikerpreis. Jóanes Nielsen ist verheiratet und hat zwei Töchter.

Jóanes Nielsen

Die Erinnerungen

Roman

*Aus dem Dänischen
von Ulrich Sonnenberg*

btb

Die färöische Originalausgabe erschien 2011 unter dem Titel
»Brahmadellarnir« bei Mentunargrunnur Studentafelagsins.
Übersetzt wurde von der dänischen Ausgabe, erschienen 2012
unter dem Titel »Brahmadellerne« bei Forlaget Torgard,
Hedehusene.

Dieses Buch ist auch als E-Book erhältlich.

Verlagsgruppe Random House FSC® N001967

1. Auflage
Genehmigte Taschenbuchausgabe September 2019
Copyright © 2011 by Jóanes Nielsen
Copyright der deutschsprachigen Ausgabe 2016 by btb Verlag
in der Verlagsgruppe Random House GmbH,
Neumarkter Str. 28, 81673 München
Covergestaltung: semper smile, München
Covermotiv: © Getty Images/Andre Schoenherr
Druck und Einband: GGP Media GmbH, Pößneck
mb · Herstellung: sc
Printed in Germany
ISBN 978-3-442-71833-7

www.btb-verlag.de
www.facebook.com/btbverlag

Geh an einem schönen Wintermorgen aus, drei Stunden,
bevor es hell wird, während die Stadt schläft
und alles Tagewerk noch ruht, und gehe feierlich
durch unsere alte Stadt – dann wirst du erleben,
dass die Erinnerungen ihre heimliche Sprache sprechen.

MAURENTIUS VIDSTEIN

Inhalt

DRITTER TEIL

VIERTER TEIL

ERSTER TEIL

Der 185. Geburtstag

Eigil Tvibur schloss die Friedhofspforte hinter sich, und wie so oft, wenn er in den Schatten der großen Ahornbäume trat, kam sein Geist zur Ruhe. Diese Bäume gehörten zu den ältesten Lebewesen der Stadt, und dank ihres Alters und ihrer Schönheit genossen sie allergrößten Respekt. Als die Gemeinde Anfang der sechziger Jahre an der Dr. Jakobsensgøta Abwasserrohre verlegt und in Bürgersteige investiert hatte, musste die steinerne Einfriedung an der Südseite ein Stück versetzt werden. Zwei Bäume standen seitdem vor der Mauer, und um diese Bäume zu schützen, hatte man die Stämme mit einem hübschen Eisengitter versehen.

Die Tannen auf dem Friedhof waren ebenfalls eine Freude fürs Auge. Vor gut hundert Jahren hatte Gerd, die mit dem Unternehmer Obram aus Oyndarjørdur verheiratet war, einige Setzlinge auf die Färöer mitgebracht. Sie hatte ihre Familie in Bergen besucht, und während der ganzen Rückreise den Zuber an Deck des Schiffes festbinden müssen. Vielleicht hatte sich damals schon, als sie dem Sturm und Meer trotzten, etwas Heiteres und Stolzes in den Seelen der Bäume festgesetzt. Zumindest hatte Eigil das Gefühl, dass die Bäume eines schönen Tages ein Lied anstimmen würden, die norwegische Nationalhymne: *Ja, wir lieben dieses Land…*

Die Ebereschen waren klapperdürr, sie gediehen am besten im westlichen Teil des Friedhofs. Auch außerhalb des Friedhofsgeländes hatte man einige gepflanzt. Tatsächlich waren in der Zeit unmittelbar vor dem Ersten Weltkrieg in diesem Teil von Tórshavn die merkwürdigsten Anpflanzungen ausprobiert worden. Die Bäume waren rasch zu Kräften gekommen, und die hübschen Kronen mit ihren auffälligen hellgrünen Blättern hatten bald vier Generationen von Einwohnern der Weststadt erfreut – und selbstverständlich auch eine Unzahl von Staren und Spatzen, die in all diesen Jahren in den Zweigen gepfiffen oder gezwitschert hatten. Nun wuchsen die Bäume nicht mehr, man sah es am deutlichsten an den obersten Ästen, die keine Blätter und Borke mehr hatten und leicht abbrachen. Hellgrüne und rötliche Moosteppiche zogen sich die Stämme hoch, und wenn die Sonne schien, fielen goldene Lichtströme durch die schütteren Wipfel. Tatsächlich glichen die Bäume allmählich den Menschen, über die sie wachten. Und warum auch nicht? Längst hatten die Wurzeln das, was von den Verstorbenen in der Erde übrig geblieben war, in sich aufgesogen.

Der Kies knirschte unter den Stiefelsohlen, und wie immer, wenn Eigil zu den Gräbern der namenlosen Kinder kam, hielt er inne. Er wusste nichts über deren Geschichte. Vermutlich waren es Totgeburten, oder sie waren als Babys am plötzlichen Kindstod gestorben. Die Gräber waren so groß wie die Zinkwannen, in denen die Frauen früher Wäsche gewaschen hatten. Nur hatten sie keine Böden. Es stand auch kein Kreuz am Kopfende. Im Juni und Juli wuchsen darauf Butterblumen und Knabenkraut, und es sah dann so aus, als wehten gelbe und rotblaue Sommerfahnen auf den dünnen Pflanzenstielen.

Eigil ging zum Grab des ehemaligen Landeschirurgen Napoleon Nolsøe. Sein Widerwille gegen diesen Mann war so gewaltig gewesen, dass er 1980 in der Silvesternacht dessen Grab geschändet hatte. Er war der Überzeugung, dass es sich bei Napoleon Nolsøe um die Inkarnation eines durchtriebenen färöischen Nationalisten gehandelt hatte. Vor allem ihm war es zu verdanken, dass sich nationalistische Strömungen wie eine Epidemie ausgebreitet hatten.

Hätte er die Grabschändung bloß verschwiegen, dann wäre auch nichts geschehen.

Aber als Eigil sich im Dezember 1992 erneut als Stadtrat in Tórshavn aufstellen ließ, berichtete die Tageszeitung *Sosialurin* über sein Vergehen. Er, der er die Selbstverwaltungspartei vier Jahre im Stadtrat vertreten hatte, wurde als Grabpisser bloßgestellt. Das Blatt schrieb, er habe ganz bewusst die letzte Ruhestätte eines Ehrenmannes geschändet und sei nicht viel besser als die Neonazis und Antisemiten, die die Grabsteine von Juden beschmierten. Ja schlimmer noch: Während die Farbe der Antisemiten aus einer Dose kam, hatte die Sache mit dem Urin etwas weitaus Persönlicheres.

Wenn nur die Wandlampe im Flur eingeschaltet war und Eigil mit dem Spiegel sprach, der vom Boden bis zur Decke reichte, hatte er sich bisweilen damit verteidigt, dass der Gelehrte Ole Jacobsen ihn überhaupt auf den Gedanken gebracht hatte. In Band 6 der Schriftenreihe *Von den Färöern – Úr Føroyum*, die 1971 von der Dänisch-Färöischen Gesellschaft herausgegeben und von ebenjenem Ole Jacobsen verfasst worden war, war es diesem gelungen, die Leser – zumindest Eigil Tvibur – davon zu überzeugen, dass Napoleon Nolsøe 1846 als Arzt den hippokratischen Eid gebrochen hatte. Und eine derartige Anklage war nicht nur hart, sie war schwerwiegend genug, den Nachruhm des Mannes zu ruinieren.

1846 hatten auf den Färöern die Masern gewütet, und allein in Tórshavn waren ungefähr fünfzig der achthundert Einwohner gestorben. Doktor Napoleon, der damals eine eigene Praxis in Nólsoyarstova hatte, wurde vom Amtmann Pløyen gebeten, sich auf die Insel Suduroy zu begeben, um den Notleidenden zu helfen. Er sollte fünfzig Reichstaler Lohn im Monat bekommen. Und doch weigerte Nolsøe sich, die Reise anzutreten.

Einige Jahre, nachdem Eigil Ole Jacobsens Artikel gelesen hatte, erschien das Buch *Literaturgeschichte I* von Árni Dahl. Es war nicht zu übersehen, dass Árni Dahl den Arzt sehr schätzte. Auf Seite 75 des Buches hatte er eine große Fotografie des Mannes drucken lassen, unter dem Bild fand sich eine kurze Biographie, dazu lieferte Dahl einige Kostproben, die der Candidatus med. & chir. N. Nolsøe auf Färöisch verfasst hatte.

Eigils Wut war entfacht. Schon immer hatte er jene Nationalisten verabscheut, die behaupteten, die heimatliche Dichtung zu lieben, sich aber für die Einwohner des Landes nicht interessierten. Regin Dahl hatte sogar in einem Gedicht geschrieben: *Ich liebe das Land und hasse das Volk.* Vielleicht war es auch umgekehrt. Jedenfalls konnte Eigil solche Worthülsen nicht ausstehen. Aber genau so wurde Napoleon Nolsøe in Ole Jacobsens Abhandlung beschrieben. Er liebte die färöischen Lieder und Weisen, doch seine sterbenden Landsleute interessierten ihn 1846 nicht.

Wäre es nach Eigil gegangen, hätte ein Mann wie Napoleon Nolsøe gar nicht erst in die Literaturgeschichte aufgenommen werden dürfen. Er hatte dort nichts zu suchen. Nicht weil Eigil dagegen war, schreibenden Schurken einen Platz in der Geschichte oder in Nachschlagewerken einzuräumen oder sogar Straßen und Schiffe nach ihnen zu benennen. Ganz und gar nicht. Einer seiner großen Helden war der Nazi-Anhänger Knut Hamsun, und ohne Autoren wie den Marquis de Sade, Céline und Jean Genet hätten der französischen Literatur einige bissige Stimmen gefehlt.

Doch Doktor Napoleon war kein Genet, und noch weniger hatte er sich durch irgendwelche literarische Großtaten ausgezeichnet. Vielleicht hatte er seinen Teil zur Entwicklung der färöischen Rechtschreibregeln beigetragen, mehr aber auch nicht. Der Mann hatte eine Menge Lieder zu Papier gebracht, allerdings nicht eins davon selbst gedichtet; die Texte, die er niederschrieb, waren bereits von anderen gesammelt und aufgezeichnet worden. Er hatte Abschriften angefertigt, das war seine große Leistung, und die Literaturgeschichte mit Abschreibern zu füllen, war so unpassend wie lächerlich.

Bei einem Treffen des Schriftstellerverbandes hatte Eigil verkündet, die in Dahls Literaturgeschichte aufgenommenen Namen wären ebenso zufällig ausgewählt wie die Namen, die auf der Mitgliederliste des Verbands standen. Einer war mit dabei, weil er vor einem Vierteljahrhundert zwei, drei absolut unbedeutende Kinderbücher übersetzt hatte. Ein anderer hatte an einem Kurzgeschichtenwettbewerb teilgenommen, den wohlmeinende Pädagogen vor ebenso vielen Jahren initiiert hatten und dessen Resultat vollkommen sentimentaler Mist gewesen war. Und ein dritter hatte vermutlich die Festschrift für einen alkoholisierten Schlafwandler der Akademie redigiert. So verhielt es sich mit den meisten Mitgliedern des Verbandes. Die wenigen Autoren, die es wirklich verdienten, in diesen Kreis aufgenommen zu werden, wurden in den Medien als Kulturmafia bezeichnet.

Sollte ein anderer Árni Dahl in fünfzig Jahren eine neue Literaturgeschichte schreiben wollen, bestand die Gefahr, dass er in der Mitgliederliste des Schriftstellerverbandes nach passenden Beispielen suchen würde. Leute, die bestimmt gut mit Kopiergeräten umgehen konnten, würden dann als bedeutende färöische Kulturträger angeführt.

Eigil hatte nur einen einzigen Grund gesehen, warum Doktor Napoleon einen Platz unter den färöischen Göttern und Halbgöttern zugeteilt bekommen hatte. Er hatte das richtige DNA-Profil. Der Arzt war der Sohn des alten Handelsverwalters Jákup Nolsøe gewesen und damit der Neffe des Dichters und Nationalhelden Nólsoyar-Páll. Einzig und allein aus diesem Grund hatte Árni Dahl ihn durch die Hintertür in seine Literaturgeschichte geschmuggelt.

Als Eigil das Grab des Arztes erreichte, stellte er seine Tasche ab. Man schrieb den 26. November, bis zu diesem Tag waren exakt einhundertfünfundachtzig Jahre seit Napoleon Nolsøes Geburt vergangen. Eigil legte die Hände auf den Stein und beglückwünschte Napoleon zu dem Tag, und wie schon so oft, bat er ihn um Vergebung, dass er seine Gebeine besudelt hatte.

Auf der anderen Seite des Friedhofwegs stand ein Beton-waschbecken mit einem Wasserhahn. Er füllte ein bisschen Wasser in eine Schale, schraubte den Deckel von einem Kanister mit Steinreiniger und goss die ätzende Flüssigkeit dazu. Er bemerkte nicht sofort, dass er sich den Ärmel seines Mantels bespritzt hatte, und als er den Fleck schließlich sah, interessierte es ihn nicht sonderlich. Tatsächlich passte der Fleck zu seinem Aussehen. Eigil hatte sich mehrere Tage nicht gewaschen oder rasiert. Seine flinken braunen Augen versuchten, den Ursprung des geringsten Geräuschs zu finden, sei es das Rascheln eines fallenden Blattes oder ein Vogel, der plötzlich anfing zu singen. Im Verhältnis zu seinem Körper war Eigils Kopf auffallend klein, denn er war ziemlich groß, und in dem schmutzigen Mantel sah er noch kräftiger aus.

Er hatte vor, den ganzen Stein abzuwaschen und das Moos und die Flechten abzukratzen, allerdings würde der Stein dann hässlicher aussehen. Ja sicher, die Patina würde verschwin-den. Er kniete vor dem Grabstein und begann, mit einem klei-nen Schraubenzieher die eingemeißelten Buchstaben von dem Schmutz zu reinigen, der sich darin festgesetzt hatte. Es gab einhundertachtundsechzig Buchstaben. Aber Eigil hatte viel Zeit, und als er sie gesäubert hatte, nahm er einen Pinsel aus der Tasche und fing an, jeden einzelnen Buchstaben noch ein-mal mit Steinreiniger zu behandeln.

Als würde man eine Leiche waschen, dachte Eigil und musste kichern. Genau, eine saubere Leiche. Wie ein Skelett, das von trockener Haut beschützt wird, oder wie T.S. Eliot über die flüsternden Stimmen dichtete:

Leis und sinnlos
Wispern sie miteinander
Wie Wind im trockenen Gras
Oder Rattenfüße über den Scherben
In unserm trockenen Keller.

Ruhig, Eigil, ruhig, sagte er zu sich selbst.

Ein Rosenzweig zog sich über die ganze Marmorplatte. Er war aus dem grauen Stein fein herausgearbeitet, und an den konkaven Blättern wuchs etwas weiches Moos.

Mit einem Lächeln fragte sich Eigil, ob es Napoleon Nolsøe gefallen hätte, dass ein Ururenkel von Nils Tvibur die Buchstaben mit Silberbronze nachzog.

Eigil und Karin hatten verabredet, am Grab einen Geburtstagsschluck zu nehmen, in seiner Tasche hatte er eine Flasche Chablis und zwei Gläser. Er entkorkte die Flasche, zündete sich eine Zigarette an und betrachtete die frisch nachgezogenen Buchstaben:

HIER WURDE AM 3. MÄRZ 1878
DER PENSIONIERTE LANDESCHIRURG
NAPOLEON NOLSØE
BEERDIGT
DIESER STEIN WURDE GESTIFTET VON
SEINEN FREUNDEN ZUR ERINNERUNG
DARAN, WAS ER DEN MENSCHEN
SEINER ZEIT GEWESEN WAR

Karin erschien nicht. Sie hatten sich für vier Uhr verabredet gehabt, jetzt war es fast halb sechs.

Er pustete ein paar Tabakkrümel von seinen Lippen, er war nicht einmal in der Lage zu rauchen, aber es beruhigte ihn, eine Zigarette zwischen den Fingern zu haben.

Verdammt, könnte er sie verletzt haben?

Dusty Springfields Song *You don't have to say you love me* ging ihm durch den Kopf. In der glückseligen Woche, in der sie zusammen gewesen waren, hatte er ihn wieder und wieder gespielt.

Plötzlich ging Eigil der Gedanke durch den Kopf, dass es möglicherweise überhaupt keine Verabredung gab, vielleicht hatte er es sich nur eingebildet. Eigentlich wollte er sie in das neu eröffnete Restaurant in der Nólsoyarstova einladen. Es war Napoleon Nolsøes Elternhaus gewesen. Später hatte der Doktor dort seine Praxis eröffnet, und als er 1874 Henriette Løbner heiratete, war sie ebenfalls dort eingezogen.

Der Rahmen für ein gemütliches Essen konnte nicht besser sein.

Hatten die Teufel der Selbstverwaltungspartei den Plan vereitelt?

Irgendetwas stimmte hier nicht.

Eigil spürte, wie seine Hand zitterte, als er sich ein weiteres Glas eingoss, doch als er zur Friedhofspforte schaute, ließ er das Glas fallen.

Dort stand seine Mutter. Der Gesichtsausdruck des Menschen, der ihm auf der ganzen Welt am nächsten stand, war ausgesprochen besorgt, ihre Hände hatte sie fest verschränkt, als hätte sie Angst, sie zu verlieren. Und neben ihr standen zwei Polizeibeamte.

Die Apfelsine

Der Passagier sprang aus dem Beiboot. Wie ein Segel flatterte sein Mantel um ihn, und als er mit hochgereckten Armen in der Luft hing, ähnelte er wahrhaftig einem Vogel.

Obwohl dieser Anblick weder ungewöhnlich noch lächerlich war, hielt Tóvó sich die Hand vor den Mund. Er musste sich auf die Finger beißen, um nicht in ein unkontrolliertes Lachen auszubrechen. An Bord des Beiboots standen drei Reisekisten, die Medikamente und auch einige Instrumente für kleinere Operationen enthielten: Skalpelle, Scheren, Amputationssägen und sehr viel Gaze. Außerdem Spiritus, Kampfer, Laxantia, Chinin, Opiumtropfen und Quecksilbersalbe.

Weiter draußen lag der Dreimastschoner *Havfruen* auf Reede. Seit Kopenhagen hatten sie guten Wind gehabt. Den ersten Tag mussten sie kreuzen, doch nachdem sie den Skagerrak hinter sich gelassen hatten, kam der Wind aus Süden und Südosten. Sieben Tage waren sie unter vollen Segeln gefahren und hatten gegen Mitternacht die Anker auf der Reede von Tórshavn geworfen.

Die Kisten wurden gelöscht, und der Passagier wandte sich an Tóvó. Da verschwand die Heiterkeit aus den Augen des Jungen, der so leicht zum Lachen zu bringen gewesen war, und er war plötzlich wieder das sechs Jahre alte Kind, das aus reiner Neugierde nach Vippen zum Anleger gekommen war. Der Passagier hatte freundliche, aber forschende Augen. Er holte eine Apfelsine aus der Manteltasche und gab dem Jungen dieses sonderbare rötlich gelbe Ding. Tóvó sprach kein Dänisch, doch so viel verstand er, dass es sich bei einer Apfelsine um etwas Gutes handelte, das essbar war.

Manicus und Panum

Vor zwei Wochen erst hatten die dänischen Hauptstadtzeitungen über die heftige Masernepidemie berichtet, von der die Färöer heimgesucht wurden. Der erste Artikel war am 17. Juni 1846 in *Fædrelandet* erschienen, und obwohl kein Name darunter stand, vermutete man, dass ihn Doktor Napoleon verfasst hatte – zumindest aber hatte er ihn angeregt, und Niels C. Winther, den seine Freunde Doffa nannten, hatte ihn dann zu Papier gebracht. Die *Berlingske Tidende* druckte den Artikel nach, und der Inhalt wurde als dermaßen alarmierend angesehen, dass die Rentkammer sofort die Initiative ergriff, um ärztliche Hilfe auf die Färöer zu entsenden. Zwei Ärzte wurden gebeten, sich dieser Aufgabe anzunehmen.

Einer war der 26-jährige August Manicus. Sein Vater, Claus Manicus, hatte in den Jahren 1820 bis 1828 als Landeschirurg auf den Färöern gearbeitet, der Sohn hatte in Tórshavn seine Kinderjahre verbracht. Zu seinen Spielkameraden hatten damals Vencil Hammershaimb und Doffa gehört.

Der andere Arzt war der Mann mit der Apfelsine, besser bekannt als Peter Ludvig Panum.

Fünf Monate reisten die beiden auf den Inseln umher und versorgten die Bevölkerung mit medizinischer Hilfe. Außerdem studierte Panum gründlich die dortigen Lebensverhältnisse. Er untersuchte, wie die Menschen wohnten, und beschäftigte sich mit Fragen der Hygiene und der Ernährung. Die scheinbar unwesentlichsten Details notierte er. Er schrieb über ihre Kleidung und wie das Wetter den allgemeinen Gesundheitszustand des Körpers und der Seele beeinflusste.

Das Resultat seiner Untersuchungen wurde im Frühjahr 1847 in der *Bibliothek für Ärzte* veröffentlicht.

Allerdings wusste vor dem 17. Juni 1846 niemand, auch Panum nicht, dass diese Abhandlung zu einem der großen Durchbrüche in der modernen Epidemiologie werden sollte.

Ebenso wie Panum schrieb auch Manicus über seinen Aufenthalt auf den Färöern, und obwohl sein Bericht, der in der *Wochenschrift für Ärzte* zu lesen war, nicht so umfassend war wie die Abhandlung seines Kollegen, erkannte er klar, dass die Erkrankung in Zusammenhang mit den sozialen Verhältnissen stand. Manicus schreibt: *Die Insel Sumbø war eine der Gegenden, in denen die Epidemie die meisten Opfer forderte. Die Armut ihrer Bewohner, zugige Unterkünfte und der Umstand, dass große Teile der Bevölkerung nicht genug zu essen hatten und keinerlei ärztliche Hilfe in Anspruch nehmen konnten, ist eine Erklärung dafür.*

Manicus sagt geradeheraus, dass die Krankheit *die dänischen Familien nahezu verschonte und auch bei den wohlhabenden Einheimischen äußerst harmlos verlief.*

In einer Fußnote ihrer Dissertation *Kenntnis und Macht* aus dem Jahr 2006 schreibt Beinta í Jákupsstovu: *Mitte des 19. Jahrhunderts war eine Zeit starker ideologischer Strömungen. Manicus könnte mit politischen Ideen sympathisiert haben, die die Verschärfung sozialer Gegensätze anprangerten, oder auch mit dem färöischen Nationalismus.*

Allerdings räumt sie ein, dass sich keinerlei Quellen finden, die diese Annahme bestätigten.

Mogul

Mogul legte den Kopf in Tóvós Schoß. Er gähnte herzhaft, und als der Junge begann, ihm verklebte Sandkörner aus den braunen Augen zu pulen, leistete er keinen Widerstand, er schluckte sogar die kleine Kugel, die der Junge zwischen den Fingern rollte und ihm auf die lange Zunge legte.

Vermutlich ahnte er, dass Tóvó es war, der ihn am Leben erhielt. Er ging in sein zwölftes Jahr, und wie es bei alten Hunden manchmal vorkommt, schnappte er hin und wieder nach Leuten. Er schnappte auch nach Haustieren, und eines Tages, als er eines von Frau Løbners Hühnern totgebissen hatte, sagte Martimann, nun seien die Tage des Hundes gezählt.

Tóvó wusste nicht genau, was »gezählte Tage« bedeutete. Er konnte bis neunzehn zählen, und er wusste, dass an Fasching Tanzspiele mit Abzählen gemacht wurden, aber daran dachte sein Vater vermutlich nicht. Doch als Martimann den Hund festband und den Vorderlader aus dem Haus holte, begriff der Junge, dass Mogul erschossen werden sollte. Das bedeuteten also die gezählten Tage.

Er brach in Tränen aus. Er sagte, das Huhn habe angefangen. Es habe Mogul so oft geärgert. Der Teufel habe es geschickt, und am Abend, wenn alle schliefen, werde Tóvó alle Hühner der Stadt verbrennen.

Den Vater verblüffte Tóvós heftige Reaktion. Nie zuvor hatte er erlebt, dass sein Sohn mit dem Fuß aufstampfte und ihm mit der Faust drohte. Der Junge war erst sechs Jahre alt, aber so, wie er schrie, glich er einem wütenden Zwerg. Tóvó schlang die Arme fest um Moguls Hals und erklärte, er werde ihn niemals wieder loslassen.

Eine Weile überdachte Martimann die Situation. Er wusste, wie glücklich der Junge über den Hund war; wenn er das Tier jetzt erschoss, würde Tóvó ihm lange böse sein. Er konnte Frau Løbner etwas Fisch als Entgelt für das tote Huhn bringen, sie würde ihn sicher annehmen. Sie sahen so niedlich aus: Tóvó in Tränen aufgelöst, die Arme um Moguls Hals, während der Hund mit einem fragenden Gesichtsausdruck auf den Hinterbeinen saß.

Martimann löste das Seil, doch um zu zeigen, dass er trotz allem noch ein wenig Autorität besaß, versetzte er dem Hund einen Tritt, dass der über den Hofplatz flog.

Tóvó hörte nicht auf zu weinen. Er hasste seinen Vater. Er hoffte, ein Wal möge ihm den Arm abbeißen, oder ein Stein flöge durch die Luft und träfe ihn mitten zwischen die Augen.

Die kleine wandernde Kirche

Obwohl es sich um einen gewöhnlichen Wochentag handelte, war Tórshavn eine tote Stadt, und so ging es bereits seit Wochen. Nicht ein Hammerschlag war zwischen den Häusern zu hören, keine Frau wusch Kleider im Flüsschen, und kein ausgelassenes Kind ließ Fassreifen durch die Gassen rollen. Die Stadt, die unter normalen Umständen in der Lage gewesen wäre, sechzehn Achterboote zu besetzen, konnte im Mai und Juni kaum ein einziges Boot bemannen.

Aus der Vogelperspektive erinnerten die mit Grassoden bedeckten Häuser an große Napfschnecken, die sich am Felsen festgesaugt hatten. Kein Lebenszeichen drang aus ihnen.

Es stand so schlimm, dass Pastor Hans auf Kosten der Armenkasse einige Tonnen Gries hatte kaufen lassen. Auf dem Herd der Hebamme Adelheid Debess stand ein großer Kessel, der andere hing bei einem alten Ehepaar in Bakki über dem Feuer. Einige Kranke waren imstande, sich die Suppe selbst zu holen, doch dort, wo der gesamte Hausstand hustete und sich erbrach, musste das Essen gebracht werden; und in einigen Fällen war es auch notwendig, die Kranken zu füttern.

Einer der Uneigennützigen, die sich um die Erkrankten kümmerten, war der Alte Tóvó. In jüngeren Jahren war er als Weiberheld verschrien, dennoch ließen die Frauen sich jetzt von ihm in den Nacken fassen, um den Kopf anzuheben, wenn er ihnen Wasser oder Suppe zu trinken gab. Er sog ihren angenehmen Duft ein und meinte zu einer Verwandten, die in der

Bakkahella-Straße wohnte, dass es ihm gefallen würde, wenn Frauen krank waren, denn dann seien sie so folgsam. Die Verwandte versuchte zu lächeln und erwiderte, er sei schon immer ein Prahlhans gewesen.

Die Leute gingen nicht mehr in die Kirche. Seit die Masern die Stadt im Griff hatten, hatte die Kirche nur die Toten beherbergt. Bis zu acht Särge auf einmal standen aufgebockt im Chor und im Mittelgang. Den Hygienevorschriften entsprechend waren die Särge innen geteert, und der Gestank nach Teer und verwesendem Fleisch erfüllte die Kirche mit einer unermesslichen Trostlosigkeit. So schnell wie möglich wurden die Toten aus den Häusern geschafft, sie wurden weder gewaschen noch in irgendeiner anderen Weise hergerichtet, bevor der Karren sie holte. Es war ein alter Brauch, den Toten die großen Zehen zusammenzubinden, damit sie nicht wieder gehen konnten, doch die Masern hatten den meisten Traditionen den Boden entzogen. Außerdem war es keineswegs sicher, dass die Toten überhaupt wieder gehen wollten. Wozu auch? Im Mai und Juni war der Tod in Tórshavn splitternackt und unübersehbar, und weder den Lebenden noch den Toten war solch ein Spuk zuzumuten, zumal wenn die Herbststürme die Stadt in salzige Meeresgischt hüllten.

Adelheid trocknete ihre Tränen und lächelte. Das sei schon eine sonderbare Flotte von Särgen, die da auf die Gewässer der Ewigkeit hinausfuhr, meinte sie. Die Segel bestünden aus den Lumpen, die die Leute getragen hatten, als sie starben: Nachthemden, Hosen, Schals und löchrige lange Leinenhemden.

»Jau, jau«, antwortete ihr Mann, Ludda-Kristjan, und zuckte mit der linken Achsel. Er stammte von den Leuten aus Kák, die sich gern aufregen, aber gegen seine Frau konnte er nicht viel ausrichten. Er wagte nicht, ihr zu sagen, dass sie ihr verdammtes Maul halten und mit dem eigenartigen Gerede aufhören solle. So redeten die Leute, die Propst Lund um sich geschart hatte. Sie waren schrecklich sentimental, geradezu widerwärtig.

Eine Ausnahme bildete der norwegische Korporal Nils Tvibur, oder Muhammed, wie er auch genannt wurde. Bereits am Kreuzauffindungsfest Anfang Mai kam er in Ludda-Kristjans Werkstatt und erklärte, dass der mit dem Holz nicht so verschwenderisch umgehen solle. Unter den gegebenen Umständen reiche es aus, wenn jeder Sarg einen Fuß hoch sei, und sollte die Epidemie weiter anhalten, würde es wohl notwendig werden, sich die Bestimmungen noch etwas genauer anzusehen.

Ludda-Kristjan fragte, ob er an ein Massengrab denke, und genau das war Nils Tviburs Plan. Bei einem Massengrab genügte es, die Toten in ein Leintuch zu wickeln und Kalk über die Leichen zu streuen.

Unter den Soldaten der Festung Skansen war Nils Tvibur derjenige, zu dem Amtmann Pløyen das größte Vertrauen hatte. Den Worten des Korporals konnte man vertrauen, der Mann redete niemandem nach dem Mund. Die Soldaten waren für das Löschen der Schiffe der Handelsgesellschaft verantwortlich, und die Handelsgesellschaft bestritt deswegen auch den Unterhalt der Festung. Als Korporal war Nils selbstverständlich der Vorarbeiter. Er konnte streng zu den Leuten sein, auch zu seinen eigenen Männern, aber er war ein tüchtiger Kerl, der alles im Griff hatte und dafür sorgte, dass alle anfallenden Arbeiten erledigt wurden.

Sein Taufname war Selleg, und er stammte aus Norwegen, von der Halbinsel Sveio in Hordaland. Niemand nannte ihn Nils Selleg, und im Schanzenbuch unterschrieb er immer nur als Nils Tvibur, weil *tviburi* auf Färöisch Zwilling heißt. Er war der Zweitgeborene gewesen, weshalb sein älterer Zwillingsbruder den Hof geerbt hatte.

Nils Tvibur war niemand, der sich selbst schonte, und als

der Totengräber im Mai die Masern bekam, übernahm Nils dessen Spaten, und er führte auch die Pferde, die den Karren zogen. Leichen mit zu großen Köpfen brach er das Genick, um den Deckel auf den Sarg nageln zu können.

»Teufel auch«, sagte er eines Tages, als der Pastor einen Mann aus Hoyvík segnete, dem Nils das Genick gebrochen hatte. »Der sieht aus, als würde er etwas hören, das ich nicht höre. Hauptsache, es sind nicht die Füße von Iblis.«

Pastor Hans erbleichte, als er den Namen Iblis hörte. »Du sollst den Namen des Satans der Muselmanen nicht in einer christlichen Kirche aussprechen«, sagte er und schlug das Zeichen des Kreuzes über der Leiche.

»Schon gut«, antwortete Nils.

Es gab nur wenige Tage, an denen der Korporal und der Pastor sich nicht begegneten. Einmal erkundigte sich der Gottesmann, warum Nils für den muslimischen Glauben schwärmte.

Nils erwiderte, der Glaube als solcher interessiere ihn nicht sonderlich. Weder der muslimische noch der christliche Glaube und so gesehen auch nicht das Judentum. Aber im vergangenen Jahr sei ein Mann gestorben, den er sehr geschätzt habe, der Zeitungsredakteur Henrik Wergeland. Nils sagte, das dichterische Werk Wergelands kenne er nicht, aber seine Texte über die Glaubensfreiheit seien starke Mannesworte. Es sei Wergeland gewesen, der ihm die Augen für Muhammed geöffnet habe, den großen Wüstenkapitän, wie Nils ihn gerne nannte. Seither hatte er so gut es ging versucht, sein Leben auf muslimische Weise zu führen. Es wusste, dass dieser Menschenschlag nahe den großen Bergen lebte, an denen Noahs Arche gestrandet war. Ihre Städte lagen bis zur Persischen Bucht verstreut, und auch überall an den nordafrikanischen Stränden wohnten Moslems. Sie waren nicht zu geizig, den Armen Almosen zu geben, außerdem galten sie als furchtlose Krieger.

Es war der Ausnahmezustand in der Stadt, der den Pastor den ungewöhnlichen Entschluss fassen ließ, sich mit Psalmengesang und Gebeten unter seine Stadtkinder zu begeben – jetzt, da es in der Kirche nur noch Platz für die Toten gab.

Anfangs machte er sich allein auf den Weg und blieb kurz in der Bakkahella, am Doktaragrund gegenüber der Bibliothek oder einfach dort stehen, wo er sah, dass eine Tür einen Spaltbreit geöffnet war. Er betete ein Vaterunser, segnete den Hausstand und sang eine Strophe aus einem Kirchenlied.

Aber seit Anna Sofie und Henriette Løbner, Mutter und Tochter, ihn begleiteten, waren noch weitere arme Schlucker dazugekommen. Meist sangen die drei *Fahr dahin, Welt, leb' wohl* von Thomas Kingo, und zwar zur Melodie einer Sarabande, und die wiegenden Schritte gaben dem Gefolge ein ehrwürdiges und gleichzeitig merkwürdiges Aussehen.

Kein Dichter hatte größere Bedeutung für die färöische Volksseele gehabt als ebenjener Kingo, und als Professor Christian Matras 1929 *Fahr dahin, Welt, leb' wohl* ins Färöische übersetzte, ging er summend durch die schmalen Gassen, durch die Pastor Hans einst gegangen war, nur um diese besondere Musikalität Kingos in den Versen zu bewahren.

Das Gefolge sang auch die neueren und sanfteren Psalme von Adam Oehlenschläger, *Lehr mich, o Wald, freudig zu welken*; und wenn sie an dem Haus in Geil vorbeikamen, stand Tóvó bisweilen in der Tür und schaute und hörte dieser kleinen wandernden Kirche zu.

Tóvós Fliegen

An diesem Morgen wurde Tóvó von seiner Mutter geweckt. In den letzten beiden Tagen war sie ein paarmal zu ihm gekommen, hatte aber kein Wort mit ihm gesprochen. Sie verhielt sich nicht wie sonst, und jetzt, da die Masern und ihre Folgen ihr nichts mehr anhaben konnten, brach sie hin und wieder in ein Heulen aus, das so herzzerreißend klang, dass Tóvó sich die Ohren zuhalten musste. Und wenn das auch nicht half, ging er nach draußen. Er wusste nicht, dass dieses Heulen den aufkeimenden Wahnsinn ankündigte, und seine Mutter in den kommenden Jahren den Spitznamen »Verrückte Betta« bekommen würde.

In seinen *Beobachtungen* schrieb Panum: ... *vermutlich gibt es kein Land, ja möglicherweise keine Hauptstadt, wo Geisteskrankheiten im Verhältnis zur Volksmenge so häufig vorkommen wie auf den Färöern.*

Tóvós Bruder Lýdar und seine Schwester Ebba lagen beide krank darnieder, und zwischen die Betten hatte ihr Urgroßvater einen Spucknapf mit Meerwasser gestellt. Nach einem alten Hausrezept hatte es angeblich heilende Kräfte, daher ging der alte Mann oft auf die kleine Landzunge Bursatangi und spülte den Napf dort aus. Um die Fliegen fernzuhalten, legte er einen Deckel darauf, und doch umschwirrten sie diesen interessanten Holzbehälter. Bisweilen setzten sie sich auf den Rand, und wenn sie ihre schimmernden Beine putzten, schnappte Tóvó zu. Die meisten Fliegen tötete er sofort, einige quälte er aber auch langsam zu Tode. Er legte seinen Fang in dem Napf auf den Rücken und spürte, wie das sanfte Vibrieren des Fliegenkörpers an seinem Zeigefinger und Daumen kitzelte; bevor das winzig kleine Herz den letzten Schlag tat, lagen ausgerissene Flügel und Beine auf der Bank. Wie ein Schiff ohne Rudergänger segelte die Fliege auf dem kleinen, durch einen Blechrand begrenzten Meer umher. Sie versuchte, den Rand zu erreichen, aber jedes Mal, wenn sie mit zwei oder drei Beinen Halt fand, wurde sie ohne Gnade zurückgeschubst. Nach und nach gab sie den Kampf um ihr erbärmliches Leben auf.

In der Tabakdose, die Tóvó hinter den Löwenfüßen des Heegaard-Herds aufbewahrte, lagen neunzehn tote Fliegen. Die Dose war mit einer Kordel verschnürt, und wenn er den Deckel abnahm, roch es ein bisschen nach Verwesung, vor allem aber nach Kautabak. Die Fliegen, die nicht zu Tode gequält worden waren, hatten die Flügel eng an den Körper gelegt und die dünnen Beine zusammengefaltet. Es sah aus, als würden sie um Vergebung bitten, dass sie überhaupt existiert hatten.

Gemeinsam war allen Fliegen, den gequälten und zerquetschten wie den ertrunkenen, dass sie als Opfer des Krieges angesehen werden mussten, den Tóvó auf eigene Initiative gegen die Masern führte. Denn so viel hatte er verstanden, die Masern waren auch eine Art von Fliegen. Wenn sie mit ihren winzig kleinen Masernaugen jemanden ansahen, bekam dieser Mensch sogleich Fieber und begann zu husten oder wirr zu reden. Einige sangen auch während ihres Fieberwahns und hörten nicht auf, mit Kehllauten vermischte Worte zu summen, bis sie entweder nicht mehr konnten und einschliefen oder blau anliefen und aufhörten zu atmen.

Aber Tóvó verstand nicht, warum die Masernfliegen ihre Strahlen nicht auf den Urgroßvater gerichtet hatten oder weshalb Mogul sich nicht ansteckte. Denn so, wie sie sich verhielten, gab es durchaus ein paar Kühe, die die Masern bekommen hatten.

Es wäre besser, sie würden an den kleinen See Hoyvíkstjørn oder ins Moor von Konmansmýri laufen und Gras, Klee und Thymian fressen; ihre Kälber könnten dann so ausgelassen sein, dass sie vor Freude in die Höhe sprangen. Manchmal graste das Vieh ganz oben am Svartifossur, und als Betta und die Kinder an einem Sonnentag im letzten Sommer zu dem Wasserfall hinaufgegangen waren, um Beeren zu pflücken, hatten sie dort sogar einige weiße Raben und einen Reiher gesehen, der am Wasserfall fischte.

Der Svartifossur lag nicht so hoch wie der Villingardalsfossur, und er war auch nicht so tief wie die kleinen Bäche, die sich über die Felskanten in Kaldbaksbotnur stürzten, und doch war er schöner als jeder andere Wasserfall. Wenn die Sonne schien, konnte man auf den dunklen, herrlich warmen Felsen sitzen. An den Pflanzen, die am Ufer wuchsen und von den Felsen hingen, leuchteten kleine rote Blüten, und in den Felsspalten sah man ganze Bündel von gelbem Rosenwurz. Das hohe Schilf, das nördlich des Wasserfalls wuchs, nannte Lýdar Messergras, weil es so scharf war, dass man sich daran schneiden konnte.

Ihre Mutter behauptete, auch die Regenbögen liebten den Svartifossur, und die Kinder glaubten ihr. Hier wurden die Farben des Regenbogens gemischt, erst dann spannten sie sich stolz und schön über den Fjord bis Nólsoy. Manchmal traf der Bogen Heimistova, wo ihre Großeltern wohnten, und bisweilen zog er sich sogar bis nach Eystnes auf Eysturoy. Der Svartifossur sei das Paradies für alle, die Beeren liebten, sagte seine Mutter und wischte den roten Beerensaft von den Lippen der Kinder. Lýdar plantschte im Bach und als er herauskam, wickelte Mutter den nackten Jungen in ihren Schal.

Aber jetzt hatte sich alles geändert. Es gab niemanden mehr, der die Kühe melkte, sie waren verrückt geworden und brüllten durch die Türen der Menschen.

Seit dem Tag, an dem sein Vater den Hund umbringen wollte, sorgte sich Tóvó auch um Mogul. Doch das wagte er niemandem zu erzählen, auch nicht seinem Urgroßvater.

Aber er fragte den alten Mann, warum er nicht krank wurde.

Und der antwortete wahrheitsgemäß, dass er sich 1781, als die Masern das letzte Mal auf den Inseln wüteten, angesteckt habe, und zweimal könne man die Krankheit nicht bekommen. Deshalb habe er auch keine Angst, zu den Leuten zu gehen und ihnen zu helfen. Und vielleicht ahnte der Alte, dass den Jungen etwas quälte, denn er fügte hinzu, dass Hunde, die säuerlich aus dem Hals rochen, sich auch nicht anstecken würden.

Tóvó fragte, ob es richtig sei, dass die Krankheit durch die Luft geflogen komme. Und der Urgroßvater erklärte ihm, dass an Mariä Empfängnis ein Schiff aus Dänemark gekommen war, und dieses Schiff hatte die Krankheit nach Tórshavn gebracht.

Tóvó hatte von Dänemark gehört, er wusste, dass dort ein Prinz lebte. Er hatte den Prinzen gesehen, als der vor zwei Jahren mit einem Kriegsschiff nach Tórshavn gekommen war. Tóvó runzelte plötzlich die Stirn und fragte, warum der Prinz ein Schiff mit Masernfliegen auf die Färöer schickte?

Der Urgroßvater unterdrückte ein Lächeln, als er das ernste und liebenswürdige Gesicht des Jungen sah. Nicht einmal seine eigenen Kinder hatte er so geliebt wie Tóvó. Und wie schnell der Junge denken konnte. Vom Gedanken bis zur Frage dauerte es nicht länger als ein Augenzwinkern. Der Urgroßvater wusste von all den toten Fliegen, die in Tóvós Tabakdose lagen, und eines Tages hatte er auch gesehen, wie der Junge eines dieser armen Tiere in dem Napf ertränkte. Aber er hatte nichts gesagt, sondern nur vor der Tür gewartet, bis das Massaker vorbei war.

Jetzt erklärte er Tóvó, dass von allen Burgen die Burg der Masern am schwierigsten zu erobern sei. Nur ein besonders listiger Prinz konnte sich durchs Tor schleichen und die Siegesfahne hissen.

Großmutter Pisan

Zu Pfingsten hielt der Karren zum ersten Mal vor dem Haus in Geil. Der Urgroßvater öffnete, und Nils Tvibur und ein anderer Mann kamen herein, um Pisan zu holen, oder Großmutter Pisan, wie die Kinder sie nannten.

Pisan stammte von der Hestoy, und nachdem der älteste Sohn des Bauern Támar sie geschwängert hatte, hatte sie dieses Kind gleich nach der Geburt getötet.

Das erzählte der Alte Tóvó seinem Urenkel einige Jahre später.

Pisan brachte ihre Tochter in einem Torfversteck oben auf der Insel zur Welt, sagte er. Dem Kind fehlte nichts. Es duftete so frisch nach Mutterleib, und aus seinen gerade entfalteten Lungen spürte sie den warmen Atem an ihrem Hals und den Wangen. Sie sagte, sie hätte diesen Atemstoß wie einen Sturm empfunden, den stärksten, den sie je erlebt hatte; er kam aus den schmalen Nasenlöchern und dem kleinen Mund. Sie legte das Kind an ihre Brust, und nachdem es sich satt getrunken hatte, tat Pisan das, was viele andere unverheiratete Mütter in jenen Jahren taten, in denen das Knechtschaftsgesetz galt, sie tötete das Kind. Als das kleine Genick vertrauensvoll in ihrer Hand lag, drückte sie den Daumen auf die Kehle, und nachdem das Kind aufgehört hatte zu atmen, hüllte sie es in ihren gefütterten Schal, auf dem sie während der Geburt gelegen hatte, schnürte ihn gut zusammen und versenkte ihre ungetaufte Tochter in einem Wasserloch südlich des Fagradalsvatn.

Der Alte Tóvó strich mit den Fingern über die Hand seines Urenkels. Eines durfte er ihm glauben: Sollten die Männer der Insel eines Tages dieses Wasserloch leeren, würden sie ein Massengrab mit Säuglingen finden, die in gefütterte Schals gewickelt waren. Gewiss würde sich Pisan am Jüngsten Tag für das, was sie getan hatte, verantworten müssen. Aber die Hurenböcke der Insel ebenfalls. Und der Teufel möge ihnen geben, was sie verdient hatten.

In der *Saga Hestoyar* schreibt Pastor Viderø: *Viele Tränen wurden hier auf Hestoy vergossen, doch Gott verwandelt sie in den schönsten Regenbogen.*

Pisan war es nie gelungen, den Regenbogen des Pastors zu sehen. Vielmehr könnte man eher sagen, sie ist mit einem neu gestrickten Schal, mit Fellschuhen und Holzschuhen an den Füßen und ihrem Bündel unter dem Arm auf dem Regenbogen über den Fjord geflohen.

Viele Jahre hatte sie ihr Auskommen auf verschiedenen Höfen auf Sydstreymoy, und nachdem sie in eine Dachkammer in der Nähe von Sjarpholid in Tórshavn eingezogen war, legte sie draußen am Rundingen Fisch zum Trocknen aus und ging der Hausherrin zur Hand, die gerade niedergekommen war.

Der Spitzname *Pisan* bedeutet Vogelküken und reimte sich auf den weiblichen Körperteil, den sie unter ihrem Hemd trug; und was sich nicht mit Münzen bezahlen ließ, beglich sie mit dem, worauf sich ihr Spitzname reimte.

Einer ihrer alten Freier und Freunde war der Alte Tóvó, und als sie alt geworden war, erbarmte er sich ihrer und nahm sie in seinem Haus in Geil auf. Und dort bekam sie die Masern.

Der Karren holte Pisan am Pfingstabend ab. Zu diesem Zeitpunkt lag der kleine Tóvó selbst mit Masern im Bett und nahm nicht wirklich wahr, was vor sich ging. Er sah nur den blauen Vogelkükenkopf, als man sie in den Sarg hob.

Hier muss hinzugefügt werden, dass der Alte Tóvó 1822 Witwer geworden war. Ebba, seine Frau, stammte aus dem Venzils-stova in Kaldbak, und sie hatten zwei Kinder. Die Tochter hieß Gudrun, wurde aber Gudda genannt. Mit elf Jahren begann sie als Magd beim Pächter des Krankenhauses von Argir. 1820 wurde Claus Manicus als Landeschirurg eingesetzt, und in den Jahren, in denen er auf den Färöern arbeitete, war Gudda Dienstmädchen in seinem Haus. Als das Ehepaar Manicus 1828 die Färöer verließ, boten sie Gudda an, sie nach Dänemark zu begleiten. Sie war dreizehn Jahre bei ihnen im Dienst gewesen, als sie ganz unerwartet im Alter von neunundvierzig Jahren starb.

Der Sohn des Alten Tóvó wurde ebenfalls Tóvó genannt. Er und seine junge Frau Annelin wohnten ebenfalls in dem Haus in Geil. Annelin war schwanger gewesen, als ihr Mann mit dem Schiff *Royndin Fríða* unterging. 1810 brachte sie Betta zur Welt. Kurz darauf heiratete Annelin Finnur, einen Bauern aus Kirkja auf der Insel Fugloy. Betta, ihre kleine Tochter, ließ sie jedoch bei den Großeltern in Tórshavn zurück. Sie sollten sie großziehen.

Sorgen und Verse

Sechzehn Tage später hielt der Karren wieder vor dem Haus in Geil. Tóvó hatte das Gefühl, als hätte man einen Knüppel zwischen die Speichen beider Räder geworfen, und wenn er später an die Ereignisse zurückdachte, kam es ihm vor, als hätte der Karren während seiner gesamten Kindheit dort gestanden und sich immer weiter und tiefer bis auf den Boden seiner Seele gebohrt.

Nils Tvibur und ein Mann mit einer Maske stellten den leeren Sarg auf den Boden. Die Maske hatte einen Schnabel, und in dem Schnabel lagen ein wenig getrocknetes Moos, Kümmel und Meerrettich. Der Geruch sollte der Ansteckung vorbeugen.

Das Haus in Geil war so schön geworden. Bevor die Masern ausgebrochen waren, hatte Martimann über den halben Boden neue Dielen verlegt und einen Herd aufgestellt. Die Krankheit verlief wie erwartet. Martimanns Augen und Wangen schwollen an, er lag mit hohem Fieber eine Woche im Bett. Als er sich besser fühlte und der Husten etwas nachgelassen hatte, meinte er, es wäre nicht schlimm, wenn er hier und da eine Diele festnagelte. Er hatte sonst nichts zu tun, und den Alten Tóvó darum zu bitten, brachte er nicht fertig. Als Schuhmacher hatte sich der Alte einen guten Ruf erarbeitet, doch als Schreiner war er nicht zu gebrauchen. Daher stand Martimann selbst auf, und mit jedem Brett, das er festnagelte, ging es ein wenig besser. Die breitesten Bretter hatte er aufgespart, um sie an der

Tür zu verlegen, sie waren bis zu elf Zoll breit. Gesägt hatte er die Dielen aus Treibholz, das er von seinem Vater bekommen hatte; letzten Sommer hatten sie den Baumstamm an einem Tag mit schönem Wetter nach Tórshavn geschleppt und zum Trocknen auf den Dachboden des Bootshauses gelegt.

Es waren diese kleinen Gänge zum Bootshaus, um Bretter zu holen, die seiner Gesundheit nicht guttaten. Martimann wurde nass und fror, und als er wieder ins Bett kroch, bekam er die Folgekrankheit, vor der ihn der Alte Tóvó immer wieder gewarnt hatte. Dass es ihn so heftig erwischen würde, hatte Martimann sich überhaupt nicht vorstellen können.

Als würden die Gedärme ein Eigenleben entwickeln und sich wie Würmer in der Bauchhöhle winden. Bisweilen krochen sie auch in den Schlund, so dass er sich erbrechen musste, oder sie zogen sich zurück in den Enddarm, von wo aus sie Unrat auf das Tuch spritzten, das der Alte Tóvó unter ihn gelegt hatte.

Der Alte Tóvó versuchte, Martimann zu bewegen, ein wenig Nahrung zu sich zu nehmen; gekochte Milch sättigte in gewissem Maß und stopfte. Es hieß, luftgetrocknetes Schaffleisch, das von Milben befallen war, sei noch besser, um Durchfall zu verhindern. Das Problem bestand nur darin, dass sie kein luftgetrocknetes Schaffleisch hatten. Draußen im Vorratshaus hingen ein paar Dörrfische, und außerdem hatten sie eine Tonne gepökeltes Grindwalfleisch.

Martimann war die Stütze des Hauses in Geil gewesen, seit er und Betta geheiratet hatten. Mehrere Sommer segelte er mit der schottischen Slup *Glen Rose*, und einen Großteil der Heuer hatten sie für die Renovierung des vernachlässigten Hauses gebraucht. Er hatte das Dach mit neuen Borkenstücken gedeckt, und Ludda-Kristjan hatte ein zweiflügeliges Fenster geschreinert, das Martimann selbst eingebaut hatte. Das Haus stand auf Steinboden, und an der nordwestlichen

Ecke setzte er einen Schornstein. Vor dem Schornstein hatte er den Boden mit Steinen gefliest und darauf den Herd gestellt. Die Wohnstube wurde zur Küche, und all das Tageslicht, das durch das neue Fenster fiel, versprach buchstäblich hellere und bessere Zeiten.

Als der Boden fertig verlegt war, plante er einen Küchentisch, an dem Betta Wäsche sortieren und andere Hausarbeiten verrichten konnte. Martimann war rastlos, und in den Jahren, in denen er im Haus wohnte, gab es keine Not.

Doch an Neujahr war das letzte Geld aufgebraucht, und der Alte Tóvó konnte sich mittellos, wie er war, schlecht an den Landeschirurgen Regenburg oder an Doktor Napoleon wenden, um sie zu bitten, nach Martimann zu sehen.

Dennoch hatte er mit Napoleon geredet, und der Doktor hatte gesagt, dass es kein besseres Mittel gebe als eine gute Krankenpflege. »Sehr viel mehr steht nicht in unserer Macht.«

Der Alte Tóvó erwartete nicht, dass ein gelehrter Mann etwas auf Hausmittel gab, daher bat er den Doktor auch nicht, ihm ein wenig luftgetrocknetes Schaffleisch zu überlassen, in dem sich Milben festgesetzt hatten.

Und doch wusste er am Ende keinen anderen Rat, als dasselbe zu tun, was die Menschen der Stadt getan hatten, als der deutsche Baron von Hompesch 1808 die Kasse der Handelsgesellschaft gestohlen hatte: Er zog umher und bettelte.

Der Bauer von Húsagardur hatte Fleisch, aber mit dem Hut in der Hand irgendwo anzuklopfen, das brachte der Alte Tóvo nicht fertig.

Doch dann überwand er seine Scham und ging zum Quillinsgardur zur ehemaligen Amtmannsgattin Anna Sofie von Løbner. Er stand in der Tür, und einen Moment lang betrachtete sie ihn einigermaßen verwundert und schlug ihre Fingerknöchel gegeneinander.

Der Alte Tóvó erinnerte sich noch gut daran, wie sie als Melkmädchen beim Húsagardbauern gearbeitet hatte. Ihr Vater war Böttcher gewesen, deshalb wurde sie des Böttchers Anna Sofie genannt. Sie war eine gut gebaute Frau, und vor allem ihre dralle Figur war der Grund, warum man sie bat, eines der Dienstmädchen in Holbergs Komödie *Die Wöchnerinnenstube* zu spielen.

Allerdings konnte Anna Sofie mit Buchstaben nicht viel anfangen, daher musste ihr jemand den Text zum Auswendiglernen vorlesen. Und dieser Jemand war niemand Geringerer als der Kommandant Emilius von Løbner. Er war geduldig und nett und las gut vor, und nie vergaß er, Holz in den Bilegger-Ofen zu legen, damit sie es schön warm hatten. Hin und wieder dauerte das Lesen bis nach Mitternacht, und in den Pausen umgarnte Løbner die werdende Schauspielerin mit süßem Wein und Schmeicheleien. Sie ließ sich von seinem reifen Charme betören, wurde albern, zuvorkommend und fügsam.

»Nenn mich ruhig Emilius«, sagte er und legte ein Stück Konfekt auf ihre feuchte, rosafarbene Zunge. Sie gestattete ihm auch, sie mit teuren Seifen zu waschen, als er ihr erklärte, dass sich auf diese Weise die Vornehmen in der Stadt des Königs vergnügten. Er stellte die Wanne mit dem heißen Wasser auf den Tisch, rieb Seife in den nassen Waschlappen und wusch ihr das Gesicht, den Hals und den Haaransatz. Und sie sagte auch nicht Nein, als er die Bänder ihrer Bluse löste, sie unter den Armen wusch und vorsichtig den Schweiß von ihren schweren Brüsten trocknete. Sie genoss diese betörenden Mitternachtsspiele, ließ ihn an ihren Brüsten saugen und leistete auch keinen Widerstand, als er ihr den Rock öffnete. Er sagte: »Hopsasa«, und sie hob den Hintern, als er ein Handtuch auf den Stuhlsitz legte, damit der Bezug nicht nass wurde. Und das Handtuch war so groß, dass es sich auch über ihren Busch legen ließ, damit sie sich nicht allzu nackt fühlte. Wenn er ihre Zehen wusch, einen nach dem anderen, streichelte und tätschelte er ihre Oberschenkel, die er die weißen Säulen der Liebe nannte. Und Anna Sofie schnurrte vor Wohlbehagen wie der Bilegger-Ofen.

»Seufze nur«, flüsterte er. Es war keine Schande, vernehmlich zu seufzen, wenn es einem gut ging.

Als die Komödie im September 1813 im Fútastova aufgeführt wurde, war Anna Sofie schwanger. Das Paar heiratete im Januar 1814, in eben jenen Tagen, als Frederik VII. seinen Namen unter das Dokument setzte, das Norwegen von Dänemark löste. Im April brachte Anna Sofie einen totgeborenen Sohn zur Welt. Drei Jahre später war sie erneut schwanger. Sie gebar Ludvig, der nach seinem dänischen Großvater hieß, und 1825 bekam sie Henriette Elisabeth, benannt nach ihren dänischen und färingischen Großmüttern.

Warum Løbner im selben Jahr die Färöer verließ, wusste niemand mit Sicherheit zu sagen. Er war fast sechzig, und um seine Gesundheit stand es nicht gut. Vor allem sein Augenlicht hatte nachgelassen, und er redete häufig darüber, dass seine Augen das raue färöische Klima nicht vertrugen.

Es gab auch Beschwerden über seine Amtsführung, aber wie ernst diese Klagen zu nehmen waren, weiß man nicht recht. Im zweiten Band ihrer *Geschichte Tórshavns* versuchen Jens Pauli Nolsøe und Kári Jespersen, ein wenig Licht auf das Leben dieses Mannes zu werfen: *Zu Løbners Verdiensten zählt die Erstellung von Tabellen im Jahr 1813. Sie liefern eine wertvolle Beschreibung der damaligen Gesellschaft und stellen praktisch die einzige genaue Erhebung der wirtschaftlichen Verhältnisse des färöischen Bauernstandes dar. Für Tórshavn hatte es große Bedeutung, dass er 1807 das Gebiet von Álaker eingemeindete, dadurch verdoppelte sich beinahe die Bodenfläche, die damals zu Tórshavn gehörte.*

Allerdings liegen große Teile seines Lebens im Dunkeln,

und möglicherweise ist dies auch der Grund, warum einige von Løbners Nachfahren sich bemüht haben, den Mann geheimnisumwittert erscheinen zu lassen. Unter anderem wird behauptet, dass der geisteskranke Christian VII. sein Vater gewesen sein soll. In diesem Fall hätte er Løbners Mutter noch vor seiner Thronbesteigung geschwängert. Løbner wurde 1766 geboren, im selben Jahr wurde Christian zum König gekrönt – dass der Prinz im Jahr zuvor seine Verwandtschaft auf Schloss Augustenburg besucht haben könnte, ist durchaus vorstellbar. Løbners Vater Jakob Ludvig war Kammerlakai auf Augustenburg.

Ebenso schwierig ist die Beschaffung von Informationen darüber, womit Løbner sich in seinen letzten Lebensjahren in der alten Heimat beschäftigt hat. Einiges deutet darauf hin, dass er mit Caroline Wroblewsky zusammengelebt hat, die einige Jahre eine Privatschule in Kopenhagen betrieb. Diese Wroblewsky adoptierte das Mädchen Emilie Christine, die 1858 die Schule von ihrer Ziehmutter übernahm. Im *Dänischen Lexikon der Frauenbiographien* steht unter anderem: *1850 nahm sie* [Emilie Christine] *den Namen ihres Adoptivvaters Løbner an, des ehemaligen Amtmanns auf den Färöern Emilius Marius von Løbner, der ein Jahr zuvor gestorben war.*

Sicher ist jedoch, dass er sich ein Vierteljahrhundert auf den Färöern aufgehalten hat und um die sechzig Jahre alt war, als er die Inseln wieder verließ. Dass der Aufenthalt so lange gedauert hatte, hängt zum Teil mit den großen Veränderungen zusammen, die die Napoleonischen Kriege nach sich zogen. Die Dänen waren seit 1720, seit Beendigung des Großen Nordischen Kriegs, in keinerlei kriegerische Auseinandersetzungen mehr verwickelt gewesen, und in diesem langen Zeitraum, der als Blütezeit gilt, entwickelte sich Kopenhagen zu einem europäischen Handelszentrum. Während der Napoleonischen Kriege segelten die Dänen unter neutraler Flagge in die Überseehäfen – mit großen Gewinnen für die Reeder und die am Seehandel beteiligten Kaufleute. Die dänisch-norwegische Handelsflotte war die zweitgrößte in Europa, und sie befuhr sämtliche Weltmeere.

1807 endete diese Blütezeit. Die Briten griffen an. Sie fürchteten, dass die dänische Flotte Kaiser Napoleon in die Hände fallen könnte. Also wurden bei Vedbæk nördlich von Kopenhagen 30 000 Soldaten an Land gebracht, und eine gewaltige Flotte belagerte die Hauptstadt. Vom 2. bis zum 6. September 1807 wurde Kopenhagen beschossen und in Brand gesteckt, die Briten beschlagnahmten die gesamte dänische Kriegsflotte und sämtliche Transportschiffe, derer sie habhaft werden konnten.

Aber nicht nur für die Dänen war es vorbei mit dem wirtschaftlichen Aufschwung. Ganz Europa erlebte eine Stagnation, die bis ungefähr 1830 dauerte.

Als Løbner nach Kopenhagen zurückkehrte, lag seine große Zeit hinter ihm, und damit unterschied er sich kaum von seinem alten Heimatland. Dänemark war zu einem unwichtigen Mitspieler am Øresund geworden. Die Schweden hatten Norwegen übernommen, und obwohl die Jurisdiktion von Frederik VII. noch immer ein Gebiet bis zur Eider umfasste, gab es Stimmen, die forderten, dass Holstein und Schleswig sich enger an das neue Deutsche Reich als an die dänische Krone halten sollten. Es schien nur eine Frage der Zeit zu sein, wie lange die Halbisnel Jütland noch zu Dänemark gehörte.

Ein Lächeln zeigte sich auf Frau Løbners Lippen, und für einen kurzen Moment glich sie ihrem eigenartigen Spitznamen – Heringskopf.

»Jetzt erkenne ich ihn«, sagte sie und legte die Hand auf den Arm des Alten Tóvó. »Sie sind Tóràlvur í Geil.«

Sie wies auf die Haustür und bat ihn mitzukommen. Auf der anderen Seite der Straße lag der Garten des Amtmanns, und hinter der Mauer stand ihr Vorratshaus. Sie trug den Schlüssel des Vorhängeschlosses an einer Schnur um den Hals, und als sie die Tür aufschloss, musste der Alte Tóvó sich ans Herz fassen. Oh, was für ein herrlicher Anblick. Einige hübsche Tonnen mit Pökelfleisch standen auf dem Boden. Außer Walfleisch und Speck hatte sie Lammfleisch und Trottellumme in der Lake. In einem Trog lag leicht gesalzenes Schaffleisch in einem weißen Tuch, und auf den Regalbrettern standen mehrere Tontöpfe, in denen sie Beeren und Rhabarber, aber auch Muscheln eingemacht hatte. Besonders einladend war der Geruch von zwei geräucherten Schweinehälften, außerdem hingen hier geräucherte Forellen.

Der beste Duft ging von dem luftgetrockneten Schaffleisch aus. Frau Løbner untersuchte die Stücke und fand eins mit dem passenden Gewicht. Sie löste den Knoten, legte den grünlichen Bug in ein Tuch und sagte, dass sie darüber kein weiteres Wort verlieren sollten. Sie gab ihm auch einen Topf mit eingemachtem Rhabarber und meinte, das sei sicher gut für Frau Betta.

An diesem Abend bekamen die Bewohner des Hauses in Geil Gerstenbrot und Schaffleisch zu essen. Aber sie hatten kaum Appetit. Martimann brachte nichts hinunter, er nahm nur ein paar Löffel lauwarmer Milch zu sich. Er war inzwischen so schwach, dass der Alte Tóvó ihm die abgekratzte Milbenschicht auf die Backenzähne schmieren musste. Und Martimann bemühte sich, Kraft aus den Gaben des Løbner'schen Vorratshauses zu schöpfen. Der Husten hatte etwas nachgelassen, seine Kehllaute erinnerten nun an ein schwaches Fauchen.

Während der Alte Tóvó über Martimann wachte, tat er das, was er schon so oft getan hatte, er summte seine selbst erdachten Verse. Er wusste nicht, ob Martimann zuhörte, aber der Kleine Tóvó lag ganz still auf seinem Lager und lauschte.

Der Urgroßvater wiegte sich hin und her, die Arme vor der

Brust gekreuzt. Es fiel ihm schwer, sich zu erinnern, vor allem wenn er auf die alten katholischen Kirchenlieder verfiel. Aber er sang auch leise von Großmutter Pisan, und dann wurde seine Stimme ganz hell und zart.

Zwei Hände hat der März, der milde Monat
die suchen im Rabenneste.
Vogelkükenkopf von der Hestoy kam
Vogelkükenkopf von der Hestoy ging
zurück bleibt der alte Mann.
Tritt hart
trampele fest
sieben Zaubertage.

Noves buba turra
Persia gif dissia
Nissia gif dissia
sucht mit beiden Händen in Erinnerungen.
Tritt hart
trampele fest
rufen die Raben im Feld.
Das kleine Vogelküken ging
zurück bleibt ein alter Mann.

Die Weihnachtssonne
in der Glocke das Erz
schlägt im vom Meer gewaschenen Herzen.
Der Liebevolle in der Krippe
die Krippe im Stall
der Stall aus Stein
der Stein aus Erde.
Mutter und Vater und Döglingstran
Großmutter und Großvater und gegerbte Schuhriemen.

Weberschiffchen singen im Webstuhl
Weberschiffchen singen im Webstuhl.
Fische schwimmen in Tränen
Tränen salzig wie's Meer
das Meer so tief wie die Sorgen.
O du Gnädiger
gib uns Winterfisch
o du Gnädiger
spar meine Tränen für Martimann.

Des Januars, des Guckmonats milde Sonne
dieses scheue Himmelsauge.
Die Heilige Birgitte füttert die sanften Tauben
sie fliegen über die hellen Klippen
Tage in Blut
Blut in den Eiern.
Der Gute verflucht die Egge
der Gute verflucht den Pflug.
Die milde Sonne des Guckmonats
trocknet den Tau auf den Wangen.

Der große Barbier

Am Tag des heiligen Bodulf holte der Karren Martimann. So schlimm waren Gesicht und Hals betroffen, dass die weichen Hautteile sich dunkelblau und stellenweise sogar schwarz verfärbt hatten. Das Weiße in den Augen war blutgesprenkelt, und das rechte Auge quoll ihm beinahe aus dem Kopf. Jetzt, im Tod, war das Auge wieder etwas eingesunken, aber der Adamsapfel stach noch immer heraus, und der Mund stand ein wenig offen, als wollte der Tote etwas sagen.

Betta saß neben ihm und streichelte das Gesicht des Toten. Immer wieder kamen ihr die Tränen, und sie rüttelte an seiner Schulter.

Als sie den Sarg auf dem Boden absetzten, ahnte Nils Tvibur sofort, dass es Probleme geben könnte. Er räusperte sich und erklärte, es sei gegen die Anweisungen des Landeschirurgen, den Leichnam im Haus aufzubahren.

Betta sah ihn mit ihren verwunderten Bernsteinaugen an. Sie erwiderte, Regenburg solle zur Hölle fahren mit seinen guten Ratschlägen, und die Tempelratte, mit der er verheiratet war, könne er gleich mitnehmen, außerdem jeden einzelnen Soldaten und das gesamte verdammte Vogelvolk in dieser grässlichen Stadt.

Nils wusste, dass es umsonst war, auf ihre närrischen Worte etwas zu entgegnen. Seit vielen Jahren schon hatte er ein Auge auf Betta geworfen, doch obwohl Martimann im Sommer auf der schottischen Slup *Glen Rose* segelte, hatte sie ihn nie erhört.

Er hatte sie lediglich von weitem gesehen, oft mit einem Kind an der Hand oder im Arm. Natürlich hatte sie ihn gegrüßt und manchmal auch dabei gelächelt, aber das war es auch schon.

So, wie sie nun bei ihrem toten Mann saß, glich sie einem riesigen Insekt; das dichte, füllige Haar war das Netz, das sie um seinen geliebten Körper spann. Sie behauptete, das Treibholz aus Nólsoy habe das mit Martimann gemacht, es sei verhext gewesen. Alles, was mit Nólsoy zu tun hatte, sei verhext. Heimistova war ein Hexenloch, und Hexerei habe seinerzeit auch die *Royndin Frída* untergehen lassen.

Betta wies auf den leeren Sarg und erklärte voller Entsetzen, das Holz sei so schwarz geteert wie die Hölle, und im selben Moment, als sie das Wort ›Hölle‹ aussprach, schlug sie sich auf den Mund, bekreuzigte sich und fügte hinzu, dass sie es nicht so gemeint habe.

Der Alte Tóvó setzte sich zu ihr, aber er wagte nicht, ihr eine Hand auf den Arm zu legen. Vielleicht würde sie ihn schlagen oder etwas sagen, das sie eigentlich nicht so meinte. Er sagte nur, Martimanns Seele habe den Körper bereits verlassen, und dort, wo sie sich jetzt befand, ließe es sich gut sein.

»Würdet ihr Martimann für mich rasieren?«, fragte Betta plötzlich.

Ihre Stimme war leise und brüchig, und die freundliche Frage traf Nils ins Herz. Betta fing an, von Jerusalems Schuhmacher zu erzählen, der auf allen Wegen und Straßen der Welt bärtig und verdreckt herumlief und den niemand zu sich nach Hause einlud. Der Schuhmacher wollte nicht unfreundlich sein, als Jesus ihn um Wasser bat, er hatte bloß Angst vor den römischen Soldaten, daher gab er Jesus nichts zu trinken. Eigentlich war es unbesonnen von Jesus, um Wasser zu bitten, er wusste doch genau, dass er den Mann damit in unnötige Schwierigkeiten brachte.

Und dann sprach Betta noch einmal das Wort ›Hölle‹ aus, und diesmal tat sie es ohne jegliche Scham. Ihre Hände zitterten, als sie sagte, í Geil sei ein Ort, der geradewegs in der Hölle liege, bald käme Feuer aus der Meeresbucht, und dann müsse man sich ohnehin nicht mehr den Bart scheren, dafür sorge schon der Satan, der große Barbier.

Ein Hustenanfall unterbrach ihre unheimlichen Worte, und obwohl es aussichtslos schien, versuchte der Alte, sie zu beruhigen. Er forderte auch den Kleinen Tóvó auf, von seinem Vater Abschied zu nehmen, aber der wollte nicht.

Der Junge war auch nicht imstande zu fragen, wohin sie den Vater brachten, obwohl er wusste, dass der Karren mit den Toten in die Kirche fuhr und sie danach in ein Loch auf dem Friedhof gelegt wurden.

Tatsächlich hatte Tóvó das Grauen gepackt. Er hatte seinem Vater Unglück gewünscht, und Gott, der alles hörte, hatte also auch das furchtbare Gebet des Jungen erhört. Tóvó war mitschuldig daran, dass sein Vater nie wieder aufwachen würde, daher konnte er auch nicht Lebewohl zu ihm sagen.

Er biss sich in die Finger, er wusste nicht, ob Lachen oder Weinen ihm den Hals hinaufstieg.

Betta sah ihren Sohn an, und als der sich weigerte, sich von seinem Vater zu verabschieden, beherrschte sie sich.

Pastor Hans hatte seit einer Weile auf der Türschwelle gestanden. Nun kam er leise herein. Er war so groß, dass sein Kopf gegen die Deckenbalken stieß. Mit leiser Stimme bat er den Herrn, über dieses hart getroffene Haus zu wachen, und als er Amen sagte, gingen beide Träger hinüber zum Bett. Nils Tvibur packte Martimann unter den Armen, der Maskenmann griff unter die Kniekehlen, dann hoben sie ihn in den Sarg. Als sie sich bückten, um den Sarg anzuheben und hinauszutragen, zögerte Nils plötzlich und fragte, wo das Rasierzeug sei.

Der Alte Tóvó sprang auf. Er holte das helle Tuch, in dem

Messer und Seife eingewickelt waren, und er brachte auch ein kleines Schälchen mit Wasser an den Sarg.

Nils sah Betta an. »Sei mir die Ehre gewährt, einen toten Ehrenmann zu rasieren?«

Betta war so überrascht über diese unerwartete Frage, dass sie keinen Ton herausbekam. Dennoch nickte sie.

Nils reichte dem Alten Tóvó seine Mütze, und während er Martimanns Gesicht befeuchtete und Seife in die langen Bartstoppeln rieb, legte sich eine andächtige Stille über die Küche.

Erst rasierte er die Oberlippe, und das Schaben des Messers klang seltsam feierlich. Das Geräusch war kaum zu hören, aber dennoch erreichte es jedes Ohr. Dann rasierte er beide Wangen, und er gab sich viel Mühe, nicht in die Haut zu schneiden, obwohl das Gesicht bereits kalt war. Er kniete, wagte es aber nicht, den Hals zu rasieren, denn der war mit dem Messer nur schwer zu erreichen. Er kratzte die Bartstoppeln vom Kinn, und als er fertig war, benetzte er das helle Tuch und säuberte vorsichtig das Gesicht des Toten.

Als Nils sich erhob, war er sichtlich bewegt. Auch die anderen im Raum seufzten erleichtert auf; sie hatten mehr oder weniger den Atem angehalten, als Martimann hergerichtet wurde.

Der Alte Tóvó dankte Nils, dann hoben sie den Sarg und trugen ihn hinaus.

Bei einer späteren Gelegenheit bemerkte Nils Tvibur, wenn es jemanden gebe, der sich in den Wochen, in denen die Masern wüteten, eines königlichen Ehrenzeichens als würdig erwiesen hätte, dann dieser alte Brahmadelle oder wie zum Teufel auch immer die Tórshavner ihn nannten.

Erst als die Träger und ihr Gefolge gegangen waren, brach der Urgroßvater in Tränen aus. Plötzlich war er ein alter Mann, der älteste in der Stadt, vielleicht in der Geschichte der Stadt. Er war ebenso alt wie der Schuhmacher aus Jerusalem, und all die

Not, die es in der Welt gab, stand in sein graues, unrasiertes Gesicht geschrieben. Er saß vornübergebeugt, wie in der Nacht, als er bei Martimann gewacht hatte. In seinen Bußversen hatte er den Erzengel Gabriel und die Heilige Birgitta angerufen. Die flehentlichen Worte waren ihm wie ein reinigender Wasserfall von den Lippen gekommen, er hatte beim Lesen und Beten fast den Verstand verloren, und doch hatte es nicht geholfen.

In dieser Stunde barg er nicht nur den Schmerz eines Menschen in sich, auch die Qualen eines verletzten Tieres waren in seiner stillen Klage zu hören: Der Augenblick, wenn der Köhlerfisch mit klappernden Kiemen auf dem Felsen lag, ohne zu begreifen, wo das Meer geblieben war. Oder der Augenblick, wenn das Lamm vor Angst pisste, kurz bevor das Schlachtermesser die große Ader durchtrennte. Und Pisan war auf die gleiche Weise wie ihr neugeborenes Kind gestorben: mit einem gurgelnden Kehllaut aus einem blauen Kopf.

Der Alte Tóvó schnappte nach Luft. Er hatte seine Frau und seine beiden Kinder verloren. Die arme Gudda trat schon als Elfjährige in den Dienst ihres Herrn, ihr Grab lag in einem anderen Land, und auch zum Grab seines Sohnes konnte er nicht. Sein jetziges Leiden war eine Art Rache, so musste es sein. Was man aus Unachtsamkeit, Jähzorn oder bewusster Bosheit getan oder auch nur zugelassen hat, wird einen eines Tages einholen – und wenn man nicht auf einem kleinen Stück Gras lag oder auf einer Bank saß, wurde man von der Heftigkeit des Gefühls zu Boden geschlagen. Ob sich der Himmel oder die Hölle rächte, wusste er nicht. Auf der Rache stand kein Absender, man fühlte nur, wie der Schmerz nach dem Herzen griff, und dieser Griff war fest und kalt.

Auch als der Karren abgefahren und das Knirschen der Räder im Kies vor dem Haus nur noch zu ahnen war, saß er mit der Mütze in der Hand da und weinte.

Die nächsten Tage wurde es nicht besser. Er war nicht in der

Lage, mit Bettas Trauer umzugehen, und es gelang ihm auch nicht, sie zu bewegen, ihre Trauer in Worte zu fassen. Wenn sie weinte, schien der Himmel zu bersten und auf das Haus zu stürzen. Er hielt es zu Hause nicht aus, und wenn er spazieren ging oder jemanden besuchte, war es ein Trost, den Kleinen Tóvó dabeizuhaben.

Aber Tóvó wollte an der Hand gehalten werden, und dieser Wunsch quälte den Urgroßvater. Als hätte der Junge das Vertrauen in seine eigenen Füße und Augen verloren. Er war ebenso hilflos geworden wie die Fliegen, die er in dem Napf ertränkte.

Sie schliefen in einem Bett, und abends fragte Tóvó flüsternd, warum der Urgroßvater so furchtbar geschluchzt hatte, als der Vogelmann und der Korporal mit Martimann fortgingen.

»Ach, mein lieber Junge. Einer nach dem anderen aus unserer Familie stirbt. Die Brahmadellen verschwinden.«

»War Großmutter Pisan auch eine Brahmadelle?«

»Oh ja, auch sie«, antwortete der Alte.

»Dann war mein Vater ja auch ein Brahmadelle«, sagte Tóvó glücklich.

Bevor der Urgroßvater sich zu ihm umgedreht und geantwortet hatte, schlief der Junge bereits tief und fest.

Die Geschichte eines Spitznamens

Die Tórshavner nannten den Urgroßvater den Alten Tóvó oder Tóvó í Geil, und im Kirchenbuch stand er als Thorolf Thorolfsen. Als am 3. August 1769 dieser Eintrag gemacht worden war, passierte etwas Sonderbares: Tórshavns Pastor, Johan Hendrik Samuelsen Weyhe, fügte aus freien Stücken einen Spitznamen hinzu und schrieb, der Junge sei *von der Brahmadellen-Sippe*. Auch hinter den Namen des Vaters und des Großvaters sah man seine Handschrift. Auch dort stand *von der Brahmadellen-Sippe*. Wann dies genau hinzugefügt wurde, ist schwer zu sagen. Aber es dürfte kaum so nebenher und daher auch nicht im Zorn passiert sein.

In dem Briefwechsel zwischen dem dänischen Volkskundler H. P. Hølund und dem Schriftsteller Wilhelm Heinesen wurden die Brahmadellen mehrfach erwähnt. Hølund behauptete, es sei eher unüblich, dass es Pastoren gestattet wurde, Spitznamen ins Kirchenbuch zu schreiben, und im Übrigen war er der Ansicht, dass etwas Bedrohliches oder Unheilverkündendes in den Worten *von der Brahmadellen-Sippe* läge.

Um den Vorfall in einen größeren Zusammenhang zu stellen, wies Hølund auf das Buch *Färöische Königsbauern 1584–1884* hin, in dem der Landesarchivar Anton Degn unter anderem über besagten Pastor schrieb: *Herr Weyhe soll ein talentierter und vor allem in den orientalischen Sprachen wohlbewanderter Mann gewesen sein, der durch seine Kenntnisse seiner Zeit weit voraus war.*

Und Degn fuhr fort: *In seinen letzten Lebensjahren verfiel er der Schwäche, die in dieser Zeit unter den Geistlichen Norwegens und Dänemarks sehr verbreitet war: ›sich nur mit einem kleinen Rausch glücklich zu fühlen‹.*

Hølund war der Ansicht, Pastor Weyhe selbst hätte diesen Spitznamen erfunden, und dass dies im Zustand der Trunkenheit geschehen sei. Auch versuchte er, den Namen zu deuten, und wies darauf hin, die Brahmanen seien im alten Indien die höchste und schriftklügste Klasse gewesen; eine passende Übersetzung von *brahma* könnte daher ›höchste Gottheit‹ sein. Aber weshalb der Gottesmann die italienische Präposition *della* hinzugefügt hatte, die ›von‹ oder ›aus‹ bedeutet, obwohl *brahma* ein Sanskrit-Wort ist, blieb stets ein Rätsel. In jedem Fall wäre es sprachlich korrekter gewesen, hätte das Verhältniswort vor dem Substantiv gestanden, doch in den Ohren des Pastors klang ›dellabrahma‹ wohl zu verkürzt und nicht exotisch genug.

Hølunds Schlussfolgerung war, dass Pastor Weyhe Krach mit dem Vater oder dem Großvater des Alten Tóvó gehabt haben musste, und im Branntweinrausch hatte der Streit sich dann so verquer und krankhaft entwickelt, dass der Pastor sich erdreistete, den Spitznamen ins Kirchenbuch zu schreiben.

Seitdem hatte dieser über siebzig Jahre alte Beiname die Familie begleitet.

Dass er wirklich furchteinflößend war, zeigte sich eines Tages, als Pastor Hans an der Spitze seiner singenden Kirche an dem Haus in Geil vorbeiging. Im Laufe der letzten Wochen war die Zahl seines Gefolges gewaltig gewachsen, und seine Anhänger waren so fromm, dass sie nicht länger gingen, sondern eher schwebten. Mit dem Himmel zugewandten Gesichtern und vor der Brust gekreuzten Armen sangen sie Oehlenschlägers Psalm *Lehr mich, o Wald, freudig zu welken.* Auch Frau Løbners Soh-

len lösten sich mehr und mehr von der Erde, und die Schwerelosigkeit kleidete sie, wenn sie dem langen Knochengerüst des
Pastors hinterherschwebte.

Der war so mager, dass die Leute sich Geschichten über
seine erstaunliche Erscheinung erzählten. Ludda-Kristjan, der
unter Freunden und Bekannten als recht munterer Mann galt,
hatte die Bemerkung fallen lassen, bei Pastor Hans kämen nur
zwei Krankheiten in Frage: Mitesser und morsche Knochen.

Als dieser nun den Alten Tóvó in der Tür stehen sah, erhob
er milde seine rechte Hand und schlug vor ihm das Zeichen
des Kreuzes. Doch das Lächeln des Mannes war so widerlich
süß und selbstgerecht, dass der Alte Tóvó die Tür zuschlug.

Nicht nur der Pastor bemerkte diesen Zwischenfall. Frau
Løbner fasste Herrn Hans vorsichtig am Arm und sagte, er
solle sich nicht um Tórálvur í Geil kümmern. Die Brahmadellen besäßen kein Pietätsgefühl, daher seien sie auch nicht in
der Lage, gute Taten zu würdigen.

Der Alte Tóvó stand fluchend im Flur, bis das Gefolge vor-
beigezogen war.

Verwöhnte, verfressene Teufel waren sie. Einen Sonntags-
spaziergang durch das Leid und das Elend der armen Leute zu
unternehmen. Er hatte in all den Jahren ihre Schuhe und Stiefel repariert, und damit also auch noch eine Voraussetzung dafür geschaffen, dass sie trockenen Fußes durch diese kranke
Stadt gehen konnten.

Es gab einen ehemaligen Pastor, Herrn Niels, der mal versucht hatte, eine Stiefelreparatur mit ein paar Bibelsprüchen zu
bezahlen, die er auf ein Blatt Papier gekritzelt hatte. Seine Hüh-
neraugen hatten das Stiefelleder gesprengt, sie waren so groß,
dass sie austreibenden Hörnern glichen.

Das hatte der Alte Tóvó ihm auch gesagt. Er hatte dem Pastor fest in die Augen gesehen und erklärt, dass sich unter dessen Fußsohlen die Hölle ausbreite.

Das Fernrohr und die Opiumtropfen

Betta steckte die Füße aus dem Bett. Ihre behaarten Waden waren wohlgeformt, die Zehennägel niedlich rund. Sie trug lediglich einen Unterrock, und während sie sich den großen Schal um die Schultern warf und unterhalb der schweren Brüste zusammenband, suchten ihre Zehen nach den beiden Holzpantinen. Sie hatte sich noch nicht an den neuen Holzfußboden gewöhnt, und wenn sie mit den Schuhen darüber lief, war es so laut, dass sie sie sofort wieder ausziehen musste. Im Bett lagen ein paar dicke Wollsocken, also schlüpfte sie in diese und ging dann hinüber zum Schrankkoffer. Sie schloss auf, hob den Deckel an und nahm das Fernrohr heraus, das in ein dunkelrotes Seidentuch gehüllt war.

Auf dem Weg zur Torfkiste warf sie einen Blick auf Mogul. Tóvó zuckte zusammen, er war überzeugt, dass die Mutter nach dem Hund treten würde. Stattdessen wurde Bettas Blick unstet. Sie sah aus, als hätte sie Angst vor dem Hund, sie machte einen Bogen um ihn und setzte sich auf die Kiste mit dem Brennmaterial.

Dort saß sie eine Weile mit geschlossenen Augen, dann bat sie Tóvó, sich zu ihr zu gesellen. Vorsichtig knotete sie die Leinenbänder auf und zog das Tuch beiseite, und zum ersten Mal in seinem Leben sah Tóvó ein Fernrohr.

»P. N.«, sagte sie und zeigte auf die in Messing gravierten Buchstaben. »Paul Nolsøe, dieses Fernrohr hat Nólsoyar-Páll gehört. Mein Vater bekam es nach seiner ersten Fahrt auf der

Royndin Frída geschenkt. Lauf rüber in die Nólsoyarstova und sag Doktor Napoleon, dass dieses Fernrohr einst seinem Onkel gehört hat, und sag ihm auch, dass deine Mutter um ein Glas Opiumtropfen im Tausch gegen das Fernrohr bittet.«

Tóvó sehnte sich danach, dass sie sagte *O, liebes Kind* oder *Mutters kleines Freitagsfohlen*. Sie wusste so viele schöne Worte, und nicht nur für ihn, sondern auch für den Bruder Lýdar und für Ebba. Doch nicht an diesem Morgen. Sie war nicht in der Stimmung, etwas Liebevolles zu sagen. Und sie bemerkte auch nicht den zärtlichen Blick ihres Sohnes oder seine Finger, die an einem Zipfel ihres Schals zogen. Er trug die Apfelsine unter seinem Pullover, und obgleich der dänische Mann ihm diese seltene Frucht geschenkt hatte, sollte sie doch seine Mutter haben, aber vermutlich war es besser, mit dem Geschenk noch zu warten. Tóvó freute sich, einfach nur ihre Stimme zu hören und dass sie trotz allem mit ihm redete.

Er band sich die Schnürbänder seiner Fellschuhe und stand schon vor der Tür, als er sich noch einmal umdrehte. »Opium?«, fragte er.

Die Mutter nickte, und das Freitagsfohlen galoppierte davon. Mit dem Fernrohr in der einen und der Apfelsine in der anderen Hand. Er lief durch den Sand. Ein ganzer Meter lag zwischen den fröhlichen Sprüngen, nur die Zehenspitzen ließen ein paar Sandkörner aufspritzen. Die blanke Bucht erstrahlte in herrlichem Sonnenschein, und so wie damals, als noch alles so war, wie es sein sollte, schwammen schnatternde Enten und Eiderenten im Wasser.

Doktor Napoleons Haus lag direkt oberhalb der Mündung des Flüsschens, es war das größte in der Stadt, voller Fenster, die das Sonnenlicht anzogen. Nein, das zweitgrößte, denn das größte Haus der Stadt war die Kirche, dort wohnten Gott und alle Engel oder zumindest neunzehn Engel. Oben an der Kirchendecke hing das große Netz zum Fangen der Köhlerfische, und im Herbst, wenn die Bucht vor Köhlerfischen überquoll, war die ganze Stadt auf den Beinen. Das Netz wurde durch die Luke am Ostgiebel herausgezogen und von zwanzig, manchmal fünfundzwanzig geschwinden Männern gepackt. Es war ungefähr dreißig Klafter lang und zog sich wie eine Schlange durch die Straßen: die Húsabrúgv entlang, die Bringsnagøta hinunter, dann auf die Gongin, und wenn die Spitze der Landzunge erreicht war, wurde eine Leine des Netzes nach Krákusteinur hinübergerudert.

Martimann war einer der eifrigsten Männer bei diesem Spektakel gewesen, aber daran mochte Tóvó jetzt nicht denken.

Opiumtropfen, er durfte den Namen nicht vergessen. Mutter sagte, damit vergingen die Schmerzen. Aber wo ging der Schmerz hin, wenn er verschwand? Hatte er Flügel wie die Masernfliegen? Oder kroch er wie Kellerasseln davon? Vielleicht blieb er beim Jóvóva-Mann oben am Svartifossur. Sein Urgroßvater hatte ihm erzählt, der Jóvóva-Mann wäre halb Mensch, halb Pflanze. Der menschliche Teil wäre dabei nicht größer als ein Finger lang, und der Rest bestünde aus tief in der Erde steckenden Wurzeln. Er sagte, der Jóvóva-Mann sei der Fliegenkönig, der Madenkönig und der Käferkönig, also warum sollte er nicht auch über den Schmerz gebieten? Vielleicht schickte der Jóvóva-Mann abends die Schmerzen in die Stadt. Wehe dann dem armen Teufel, der eine Tür oder ein Fenster hatte offen stehen lassen.

Das Haus des Amtmanns zählte ebenfalls zu den größeren. Zwar war es nicht ganz so hoch, aber wenn man Nebengebäude und Anbauten mitrechnete, breitete es sich an der Anhöhe Gladshyggjur über eine Grundfläche aus, die größer war als die der anderen.

Húsagardur war in der Tat riesig, doch vielleicht lag es auch nur an den vielen Leuten, die auf dem Hof wohnten, dass man diesen Eindruck gewann. Dort wohnten Großmütter und

Großväter, Frauen und Männer. Und viele Kinder, die Tóvó kannte und mit denen er spielte.

Aber natürlich war das Gebäude der Handelsgesellschaft noch größer.

Und dann kam das Haus des Doktors. Oder vielmehr das seines Vaters, Jákup Nolsøe. Jákup war ein kräftiger alter Mann mit breiten Hüften, der den gleichen Kinnbart trug wie die Ziege des Korporals. Es kam vor, dass die Kinder hinter ihm meckerten – *määähhh*, blökten sie –, doch der Alte tat einfach so, als würde er nichts hören.

Jákup Nolsøe war der Ansicht, die Färinger müssten sich auf die neue Zeit vorbereiten, und dass er große Pläne mit seinem Sohn hatte, bewies allein der Name Napoleon.

Hans Marius Debes, der berühmte Historiker aus Gjógv, schildert in seinem Buch *Erzählungen aus alten Tagen,* wie es zu dem Namen Napoleon gekommen war:

Es geschah zu der Zeit, als Napoleon Bonaparte siegreich durch Europa zog. Der Dichter Nólsoyar-Páll bewunderte den französischen Kaiser dermaßen, dass die Leute sagten, er sei verrückt geworden. Als seine Frau, Marin Malena, mit ihrem zweiten Kind niederkommen sollte, beschloss er, dass es Napoleon heißen sollte, wenn es ein Junge würde. Doch es wurde eine Tochter. Er wollte sie Napolonia nennen, aber dagegen wehrte sich der Pastor. Er meinte, das sei kein richtiger Name für einen Menschen, gegen Apolonia sei indes nichts einzuwenden, das käme von dem griechischen Gott Apollon, und auf diesen Namen wurde sie dann auch getauft.

Debes schreibt weiter:

Nachdem es Nólsoyar-Páll nicht gelungen war, einem seiner eigenen Kinder den Namen Napoleons zu geben, redete er auf seinen Bruder Jákup Nolsøe ein, der damals Handelsverwalter und mit Anna Katrina Petersdatter Skeel verheiratet war, sein Kind Napoleon zu taufen. Und so geschah es. Sie nannten ihren ersten Sohn Napoleon Nolsøe. Und er war ganz sicher der erste Färinger, der so hieß. Auf jeden Fall war er der erste examinierte Arzt, obwohl er kein Abitur hatte.

Eine flache Holztreppe führte zur Tür des Mannes, der nach einem wahren Kaiser benannt worden war, und als Tóvó in die kleine Apotheke kam, die Opiumtropfen, aber auch Kandiszucker und Lakritz in kleinen Papiertüten und französischen Branntwein in Flaschen mit einem Glasstopfen verkaufte, klatschte der Doktor einen groben Lappen auf den Tresen, dass die Tropfen aufspritzten.

»Mach die Tür zu, beeil dich. Ich will nicht noch mehr von den Biestern hier drin haben.«

Tóvó sah ein paar gewaltige Fliegen an dem schimmernden Fensterglas. Sie waren groß wie Kandisstücke. Vielleicht spielte ihm aber auch die Sonne einen Streich. Wahrscheinlich. Manchmal sah man Dinge, die nicht existierten, man konnte auch von Dingen träumen, die nicht existierten. Die Sonne neckte die Menschen, das tat sie tatsächlich. Alles, worauf sie schien, leuchtete so hübsch und konnte die Sinne auf Abwege bringen. Und vor allem an einem Tag wie diesem, an dem Mutter das Bett verlassen hatte und vielleicht den Herd anzünden würde. Hauptsache, es kommt kein Feuer in meine Fliegendose, dachte Tóvó und kniff die Augen zusammen. Die Fliegen am Fenster schrumpften auf die Größe normaler kleiner Brummer.

»Was willst du?«

Vorsichtig legte Tóvó das Fernrohr auf den Tisch und schob es dem Doktor zu, mit dem Zeigefinger auf der dunkelroten Seide. Einen Augenblick wusste er nicht mehr genau, ob er Napoleontropfen oder Opiumtropfen bringen sollte, aber dann sagte er, dass Mutter ein Glas Opium brauche.

»Glaubt deine Mutter, hier ist eine Hökerbude?«

»Meine Schwester und mein Bruder husten so schlimm.«

»Alle in diesem verdammten Loch husten, und wenn ich meine Apotheke mit eurem Plunder füllen wollte, ginge ich bald Konkurs.«

Wieder schwang der Doktor den Lappen und erschlug zwei Fliegen. »Bleibt liegen, ihr schwarzen Vorboten des Sommers«, tönte es aus seinem Mund.

Plötzlich strahlten seine Augen. Er wiederholte seine Worte: *schwarze Vorboten des Sommers.* Er wiederholte es mehrfach, und die schmalen Lippen lösten sich zu einem breiten Lächeln, während er den Worten nachschmeckte.

Napoleon trug wie sein Vater einen Kinnbart, doch während der Alte noch immer den Haaransatz und die dunkle Haarfarbe seiner Jugend hatte, waren die Haare des Sohnes weiß und dünn.

Er legte den Lappen beiseite und knotete das Band auf, mit dem die rote Seide verschnürt war.

»Mutter hat gesagt, dass mein Großvater es von Nólsoyar-Páll bekommen hätte. Sie möchte dafür ein Glas mit den Tropfen.«

»Hmm«, brummte der Doktor, »dann ist Gudda í Geil die Schwester deines Großvaters, und du bist einer von den Brahmadellen.« Er legte den Kopf schief und maß Tóvó mit seinem Blick: »Sicher einer der kleinsten Brahmadellen der Stadt.«

»Ich bin größer als meine Schwester«, erwiderte Tóvó.

»Natürlich bist du das. Entschuldige, mein Freund. Ah, das Fernrohr eines Dichters. Paris 1791. P. N. Sehr, sehr interessant.«

Erst jetzt sah Napoleon Tóvós Apfelsine und erkundigte sich, woher er sie habe.

Tóvó antwortete, ein Mann in einem langen Mantel habe ihm die Apfelsine gegeben und seine Mutter solle sie bekommen.

Napoleon lachte vergnügt und trat ans Fenster.

»Und ich dachte, dass der Alte Tóvó dein Großvater ist«, sagte er, während er die Linse des Fernrohrs putzte.

»Mein Großvater ist mit Nólsoyar-Pálls Schiff untergegangen. Mutter sagt, das Schiff war verhext und Nólsoy voller Gespenster. Es ist nicht einmal sicher, dass es Nólsoy gibt, hat Mutter auch gesagt. Die Insel ist nur ein Traum, und vielleicht geht sie auch unter, dann schwimmt dort, wo sie gelegen hat, nur noch ein dummer Holzschuh auf dem Wasser. Glaubst du das auch? Können Träume untergehen?«

Napoleon schaute den Jungen an. Es gehe sehr eigenartig zu auf der Welt, antwortete er und setzte das Fernrohr an sein linkes Auge.

Das Haus auf Krákusteinur kam beinahe bis in die Apotheke, und er erinnerte sich, wie er zusammen mit anderen kleinen Jungen auf glühenden Rabenschnäbeln östlich dieses Hauses getanzt hatte. Er wollte Tóvó fragen, ob er schon mal auf glühenden Vogelschnäbeln getanzt habe, doch dann ging ihm durch den Kopf, dass diese Belustigung in eine Zeit gehörte, als die Färöer noch über sich selbst bestimmen konnten und man als Mann jährlich zwei Raubvogelschnäbel abzuliefern hatte, um deren Zahl klein zu halten. Im Übrigen hatte der Junge vermutlich seine eigenen glühenden Kohlen, auf denen er tanzte.

Soweit Napoleon es sich ausrechnen konnte, musste der Junge der Sohn von Martin í Heimistovu aus Nólsoy sein. Aber Napoleon mochte nicht nachfragen. Es hätte seinen Tag ruiniert, wenn er zuließe, dass der hoffnungslose Kummer eines Kindes auf seinem Ladentisch ausgebreitet würde. Er wollte nicht darüber sprechen. Der Junge war noch zu klein für solche dunklen und klugen Themen.

Napoleon hielt Ausschau nach dem Schoner. Gegen Mitternacht hatten ihn die Ankerketten geweckt, die durch die Klüsen rasselten. Ohne sich den Fremden zu erkennen zu geben, hatte er sie mit den Augen verfolgt, als sie kurze Zeit später am Haus des Arztes vorbeigingen. Amtmann Pløyen und dieser plumpe Nils Tvibur begleiteten die frisch angekommenen Ärzte, und er hatte gehört, dass sein Name genannt wurde, als sie an der Treppe vorbeigingen.

Das Mundwerk des Onkels

Es waren erst fünf Tage vergangen, seit Doktor Napoleon und der Landeschirurg mit Pløyen zusammengesessen hatten. Niemand von ihnen wusste zu diesem Zeitpunkt, dass ärztliche Hilfe aus Kopenhagen unterwegs war. Auf dem Tisch vor Pløyen hatte die Landkarte der Färöer gelegen, die Kommandant Born gezeichnet hatte. Er zeigte auf die Gebiete, in denen die Masern wüteten, und erklärte, nun sei die Krankheit auch in Trongisvágur auf Suduroy aufgetreten.

Er seufzte und blickte Regenburg an. »Ich bete zu Gott, dass Masern eine miasmatische Krankheit sind.«

»Die Wissenschaft ist sich darüber nicht einig«, erwiderte Regenburg.

Pløyen lief feuerrot an. »Ich rede nicht von wissenschaftlichen Theorien. Ich rede von einer Krankheit, die tötet. Verstehen Sie? Ich rede von all den Leichen, die Nils Tvibur auf seinem verdammten Karren fortschleppt.«

Doktor Napoleon schnippte sich ein Staubkorn von der Schulter. Er verstand Pløyens Ausbruch ausgezeichnet, aber es gefiel ihm gar nicht, wenn dieser Mann auf jemanden losging. Denn Pløyen hatte den größten Teil der Zähne im Oberkiefer verloren, und wenn er zornig wurde, hatte er weder sein Lispeln unter Kontrolle noch den Speichel, der ihm aus dem Mund spritzte. Igitt. Wie unästhetisch, dachte Napoleon, der faulige Mundgeruch war streng. Dieser norwegische Korporal oder der Steuermann der *Havfruen* durfte so bellen, nicht aber der Repräsentant des Königs. Obendrein war Pløyen Napoleons Patient. Zweimal hatte er dem Mann im vergangenen Jahr die Hämorrhoiden weggeschnitten, und seine untere wie seine obere Öffnung waren gleichermaßen unappetitlich. Napoleon ekelte sich vor dem Mann.

Und dann dieses verquere Gerede. Napoleon hatte selbst nicht so genau gewusst, was das Wort eigentlich bedeutete, und nachgeschlagen. *Miasma* kam aus dem Griechischen und hieß ›besudeln‹, und im Zusammenhang mit einer Krankheit bedeutete es ›Luftverunreinigung‹ oder ›durch die Luft übertragene Ansteckung‹. Aber wie die Masern sich übertrugen, war in der Praxis bedeutungslos. Die Frage war, wie man ihre Verbreitung stoppte oder eindämmte. Es war typisch Pløyen: den Mund voller großartiger, aber letztendlich vollkommen irrelevanter Worte.

Eines Sonntagnachmittags, als sie im Klub L'hombre spielten, hatte Napoleon behauptet, dass Pløyen in seinem tiefsten Inneren ein ausgemacht pöbelhafter Snob wäre, wie schon sein plumpes Grindwal-Lied bewies, zu dem obrigkeitstreue Färinger mit Begeisterung tanzten.

Am Tisch hatten ein älterer Handelsbeamter, ein halb betrunkener Bauer aus Velbastadur, der in regelmäßigen Abständen »Lang leben die Sonnenmänner« brüllte, und der fünfundsiebzigjährige Pastor Schrøter gesessen. Dessen linke Hand war seit einigen Jahren gelähmt, aber er konnte damit immerhin die Karten zwischen Daumen und Zeigefinger halten.

Pastor Schrøter war halber Arzt, und das kam Suduroy zugute. Ansonsten war er ein in vieler Hinsicht gelehrter Mann, auch kundig in neueren Sprachen. Alle gelehrten Männer, die auf die Färöer kamen, suchten ihn auf und erhielten Informationen von ihm, sowohl mündlich wie schriftlich. So schrieb es Christian Matras in einem Artikel in der Zeitschrift Oyggjaskeggi im Jahr 1952.

Schrøter war mit Nólsoyar-Páll befreundet gewesen und hatte einen Anteil an der *Royndin Frída* besessen; während der Napoleonischen Kriege, ja bis in die zwanziger Jahre des 19. Jahrhunderts hinein war er ebenso sehr Schmuggler wie Kirchenmann gewesen.

Nun blickte er über den Rand seiner Lorgnette und bat Napoleon, seinen Vorwurf zu erläutern.

»Das ist kein Vorwurf«, erwiderte Napoleon. »Ich rede von einer Tatsache.«

Sie saßen im Lesezimmer, und das Knistern der Zeitungen verstummte plötzlich. Verblüffte Augen starrten über das Papier, und es wurde so still, dass man die glühenden Kohlen in dem großen schwarzen Bilegger-Ofen hörte. Und was sagte die Kohle? Vielleicht: Ich brenne, ich brenne, einst war ich ein Wald. Oder: Ich brenne, ich brenne, einst war ich das Heim eines kleinen Vogels.

Der Kellner steckte den Kopf ins Lesezimmer, um sich zu vergewissern, dass alles in Ordnung war. Aber natürlich. Wenn Napoleon auf sein Lieblingsthema zu sprechen kam, hatte niemand etwas dagegen. Er fragte, ob es sich bei einer Hymne auf Grindwalfleisch überhaupt um große Poesie handeln könne. Oder ob getrockneter Grindwalspeck ein passendes poetisches Motiv sei – tropfte das nicht zu sehr?

»Was hätte ein Dichter wie Lord Byron, der seine teuren Gaben im griechischen Freiheitskrieg verschleuderte und in einem Zelt an der Front starb, zu einer Ballade über den Tod eines Grindwals gesagt? Oder was hätte der herrliche Erotomane Aarestrup von der Strophe *Mutige Jungs, den Grindwal töten, das ist unsere Lust* gehalten? Nun töten sie auf dem Festland keine Grindwale, deshalb könnte die Zeile auf dänische Verhältnisse umgemünzt lauten: *Mutige Jungs, Schweine töten, das ist unsere Lust.*«

Napoleon schüttelte den Kopf. Nirgendwo sonst als auf den

Färöern würde ein barbarischer Blender wie Pløyen ernst genommen werden.

Schrøter strich sich über die Mundwinkel, und als Napoleon erklärte, er wolle ihnen ein Rätsel aufgeben, genehmigte sich der Pastor einen Schluck Genever.

Könne denn jemand hier sagen, fragte Napoleon, welches Geschöpf die einfachen Leute auf den Färöern überzeugt habe, dass der dänische Absolutismus die absolute Synthese der europäischen Staatskunst sei?

Schrøter bekam einen Genevertropfen in den falschen Hals, das Doppelkinn bebte, als er hustete, und während der halb betrunkene Bauer aus Velbastadur ihm zwischen die Schulterblätter klopfte, röchelte der Pastor: »Jedenfalls hast du das ungehobelte Mundwerk deines Onkels.«

Der hochverehrte Beamte

Dennoch war Pløyen ein beliebter Mann, vermutlich der beliebteste dänische Beamte, der je auf den Färöern gearbeitet hat. Und das hatte seine ganz konkreten Gründe.

In dem Buch *Das Land der Fäinger*, das 2001 erschien, stellte Professor Hans Jacob Debes dem Mann dieses Zeugnis aus: *Die energischste und konstruktivste Arbeit für den materiellen Fortschritt auf den Färöern leistete der allseits geschätzte Amtmann Chr. Pløyen.*

Die Kaufverträge für die Grundstücke auf der Ostseite des Sundes zwischen Streymoy und Eysturoy und auch in Hvítanes, auf denen Aussiedlerwohnungen entstanden, trugen seine Unterschrift. Dass die Färinger anfingen, mit der Langleine zu fischen, kann auch auf die Liste der Verdienste Pløyens gesetzt werden. Dazu kam, dass er fehlerfrei Färöisch sprach.

1991 veröffentlichte der Kommunist D. P. Danielsen einen Roman über die Aussiedler in Hvítanes, darin wurde Pløyen für geradezu sakrosankt erklärt: *Und wenn die Menschen in Hvítanes auch keinen Abgott hatten, an den sie sich wenden konnten, wenn sie meinten, dass ihr wahrer Gott teuflisch lange brauchte, um ihre Gebete zu erhören, so hatten sie nun einen bekommen. Nach diesem Tag durfte kein Mensch, den eine Christin geboren hatte, ungestraft ein böses Wort über den Amtmann Pløyen sagen, wenn ein Mann aus Hvítanes zugegen war.*

Doch keine Rose ist ohne Dornen. Als die Landesbibliothek der Färöer 1928 einhundert Jahre alt wurde, fiel das Urteil, das der Gelehrte M. A. Jacobsen in der Jubiläumsschrift über Pløyen fällte, nicht ganz so jubelnd aus:

Die Sparkassendirektion (Pløyen, Lunddahl und G. F. Tillisch) hatte 1846 einhundert Reichstaler als Prämie für denjenigen ausgesetzt, der die beste färöische Grammatik schrieb. Allerdings wollte die Sparkasse nicht erwähnt werden, daher wurde der Geheimarchivar Finnur Magnusson gebeten, eine Anzeige in die Zeitung zu setzen. Wir wissen, dass ein gewisser V. U. Hammershaimb, der 1847 die Beamtenprüfung bestanden hatte, die Prämie gewinnen wollte. Er schrieb am 16. August 1847 aus Tórshavn einen Brief an Rafn (gedruckt in »Briefe von und an Carl Christan Rafn«, Hrsg. B. Grøndal): »Seit ich nach Tórshavn gekommen bin, hat es sehr viel Unruhe gegeben, da zwei dänische Kriegsschiffe hier gelegen haben und die Soldaten ständig unterwegs sind. Ferner wurde eine Abschiedsfeier für den Amtmann ausgerichtet, der uns nun verlässt; daher bin ich mit der färöischen Grammatik noch längst nicht fertig, aber meinen Sie nicht, dass Geheimarchivar Magnusson sie noch annehmen wird, auch wenn sie etwas später als an diesem bestimmten Tag eintrifft, sofern nicht andere bereits etwas abgeliefert haben?«

Die Frist lief am 23. September 1848 aus, ohne dass eine Grammatik eingereicht worden wäre. Hammershaimbs Arbeit wurde nicht vor 1854 beendet, und als Finnur Magnusson am 24. Dezember 1847 starb, zahlte man die einhundert Reichstaler aus seinem Nachlass zwei Jahre später an Pløyen aus. Dieser hatte die Färöer zu diesem Zeitpunkt bereits verlassen, doch wir wissen, dass Lunddahl das Geld von ihm zurückverlangt hat, aber keine Antwort erhielt. Die Sparkassendirektion, nämlich Lunddahl und Tillisch, hatte auf ihrer Sitzung vom 8. März 1849 wiederum beschlossen, dass die Amtsbibliothek das Geld bekommen sollte.

Aus den vorliegenden Abrechnungen geht nicht hervor, dass dieses Geld von Pløyen je zurückbezahlt wurde.

Mit anderen Worten, der hochverehrte Pløyen hatte die Prämie eingesackt, die dem Vater der färöischen Schriftsprache zugedacht war und später dem Unterhalt der Landesbibliothek zugute kommen sollte. Um den Betrag einschätzen zu können, muss man wissen, dass ein Unteroffizier der Tórshavner Schanze 1846 zwölf Reichstaler im Monat verdiente und eine Tonne Gerste zehn Reichstaler kostete.

Angelica archangelica

An dem Tag, an dem Doktor Napoleon zu einer Sitzung mit Pløyen und Regenburg ging, hatte er Ludda-Kristjan getroffen. Sie waren gleichaltrig und hatten als Kinder zusammen gespielt, und so wie früher bekam Ludda-Kristjan Zuckungen in der linken Schulter, wenn er sich ereiferte. Mit zusammengekniffenen Lippen flüsterte er, dass er vorgestern Abend zwei Reiter gesehen habe, die auf der Straße nach Westen über den Fluss geritten wären, einer sei Amtmann Pløyen, der andere Nils Tvibur gewesen. Listig erkundigte sich Ludda-Kristjan, ob Pole vielleicht wüsste, wohin sie wollten?

Napoleon zuckte die Achseln, und Ludda-Kristjan flüsterte weiter, der Amtmann habe seinen Glauben an Gott verloren. Er sei der oberste Repräsentant des Königs in einem Land, das Gott vergessen habe, deshalb sei er am längsten Tag des Jahres zum Skælingsfjall hinaufgeritten.

»Na und?«, fragte Pole.

»Psst, nicht so laut. Hast du vergessen, dass die Bauerntölpel sich am längsten Tag am Skælingsfjall treffen?«

»Jetzt, wo du es sagst«, erwiderte Napoleon.

»Diese heidnischen Teufel beten die Sonne an. Deshalb treffen sie sich jedes Jahr auf dem Berg. Die Sonne ist der alte Gott der Grundbesitzer.«

Daran dachte Napoleon, als er in Pløyens erregtes und krebsrotes Gesicht blickte. Die Färöer in friedlichen Zeiten zu verwalten war eine Sache, doch nun, da die Holzvorräte des Landes für Särge gebraucht wurden, knirschten die Säulen der alten Ordnung. Wenn Familienväter in den besten Jahren den Masern zum Opfer fielen, gab es wahrlich Grund genug, die Trauerkleidung abzustauben und zu Jesus Christus im Himmelreich zu beten, zur Sonne und, nicht zu vergessen, zu dem Wüstenkapitän des norwegischen Korporals, um die Färinger von weiterem Unheil zu bewahren. Mit den Neugeborenen hatte Napoleon allerdings weniger Mitleid. Denn wenn soziale Umstände hauptsächlich für die Persönlichkeitsbildung verantwortlich waren, dann blieb einem mancher Kummer erspart, wenn aufgrund der Masern die Herzen von jenen Säuglingen stehen blieben, die schon mit einer Prädisposition zum Schurken auf die Welt gekommen waren. Vielleicht hätte es sich später einmal zu einem Säufer entwickelt oder zu einem Luder mit einer Unmenge von Kindern, die der Armenkasse zur Last fielen? Noch hatte Tórshavn jedenfalls keinen Raffael oder Oehlenschläger hervorgebracht, also statt die Masern zu verfluchen, sollte man dankbar den Kopf neigen vor dieser Müllabfuhr, die ohne Gnade jeden unsauberen Winkel dieser Stadt reinigte.

Napoleon zweifelte inzwischen auch an der miasmatischen Theorie, oder besser gesagt: Er hatte viele Jahre kaum an dieses Wort gedacht, und in den neueren medizinischen Werken, sowohl denen aus Edinburgh als auch in deutschen Büchern, fand sich der Terminus ohnehin so gut wie gar nicht. Der miasmatische Gedanke hing mit einem älteren Krankheitsbegriff zusammen, der sich überwiegend auf fieberhafte Infekte bezog, aber dank diesem Narren Regenburg liefen nun die Beamten und ihre Frauen herum und riefen: »Miasma, Miasma«, als handele es sich um einen Geist, der den Menschen unermüdlich Teuflisches hinterherblies. Einige Leute trugen sogar diese Schnabelmasken, um der Ansteckung vorzubeugen, und es war kein Spaß, solch einer Gruppe Vogelmenschen in einer der schummrigen Gassen zu begegnen, denn man wusste nicht, ob diese unheimlichen Wesen die Stadt besetzt hielten und die Macht übernommen hatten oder man sich ganz einfach nur in einem bösen Traum befand.

Ludda-Kristjan fertigte und verkaufte die Masken, und zu seinem alten Spielkameraden sagte er, dass es sich mit den Masken wie mit der Medizin verhalte: Glaubte man daran, ja, dann halfen sie. Vor allem unter den Mitgliedern der singenden Kirche verkauften sich die Masken wie warme Semmeln. Aber, und das konnte Ludda-Kristjan mit großer Gewissheit sagen, die Masken wurden nicht nur als Schutz vor Ansteckung aufgesetzt. Viele der Sänger fürchteten Unheil, wenn sie direkt hinter der Prozession des Pastors hergingen, denn die Kombination aus Darmwinden und älteren Frauen war eine giftige Mischung.

Napoleon hatte die Zeitschriften *Bibliothek der Ärzte* und *Wochenschrift für Ärzte* abonniert. Er hatte von den kleinen Wesen gelesen, die Wissenschaftler auf dem Festland unter dem Mikroskop untersucht hatten. Überhaupt passierte so viel in der medizinischen Wissenschaft, dass Harvey, ja sogar Edward Jenner, der die Pockenschutzimpfung entwickelt hatte, beinahe schon der Vergangenheit angehörten. Doch obwohl man über neue Instrumente wie das Quecksilberthermometer und das Stethoskop verfügte, konnte man sich irren.

Den ersten Ausbruch der Masern am 7. oder 8. April hatte der Landeschirurg Regenburg als Gichtfieber diagnostiziert, und obwohl es durchaus einige Ähnlichkeiten zwischen den beiden Krankheiten gab, zum Beispiel hohes Fieber und Müdigkeit in den Gliedern, war die Diagnose des Landeschirurgen doch eine Katastrophe gewesen, vor allem wenn man die Folgen bedachte. Doktor Napoleon versuchte, sich zu beruhigen. Er wusste genau, dass er mit seiner eigenen Rolle auch nicht gerade prahlen konnte. Er hatte mit dem Verkauf von Morphium recht gut verdient, in der Tat, und auch an verschiedenen Ölen und Salben, die er mit Ambra, Zimt und Anissamen vermischte. Und obwohl die Leute bereit waren, reichlich für ein paar Gramm Senna-Blätter zu bezahlen, die der Mörser pulverisiert hatte, ja sogar für eine Lüge, Hauptsache sie war auf Latein verfasst, so gab es doch Grenzen, wie sehr man das Volk zum Narren halten konnte.

Daran hatte er gedacht, als er dem Bauern í Húsi auf Koltur empfahl, Arznei-Engelwurz gegen die Folgekrankheiten zu essen.

»Arznei-Engelwurz?«, wiederholte der Bauer ungläubig. »Jetzt macht der Doktor sich aber lustig.«

»Nein, mein guter Mann«, hatte Napoleon geantwortet. »Die Kreuzritter aßen Angelica archangelica, als sie gegen die Heiden in Jerusalem kämpften, und es war der Erzengel Gabriel persönlich, der den verletzten Rittern die Pflanze zeigte.«

Als der Bauer hörte, dass sich um den Arznei-Engelwurz Heldenlegenden rankten und die Pflanze einen feierlichen lateinischen Namen trug, gab er seinen Widerstand auf. Allerdings war er noch nicht restlos überzeugt, kratzte sich am Bart und murmelte: »Na ja, so, so.«

Napoleon wusste, was diese Worte bedeuten konnten. Er schaute sich den Bauern an, dessen skeptisches Gesicht ihm sympathisch war. Das Verhalten des Mannes war eine der Grundvoraussetzungen, um in diesen nördlichen Breitengraden überleben zu können. Es ging darum, an allem zu zweifeln, was man hörte – auch an den meisten Dingen, die man sah.

Nur konnte Napoleon ihm schlecht erklären, dass es tatsächlich keine medizinischen Heilmittel gegen die Masern gab. Gäbe er es zu, hätte er seine eigene Gelehrsamkeit geleugnet. Man verriet geradezu den Ruf, den sich die medizinische

Wissenschaft in den letzten Jahrhunderten erworben hatte. Trotzdem war es die bittere Wahrheit. Hatte ein Patient sich erst einmal angesteckt, war nichts mehr zu machen. Die Inkubationszeit betrug gewöhnlich zwei Wochen, bisweilen kürzer, manchmal auch länger, dann kamen das Fieber, der Husten und der Ausschlag am ganzen Körper. War der Patient sonst jedoch einigermaßen gesund, überstand er die Masern. Das Wichtigste war daher die Krankenpflege, deshalb war es auch gut, ihm ein bisschen in Sahne getauchte und mit Zucker bestreute Angelica archangelica unter die Zunge zu legen.

Ein Nerv zuckte in Pløyens Mundwinkel. Er erinnerte die Ärzte an die vielen Toten allein in Tórshavn, und noch war kein Ende der Epidemie in Sicht. Sicherlich hatte Herr Andreas verschiedene Medikamente im Pfarrhof von Leirar, aber wenn man die Masern auf Suduroy bekämpfen wollte, bräuchte es mehr als Hoffmannstropfen und alte färöische Hausmittel oder die Hexenkünste des Quacksalbers Pól á Midgerd aus Agrar. Die zwölfhundert Landsleute auf der Insel bräuchten eine kundige ärztliche Hand sowie entsprechende Ratschläge. Sie hatten Anspruch darauf.

Pløyen zeigte Doktor Napoleon einen Brief, den Herr Andreas über den Zustand auf der Insel geschrieben hatte, und während Napoleon den Text überflog, erklärte Pløyen, dass das Amt bereit sei, ihm fünfzig Reichstaler im Monat zu zahlen. Ein wenig spöttisch fügte er hinzu, dass es durchaus möglich sei, auch ein vierbeiniges Reittier zu beschaffen, um den Doktor in die Dörfer zu bringen, obwohl die Bewohner von Suduroy den größten Teil ihres Pferdebestandes an die britischen Kohleminen verkauft hätten. Im Übrigen gäbe es eine Unzahl von Booten auf Suduroy, ja laut Løbners Tabellen verfügte die Insel über einhundertfünfzig Boote.

Pløyen redete, als habe Napoleon dem Ersuchen bereits zugestimmt, außerdem, fügte er hinzu, habe er viele Verwandte auf der Insel, bei denen der Doktor wohnen könne. Daher war der Amtmann einigermaßen überrascht, als Napoleon zögerte.

»Sagen Sie mir, sind fünfzig Reichstaler im Monat nicht genug, wenn Ihre Landsleute buchstäblich in Lebensgefahr sind?«

»Die Leute hier in Tórshavn und auf Streymoy sind auch meine Landsleute«, erwiderte Napoleon. »Ich habe meine festen Patienten hier in der Stadt und kann nicht von einem Tag auf den anderen die Tür zusperren und wie der Pastor singen: *Fahr dahin, Welt, leb' wohl.*«

»Regenburg kann sich Ihrer Patienten annehmen«, antwortete Pløyen.

Doktor Napoleon wischte sich ein paar Staubkörner vom Ärmel und wandte sich an Regenburg.

»Ich schlage vor, Sie fahren nach Suduroy. Sie sind doch Landeschirurg, und Suduroy gehört zum Aufgabenbereich Ihres Amtes. Währenddessen kann ich mich den Patienten nördlich des Fjords widmen und im Übrigen die ärztlichen Aufgaben in diesem Teil des Landes wahrnehmen.«

Eine drückende Stille legte sich über den Raum.

Tief im Inneren musste Pløyen einräumen, dass ihn der Gegenvorschlag nicht überraschte. Napoleon Nolsøe war gewiss ein unergründlicher Mensch, ja er konnte geradezu pubertär sein in seinem Verhältnis zum Beamtenstand, dem er doch selbst angehörte. Noch immer war er vernarrt in das studentische Leben Kopenhagens und maß sich selbst die Rolle eines rebellischen Grandseigneurs an, der sich über die Obrigkeit lustig machte, die sich trotz allem bemühte, die färöische Scholle zum Blühen zu bringen.

Und natürlich wusste Napoleon ganz genau, dass Regenburg ausgesprochen ungern auf Reisen ging. Es war kein Geheimnis, dass er nur schwer in die Dörfer zu bringen war, und vor allem die langen Schiffsreisen widerstrebten ihm. Genau. Napoleon hatte längst durchschaut, dass der Urheber des Vorschlags, ihn nach Suduroy zu senden, der Landeschirurg persönlich gewesen war. Dennoch verstand Pløyen nicht, dass Doktor Napoleon sich angesichts des Zustands, in dem das Land sich befand, so hartnäckig weigerte.

Regenburg kannte sich mit den färöischen Verhältnissen überhaupt nicht aus, als er vor zwei Jahren sein Amt als Landeschirurg übernommen hatte. Er wusste, dass das Krankenhaus 1828 gebaut worden war, und er kannte auch die Höhe seines Lohns, mehr aber auch nicht. In seiner Naivität hatte er geglaubt, die Kranken könnten in die Stadt transportiert werden, oder er könnte auf einigermaßen sicheren Straßen zu ihnen gelangen, wenn nicht mit der Kutsche, so doch zu Pferd. Doch dass die Felsen so steil waren und dass es sich bei vielen der befahrbaren Straßen in Wahrheit um schmale Schafspfade an der Kante senkrechter Felswände handelte, war ihm nicht klar gewesen. Hätte er die wahre Geschichte der färöischen Verkehrsadern gekannt, wäre er nie auf die Idee gekommen, sich um dieses Amt zu bewerben.

Die schnellste Verbindung zwischen den Dörfern war ein Boot, und wenn das Wetter im Sommer schön war, konnte eine Fahrt mit dem Boot durchaus interessant sein. Aber die Sommer waren kurz und die Reisen durch die Sunde und Fjorde gefährlich, außerdem gab es keine Anlegerbrücken. Allein die Reise nach Suduroy war selten kürzer als zehn Stunden. Regenburg hasste ganz einfach diese langen Reisen, und schon der Gedanke, einen ganzen Monat, vielleicht sogar zwei oder auch nur so lange, wie es in dem jeweiligen Fall notwendig war, von seiner Familie getrennt zu sein, erfüllte ihn mit Unbehagen.

Pløyen ging zur Anrichte, schenkte sich ein Glas Branntwein ein und stürzte es hinunter. Er versuchte, seinen Widerwillen gegen diesen eitlen Handelsverwaltersohn zu bezähmen. Was zum Teufel bildete er sich ein? Wie konnte ein Arzt so verantwortungslos mit dem hippokratischen Eid umgehen? Und von diesem arroganten Menschen hatte er sich seine Hämorrhoiden operieren lassen. Pløyens Hinterteil verkrampfte sich, und mit dem leeren Glas in der Hand deutete er auf Doktor Napoleon: »Das ist geradezu schäbig, seinen Landsleuten die Hilfe zu verweigern, jetzt, da der Tod buchstäblich vor der Türe steht. Das ist schäbig. Hören Sie mich? S-c-h-ä-b-i-g. Ein anderes Wort findet sich nicht für Ihre Weigerung.«

»Dies ist kein Prozess«, erwiderte Napoleon eiskalt. »Bereits am 17. April, als der Herr Landeschirurg meinte, bei den Masern handele es sich um Gichtfieber, hatte ich die richtige Diagnose gestellt. Jedenfalls war mir klar, dass es kein Gichtfieber war. Ich habe Ihnen auch gesagt, dass es eine Überlegung wert wäre, die Stadt zu isolieren. Ich hätte es getan. Aber Sie baten mich, Ruhe zu bewahren. Die höchste Autorität des Landes bat mich, Ruhe zu bewahren.«

Napoleon forderte sie auf, sich daran zu erinnern, dass die Einwohner von Víkar auf eigene Initiative den Ort abgeschirmt hatten. Weder von Süden noch von Norden kam jemand ins Dorf, auch vom Boot aus konnte man nicht an Land gehen – und das Resultat war ein masernfreies Dorf.

Aber Pløyen tat nicht sehr viel mehr, als über miasmatische Krankheiten zu schwatzen. Er hatte ein schlechtes Gewissen, das war sein großes Problem. Vor acht Jahren wurden die Masern von der Liste der gefährlichen epidemischen Krankheiten gestrichen. Dies geschah, als David Vithusen das Amt des Landeschirurgen bekleidete. Und man konnte diesen Beschluss nur gutheißen, vor allem wenn man in Kopenhagen lebte. Denn schließlich gab es eine königliche Resolution, die kundtat, dass diese Krankheit ungefährlich war. In Dänemark und im sonstigen Europa hatten die Menschen inzwischen Widerstandskräfte gegen die verschiedensten ansteckenden Krankheiten entwickelt, die im Frühjahr auftraten. Aber die Färöer waren nicht Dänemark, und dänische und färöische Verhältnisse ließen sich nicht gleichsetzen. Aber genau das schienen diese ganzen Beamten nicht einsehen zu wollen.

»Wenn all dies Folgen hat«, sagte Napoleon, »dann trägt meiner Überzeugung nach Ihr mangelnder Mut und der miasmatische Unfug von Herrn Regenburg die Hauptverantwortung dafür, dass die Masern sich so rasch ausgebreitet haben.«

Pløyen hatte bereits die Tür geöffnet und Doktor Napoleon verabschiedet.

Das Gebet, das nicht ankam

Tóvó ging langsam durch den Sand. Ihm folgten die Spuren seiner Fellschuhe. Er war ein paar Schritte nach rechts gegangen, hatte einen Bogen um einige Seegrasbüschel geschlagen und war wieder nach links gelaufen. Dies ließ sich an den Spuren ablesen, die einzeln nicht länger waren als eine Spanne.

Das kleine Glas Opium für die Mutter steckte in einer Papiertüte in der Hosentasche. In der linken Hand hielt er die Apfelsine, in der anderen ein Stück Kandiszucker, das der Doktor ihm freundlicherweise geschenkt hatte. Eigentlich war Tóvó glücklich. Das unförmige braune Stück Kandiszucker schmeckte gut, es war lustig, die Zunge darüber gleiten zu lassen. Trotzdem weinte er, er wusste selbst nicht, warum. Wie konnte man gleichzeitig glücklich sein und weinen? Man konnte doch auch nicht zur selben Zeit wütend und fröhlich sein. Das war unmöglich. Vielleicht war es so ähnlich wie beim Kacken, da musste man ja auch oft gleichzeitig pinkeln. Und Pipi war doch so etwas wie Tränen, ein dünner gelber Strahl, den man auf ein Spinnennetz richtete oder auf den Kopf eines dummen Huhns, das sich abmühte, einen Regenwurm aus der Erde zu ziehen.

Außerdem hatte er heute zwei neue Wörter gelernt: Opiumtropfen und Apfelsine. Die Apfelsine sah genauso aus wie die Sonne, gelb und rund. Die Schale war uneben und ähnelte ein bisschen der Haut eines Grindwals, aber der Geruch war ganz anders – süß und mild, genau wie früher im Haus in Geil, wenn seine Mutter abends Gerstenbrot in der Asche buk und alle glücklich waren. Bevor sie diesen fürchterlichen Ofen mit den Löwenfüßen bekommen hatten. Er hoffte, dass der neue Herd sich eines Morgens vom Schornstein reißen, hinauslaufen und nie mehr wiederkommen würde.

Außerdem hatte die Sonne den ganzen Vormittag über geschienen. Der Duft von getrocknetem Tang stieg von den warmen Klippen in die Luft, wie unsichtbarer Nebel lag er über der Schnabelzollbrücke und trieb bis zu ihrem Bootshaus. Tóvó setzte sich an die Tür des Bootshauses und sehnte sich nach seinem Vater. Er vermisste ihn so sehr, dass ihm das Herz wehtat und es in den Schläfen pochte.

Hier hatte sein Vater früher das Treibholz zu Brettern zersägt. An der Stirnseite des Bootshauses gab es ein großes Tor, ein Ende des Baumstamms hatte auf dem Boden des Bootshauses gelegen, das andere Ende draußen auf einem großen Bock. Ludda-Kristjan übernahm das Kommando und führte das Sägeblatt, Vaters Haare und sein Körper waren weiß von den Sägespänen, die von den Zähnen der Säge schneiten. Stunde um Stunde zogen sie das Blatt auf und ab, und die Bretter, die sie aus dem Baumstamm sägten, waren rötlich und rochen gut. Mutter hatte allen heißen Tee und Butterbrote gebracht und mit einem Lappen, den sie mit Spucke anfeuchtete, das Sägemehl aus den Augen ihres Mannes gewischt. Oh. Mutter hatte an diesem Tag so hübsch ausgesehen, ihre schönen Zähne hatten geleuchtet, sie hatte keine Beschwerden beim Laufen und war munter wie ein Lamm. Sogar Mogul hatte mitgeholfen und war einem Stück Holz ein paar Meter nachgeschwommen, das Urgroßvater in Richtung Bursatangi geworfen hatte. Als sie später Nut und Feder in die Bretter hobelten, sammelten Tóvó und Lýdar die Hobelspäne in Tüten, denn nichts anderes eignete sich besser, um ein Feuer anzuzünden.

Tóvó legte sich auf den Bauch und blies ein paar Sandkörner von einem flachen Stein. Dann ließ er ein bisschen Spucke auf den Stein tropfen, und mit dem Zipfel seines Pulloverärmels putzte er die Oberfläche des Steins, bis sie glänzte. Einen Moment überlegte er, das Stückchen Kandiszucker neben die Apfelsine zu legen. Aber es schmeckte so gut, und außerdem war er nicht sicher, ob Gott Kandiszucker mochte.

Er faltete die Hände und kniff die Augen fest zusammen.

Er hatte es doch nicht so gemeint, als er seinem Vater all diese hässlichen Dinge wünschte, nachdem Mogul eines von Frau Løbners dummen Hühnern totgebissen hatte. Wale konnten nicht beißen, und noch weniger konnte es Steine vom Himmel regnen. Jedenfalls nicht mitten am Tag. Vielleicht in Dänemark, aber nicht in Tórshavn. Was er gesagt hatte, war nicht so gemeint gewesen, und wenn Gott die Apfelsine wollte, konnte er sie gern haben.

Lange saß Tóvó mit geschlossenen Augen da. Er biss die Zähne zusammen, und mehr denn je pochte es in seinen Schläfen. Jedes Mal, wenn er kurz davor war, die Augen zu öffnen, zählte er bis neunzehn. Aber schließlich konnte er nicht mehr. Mit angehaltenem Atem öffnete er die Augen einen Spaltbreit.

Die Apfelsine lag noch immer da.

Eine Daguerreotypie

———

Als August Manicus im September von Suduroy zurückkam, besuchte er das Haus in Geil.

»Möglicherweise können Sie sich nicht an mich erinnern, ich war noch ein kleiner Junge, als ich aus Tórshavn wegzog«, sagte er zu dem Alten Tóvó.

»Oh doch, Sie sind Ihrem Vater wie aus dem Gesicht geschnitten. Und Claus war so freundlich, mir einen Brief zu schicken, als die arme Gudda starb. Ich habe Frau Løbners Henriette gebeten, mir den Brief vorzulesen. Ich weiß nicht, warum, aber der Tod ist verliebt in das Haus in Geil.«

August schenkte ihm eine Daguerreotypie von Guddas Grab. Er sagte, sein Vater hätte sie angefertigt und ihn gebeten, sie dem Alten Tóvó zu bringen. Gleichzeitig habe er darum gebeten, ihn vielmals zu grüßen.

Das Grab lag auf dem Assistens Kierkegård in Kopenhagen, und es war darauf zu lesen:

Gudrun Thorolfsdatter
Aus Tórshavn
Geliebt und Vermisst

ZWEITER TEIL

Carl Emil und Pole

Um den Tag des Heiligen Georg 1851 herum forderte Amtmann Dahlerup Doktor Napoleon Nolsøe auf, sich der neuen Aufgabe als Bezirksarzt von Suduroy anzunehmen. Nahe der Niederlassung des Monopolhandels sollte ein Haus für ihn gebaut werden, und Dahlerup erklärte, das Amt wolle auch den Sitz des Gemeindevorstehers aus Hvalba dorthin verlegen. Er sagte, der Ort würde sich nach und nach zu einem wichtigen Knotenpunkt auf den Färöern entwickeln, und er hätte Probst Jørgensen den Vorschlag unterbreitet, darüber nachzudenken, die Kirche von Frodba nach Tvøroyri zu verlegen, wie man den neuen Ort inzwischen bezeichnete.

Dahlerup mochte den Namen Tvøroyri nicht. Er wusste durchaus, dass es einen Fluss gab, der Tvørá hieß und dass dieser an einem *oyri* ins Meer mündete, einem steinigen Strand, der fünfzig Klafter westlich der Handelsgebäude lag. Seiner Ansicht nach wäre es sinnvoller gewesen, den Ort Oyri zu nennen oder Suduroyri. Auf Eysturoy gab es ein Dorf, das Oyri hieß, und auf Bordoy lag ebenfalls ein Dorf dieses Namens. Die Tórshavner nannten Oyri auf Bordoy bisweilen Nordoyri, eine schöne und vernünftige Verbindung zweier Begriffe. Tvøroyri hingegen war sprachlicher Pfusch. Dahlerup ging so weit, den Namen eine Kontradiktion zu nennen, und er hoffte nur, dass die künftigen Einwohner nicht so verquer und griesgrämig würden, wie der Name es andeutete.

Er selbst hatte beabsichtigt, die Gräfin Danner zu ehren und den neuen Ort nach ihr zu benennen. Vermutlich war das aber ein wenig dreist, und bei den Nationalliberalen der dänischen Hauptstadt wäre der Name wohl auch kaum auf Wohlwollen gestoßen. Die Gräfin, ein uneheliches Kind, war Tänzerin im Königlichen Ballett gewesen, getauft auf den Namen Louise Rasmussen. Und eine solche Person ohne Stand war nun in die königliche Residenz eingezogen, das gefiel einigen Leuten ganz und gar nicht. Doch sie kümmerte sich um Frederik VII., und seine Majestät vertraute ihr. Und genau dies war aller Ehren wert.

Dahlerup hatte an die Namen Dannerbo oder Dannerfjord gedacht. Doch er kam mit seinen Vorschlägen zu spät. Dieser unmögliche Name Tvøroyri hatte sich bereits durchgesetzt.

Dass sich bedeutende Pläne mit dem neuen Ort verbanden, hing vor allem mit den großen Kohlevorkommen zusammen, die es im Oyrnafjall gab. In dem Buch *Die Färöer*, das Jørgen Landt 1800 herausgab, schreibt er unter anderem: *Im Jahr 1777 ließ die Bergwerksdirektion durch Assessor O. Henckel die Kohlenflöze untersuchen, und seinem Eindruck nach beträgt die Länge der Flöze ungefähr 6000 und die mittlere Breite 2000 Ellen, die Höhe der reinen Kohle 2 ½ Ellen. Der Berg beinhaltet also 30 000 000 Kubik-Ellen oder 240 Millionen Kubik-Fuß Kohle, das heißt 49 Millionen Tonnen, 2 2/3 Millionen Lasten Steinkohle, vorausgesetzt dass der Flöz überall gleich mächtig ist.*

Assessor Henckels Untersuchung war mit dem größten Interesse aufgenommen worden, der Bergbau wurde allerdings dennoch nicht vorangetrieben – der Grund waren die Napoleonischen Kriege. Der demütigende Kieler Frieden von 1814 schwächte den dänischen Tatendrang auch in den Nordmeeren, und allein konnten die Färinger nicht mit der Kohlegewinnung beginnen.

Aber Dahlerup und seine Beamten wussten, dass im Zuge

der Industrialisierung auf dem europäischen Kontinent Kohle gebraucht werden würde. Es war nur eine Frage der Zeit, bevor Bergleute anfingen, sich in den Fels oberhalb des Tals Rangabotnur zu bohren, und die Takelagen großer Frachtschiffe an der Mündung des Trongisvágsfjørdur zu sehen wären.

Dass der Fjord darüber hinaus als der beste Hafen der Färöer galt, war der Hauptgrund, warum der Sitz des Bezirksarztes nach Tvøroyri dorthin verlegt wurde und auch schon bald ein Wohnhaus für den Gemeindevorsteher und den Pastor gebaut werden sollten.

In den Verhandlungen um sein Gehalt und andere Anstellungsbedingungen zeigte Amtmann Dahlerup sich ausgesprochen großzügig. Er fragte Napoleon, ob er nicht selbst das Haus entwerfen wolle, zumal er ja darin wohnen und wirken sollte. Pole hatte nichts dagegen.

Sein Traum war ein Haus aus Stein, und er erklärte Dahlerup, dass im Archiv der Rentkammer in Kopenhagen ein Buch stand, das J. C. Svabo aus Midvágur in den frühen 1780er Jahren verfasst hatte. Darin hatte dieser unter anderem seine Überlegungen zu den auf den Inseln verwendeten Baumaterialien festgehalten: *Viel, denke ich, würde an öffentlichen und privaten Bauten auf den Färöern gespart, wenn es in gewisser Hinsicht Beispiele, Ermunterungen oder Verordnungen gäbe, mit Stein bauen zu lernen. Wahrlich. Bei dieser Bauweise würde noch immer sehr viel Holz gebraucht, aber was gewänne man nicht an Dauerhaftigkeit des Gebäudes.*

Obwohl es erfahrene Steinmetze auf den Färöern gab, würde es dennoch schwierig werden, eine tüchtige Schar Handwerker zu finden, die ein Steinhaus bauen konnten. Vor allem weil die Männer so verstreut über die Inseln lebten, aber auch weil sie das ganze Frühjahr und den Sommer über auf den Äckern gebraucht wurden.

Natürlich könnte man ein paar Steinmetze von den Shetland- oder den Orkney-Inseln holen. Die südlichen Nachbarn bauten seit Jahrhunderten Steinhäuser, die gleichermaßen beeindruckend wie ungewöhnlich waren – allein durch die Straßen von Kirkwall zu gehen, war, als bewege man sich in einem gewaltigen Steingebäude.

Doch in Anbetracht des ganzen Ärgers mit den Lohnausgaben, den ständigen Reisen und dem notwendigen Wohnraum für die Männer gab Napoleon seinen Plan eines Steinhauses schließlich auf.

Dennoch blieb es ihm ein Rätsel, warum die Färinger mit ihren Holzhäusern so glücklich waren. Es war doch unlogisch oder zumindest ungewöhnlich, da auf den Inseln keine Bäume wuchsen. Die einzigen Holzgewächse waren ein paar Büsche und Zwergbäume in den Gärten der Beamten. Sein Vater hatte einmal erwogen, die Insel Koltur als Waldinsel zu nutzen, und obwohl die Idee den Leuten interessant erschien, war aus der Sache nichts geworden. Obschon auf den Inseln keine Bäume wuchsen, sagten die Färinger, dass die Sonne hinter den Bäumen unterging. Vermutlich hatten die norwegischen Siedler diesen Ausdruck von daheim mitgebracht. In den Worten steckte die Sehnsucht nach der alten Heimat, und Napoleon hielt den Ausdruck für ein typisches Überbleibsel von ›norwegischem Lokalpatriotismus‹.

Der Widerwille der Färinger gegen Steinbauten hatte allerdings auch eine andere, traumatischere Ursache. Nur ein einziges Mal in den tausend Jahren, in denen Menschen auf den Inseln lebten, hatte man versucht, ein einzigartiges Gebäude zu errichten, die Magnus-Kathedrale von Kirkjubøur. Überall in den nordischen Ländern gab es größere oder kleinere Magnus-Kirchen, und die unbestrittene architektonische Krone gebührte dem Nidarosdom in Trondheim. Auch die Bewohner der Orkneys hatten in Kirkwall eine Kathedrale gebaut, die 1137 fertiggestellt wurde. Zweimal hatte Doktor Napoleon diese hübsche Kirche besucht, und soweit er wusste, lagen gut einhundert Jahre zwischen den Bauten in Kirkwall und Kirkjubøur.

Doch der Bau der färöischen Domkirche wurde niemals beendet, das Gebäude war noch immer erst halb fertig. Die Arbeiten wurden eingestellt, weil die Bewohner von Suduroy den Bau boykottierten. Sie hatten nichts gegen die Kirche, den Pastor und all den sakralen Prunk, sie wollten nur nicht dafür bezahlen. Daher griffen sie zu ihren Waffen und wetzten sie, und unter der Führung von Hergeir, einem heidnischen Bauern aus Akraberg, hatten die Bewohner von Suduroy den einzigen Bürgerkrieg in der Geschichte der Färöer begonnen.

Verfluchte Dorfbewohner, dachte Napoleon. Es war diesem Bauern aus Akraberg gelungen, den Bischof zu töten. Der Kirchenbau wurde eingestellt, und seither erinnerte die leere Kathedrale wie ein Monument an die knauserige und barbarische suduroyische Seele.

Eine architektonische Ausnahme bildete jedoch das Látrahaus in Eidi. Der Bauer und seine Knechte hatten lange gebraucht, um die Steine für das Gebäude zu sammeln. Doch es war wirklich ein schönes Bauwerk geworden, bei dem jeder einzelne Stein so behauen war, dass er perfekt mit den anderen zusammenpasste. Dieser Bau war landesweit bekannt, und als Kronprinz Frederik im Sommer 1844 die Färöer besuchte, hatte er beim Látrabauern gewohnt.

Napoleon griff sich an den Kopf, wenn er an den Prinzenbesuch dachte. Seine Königliche Hoheit hatte sich vollkommen lächerlich gemacht. Als er auf Vágoy war, hatte er befohlen, den Namen der hundertfünfzig Klafter hohen Basaltsäule Trøllkonufingur in *Königsnadel* zu ändern. Die Einwohner der Insel hatten bloß genickt, was hätten sie auch sonst tun sollen? Der Name Königsnadel blieb indes bis heute ein Born der Heiterkeit.

Auf Nólsoy hatte der Prinz hingegen mehr Glück, was die Namensgebung anging. Als er oben auf dem Berg war, geriet Seine Königliche Hoheit in die ausgesprochen unglückliche, aber durchaus natürliche Lage, seine Notdurft verrichten zu müssen. Er wurde von einem großen Gefolge königstreuer Nólsoyer begleitet, die sich im Kreis um den Prinzen aufstellten, der dringend austreten musste. So geehrt fühlten sich die Nólsoyer, dass sie einen vier Meter hohen Steinhaufen über der oldenburgischen Scheiße errichteten und ihm den Namen *Prinzenhaufen* gaben.

Dies erzählte Doktor Napoleon eines Abends Dahlerup bei einem Besuch, und der Amtmann amüsierte sich köstlich. Dahlerup genoss bei weitem nicht die Popularität seines Vorgängers Pløyen, eher im Gegenteil. Er tat so wenig, um sich beim Volk beliebt zu machen, dass es im Grunde schon an Verachtung grenzte.

Dennoch kamen Napoleon und er recht gut miteinander aus. Abgesehen davon, dass beide im Klub L'hombre spielten, kam Dahlerup bisweilen zu Besuch ins Haus Nólsoyarstova, und häufig hatte er dann eine Flasche Cognac in der Manteltasche.

Dahlerup hatte auch das erste Hasenpärchen auf die Färöer gebracht, und an dem festlichen Tag im August, an dem die Hasen ausgesetzt wurden, war Napoleon unter denjenigen, die den Käfig mit auf den Berg Kirkjubøreyn hinauftrugen.

Dahlerup persönlich hatte den Käfig geöffnet, aber die Hasen rührten sich nicht von der Stelle. Er versuchte es mit verschiedenen Pfeifgeräuschen und sagte sowohl *fitze, fitze* wie auch *diddel, diddel*, doch die Hasen ignorierten ihn.

Napoleon hatte das Gefolge zum Lachen gebracht, als er dem Amtmann vorschlug, ein paar Strophen des Grindwal-Liedes zu singen, das würde die Hasen ganz sicher flüchten lassen.

Vermutlich wirkte die baumlose Ebene fremd und vielleicht auch erschreckend auf die Tiere, der Käfig gab ihnen trotz allem Geborgenheit und Futter. Es waren drei Hasenpärchen, und als Dahlerup keine Lockrufe mehr einfielen, wusste er sich nicht anders zu helfen, als ein Ende des Käfigs anzuheben und die Hasen vorsichtig ins Gras plumpsen zu lassen.

Aber selbst als sie das trockene Heidekraut unter den Hinterbeinen spürten, hoppelten sie nicht davon. Sie schauten hierhin und dorthin, und als die Gruppe mit dem Käfig den Heimweg antrat, sah Napoleon als Letztes zwölf schmale Hasenohren, die versuchten, irgendwelche bekannten Geräusche aufzufangen.

Eine von Dahlerups Beschäftigungen im Winter bestand darin, Starenkästen zu basteln. Sie standen auf mannshohen Pfosten im Garten seines Hauses. Die runden Dächer wurden mit von ihm passend zugeschnittenen Kupferplatten verkleidet, die er an die schmalen Dachsparren nagelte. Und mitten auf dem Dach eines jeden Kastens stand eine kleine Fahnenstange mit dem Dannebrog, der dänischen Flagge. Die Wände bestanden aus ungefähr eine Spanne langen Leisten, und jeder der Kästen war säuberlich aufgeteilt in vier Wohneinheiten. Die Eingangslöcher befanden sich direkt unter der Dachtraufe, und jede Öffnung war umkränzt von einem hübsch verzierten Rahmen.

Laut Frau Løbner, die normalerweise die Vögel fütterte, fühlten sich die Starenfamilien ausgesprochen wohl in den Carl Emil'schen Pavillons, wie sie die Starenkästen süßlich lächelnd bezeichnete.

Der Doktor und der Amtmann standen auf so gutem Fuß, dass Napoleon es an der Zeit fand, Dahlerup von dessen Spitznamen zu erzählen.

»Erzählen Sie, erzählen Sie«, forderte Dahlerup ihn auf.

Obwohl manche Spitznamen bäurisch derb daherkamen,

so erklärte es der Doktor, ja bisweilen sogar unanständig, waren sie doch die Schlüssel zu den unzähligen Türen, die einem das färöische Selbstverständnis offenbarten. Allerdings könnte man auch sagen: das Fehlen desselben.

»Ja, ja«, sagte Dahlerup und zwinkerte. »Kommen Sie endlich zur Sache.«

»Ich will es so sagen«, fuhr Napoleon fort. »Mir tun diejenigen leid, die keinen Spitznamen tragen. Sie wurden gewogen und für zu leicht befunden. In sämtlichen Waagschalen, den politischen, den wissenschaftlichen und den kulturellen. Diese Menschen sind wie Staub, der vom Wind fortgeblasen wird.«

»Nun machen Sie mich aber neugierig«, sagte Dahlerup. »Reden Sie schon.«

Und dann verriet Napoleon, dass man den Amtmann *Stöckchen in der Scheiße* nannte.

Dahlerup glaubte, seinen eigenen Ohren nicht zu trauen. Er war verletzt, und das bemerkte Napoleon sofort. Um seinem Zorn die Spitze zu nehmen, listete der Arzt eine Reihe anderer, wohlbekannter Spitznamen auf: *Komm nächsten Donnerstag wieder*, *Die Brahmadellen*, *Der Mäusearsch*, *Muhammed*, *Der Ziegenbock*, ja, so wurde sein eigener Vater genannt. *Murlamurla* war auch so ein Spitzname. Oder *Der Heringskopf*. *Kleingelb*.

Dahlerup unterbrach ihn, er wollte wissen, welchen Spitznamen Napoleon trug.

Napoleon lächelte. Soweit er wusste, hatte er keinen Spitznamen, aber das wollte er nur ungern sagen. Aus lauter Mitgefühl mit Dahlerup log er sich einen Spitznamen zurecht. Er sagte, als Sohn des *Ziegenbocks* hätte er von vornherein den Spitznamen *Kleiner Bock* bekommen.

Aber *Stöckchen in der Scheiße*? Nein, das konnte nicht wahr sein, wiederholte Dahlerup immer wieder. Er war deprimiert und fragte, ob es an seinem steifbeinigen Gang liegen könnte?

Er ging ein paarmal auf dem Küchenboden auf und ab und schaute auf seine ausgestreckten Beine.

Plötzlich blieb er stehen und schaute Napoleon direkt ins Gesicht. »Diesen Namen haben mir die färöischen Nationalisten angehängt. Meine Art zu gehen ist meine Art zu gehen, und die können mich nennen, wie sie wollen. Aber niemand hat Mutter Dänemark ein Stück Scheiße zu nennen.«

Hähä, lachte Napoleon. Er sagte, er liebe Verschwörungen. Er nannte sie ›Schlafwandelei an einer steilen Felswand‹ und auch ›die unergründliche Mathematik der Seele‹.

Doch Dahlerup teilte seine Heiterkeit nicht. Im Gegenteil, es ließ sich eine ganze Serie merkwürdiger Erscheinungen an dem Amtmann beobachten. Einige waren diktiert von einem gekränkten Nationalgefühl, andere hatten ihren Ursprung in dem, was Napoleon dessen physiologische Konstitution nannte. Dahlerup hatte inzwischen einen flackernden Blick, er presste die Oberlippe an die Vorderzähne und stampfte mehrfach mit dem Fuß auf den Boden. Er schenkte erneut die Gläser voll und warf Napoleon vor, die meisten ernsthaften Dinge ins Lächerliche zu ziehen.

»Überhaupt nicht«, erwiderte Napoleon. Die dänischen Beamten waren es nur einfach nicht gewohnt, dass ein Einheimischer mit ihnen auf Augenhöhe verkehrte. Er sagte, er würde die Behauptung wagen, dass es tatsächlich das Selbstwertgefühl eines Beamten kränkte, wenn ein Einheimischer nicht nur ebenbürtig, sondern ihm intellektuell sogar überlegen war.

»Nehmen Sie nur meinen Vater«, fuhr Napoleon fort. »Ein brillanter Kopf, der hellste im ganzen Land. Der Mann war ein ausgezeichneter Dichter, er spielte Geige und sprach und schrieb Englisch wie Deutsch. Als Verwalter hätte er ebenso gut in Bergen, Hamburg oder Kopenhagen arbeiten können. Dennoch hat der Mann sich zu einem höllischen Griesgram entwickelt, der den lächerlichsten Spitznamen der Stadt mit sich herumschleppte. Und warum? Weil es unerträglich ist, nachgerade eine Qual, der einzige Färinger unter dänischen Beamten zu sein. Dazu kommt, dass er Autodidakt war, dass er sich sein Wissen selbst angeeignet hat, während Ihr, seine dänischen Kollegen, akademisch gut geschulte Beamte seid.«

»Versuchen Sie jetzt, mich zum Weinen zu bringen, oder was wollen Sie?«, rief Dahlerup.

»Ich versuche, Ihnen zu erzählen, dass mein Vater vor Minderwertigkeitsgefühlen stinkt.«

»Unfug«, erwiderte Dahlerup. »Ihr Vater ist ein stolzer Mann, der seinen eigenen Wert kennt.«

»Ich weiß, dass mein Vater ein stolzer Mann ist, aber Färinger zu sein bedeutet, auf einer niedrigeren Kulturstufe zu stehen. Und der König hat es noch immer nicht der Mühe wert gefunden, ihn zum Ritter des Dannebrog zu ernennen.«

Napoleon lachte erneut, sein Lachen klang jedoch nicht herzlich.

Sie leerten die Gläser, und Dahlerup meinte, es sei an der Zeit, auf die andere Flussseite zu kommen und nach Hause zu gehen.

Das Arzthaus in Tvøroyri

Doktor Napoleon und Tóvó standen am vordersten Steuerbordwant, als die Mannschaft der *Glamour* das Großsegel reffte. Die Schaumspritzer vom Steven verschwanden im Nichts, fünfzig Klafter vom Land entfernt ließen sie den Anker fallen. Die Ankerpflüge verhakten sich an einem mit Tang bewachsenen Felsbrocken auf dem Grund, und langsam drehte sich die *Glamour* in den Wind.

»Das ist unser neues Heim«, sagte Napoleon und zeigte auf das neu gebaute Arzthaus. Es war so gut wie fertig, es fehlten nur noch die Grassoden, die auf die Birkenrinde des Dachs gelegt werden sollten.

Tóvó nickte und freute sich, dass Napoleon *unser* gesagt hatte. Er trug einen blauen englischen Pullover, den sein Bruder Lýdar ihm geschenkt hatte, und der Urgroßvater hatte Schuhmacher Kriss ein Paar Lederstiefel für ihn nähen lassen, denn wie der Alte sagte, schickte es sich für einen Brahmadellen nicht, von Tórshavn wie ein Landstreicher aufzubrechen.

Napoleon zeigte auf das kleine Boot, das sich dem Schiff näherte, und sagte, der Mann an den Riemen sei sein Vetter Jóakim. Er fügte hinzu, Jóakim sei in Tórshavn aufgewachsen und 1836 dort auch konfirmiert worden, bevor die Familie nach Tvøroyri zog.

Jóakim war ein Faktotum. Zusammen mit einem Mann aus Frodba hatte er den Keller des Arzthauses ausgehoben und im Laufe des Winters das Fundament gelegt. Am Tag des Heiligen Georg erschienen Ludda-Kristjan und sein junger Geselle, Obram aus Oyndarfjørdur, um das Haus zu bauen, das am Sankt-Olafs-Tag fertig geworden war.

Jóakim ruderte das Boot an die Längsseite des Schiffs, setzte einen Fuß auf das Schanzdeck und schwang sich über die Reling. Sein Wams stand offen, er war mittelgroß, seine braunen Augen wirkten hart und kalt. Gerade deshalb war das Lächeln auf seinen Lippen so eigenartig, ein unbeherrschtes Lächeln, als ob er jederzeit in Gelächter ausbrechen könnte, das sich durch nichts zurückhalten ließ. Das Gesicht erinnerte Tóvó an die Kuchen, die der neue Bäcker des Monopolhandels buk: Backpflaumen oben und Pudding unten, manchmal auch umgekehrt. Tóvó fühlte sich nicht recht wohl in der Gegenwart dieses Mannes.

Plötzlich sehnte er sich nach Hause. Er drehte Napoleon und Jóakim den Rücken zu, er wollte nicht, dass irgendjemand sah, wie traurig er war.

Jóakim hatte das Boot an einem Belegnagel festgemacht und fragte Napoleon, wie die Reise aus Tórshavn gewesen sei und wie es dem Onkel gehe. Das war die häufigste Frage, die von den Mitgliedern der Familie Nolsøe gestellt wurde. Jákup Nolsøe war der Patriarch der Familie. Nicht weil er besonders freundlich und entgegenkommend war, bestimmt nicht. Er war das Oberhaupt der Familie, weil er solch große Macht hatte, und jetzt, da die Färöer sich ernsthaft veränderten, war er eine Art Ankerboje, an die sich die jüngere wie die ältere Generation halten konnte.

Als er im Vorjahr dem neuen Verwalter die Schlüssel übergeben hatte, war er sechsundfünfzig Jahre in den Diensten des Königlichen Monopolhandels gewesen, seit 1831 hatte er als Bevollmächtigter des Unternehmens gearbeitet. Er kannte sämtliche Räume und jede einzelne Schublade in den vielen Gebäuden der Handelsgesellschaft. Er wusste, wo die Waren lagerten, von der Stopfnadel bis zur Birkenrinde, vom Teer bis zu den

Griffeln und Tafeln. Er kannte alle Vereinbarungen, sowohl die mündlichen wie die schriftlichen, und er hatte Gewährsmänner, die ihn über die Gespräche in den verschiedenen Abteilungen der Handelsgesellschaft informierten. Es zahlte sich aus, mit Jákup Nolsøe befreundet zu sein. Als die Handelsgesellschaft 1836 eine Niederlassung in Tvøroyri eröffnete, hatte er seinen Bruder als Bevollmächtigten eingesetzt, und auch in den Niederlassungen in Vestmanna und Vágur auf Bordoy saßen Verwandte und Bekannte. Er ging selten zu weit, dazu war er zu klug. Egal ob die Amtmänner Løbner, Tillisch, Pløyen oder Dahlerup hießen, Jákup Nolsøe war immer derselbe treue Verwalter des Eigentums Seiner Majestät des Königs. Er wusste, was das Volk im ganzen Land der Handelsgesellschaft schuldete, aber da es nicht Brauch war, die Menschen vor Gericht zu bringen, verrechnete die Handelsgesellschaft ihre ausstehenden Forderungen mit selbst gefertigten Hosen und Pullovern, und in dieser Hinsicht war der Verwalter gnadenlos. Der Monopolhandel war 1709 gegründet worden, und Jákup wusste, wer vom ersten Tag an im Handel gearbeitet hatte. Er kannte auch ihre Familien.

Wenn die Treppenstufen unter seinen alten Beinen knarrten und der mürrische Ziegenkopf an der Luke auftauchte, war keine Hand unbeschäftigt.

Der Verwalter wurde von den Leuten nicht geliebt wie sein Bruder Nólsoyar-Páll, aber das kümmerte ihn nicht. Popularität war vergänglich. Respekt und Würde hingegen hatten weitaus tiefere Wurzeln in der menschlichen Seele.

Kisten mit Medikamenten, die Apothekerwaage, Bücherkisten und die alte Chaiselongue aus den Studienjahren in Kopenhagen wurden an Bord des Bootes geladen. Pole hatte auch überlegt, das alte Klavier seines Vaters mitzunehmen, diesen Gedanken aber schließlich verworfen. Das Klavier war schwer und unhandlich und konnte gerade noch in den Klub getragen werden, wenn dort ein Fest stattfand. Es eignete sich nicht, über den Skopunarfjørdur und den Suduroyarfjørdur transportiert zu werden. Und wenn man es beim Löschen der Ladung hätte fallen lassen? Allein der Gedanke, dass das Klavier überwuchert von Seepocken und Trompetenschnecken auf dem Meeresboden liegen könnte, machte ihn krank.

Jóakim saß an den Riemen, und während er an Land ruderte, erkundigte er sich, aus welcher Familie der junge Mann stammte.

Tóvó kniete auf der Ruderbank ganz vorn im Boot. Er hörte die Frage, wusste aber nicht, ob sie an ihn oder Napoleon gerichtet war. Es war auch das erste Mal, dass er jemanden so etwas fragen hörte, denn in Tórshavn wussten die meisten, wer er war. Tóvó sah sich um und bemerkte, dass Jóakim den Kopf schräg hielt, als wollte er sagen: Ich warte auf eine Antwort.

Plötzlich begann sein Herz in der Brust zu rasen. Was sollte er antworten? Er konnte doch nicht sagen, dass seine Mutter von den Tórshavnern die Verrückte Betta genannt wurde, obwohl jeder sie unter diesem schrecklichen Spitznamen kannte. Seinen Vater hatten die meisten sicherlich vergessen, sein Tod war schließlich schon sechs Jahre her. Vielleicht wusste Jóakim, wer Tórálvur í Geil war, bestimmt wusste er es. Leute, die sich in Tórshavn ein wenig auskannten, hatten durchaus von den Brahmadellen gehört. Aber vielleicht würde Jóakim ihn auslachen, wenn er sich als Urenkel von Tórálvur í Geil zu erkennen gab. Ebenso gut könnte er behaupten, Abraham, Isaak und Jakob seien seine Urahnen.

Tóvó war beklommen, er biss sich in die Finger und war Napoleon ewig dankbar, als der sagte, der Junge stamme aus einer Familie in Geil und sei sein Knecht.

»Ah ja, kann der Knecht nicht selbst antworten?«, fragte Jóakim.

»Doch, doch«, antwortete Napoleon. »Seine Zeit wird schon noch kommen.«

Die Antwort verunsicherte Jóakim, und er fragte nicht weiter.

Das Boot fuhr noch zweimal hin und her, doch bevor Jóakim und drei andere Handelsbedienstete die *Glamour* weiter löschten, trugen sie erst einmal die Chaiselongue und die schweren Bücherkisten in das neue Haus des Arztes. Den Rest übernahmen Napoleon und Tóvó.

Ein Eimer mit Kohlen aus Rangabotnur stand am Herd, und Tóvó, der es aus Geil gewohnt war anzufeuern, hatte den Herd rasch in Betrieb genommen. Napoleon bat ihn, auch den Ofen in der Wohnstube einzuheizen.

Tóvó bekam die Dachkammer im Westgiebel für sich allein. Unter dem Giebelabsatz stand ein Bett, an dessen Fußende Ludda-Kristjan oder sein Geselle ein Regal gebaut hatte.

Tóvó legte die Kleider, die er besaß, an ihren Platz. Das vornehmste Stück war ein Hemd aus Leinen, das seine Mutter ihm genäht hatte. Es ließ sich mit kleinen Knöpfen zuknöpfen, auch an den Handgelenken, und als etwas ganz Besonderes hatte das Hemd eine Brusttasche.

Tóvó setzte sich auf die Bettkante und legte seine Wange auf das Hemd, das noch immer nach seiner Mutter roch.

Es quälte ihn, dass er sie über die Abfahrtszeit der *Glamour* belogen hatte. Er hatte sich nicht richtig von ihr verabschieden können, und das konnte er sich nicht verzeihen. Aber er wollte nicht, dass seine Mutter unten am Anleger stand und winkte. Das war das Problem. Wenn irgendwo Menschen zusammenkamen, konnte sich die Mutter nicht immer beherrschen, sie konnte auf den Gedanken kommen, Unsinn zu erzählen und laut zu singen. Oft waren es dann merkwürdige und auch unanständige Lieder, und Tóvó ertrug es nicht, den Spott und bisweilen auch den Abscheu in den Augen von Fremden zu sehen.

Er schämte sich seiner Mutter, und der Schmerz verfolgte ihn bis nach Tvøroyri.

Er legte das Hemd ins Regal und sehnte sich plötzlich nach dem allerliebsten Menschen, den er kannte, seiner Schwester Ebba.

Napoleon, der die beiden Geschwister oft vom Fenster aus beobachtete, hatte vor ihrer Abreise aus Tórshavn zu Tóvó gesagt, er könne Ebba bitten, sie im nächsten Sommer in Tvøroyri zu besuchen.

Tóvó hatte sich über diese Worte gefreut. Ebba würde ihr eigenes Kopfkissen bekommen, dafür würde er sorgen. Eine eigene Bettdecke und ihre eigene Matratze. Nein, er würde auf einer Matratze auf dem Boden schlafen, dann konnte sie das ganze Bett für sich allein haben.

Er erinnerte sich an den Tag, als sie zusammen in Bursatangi waren. Die Sonne brannte, und er saß auf den warmen Klippen, die Füße im Wasser. An den dunkelroten Seegrasblättern, die träge auf der Wasseroberfläche schwammen, hingen klare Tropfen; die Geräusche und Gerüche des Meeres waren so merkwürdig beruhigend.

Tóvó sagte, der Tod durch Ertrinken könnte doch eigentlich nicht der schlimmste Tod sein. Es ging doch nur um ein bisschen Meerwasser, das in den Mund, den Hals und die Lungen lief. Dann würde alles still und kalt werden, und man würde ruhig im blauen Wasser dahintreiben.

Ebba bekam Angst, wenn sie ihren Bruder so etwas sagen hörte. Sie fragte, ob er je einem Seehund ins Gesicht gesehen habe.

Tóvó antwortete, Seehunde hätten Menschenaugen.

»Das stimmt«, sagte Ebba. »Das ist nicht zum Lachen. Und warum haben sie Menschenaugen?«

»Weil Seehunde in Wahrheit ertrunkene Menschen sind«, antwortete Tóvó spöttisch.

Er hatte es kaum ausgesprochen, als er auch schon eine ordentliche Ohrfeige bekam. Der Schlag kam so unerwartet, dass er kein Wort mehr sagte. Er sah nur den Rücken seiner Schwester, die weinend nach Hause lief.

Seesterne, Schafbohnen und tote Vögel

Sie waren eine Woche in Tvøroyri, als Tóvó Napoleon fragte, ob es nicht eine gute Idee wäre, wenn das Arzthaus einen eigenen Tangmisthaufen hätte.

Seine Stimme klang männlich. Er sprach *tara*, Tang, mit rollendem R und streckte dabei das Kinn heraus.

Die Frage überraschte Napoleon ein wenig, obwohl ihm eigentlich bekannt war, dass Tóvó Nils Tviburs Misthaufen mit Tang aufgefüllt hatte; und als er dem Alten Tóvó vorgeschlagen hatte, den Jungen mit nach Suduroy zu nehmen, hatte der gesagt, Tóvó sei in landwirtschaftlichen Dingen nicht ganz unkundig.

Napoleon wusste das. Außerdem hatte der Junge ihm schon häufiger geholfen. Manchmal, wenn er zu Patienten gerufen wurde, vielleicht nach Kirkjubøur oder Velbastadur, hatte er Tóvó gebeten mitzukommen und ihm als Dank einen getrockneten Schafsbug oder irgendeine Kleinigkeit gegeben. Er war ihm auch in seiner kleinen Apotheke zur Hand gegangen. Er konnte gut mit dem Mörser umgehen und verstand sich auch auf die feine Waage, er wog genau die Mengen ab, die Napoleon ihm auftrug. Der Junge war ein bisschen sonderbar, sicher, aber durchaus nicht von üblem Charakter.

In Tvøroyri gab es so viel Neues, woran sich ein fremder Junge zu gewöhnen hatte. Zumindest war Napoleon dieser Ansicht, und daher hatte er Tóvó auch keine Aufgaben von größerer Bedeutung aufgetragen. Aber wenn der Junge sich unbedingt nützlich machen wollte, dann würde er ihm auch keine Steine in den Weg legen.

Tóvó wurde ganz zappelig, als er begriff, dass er seinen Vorschlag möglicherweise umsetzen konnte. Seine Schultern zuckten und seine Augenlider flatterten. Er zeigte zum Strand und sagte, er habe mindestens zwei geeignete Stellen gefunden. Er wusste nur nicht, wie es sich mit der Brandung verhielt.

»Sag mal«, erkundigte sich Napoleon. »Gefällt es dir hier in Tvøroyri?«

Tóvó dachte eine Weile nach. Dann antwortete er, dass Korporal Nils gewöhnlich sagte, es sei keine Frage des Gefallens oder Nichtgefallens. Man hätte das zu tun, was einem aufgetragen wurde und das zu essen, was auf den Tisch kam.

»Das ist richtig«, erwiderte Napoleon. »Aber sehnst du dich nicht zurück nach Tórshavn?«

Tóvó ließ sich viel Zeit zum Nachdenken, dann antwortete er trocken, dass er oben in der nach Westen zeigenden Kammer gut schlafe, außerdem würde ihm die braune Soße sehr gut schmecken, die Napoleon zum Fleisch kochte, das sie sonntags aßen.

Napoleon klopfte ihm auf die Schulter und bat ihn, ihm die Stellen zu zeigen, an der man einen Misthaufen anlegen könnte.

Innerlich seufzte er dennoch. Es würde schon noch eine Weile dauern, bis Tóvó sich zu einem normalen, ausgeglichenen jungen Mann entwickelt hätte.

Außerdem hatte er nie sonderlich große Sympathie für den Korporal gehabt, der, so wie es aussah, einem wehrlosen Knaben norwegische Kasernenmentalität in den Kopf gesetzt hatte.

Tóvós erste selbstständige Arbeit in Tvøroyri bestand darin, eine Steinmauer um den zukünftigen Misthaufen zu bauen und alles, was er an Verderblichem fand, darauf zu werfen. Tang natürlich, aber auch Seesterne, Schafsbohnen, tote Vögel und Barsche. Der Lokuseimer wurde ebenfalls auf dem Misthaufen ausgeleert, und bevor sie sich Hühner angeschafft hatten, trug Tóvó auch die Essensreste hinunter zu dieser Opferschale aus Stein, die dem Gott der Kartoffeln und des Wurzelgemüses geweiht war.

Tóvós wichtigste Aufgabe wurde es jedoch, den Boden zu bestellen, den später alle *Das Feld des Doktors* nennen würden. Er hatte so etwas schon früher getan. Zwischen der Festung und dem, was die Tórshavner Pæneplads, den schönen Platz, nannten, besaß Nils Tvibur ein Feld. Amtmann Pløyen hatte es ihm überlassen, als es noch eine mit Heidekraut überwucherte Gemeindewiese gewesen war, und Tóvó war Nils mehrere Jahre lang, ja eigentlich bis Nils in Sumba heiratete, auf Schritt und Tritt gefolgt. Nils hatte ihm beigebracht, Tang zu schneiden und Tang zu sammeln, den die Brandung angeschwemmt hatte, und er trug dem Jungen auf, die beiden Misthaufen bis zum Tag des Heiligen Clemens im November aufzufüllen, denn ohne Dünger gediehen weder Kartoffeln noch Wurzelgemüse.

1849 und 1850 hatte Tóvó sein eigenes Feld bestellt, und er hatte sich gut darum gekümmert und war stolz auf das Stückchen Land, das er selbst bearbeitet und mit feinen langen Furchen durchzogen hatte. Die Pflanzen erfüllten ihn stets mit Stolz. Die grünen Stängel waren groß und schmal, sie glichen dem Regenschirm, unter dem man Frau Regenburg hin und wieder sah, und auf den sich im Wind wiegenden Blättern saßen schwirrende Fliegen.

Sein Urgroßvater hatte ihm aufgetragen, sich auch um Nils' Acker zu kümmern. Er hatte gesagt, nur Taugenichtse und Schlingel würden einem Wohltäter gegenüber keine Dankbarkeit zeigen.

Napoleon bat seinen Vetter, Tóvós Arbeit zu beurteilen, und Jóakim sah sofort, dass der junge Knecht nicht nur fleißig, sondern auch geschickt war. Um den abschüssigen klafterbreiten Feldstreifen ordentlich und sauber zu begradigen, grub er mit schnellen Handbewegungen ein paar Grassoden aus, drehte sie um und zerhackte sie dann. Jóakim wurde auch klar, dass der Junge weder stumm noch auf irgendeine andere Weise behindert war, obwohl seine Zuckungen schon sehr heftig sein konnten. Der Junge war lediglich ungewöhnlich scheu, das war das Problem.

Von Pole, wie ihn seine nächsten Verwandten nannten, erfuhr er von der Tragödie, die das Haus in Geil getroffen hatte, und soweit kannte Jóakim Tórshavn, dass er von den Brahmadellen aus Geil gehört hatte. Der Junge stammte also aus einer Familie von Hexen und Zauberern, zumindest aber aus einer Familie, die mehr als nur ihr Vaterunser beten konnte. Der würde schon zurechtkommen.

Pole erzählte Jóakim auch, dass er Tóvó am 1. Juli 1846 kennengelernt habe; er erinnerte sich deshalb so genau an das Datum, weil an diesem Tag die *Havfruen* mit den Doktoren Panum und August Manicus an Bord auf der Reede von Tórshavn den Anker hatte fallen lassen. Am selben Vormittag war der Junge in die Praxis in die Nólsoyarstova gekommen und hatte in einem roten Seidentuch das Fernrohr gebracht, das Nólsoyar-Páll der Mutter des Jungen geschenkt hatte. Am Abend noch hatte Pole seinem Vater dieses seltene Kleinod gezeigt, dann imitierte er die Reaktion seines Vaters. Wie er sich die Brille auf die Nase gesetzt und das Fernrohr von allen Seiten begutachtet hatte. Er streckte das Kinn prüfend vor, entblößte eine Reihe abgenutzter, gelblicher Zähne und stieß ein paar mürrische Blökgeräusche aus. Und Pole konnte seinen Vater so gut nachahmen, dass Jóakim vor Lachen brüllte.

»Ja sicher«, hatte der Vater gesagt, »das ist typisch Bruder

Páll.« Für ihn stand es außer Frage, dass Páll das Fernrohr einem Franzosen gestohlen hatte, dessen Initialen ebenfalls P und N lauteten. Denn so viel konnte ihm sein besserwisserischer und ständig nörgelnder Herr Vater sagen, dass der Bruder sich 1791 Poul Poulsen genannt hatte, also PP. »Das ist Diebesgut«, erklärte der Alte. »Diebesgut aus diesen wenig großartigen Jahren, in denen Schaumkelle, wie er genannt wurde, in den französischen Hurenhäusern gelebt hat und auch dort gestorben ist. Und du bist dumm genug, dich von einem greinenden Brahmadellenbalg an der Nase herumführen zu lassen. Du gelehrter Mann, du hast Angst vor Zauberei, darum hast du dem Jungen die Opiumtropfen nicht verweigert. Zur Hölle mit diesem Fernrohr, schmeiß es weg und lern endlich, für Medikamente richtiges Geld zu nehmen.«

Gab es Probleme, versuchte Jóakim Tóvó zu zeigen, wie er sie lösen konnte. Eines Tages stand er auf dem Feld und zeigte auf einen großen Stein, den Tóvó sich ansah. Er erklärte ihm, dass es nicht notwendig sei, den Stein mühselig fortzuschleppen. Jóakim bat Tóvó um den Spaten. Dann grub er ein Loch vor dem Stein, schob den Stein in das Loch und legte eine Grassode darüber.

So musste es gemacht werden. Er riet Tóvó auch, einen Wetzstein zur Hand zu haben, denn ein scharfer Spaten erleichterte die Arbeit ungemein.

Außerdem warnte Jóakim ihn immer wieder vor überflüssigen Handgriffen. Er sollte ruhig und geplant arbeiten. Hier auf der Insel gab es schon viel zu viele Helden, die versucht hatten, die sagenhaften Janse-Burschen oder die Hørg-Brüder zu spielen, deren Muskelkraft enorm gewesen sein soll. Das Ergebnis waren schiefe, verbogene Wirbelsäulen.

Der großartigste Tag aber war gekommen, als ihm Jóakim den Steinbohrer und die Keile brachte, oh, von da an wurde alles sehr viel interessanter. Der kleinste der beiden Bohrer war gut einen Fuß lang, und Tóvó probierte ihn sofort aus. Der große Hammer traf mit einem singenden Geräusch auf den Bohrkopf, und aus jedem Riss, den er schlug, rieselte ein wenig Staub. Er setzte den Bohrer ein Stück weiter an und schlug einen weiteren Spalt, und mit jedem Schlag bohrte sich die Spitze des Bohrers ein bisschen tiefer in den Stein. Es kam aber auch vor, dass er zwei- oder sogar dreimal kräftig in den gleichen Riss schlug und sah, wie die Spitze verschwand, doch auf diese Weise konnte die Spitze beschädigt werden. Also machte er bei jedem Schlag nur eine zusätzliche kleine Umdrehung des Bohrers, und obwohl so weniger Staub aus dem Loch kam, waren es doch gerade die leichteren Schläge, die zum gewünschten Resultat führten.

Sorgfältig und glücklich bohrte Tóvó, und beim Klang des Eisens fielen ihm Teile der Gesänge und Bruchstücke der lustigen und sonderbaren Lieder ein, die sein Urgroßvater immer gesummt hatte.

Dass er selbst so etwas auch konnte, bewiesen die Wörter, die er erfand: Klippenkönig, Meißelmeister und Hammerherzog.

Er bohrte für seine Schwester Ebba, für den Urgroßvater und für seinen Bruder Lýdar, der in diesem Jahr wieder auf der *Glen Rose* segelte. Er bohrte tiefe Löcher für seine Mutter, vielleicht traf er den kranken Punkt ihres Herzens, wo der Wahnsinn sich wie ein Seestern festgesogen hatte. Er bohrte für die Sonne, den Mond und die Laurentiustränen. Und nicht zuletzt bohrte er für Pole, der sich so erregen konnte, dass er rasend vor Wut mit beiden Händen seine Pfeife zerbrach.

So sehr konnte sich Tóvó auf seine eigene, einfache Eisenmusik konzentrieren, dass er es vollkommen ignorierte, wenn Leute stehen blieben und zuhörten. Ein Stein von sieben- oder achthundert Pfund war nicht schwer zu spalten, und nach und nach wagte er sich an weit größere Brocken, dazu benutzte er auch den langen Bohrer. Der spannende Moment war gekommen, wenn er die Keile in die Löcher schlug. Zu sehen, wie die Risse sich durch das harte Material verästelten, war jedes Mal wieder ein wahrer Genuss. Ein Stein, den ein Mann weder tragen noch auf einem Schlitten ziehen konnte, lag plötzlich vor seinen Füßen, zerstückelt in Brocken, die für eine Steinmauer verwendet werden konnten. Macht über den Stein zu erlangen, beruhigte das Gemüt.

Besuch aus Frodba

Eines Tages kam ein älterer Mann aus Frodba, um sich zu erkundigen, wie die Arbeiten vorangingen. Er sagte, er habe den Hammer bis nach Torvheyggjur hören können, und das müsse er zugeben: So wie es aussah, kamen sie hier gut voran, sowohl mit der Bestellung des Feldes wie mit dem Bau der Steinmauer.

Tóvó antwortete, dass Doktor Pole die ganz schweren Steine übernommen habe. Alle großen Steine an der Nord- und Westseite der Steinmauer hatte der Doktor hinaufgehoben.

Der Mann aus Frodba setzte sich auf einen Stein. Er hatte hellblaue Augen, und wenn er redete, legte er aus Gewohnheit den Kopf schräg. Er sagte, ganz sicher brauche es Kraft, um eine Steinmauer zu bauen, aber ungenutztes Land urbar zu machen und so zu ebnen, wie Tóvó es getan hätte, das erfordere ebenfalls Stärke und nicht zuletzt Geschick und Augenmaß. Der Alte hatte einen Hund mitgebracht, den er unter der Schnauze kraulte.

Tóvó freute sich über diese lobenden Worte. Er hatte zwei Felder bestellt, beide ungefähr zwanzig Klafter lang, und mit dem dritten hatte er begonnen. Im Augenblick jedoch war er die meiste Zeit mit Bohren beschäftigt. Auf diese Weise sammelte er das Material, um die Felder einzufrieden; außerdem las er von hier bis zum Fluss jeden Stein vom Boden auf.

Er lächelte, als ihm plötzlich auffiel, dass er genau wie die anderen Leute dasaß und sich unterhielt. Er fragte den Mann aus Frodba, warum es so viele unterschiedliche Arten von Stei-

nen gab. Manche waren wie Glas und konnten in kleine Stückchen zerbröselt werden, während man bei anderen Steinen
einen ganzen Tag bohren musste.

»Ich weiß es nicht«, antwortete der Alte. »Aber der Herrgott hat sich sicher etwas dabei gedacht. Obwohl Hunde und
Wölfe einander ähnlich sind, sind sie doch verschieden. Auch
die Vögel des Himmels unterscheiden sich, in ihren Farben, in
ihrem Gesang und auch in ihrer Flügelspannweite. Oder nimm
die Fische: Während der Heilbutt platt ist und beide Augen auf
der bunten Seite sitzen, sieht der Lengfisch eher aus wie ein
Wurm. Könnte die gleiche Vielfalt nicht auch für Steine gel-
ten? Irgendwo in Sumba gab es eine grüne Gesteinsschicht, die
Pastor Schrøter mal Jaspis genannt hat. Es hieß auch, Karl der
Große hätte die hübschesten grünen Perlen in seinem Arm-
ring gehabt, und in der Offenbarung steht geschrieben, dass
der Herr strahlte und einen Anblick bot wie Jaspis-Stein und
Sarder.« Und dann zeigte der Mann aus Frodba auf den Rangabotnur und sagte, der Berg sei voller Kohle, und Kohle ist auch
eine Art Stein. »Vielleicht ist alles so verschieden geschaffen«,
meinte er, »damit die Menschen sich wundern und die Schöpfung preisen können.«

Der Alte griff nach einem Keil, wog ihn in der Hand und
sagte dann ein paar merkwürdige Worte: »Das sage ich dir,
Tórshavner, Keilkraft und Frauenlist sind unberechenbare
Kräfte.«

Tóvó wurde unruhig. Mit einem Mal war dieser gemütliche
Moment vorbei. Warum sagte der Mann, dass Frauen unberechenbar sind? Spielte er damit etwa auf Tóvós Mutter an? Waren die Gerüchte über ihren Wahnsinn bis hierher gelangt?
Dann wüssten die Einwohner von Frodba und Trongisvágur,
dass der junge Tórshavner der Sohn der Verrückten Betta war.

Tóvó ging plötzlich der unmögliche Gedanke durch den
Kopf, dass der Alte gar kein Mensch war. Er hatte den Mann

noch nie gesehen, weder im Laden noch die Male, an denen Pole ihn mit Medikamenten nach Frodba geschickt hatte. Der Mann warf auch keinen Schatten, er saß einfach nur klein und bärtig da, mit einem Hund, der noch keinen Laut von sich gegeben hatte – das allein war schon verdächtig. Vielleicht war der Hund ja kein richtiger Hund. Tóvó wurde schwindlig. Er redete mit einem Elfenmann, so war es, und die Unterirdischen hatten dem Hund die Zunge aus dem Maul geschnitten.

Eine Nebelbank verbarg die Herbstsonne, Tóvó bemerkte es nicht. Er spürte nur, wie eine Gänsehaut seine Arme überzog und alles kalt und ungemütlich wurde. Der Alte hielt noch immer den Keil in der Hand, und Tóvó erinnerte sich plötzlich, dass man die Unterirdischen hart aufs Nasenbein schlagen sollte, so dass Blut floss, dann verloren sie ihre Kraft. Aber er wagte nicht, den Mann aus Frodba zu schlagen, er hatte so hübsche blaue Augen, und wenn er es recht bedachte, hatte der Alte ihm nichts getan. Überhaupt nichts. Er hatte nur dagesessen, sich ein bisschen ausgeruht und seltsames Zeug über Frauenlist und die Kraft der Keile erzählt.

Tóvó schaute zum Rangabotnur und dachte: Was würde eigentlich passieren, wenn die Kohle Feuer fing, wie viele Jahre könnte der Berg brennen, so nahe am Meer? Würde man das Feuer bis Kirkwall sehen? Und was wäre, wenn die Jaspis-Schichten in Sumba verfaulen würden? Vielleicht würden die darüberliegenden Gesteinsschichten ins Meer stürzen und das Dorf und alle Menschen, Schafe, Hühner und auch Korporal Nils' Pachthof mit sich in die Tiefe reißen.

Der Hund hob den Kopf, und als sie sich in die Augen sahen, erinnerte sich Tóvó, wie furchtbar es war, als seine Mutter mit dem Messer auf Mogul losgegangen war. Damals, um den Bartholomäustag 1847, kurz nachdem die beiden dänischen Kriegsschiffe Tórshavn verlassen hatten. Mit beiden Händen am Schaft des Dolches hatte die Mutter die Klinge in Moguls Nackenfell gejagt, so dass ein Blutstrahl aus der Wunde spritzte. Den zweiten Stich versetzte sie dem Hund in die Seite, dann gelang es Mogul zu entkommen.

Er stammte aus dem Wurf einer Hündin aus Hoyvík, und vermutlich weil er spürte, dass es dem Ende zuging, lief er in Richtung seines Geburtsorts. Dem armen Tier gelang es, sich bis zur Steinmauer am südlichen Rand des Ortes zu schleppen. Dort blieb der Hund liegen. Einerseits weil er viel Blut verloren hatte, vor allem aber weil sein Darm heraushing. Ein paar Raben hüpften um den Hund herum, und die eifrigsten hackten nach dem warmen Darm. Aber jedes Mal, wenn die Schnauze des Hundes den Darm zurück in die Bauchhöhle drückte, pickten die Raben in die Nackenwunde, und wenn der Hund nach ihnen schnappte, schlugen die anderen Raben ihre Schnäbel in den ungeschützten Darm.

Mogul hörte eine Männerstimme und sah die fürchterlichen Vögel auffliegen. Der Hoyvíkbauer ging in die Hocke, redete sanft auf den verletzten Hund ein und sah sofort, dass ihm nicht mehr zu helfen war.

Mit einer raschen Bewegung schnitt er Mogul die Kehle durch, und als er eines Tages in Tórshavn etwas zu erledigen hatte, suchte er den Alten Tóvó auf und erzählte ihm, wie er den Hund gefunden und getötet hatte.

Nachdem der Mann aus Frodba mit dem Wunsch gegangen war, der Herr möge mit ihm sein, blieb Tóvó noch eine Weile verunsichert sitzen. Er wusste genau, dass es töricht war, dennoch riss er ein Büschel Gras aus, hob damit den Keil auf, den der Alte in der Hand gehabt hatte, und ließ das Eisen eine Zeitlang in einem Wasserloch liegen, bevor er es wieder herausnahm.

My sweet Lord

Die Tage wurden deutlich kürzer, und obwohl die Schiffe normalerweise in der zweiten Novemberhälfte den Fischfang einstellten, hielt Tóvó häufig in der Fjordmündung nach Segeln Ausschau.

Seit gut zwei Jahren fuhr sein Bruder Lýdar auf dem schottischen Segler *Glen Rose*, und nachdem der Monopolhandel eine Niederlassung in Tvøroyri eröffnet hatte, war es normal, dass Slups von den Shetland-Inseln und Schottland, die südlich von Munken oder ganz auf der Bill-Bailey-Bank fischten, hier Wasser aufnahmen oder im Laden ihre Vorräte aufstockten.

Jóakim wusste zu erzählen, dass man die Bank nach einem walisischen Skipper namens Bill Bailey benannt hatte. Anfang des Jahrhunderts hatte dieser ein besonderes Fischernetz erfunden, das die Schotten *trawl* nannten. Diese neue Erfindung wurde über den Grund gezogen und konnte unglaublich viele Fische, ja bis zu mehreren Schiffspfund auf einmal aus dem Meer ziehen. Aber diese Art zu fischen war gefährlich, denn den Antrieb, den ein Schiff brauchte, bekam es nur durch den Wind. Gefischt wurde mit vollen Segeln und bei hohem Wellengang. Das Trawl wurde mit einem Gangspill hochgezogen, und es passierte häufig, dass dabei Männer über Bord gingen. Bill Bailey quälten diese Verluste. Die ertrunkenen Fischer gingen ihm sehr nahe, und schließlich sah er keinen anderen Ausweg, als sich zu erhängen.

Tóvó fragte, ob Jóakim Bill Bailey gekannt habe, aber das

war nicht der Fall. Dann erzählte er, dass sein älterer Bruder auf der *Glen Rose* segelte und ihr Vater gut zehn Jahre zur Mannschaft gehört habe. Aber er mochte ihm nicht sagen, dass die schottischen Fischer noch immer regelmäßig ihr Haus in Geil besuchten.

Tatsächlich war es noch nicht lange her, dass einige Mitglieder der Mannschaft mit ihrem Skipper George Harrison bei ihnen zu Hause waren, *to pay their tribute and to show their grief for a deeply respected man*, wie es der Skipper ausdrückte.

Es hieß, der Skipper gehöre einer Sekte von Kirchenhassern an, und wenn er redete, rief er mit seiner heiseren, weinerlichen Stimme ständig *my sweet Lord* an.

Alle in Geil kannten den englischen Beileidsspruch, doch Tóvós Mutter hatte ihren besonderen Teil dazu beigetragen, dass ihre Kinder die Worte hassten und fürchteten. Gewöhnlich lag sie auf ihrem Bett und schrie *my sweet Lord*, die Schotten sollten sich zum Teufel scheren mit ihrem *tribute and grief for a deeply dead man*.

Allerdings variierte sie den Spruch, wie es ihr gefiel, und es kam durchaus vor, dass sie die gesamte schottische Flotte einlud, bei ihr anzulegen – sie würde ihnen schon die erdrückende Kraft der Lenden einer Brahmadellenfrau zeigen.

Jóakim kannte George Harrison und sagte, die *Glen Rose* hätte ein paarmal in Tvøroyri angelegt, um Wasser aufzunehmen, und um dem Jungen eine Freude zu machen, erzählte er ihm eine glatte Lüge. Er behauptete, in Geil mit Martimann geredet zu haben, der sei ein richtig netter Kerl gewesen.

Jóakim kümmerte sich um die Frischwasserversorgung der Schiffe. Er steuerte sein Boot unter den kleinen Wasserfall Sixpence, und wenn das Wasser die Ruderbänke erreichte, ruderte er hinaus zu der Slup. Dort wurde das Trinkwasser dann mit Eimern an Bord gebracht.

Die Schotten hatten dem Wasserfall den Namen Sixpence

gegeben, denn das war der Betrag, den sie für Wasser und Transport bezahlten.

Die Fischer kauften im Laden auch Branntwein, denn in Städten wie Lerwick, Kirkwall, Fraserburgh und Inverness sowie den größeren Städten an der schottischen Nordküste war der Verkauf von Branntwein entweder verboten oder so teuer, dass nur Reiche sich einen Viertelliter Schnaps leisten konnten.

Ein färöischer Husar

Am Weihnachtstag bekam Tóvó seinen ersten Lohn.

Er und Pole saßen an dem runden Rauchtisch in der Wohn-stube und unterhielten sich, und als Pole sich zum zweiten oder dritten Mal Portwein ins Glas goss, sagte er, dieses halbe Jahr in der Wildnis sei eine der besten Zeiten seines Lebens gewesen. Ganz sicher hatte es seine Vorteile, in Tórshavn zu wohnen, gar kein Zweifel. Gar nicht zu reden von Kopenha-gen mit all den wunderbaren Wirtshäusern, dem Königlichen Theater und den Zeitungen, die mehrmals in der Woche er-schienen.

Aber in Tvøroyri hatte man dieses seltene Urgefühl, der erste Mensch auf Erden zu sein. Streckte man die Hand aus, hoppla, so hatte man einen Vogel erwischt. Ging man zum Strand, hüpfte einem ein munterer kleiner Dorsch in den Topf. Und am Haus floss das allerbeste Trinkwasser auf der ganzen Welt vorbei.

Pole sprang aus seinem roten Plüschsessel auf, zeigte auf die schneebedeckten Berge rund um den Fjord und erklärte, sie seien voll mit schwarzem Gold, und in fünfzig Jahren würde Tvøroyri tausendmal reicher sein, als der alte katholische Bischofssitz in Kirkjubøur es jemals gewesen ist.

Er trank einen Schluck Portwein und erzählte, dass es in Großbritannien Wagen gäbe, die auf Schienen fuhren. Man schüttete Kohle in einen Ofen, das Feuer erhitzte Wasser in einem großen Kessel, und der Dampf des kochenden Wassers setzte eine Maschine in Gang, die die Wagenräder antrieb. Solche Wagen würden bald auch auf die Färöer kommen, denn oben im Rangabotnur wartete die Kohle auf sie. Auch würden nicht mehr sehr viele Jahre vergehen, bis die Dampfmaschinen Schiffe quer über das Meer antrieben, und dann würde der Name Tvøroyri mit Großbuchstaben in den Lotsenbüchern stehen.

Tóvó nickte. Pole hatte ihm Bilder von den fahrenden Zügen gezeigt, wie eine solche Dampfmaschine jedoch genau funktionierte, verstand er nicht. Aber ihm gefiel es, wenn Pole leicht berauscht war, denn dann wurde er so übermütig, dass alles denkbar war. Und egal wie groß die Probleme auch sein mochten, sie ließen sich lösen.

»Das Vaterland«, sagte Pole jetzt feierlich, »ist etwas, das man aus steilen und unzugänglichen Bergen herausgraben muss.« Und wie immer, wenn er das Wort *Vaterland* in den Mund nahm, füllten sich seine Augen mit Tränen. Die größte Freude in diesem halben Jahr, sein allergrößtes Vergnügen war jedoch, dass er Zeuge sein durfte, wie ein gepeinigter Junge aus Tórshavn zu einem hübschen jungen Mann herangereift war.

Er zog sein Taschentuch hervor, putzte sich die Nase und sagte, es habe nicht in seiner Absicht gelegen, am ersten Weihnachtstag zu weinen. Er schenkte sich noch ein Glas ein und zündete sich eine Zigarre an, und jede seiner Bewegungen war voll feierlicher Zufriedenheit.

Das Feuerholz bullerte in dem hohen Bilegger-Ofen, und dank des Schnees, der vom Strand bis zu den Berggipfeln alles bedeckte, glich der Himmel einem Meer aus weißem Licht. Vergnügt zuckte Pole mit den Achseln, zog ein ledernes Portemonnaie aus der Jackentasche, ließ das Schloss aufschnappen und zählte eins, zwei, drei, ja fünfzehn Goldtaler auf den Tisch. Sein Mund verzog sich zu einem breiten Lächeln, der bis zu dem fein ausrasierten Backenbart reichte, dann schob er den kleinen Haufen Münzen hinüber zu Tóvó.

Er bemerkte die Verwirrung des Jungen, und um ihn richtig zu necken, erklärte Pole, dass er auch noch ein Weihnachtsgeschenk für ihn habe. Er drehte sich auf dem Stuhl um und überreichte ihm ein großes Paket. Tóvó bekam zum ersten Mal in seinem Leben ein Weihnachtsgeschenk, daher fragte er, ob er das Paket sofort auspacken dürfe.

»So schnell wie möglich«, antwortete Pole.

Vorsichtig löste Tóvó die Schnur um das grobe braune Papier, öffnete das Paket und sah als Erstes die Hornknöpfe an einem gut gewalkten rotbraunen Wams. Er hob es an, und ein Ledergürtel fiel zu Boden. Und nicht nur ein Gürtel. Als er sich danach bückte, sah er, dass eine Scheide mit einem Dolch an dem Gürtel hing.

Eine Weile erschien ihm alles falsch und verwirrend. Zuerst hatte er Lohn bekommen und nun noch dieses großartige Geschenkpaket. Er wusste überhaupt nicht, wie er sich für alles bedanken sollte. Als er ein kleiner Junge war, hatte er seinen Urgroßvater, Mogul und auch seine Mutter geküsst, und obwohl er sich nicht daran erinnern konnte, hatte er hin und wieder sicher auch Martimann geküsst, aber dazu war er doch inzwischen zu alt. Peinlich berührt und glücklich zugleich nickte er dem freundlichen Gesicht der Person zu, die ihm gegenüber im Stuhl saß und rauchte.

Pole bat ihn, das Wams anzuprobieren. Eine Verwandte aus Trongisvágur hatte es gewebt und genäht, die Maße waren von einem Pullover Tóvós genommen.

Doch zunächst legte Tóvó den Gürtel mit der hübschen Messingschnalle an, und dieses Schlenkern an seinem Oberschenkel verlieh ihm ein Gefühl des Glücks und des Erwachsenseins. Er sah sich das Messer genau an, ein feines, bis zur Spitze gleichmäßiges und sehr scharfes Blatt. Auch das Wams passte wie angegossen, und wieder traten Napoleon Tränen in die Augen. Er breitete die Arme aus und sagte: »So sieht ein echter färöischer Husar aus.«

Nächtlicher Besuch

Während der Weihnachtsmahlzeit, die beim Bevollmächtigten der Handelsgesellschaft eingenommen wurde, wurde die Haustür geöffnet und zwei Männer aus Hvalba kamen herein. Der Ältere, offensichtlich der Wortführer, sagte, seine Tochter würde zum ersten Mal niederkommen, und die Hebamme hätte sie nach Tvøroyri geschickt, um den Arzt zu holen. Der Bart des Mannes war weiß vor Frost, er erklärte, der Káragjógv wäre befahrbar, es sei sternenklar.

»Ja, ja«, sagte Napoleon, »ein Weihnachtskind ist ein Glückskind.« Er klopfte Tóvó auf die Schulter, stand vom Tisch auf und entschuldigte sich. Während er seine Tasche holte und sich für die Fahrt Stiefel anzog, bekamen die Männer aus Hvalba eine heiße Suppe, und als sie gingen, bedankten sie sich für die Gastfreundschaft und wünschten fröhliche Weihnachten und ein gutes neues Jahr.

Kurz nach Mitternacht erwachte Tóvó, als die Tür seiner Kammer geöffnet wurde. Erst dachte er, Pole sei aus Hvalba zurück, aber normalerweise kam er nicht zu ihm herein.

Splitternackt sprang er auf, bereit, sich anzuziehen, aber Jóakim bat ihn, ruhig zu bleiben, weder würde das Haus brennen noch sei ein Schiff gestrandet. Tóvó legte sich wieder unter die Decke und fragte, was Jóakim überhaupt hier in seiner Kammer suche, ob er vielleicht betrunken sei? Jóakim schüttelte den Kopf. Er setzte sich aufs Bett und sagte ziemlich kryptisch, bei seinem Anliegen gehe es um eine Bitte oder eine Frage. Tóvó dachte, es muss sich aber um eine sehr wichtige Frage handeln, wenn er ihn mitten in der Nacht weckte. Gleichzeitig hatte er allerdings das Gefühl, dass der Besuch einen anderen Grund hatte. Er kannte diesen Gesichtsausdruck bei Jóakim, der Mann hatte ihn schon früher so angesehen.

Mit größter Spannung wartete er auf die Frage, und dann fragte Jóakim flüsternd, ob er Tóvó nackt sehen dürfe. Die Stille in der Kammer war so bedrückend, dass man sie hätte in Stücke schneiden können. Tóvó wollte ihn fragen, warum er ihn nackt sehen wolle, doch er ließ es, da er die Antwort bereits kannte. Er hatte ein bisschen Angst, gleichzeitig war er aber auch neugierig.

Vorsichtig zog er die Decke beiseite, und da er nicht wusste, was er mit seinen Händen machen sollte, legte er sie in den Nacken. Unter den Armen wuchs ihm ein wenig dunkles Haar, er roch seinen eigenen Schweiß. Er wartete darauf, dass Jóakim etwas sagte. Tóvó wusste nicht, dass Jóakim keinen Ton herausbringen konnte. Der hübsche Anblick, der sich seinen Augen bot, hatte seine Kehle trocken werden lassen.

Tóvó war mehr Junge als Mann. Die Behaarung unter den Armen war spärlich, und noch weniger Haare hatte er an seinem Geschlecht, doch aus diesen wenigen Haaren ragte sein Glied hart und unbefangen empor.

Vorsichtig berührte Jóakim Tóvós Oberschenkel und dessen Bauch, und obwohl Tóvó es nicht zu sagen wagte, hoffte er, dass Jóakim auch sein steifes Geschlechtsteil anfassen würde. Normalerweise tat er es selbst, und die Male, die er sich wirklich angestrengt hatte, hatte es immer ein kleines Wunder gegeben. Aber dass eine fremde Hand sich nur wenige Zoll von seinem Glied entfernt befand, ließ ihn beben, er spürte, wie ihm das Herz in der Brust schlug.

Aber Jóakim berührte ihn nicht, jedenfalls nicht sofort. Tóvó beobachtete ihn und hätte fast geschrien, als Jóakims Gesicht sich seinem Geschlecht näherte. Er schnüffelte wie ein Hund, die Nase näherte sich langsam dem prallen blauen Kopf. Sie untersuchte auch die Kugeln, und plötzlich spürte er die Zunge an der weichen Haut hinter seinem Hodensack. Und dann tat Jóakim etwas, wovon Tóvó sich nicht hatte vorstellen können, dass man es überhaupt tun konnte. Er griff nach seinem Glied, und der blaue Kopf verschwand zwischen Jóakims Lippen.

Auch nachdem Jóakim gegangen war, blieb Tóvó mit geschlossenen Augen liegen. Er war nicht ganz sicher, ob er sich in einem Traum oder an irgendeinem anderen Ort befand, an dem Freude und Schwerelosigkeit herrschten. Die Angst, die ihn oft gequält hatte, war verschwunden, die Hände lagen offen auf der Bettdecke. Und das Merkwürdigste war, dass er das Haus in Geil vor sich sah. Er war wach, da war er sicher, doch er sah, wie das Haus ein Stück über dem Fußende seines Bettes schwebte. Offenbar überkam ihn eine Vision. Das Haus stand dort, wo es stehen sollte, mit der Aussicht auf Bursatangi. Aber es schien plötzlich groß geworden zu sein. Als ob ganz Tórshavn und Tvøroyri darin Platz hätten. Und genau das war so eigenartig.

Der Bauer vom Ergisstova

An einem schönen Tag im Frühjahr lag die *Riddarin* aus Sumba unterhalb der Handelsniederlassung vertäut. Die Mannschaft hatte ihre Geschäfte abgewickelt und war bereit, wieder nach Süden zu rudern, als Nils Tvibur, der Bauer vom Ergisstova, die anderen bat, einen Augenblick zu warten, er hätte noch eine Kleinigkeit zu erledigen.

Wie so oft, wenn er mit den Leuten aus Sumba redete, schauten sie ihn aus ihren Bärten mürrisch an und antworteten wortkarg; Nils war überzeugt, dass sie über ihn spotteten und lästerten, sobald er ihnen auch nur den Rücken zudrehte. Aber daran hatte er sich zum Teil gewöhnt, oder besser, er wusste um ihre Art. Die Sumbinger glichen in gewisser Weise den Leuten aus Hordaland in Norwegen, wo seine Familie väterlicherseits herkam. Sie sprachen das J so aus, wie er es in seiner Kindheit oft genug gehört hatte. Nils Tviburs Ehefrau hieß Jóhanna, aber die Sumbinger nannten sie Djóhanna oder bloß Djøssan.

Nils kannte nur einige wenige Sumbinger, bevor er auf die Inseln gezogen war. Direkt vor Doktor Napoleons Praxis hatte Jákup Sumbingur gewohnt. Er war Soldat auf der Festung Skansen gewesen und bekannt für seine Stärke, obgleich er ein sanfter Riese war. Sein Sohn war ebenfalls Soldat geworden und verbrachte den Rest der Zeit mit Bücherbinden. Nils hatte sich immer willkommen gefühlt, wenn er zu Jákup kam. Der Alte hatte ihm erzählt, diesen besonderen J-Laut hätten die

Leute aus Hordaland mitgebracht, als sie vor gut vierhundert Jahren, nach dem Schwarzen Tod, auf die Färöer kamen und das Dorf Sumba gründeten.

Aber es waren weniger die sprachlichen Ähnlichkeiten, um die es Nils Tvibur ging. Er nahm eher das Peinigende und Verletzende wahr. In seinen Augen waren die Sumbinger ebenso boshaft wie die Menschen aus Hordaland, auch sie trugen einen Grundgroll in sich und wären nie auf die Idee gekommen, jemandem zu vergeben oder zu schlichten. Nils hatte nichts dagegen. Wenn man einen Feind hatte, musste man die Feindschaft auch pflegen. Nichts war schlimmer, als mit ansehen zu müssen, wie sich die Lippen eines Feindes zu einem süßlichen Lächeln verzogen. Nein, er regte sich darüber auf, dass die Sumbinger genau wie Hunde nicht aufblicken konnten. Ihnen fehlten stolze Nacken, das war das Problem. Sie waren keine Karawanenführer oder Wüstenkapitäne wie Muhammed. Sie glichen eher dem Schafsdieb Moses, wie Nils es mehr als einmal formulierte.

Jetzt wollte er mit Tóvó reden, denn ihm war zu Ohren gekommen, dass der Junge als Knecht bei Doktor Napoleon arbeitete. Nils hatte außerdem beschlossen, dass Tóvó sein altes Haus an der Bringsnagøta in Tórshavn erben sollte, aber das war ein Geheimnis, das er noch nicht verraten wollte. Er wollte Tóvó nach Sumba einladen, das war sein Anliegen, aber er hatte überhaupt keine Lust, es seinen Gefährten auf dem Boot zu erzählen. Es ging weder sie noch sonst irgendjemanden etwas an, wen er traf, wenn er sich in geschäftlichen Angelegenheiten in Tvøroyri aufhielt.

»Ruhig, Nils, ruhig«, ermahnte er sich selbst.

Er ging über die Brücke des Tvørá und lief hinauf zum Haus des Arztes. Entlang des Wegs war eine Steinmauer gebaut, die sich nach oben fortsetzte und ein Feld einfriedete, auf dem ein paar Kühe Platz gefunden hätten.

Wieder ging die Wut mit ihm durch. Er hatte die Schultern hochgezogen, und seine Hände schienen etwas zu suchen, auf das sie einschlagen konnten. Wenn auch nur die geringste Stichelei vom Doktor kam … »Tja, was wirst du dann machen, Nils Tvibur?«, fragte er sich selbst. Er wusste genau, dass es eine leere Drohung war. Er würde sich nicht mit dem Doktor oder irgendeinem anderen Repräsentanten der Obrigkeit anlegen. Seit Pløyen nach Dänemark zurückgekehrt war, hatte er seinen Schutzengel verloren. Damals, als er Jardis aus Signabøur zum Krüppel geschlagen hatte, und auch nach der Prügelei in Granis Bootshaus hatte Pløyen ihn gerettet.

Aber er grollte dem Doktor schließlich nicht ohne Grund.

Als vor gut drei Jahren in Tórshavn bekannt wurde, dass der Korporal sich auf Freiersfüßen in Sumba bewegte, hatte er eines Tages Napoleon getroffen, und der Doktor hatte gefragt, ob es ein alter norwegischer Brauch sei, dass schon etwas betagtere Korporale sich zu einem Pachthof ficken.

Nils war so peinlich berührt und verblüfft über diese Frage, dass er nicht hatte antworten können.

Wären sie allein gewesen, hätte er die Worte möglicherweise als Spaß nehmen können. Aber sowohl Jákup Sumbingur wie der alte Michael Müller waren zugegen und die Stichelei des Doktors war allzu offensichtlich.

Nils hatte sich vorgenommen, dass er sich nie wieder so grob beleidigen lassen würde, weder von Napoleon Nolsøe noch von irgendjemand anderem.

Glücklicherweise öffnete das Dienstmädchen, als er anklopfte. Sie sagte, der Doktor ist bei einem Krankenbesuch.

Sie war lebhaft und schien freundlich zu sein, und als Nils sagte, er würde gern mit Tóvó sprechen, zeigte sie auf die Westseite des Hauses. Nils ertappte sich, dass er beim Anblick dieser fremden Frau Lust verspürte, gleichzeitig klopfte aber sein Herz vor Wut. Ihr nackter Arm war geschmeidig, eine ihrer

Hacken hob sich aus dem Holzschuh, und Nils sah, wie ihr Busen sich an den Türrahmen drückte, als sie ihm zeigte, wo er Tóvó finden konnte.

Entweder sei der Junge auf dem Feld, sagte sie, oder unten beim Misthaufen.

Das Dienstmädchen meinte, Nils zu kennen, sie fragte, sind Sie nicht der Korporal Nils Tvibur? Und er antwortete, ja, ich heiße noch immer Nils Tvibur, aber Korporal bin ich nicht mehr.

»Tja, hohe Steiger fallen tief«, sagte er und schickte ihr einen kecken militärischen Gruß mit Zeige- und Mittelfinger.

Noch bevor er um die Hausecke gebogen war, stieg ihm der strenge Gestank von Dung in die Nase. Er sog die Luft ein und hätte sich mit geschlossenen Augen von dem guten Duft zum Feld führen lassen können.

Mit dem scharfen Blick des Gastes betrachtete er das Feld und bemerkte sofort, dass Tóvó sich seine Arbeit gut einteilte. Zwei mannshohe Steine standen noch auf dem Feld, während kleinere und ganz kleine Steine verschwunden waren. Die Feldstücke hatten die gleiche hübsche Neigung wie die Erde nördlich der Festung in Tórshavn oder, wenn man so wollte, wie der Boden bei Kelda in Sumba. Das Frühjahr kam näher, und die Triebe lugten wie kleine grüne Lichter aus den Furchen. Sie waren nicht mehr als zwei Zoll groß und standen dicht beieinander, vom Strand bis hinauf zur Steinmauer an der Nordseite. Auch ließ sich der Unterschied zwischen den Feldstücken sehen, die im Vorjahr gemäht worden waren, und denen, die in diesem Jahr zum ersten Mal unter die Sense kamen. Es sah aus, als würde Tóvó einen Teil zum Anbau von Kartoffeln vorbereiten.

Nils sah einen jungen Mann mit einem Korb auf dem Rücken die Anhöhe hinaufkommen, und dass es sich bei diesem jungen Mann um Tóvó handelte, seinen alten Freund aus Tórshavn, erfüllte ihn mit Freude. Er half ihm, den Korb mit Dung abzusetzen, und obwohl er ihm in seinen Händen recht leicht erschien, war er doch froh, dass der Junge sich seine Last vernünftig einteilte.

Junge? Tóvó war kein Junge mehr, er war ein hübscher junger Mann geworden. Die schmale Brust war breiter als zuvor, und an Kinn und Oberlippe zeigte sich Bartwuchs. Nils erkannte die hagere Gestalt des Alten Tóvó in dem Jungen wieder, und obwohl der Kerl noch immer ernst dreinschaute, war sein Blick doch etwas milder geworden.

Nils lächelte, er spürte einen unerwartet warmen Strom der Zuneigung. Gern hätte er Tóvó gesagt, dass er stolz auf ihn sei, und dass niemand auf dieser verdammten Insel oder überhaupt einem Ort auf Erden ihm näherstehe. Aber er brachte es nicht fertig, solche Worte hervorzubringen, vor lauter Rührung war er kaum in der Lage, überhaupt zu sprechen.

Als Tóvó bemerkte, dass Nils die Tränen in den Augen standen, nahm er ihn in den Arm und fragte, was denn nur los sei.

Er hatte nie Angst vor Nils gehabt, eher im Gegenteil. Damals, als es so schlecht um das Haus in Geil gestanden hatte, dass sie fast hätten ausziehen müssen, war Nils so etwas wie ein Ersatzvater für ihn gewesen.

Aber eine Hand an seinem Arm zu spüren und eine so herzergreifende, ja geradezu kindliche Frage gestellt zu bekommen, hatte Nils nicht erwartet. Darauf war er nicht vorbereitet. Die Frage traf einen wunden Punkt in seinem Herzen, die schweren Schultern bebten, er war nicht imstande, seine Tränen zurückzuhalten. Gern hätte er sich neben den Korb gesetzt und für eine Weile seine hoffnungslos zwanghaften Gedanken und all den Hass vergessen, der seine Gefühle vergiftet hatte.

Nils Tvibur hatte gehofft, in Sumba ein neues Leben beginnen zu können, und er war auch nicht als armer Schlucker dorthingegangen. Auf der Sparkasse hatte er einen recht ordentlichen Betrag, und das Haus an der Bringsnagøta, das Tóvó erben sollte, war in gutem Zustand. Er hatte bei seiner Ankunft Geschenke für seine beiden Stieftöchter mitgebracht. Die acht Jahre alte Hjørdis bekam einen Griffel und eine Tafel und die elf Jahre alte Adelborg ein Nähkästchen mit verschiedenen Nadeln, Schere, Fäden und Stickgarn. Seiner Zukünftigen hatte er ein Bügeleisen und mehrere Klafter weißen und dunkelroten Leinenstoff gekauft.

Doch wenn es um die Seele ging, musste Nils passen. Er schaffte es nicht, zärtliche Worte zu finden, und noch weniger, leise zu sprechen. Ihm fehlte jeglicher Feinsinn, und im schlimmsten Fall machte er irgendetwas kaputt, wenn er es in die Hand nahm. Selbst jetzt, da er mit Tränen in den Augen dastand, war er die Inkarnation eines Ungeheuers, das jeden Moment explodieren konnte.

Nils sagte, er sei in ein Dorf gekommen, das in Wahrheit ein Tollhaus war. Die Liedersänger würden ihn mit Lügen und übler Nachrede verfolgen, erklärte er. Die Sumbinger sind keine würdigen Nachkommen Muhammeds, sie sind Schafsdiebe, genauso teuflisch wie seine Sippe westlich von Sveio.

Tóvó fühlte sich unangenehm berührt von diesem gehässigen Gerede, doch plötzlich begriff er, dass Nils überhaupt nicht mit ihm redete. Nein, es schien ein Schleier vor seinem Blick zu liegen, und sein Ausbruch wirkte am ehesten wie die Fortsetzung eines alten selbstverschuldeten Streits. Mit einem Mal wusste Tóvó, dass er diese Art zu sprechen kannte. Es lief ihm kalt den Rücken hinunter, denn Nils redete genau wie seine Mutter, wenn ihre böse Laune Unheil ankündigte.

Tóvó hatte ihn eigentlich bitten wollen, nicht so zornig zu sein, doch nun wusste er, dass derartige Aufforderungen vergeblich waren. Die Wut steckte nicht nur im Mund und leuchtete aus seinen Augen, sie kam tief aus dem Grund seiner Seele.

Und dann belegte er die Sumbinger mit dem schmachvollen Wort *Kuhficker*, und einen vernünftigen Mann wie Nils so hässlich und schändlich reden zu hören, fiel Tóvó schwer.

Nils' Wut ließ dennoch nicht nach.

Plötzlich sagte er, wenn diese verdammten Schurken des dänischen Kriegsschiffs Betta in Granis Bootshaus nicht vergewaltigt hätten, wäre ihr Wahnsinn vielleicht nicht so heftig ausgebrochen. Dann wären Nils Tvibur und Betta í Geil heute möglicherweise verheiratet.

Tóvó wusste nicht, dass seine Mutter vergewaltigt worden war. Niemand hatte ihm gegenüber auch nur eine Andeutung gemacht. Und schon gar nicht ein Wort darüber fallen lassen, dass ihr Geisteszustand eventuell mit dieser Vergewaltigung zusammenhing. Sicher, er hatte durchaus die Anziehung zwischen seiner Mutter und Nils gespürt. Doch nun wurde ihm schwarz vor Augen von all den Informationen, die er mehr oder weniger in einem Atemzug bekam. Bevor er sich darüber klar war, schlug er Nils mit den Fäusten an die Brust. »Was sagst du da von meiner Mutter?«, wiederholte er wieder und wieder.

»Ich dachte, du wüsstest es«, flüsterte Nils. Er hielt Tóvós Handgelenke fest, sein Blick verschleierte sich. »Mein Junge, ich dachte, du wüsstest es.«

Eine Woche hatten Admiral Bülows Kriegsschiffe in der Bucht vor Anker gelegen, und wie Hammershaimb in seinem Brief an Rafn schrieb: *... hat es sehr viel Unruhe gegeben ...* Als Tüpfelchen auf dem i hielt Amtmann Pløyen an einem dieser Abende auch noch ein großes Abschiedsfest. Der Offizierskoch vom Schiff des Admirals hatte die Zubereitung der Mahlzeit übernommen. Ein großer Ochse wurde im Garten des Amtmanns am Spieß gebraten, und der Duft des mit Petersilie und Thymian gewürzten Riesentiers trieb durch die kleine, mit Flaggen geschmückte Hauptstadt. Aus dem ganzen Land waren

Freunde und Bekannte zu dem Abschiedsfest geladen. Schneider Debes hinterließ diese Beschreibung des festlich gekleideten Látrabauern: *Er trug die traditionelle, wie ein Schiffsbug geformte Kopfbedeckung, Mantel und Hosen aus schwarzem färöischen Fries, schwarze Seidenweste, rote und blaue Fransenmuffs, gemusterte Fäustlinge, hellblaue Strümpfe und dänische Schuhe mit Spangen. An seiner Brust hing das Dannebrog-Kreuz an einer neuen schwarzen Seidenschleife. In der Hand hielt er den färöischen Bergstock mit Eisenspitze und vier Haken.*

Die dänischen Offiziere bestaunten mit großen Augen diese sonderbare Figur, die drei Ellen in die Luft ragte und mit ihrem zwölf Zoll hohen Hut auf dem Kopf wie ein Riese erschien.

Seine Frau Anna Katharina war nicht minder stattlich: *... sie trug eine schwarze Bluse aus Saksones-Stoff und eine bestickte Seidenschürze, ein Schnürleib, das rot, blau und weiß war, ein geblümtes Seidentuch, das sie am Hals mit zwölf kleinen buntköpfigen Stecknadeln befestigt hatte, und lange weiße, aus Baumwollgarn gestrickte Däumlinge. Auf dem Kopf saß eine Haube aus geblümtem Seidenbrokat, die von einem goldenen Band mit einem gestutzten Kinn- und Nackenband eingefasst war.*

Unter den färöischen Würdenträgern fehlte indes Napoleon Nolsøe, doch dem Doktor raubte dies nicht den Schlaf. Pløyen und sein ganzer Auftrieb konnten seinetwegen zur Hölle fahren.

Allerdings war Napoleons Vater eingeladen, und als die höheren Beamten und Admiral Bülow ihre Reden gehalten hatten, klopfte der Handelsverwalter an sein Glas.

Zu diesem Zeitpunkt hatte das Fest seinen Höhepunkt erreicht. Die Stimmung unter den Gästen war gut, ein kleines Ensemble hatte Trinklieder von Bellman gesungen und gespielt. Der Handelsverwalter erhob sein Ziegenorgan und blökte von den großen Taten der letzten achtzehn Jahre, in denen Pløyen über die färöischen Bürger geherrscht habe, sieben Jahre als Kommandant und die letzten elf Jahre als Kommandant und Amtmann.

Einige der Gäste hatten Mühe, sein Dänisch zu verstehen, und als er dann drei Strophen des Grindwal-Liedes zum Besten gab, um Pløyens Fähigkeiten als Dichter zu beweisen, lachten sie über diesen Redner, der von einer Seite zur anderen schunkelte und mit ausladenden Ellenbogen sang.

Die Worte über Pløyens Taten waren auch nicht sonderlich überzeugend gewesen. Wie ließen sich in diesem Loch große Taten ausrichten? Tórshavn war nichts anderes als ein nordeuropäischer Hinterhof, noch dazu einer der schäbigsten. Hier gab es nicht ein einziges sichtbares Zeichen für irgendeine Großtat. Die einzige Leistung war vielleicht, dass die Leute überhaupt hier leben mochten. Und der Mann mit den flatternden Ellenbogen war vermutlich der alternde Clown dieses Hinterhofs.

Jákup Nolsøe spürte eine gewisse Verlegenheit. Er war nicht gewohnt, dass man über ihn lachte, wenn er das Wort ergriff. Als Pløyen ihm mit einem kleinen Zeichen und einem milden Lächeln bedeutete, sich wieder zu setzen, empfand er die Demütigung als niederschmetternd.

Dies erfuhr Napoleon von Pastor Schrøter.

Nils Tvibur war ebenfalls nicht geladen. Als Wachhabender der Festung Skansen hatte er reichlich zu tun gehabt, um die vergnügungssüchtigen dänischen Offiziere unter Kontrolle zu halten. Es gab drei mehr oder weniger heimliche Schenken in der Stadt, dort hatten die Offiziere mehrere Tage bis in die frühen Morgenstunden getrunken und gesungen.

Daher kam Pløyen in die Moschee, wie die Tórshavner Nils Tviburs Haus nannten, schenkte ihm einen Zweiliterkrug Genever und bedankte sich für die gute Zusammenarbeit. Sie unterhielten sich eine gute Stunde, und Pløyen bedauerte, dass er Nils keine Pacht hatte beschaffen können. Er wiederholte seine eigenen Worte und erklärte, nur auf dem Papier sei er die höchste Obrigkeit des Landes. Seiner Ansicht nach beherrschte die Färöer seit der Reformation ein theokratisches Häuptlingsregime unter der Aufsicht dänischer Monarchen, aber nur in einer Hinsicht waren die Theokraten der Bibel voll und ganz gefolgt: Sie waren fruchtbar, mehrten sich und füllten die Erde. Immer hatten sie es verstanden, ihre Töchter mit reichen Bauern zu verkuppeln und ihren Söhnen eine gute königliche Pacht zu verschaffen. »Eines kann ich dir versichern, Nils Tvibur. Es fließt gieriges Pfaffenblut durch all die fetten Pächter auf diesen Inseln. Wenn Habsucht noch immer eine Todsünde ist, dann glaub mir, mein Freund, gibt es vor lauter Pfaffen keinen Platz mehr in der Hölle.«

Als Nils Tvibur in der Nacht des Abschiedsfestes gegen zwei Uhr an Granis Bootshaus vorbeiging, glaubte er, einen halb erstickten Ruf in der Dunkelheit zu hören. Er bemerkte, dass der Riegel vom Schloss zurückgeschoben war, und als er ins Bootshaus blickte, sah er im Halbdunklen einige Offiziere. Zwei hielten die Arme einer Frau fest, die sie auf den Boden geworfen hatten, auf ihr lag ein dritter. Es vergingen ein oder zwei lange Sekunden, bis Nils rief: »Verdammt, was treibt ihr Kerle da?« Kaum hatte er es ausgesprochen, packte er den auf der Frau liegenden Offizier im Nacken, allerdings hatte Nils so große Hände, dass sein Mittelfinger den Mundwinkel des Mannes erwischte. Mit einem kräftigen Ruck riss er den Vergewaltiger von der Frau, ohne Hose taumelte der Mann nach draußen.

Jetzt sah er, dass es sich bei der Frau um Betta í Geil handelte. Erst neulich Abend hatte er mit ihr in Óla-Póls Schankstube gesprochen und sie gewarnt, dass diese Offiziere seit mehreren Monaten keine Frau mehr gesehen hätten. Sie seien wahre Tiere, die nur »an Pflaumen denken. Geh nach Hause, Liebes, die zerreißen dir die Eierstöcke.« Betta hatte gelächelt, ihn ›mein Freund Muhammed‹ genannt und dem Korporal liebevoll über die Wange gestrichen. Sie gehörte noch immer zu den hübschesten Frauen der Stadt, vielleicht war es aber auch richtiger, wenn man sagte, sie hatte eine dunkle, verführerische Ausstrahlung. So war es. Sie hatte das breite Gesicht samischer Frauen, und laut dem Alten Tóvó gehörte zu ihren Ahnen tatsächlich der Same Aslak Orbes, der kurz nach der Reformation Barbier in Tórshavn gewesen war.

Entsetzen blitzte aus ihren Bernsteinaugen, doch während des nun einsetzenden Kampfes gelang es ihr, unter die Reling des Bootes zu kriechen. Nils ging mit unmäßiger Kraft auf die beiden Offiziere los, und obwohl Betta nichts davon sehen konnte, hörte sie doch die Schläge und das Stöhnen, wenn seine Fäuste die Männer trafen. Nils gehörte zu den stärksten Männern der Insel, und wenn er darüber hinaus wütend war, wurde er zu einem wahren Löwen. Der Kampf fand jetzt an der Tür statt. Auf den Rundhölzern, die als Kielrollen zum Heraufziehen der Boote benutzt wurden, heulte der Offizier, dessen Unterkiefer ausgerenkt war, Nils hatte ihm den Mundwinkel bis zum Ohr aufgerissen. Aber gegen sich hatte er zwei Männer im besten Alter. Vielmehr, er hatte drei Männer gegen sich. Ein Onanist hatte noch im Bootshaus gestanden und zugesehen, während die drei anderen Betta abwechselnd vergewaltigten. Nun schlug der Dritte auf Nils mit einem Holzklotz ein, den er in einem Korb für die Langleinen gefunden hatte. Ein spitzer Dorn fuhr Nils durch Kleider, Haut und Fleisch und endete an seinem Schulterbein. Nils wurde nur umso wütender. Er brüllte dem Mann ins Gesicht, das Zäpfchen vibrierte in dem glühend heißen Atem, der seinem Rachen entstieg. Mit einer Hand griff er ihm an die Kehle, mit der anderen packte er ihn im Schritt, hob ihn über den Kopf und schmiss ihn mit einem dumpfen Geräusch auf die Rundhölzer. Dort blieb der Offizier liegen. Er war ohne Bewusstsein und atmete nicht mehr.

Unterhalb der Wachstube lagen ein paar Beiboote, mit denen die Offiziere zu ihren Schiffen gerudert wurden, und als die Matrosen den Kampf bemerkten und sahen, dass ihre eigenen Leute darin verwickelt waren, sprangen sie heraus und rannten über den Strand auf sie zu. Da lagen drei verletzte Offiziere bereits bewusstlos am Boden, und den vierten hatte Nils in eine Ecke gedrängt, wo er zu Tode erschrocken versuchte, sich zu wehren.

Nils schrie den dänischen Seeleuten zu, dieses Gebiet unterstehe seiner Jurisdiktion. Wenn sie wollten, könnten sie in den Bootsschuppen gehen, dort lag eine Frau, die diese Unmenschen umgebracht hatten.

Es gelang den Seeleuten, Nils zu beruhigen. Sie redeten freundlich auf ihn ein, sagten, sie verstünden die Situation, aber er müsse auch verstehen, dass es notwendig sei, die Offiziere in ärztliche Behandlung zu bringen. Jedenfalls den Mann mit dem aufgerissenen Mundwinkel und den Onanisten, der aussah, als hätte er eine Art Krampf.

Nils merkte nicht, dass er weinte, als er ins Bootshaus hineinging, allerdings waren es auch nicht die demütigenden Tränen der Reue, die ihm in den Bart liefen. Es waren die Tränen eines Berserkers aus Hordaland. Er stieß heisere Brust- und Kehllaute aus und dachte überhaupt nicht daran, dass er vermutlich zum Mörder geworden wäre, wenn die Seeleute sich nicht in den Kampf eingemischt hätten. Als Festungssoldat war es seine Pflicht, die Einwohner der Stadt zu beschützen, aber es waren auch seine Gefühle für Betta, die den Zorn seines glühenden Seelenfeuers hatten aufflammen lassen. Selbst wenn er die Brahmadellenfrau hatte retten müssen, hatte er kein Recht, die Männer so zuzurichten.

Als er Betta endlich fand, war sie bis in den Giebel des Bootshauses gekrochen und drückte sich an einen Korb mit Langleinen. »Liebes«, sagte er zu ihr. »Lass dich von Muhammed in den Arm nehmen.« Aber sie antwortete nicht und war außerstande, allein auf ihren Beinen zu stehen. Ihre Bluse war in Stücke gerissen, ihr entblößter Busen wogte. Sie stank nach Branntwein, Schweiß und dem Samen der brünstigen Offiziere. Nils legte die Arme unter ihre Knie und um ihren Leib, und sie leistete keinen Widerstand, als er sie hochhob. Er trug sie so vorsichtig, dass ihr Kopf an seine Schulter fiel; und dass sie seine Schulter als Kopfkissen für würdig befand, erfüllte Nils mit einem Gefühl der Fürsorge, das ihn überraschte.

Seit Martimanns Tod waren sie ein paarmal zusammen gewesen, aber er war der Ansicht, dass vor allem die Begierde sie zusammengeführt hatte. Doch als er nun das Gewicht ihres geschändeten Körpers spürte, kamen ihm Zweifel. Vielleicht liebte er diese hübsche, unglückliche Frau.

Als er in Geil ankam, berichtete er dem Alten Tóvó, was geschehen war, und bat ihn, Doktor Napoleon oder den Landeschirurgen zu holen. Der Alte Tóvó brachte einen Waschlappen, um Bettas Gesicht abzuwischen, und erwiderte, er könne es sich nicht leisten, einen Arzt zu bezahlen, aber vielleicht ließe sich mit der Hebamme Adelheid reden, sie sei immer so hilfsbereit.

Nils spürte einen pochenden Schmerz in seiner Wunde, und als er die Jacke auszog, war der Ärmel voller Blut.

Er sagte, er wisse, dass sie kein Geld hätten, nachdem die Masern Martimann und die alte Frau von der Insel Hestoy geholt hatten. Aber heute Nacht müsse der Doktor kommen, und die dänische Flotte sollte die Rechnung bezahlen.

Der Traum von einer Pacht

Nils Tvibur hatte immer die Kunst beherrscht, schnelle Entschlüsse zu fassen; nicht nur die alltäglichen Dinge entschied er im Handumdrehen, auch mit wichtigen Beschlüssen, die größte Bedeutung für seinen Lebensweg haben konnten, tat er sich nicht schwer. Unter anderem hatte er von hier auf jetzt den Entschluss gefasst, den Sellegshof zu verlassen, und dass er 1837 auf die Färöer segeln würde, war ebenso schnell für ihn klar gewesen.

Einige Jahre hatte er damals an der Festung Akershus Dienst getan, und als er eines Nachts Wache stand, erzählte ein älterer Offizier von der Festung Skansen in Tórshavn auf den Färöern. Dort wurde ein Kanonier gesucht. Der Mann hatte noch die Zeit erlebt, als Norwegen und Dänemark ein Reich waren, und ein wenig überheblich hatte er hinzugefügt, dass die Färöer sicherlich nicht zu den Ländern gehörten, die junge Menschen anzögen. Wenn Nils sich bewarb, würde er den Posten bestimmt bekommen, da war er sich sicher.

Genau diese Bemerkung hatte Nils neugierig werden lassen. Ein Land, das junge Menschen nicht anzog, war vielleicht das Land, in dem er seinen Traum von einem eigenen Pachthof verwirklichen konnte.

Tatsächlich war Nils' Lebensweg von vornherein festgelegt gewesen, und das wusste er genau. Seine Entscheidungen mussten lediglich in das Muster passen, das bereits seit seiner Kindheit vorgefertigt war. Eine eigene Pacht war nicht nur sein

Traum, es war für ihn der eigentliche Sinn des Lebens, und so wollte er alles tun, um Bauer zu werden.

Vor allem nach den Ereignissen in Granis Bootshaus langweilte ihn der Alltag auf der Schanze. Er hatte oft gesagt, es sei falsch, unter einer Wachordnung zu arbeiten, bei der eine von Menschen gebaute Uhr über das große Uhrwerk der Natur herrschte.

Das richtige Leben hieß aufwachen, wenn der Hahn krähte, und die Arbeit nach den wechselnden Jahreszeiten einrichten. Es war kein Zufall, dass der Winter die beste Zeit zum Fischen war. Die neugierigen Dreizehenmöwen und Seeschwalben riefen den Fischern nachgerade zu: Kommt her, kommt her, der Fisch ist unter unseren Schwingen. Kartoffeln und Gemüse mussten im April in die Erde, und man konnte die Sonne nicht einfach um einen freien Tag bitten, nur weil der Polizeimeister nach Nes gerudert werden musste oder dreißig Tonnen Tran an Bord eines Frachtschiffs zu verladen waren. Der Torf musste gestochen und getrocknet werden, wenn die Sonnenhitze am stärksten war. So war es immer gewesen, und so würde es auch weiterhin sein. Die Zeiten variierten ein bisschen, wann die Schafe zusammengetrieben wurden, aber das Scheren war die Voraussetzung für die häusliche Arbeit in den dunklen Herbst- und Wintermonaten. Alle Einzelheiten der Schöpfung waren harmonisch zusammengesetzt, und das verhalf den Menschen zu einem Gefühl von Geborgenheit, weil sie in einem Regelwerk lebten, das sie kannten und das Jahr für Jahr gleich blieb.

Sonnenmänner

Nur einmal in all den Jahren, in denen Nils Tvibur auf der Festung Skansen in Tórshavn Dienst tat, war er auf dem Skælingsfjall gewesen und hatte am längsten Tag des Jahres die Sonne begrüßt. Das war zur Zeit der Masernepidemie.

Allerdings war sein Anliegen nicht gewesen, die Sonne zu begrüßen – tatsächlich hatte er keine Ahnung, was Amtmann Pløyen und er in dieser Nacht auf dem Berg wollten. Pløyen hatte ihm aufgetragen, eine Pistole und Munition mitzunehmen, und als Nils wissen wollte, ob er sich gedacht hätte, auf die Sonne zu schießen, antwortete Pløyen, dass bisweilen auch eine bescheidene ethnographische Expedition bewaffnete Teilnehmer erfordere.

Nils mochte nicht fragen, was eine ethnographische Expedition sei, aber er hatte Vertrauen zu Pløyen, er hatte immer Vertrauen zu ihm gehabt. Die Männer, die seinerzeit mit dem Propheten Muhammed nach Medina ritten, wussten vermutlich auch nichts über dessen Pläne. Aber sie hatten Vertrauen zu dem Mann, daher folgten sie ihm und seinem edlen Ross Buraq.

Außerdem war der Abend so hell und schön, und es überkam ihn eine so wunderbar traurige Stimmung, als er die Regenpfeifer singen hörte, während sie auf ihren Pferden langsam über die Insel ritten. Es schien, als würde der kleine Vogel bewusst versuchen, die Reiter zu beruhigen, als hätte er geahnt, dass Nils Tviburs und auch Pløyens Gemüt von all den Todesfällen in Tórshavn gequält wurde.

Je näher sie dem Skælingsfjall kamen, desto mehr Reitern begegneten sie, sie grüßten höflich, und keiner von ihnen sah aus, als hätte er es eilig. Pløyen erzählte Nils, dass die Männer, die ihnen begegneten, Sonnenmänner genannt wurden. Er wusste nicht mit Sicherheit zu sagen, ob es sich um Christen handelte, die nur für diese eine Nacht des Jahres den Christen in sich vergaßen und zu Göttern beteten, die älter waren als Christus.

Nils erschrak und fragte, ob sie auf dem Weg zum Skælingsfjall waren, um heidnische Teufel zu studieren, aber Pløyen lächelte bloß und antwortete nicht.

Oben angekommen stiegen die Männer von ihren Pferden und überließen sie Knechten. Die letzten hundertfünfzig Klafter gingen sie zu Fuß, und nachdem sie den flachen Gipfel erreicht hatten, fassten sie sich bei den Händen und bildeten einen Kreis.

Sie sangen das *Gudbrandslied* des Sjóvarbauern, und der alte Dichter war selbst dabei und sang vor. Er war über siebzig, aber seine Altmännerstimme klang kräftig, als er mit diesen anmutigen Worten die Sonne begrüßte:

Wenn du den wahren Gott willst sehen,
dann schaue auf sein Werk.
Dann richte deinen Blick gen Osten,
dort kommt sein Diener, stärker als ein Berg.

Nils zählte ungefähr hundertsechzig Bauern in dem Kreis. Sie waren von überall auf der Insel Streymoy gekommen, aber er sah auch einige aus Eystruoy und Vágoy. Den Weg auf den Berg gingen oder ritten sie seit vielen Jahren in jeder Mittsommernacht. Auch ihre Väter und Großväter waren schon treue Sonnenmänner gewesen, und Pløyen sagte, das Lagting, das alte färingische Parlament, hätte 1777 das unglückselige Gesetz über die Eigentums- und Knechtschaftsverhältnisse nur auf Druck der Sonnenmänner angenommen.

Pløyen versuchte, mit Bjørgvin zu reden, einem Bauern aus Válur. Der wusste den alten Göttern zu opfern, aber es gefiel ihm gar nicht, dass ein dänischer Beamter mit einem norwegischen Korporal im Gefolge auf diesen heiligen Berg gekommen war, um zu schnüffeln.

Unter den Bauern befand sich auch der junge Skeggin Pól aus Leynar. Er war kaum größer als ein Zwerg, doch seine Augen leuchteten klar aus seinem dichten Vollbart. Er streckte einen Arm aus seinem Wollumhang, zog am Schoß von Nils' Wams und fragte mit seiner krächzenden Stimme, ob es viele Fliegen in Hordaland gäbe. Nils fühlte sich unwohl in seiner Nähe. Er hatte Angst vor diesem haarigen Zwerg und behielt die linke Hand am Degenschaft. Aber Pløyen hatte ihm eingeschärft, nichts ohne vorherige Absprache zu unternehmen.

Pætur aus Kirkjubøur war freundlicher. Er und Pløyen hatten oft zusammen getrunken, und der Bauer hatte seine beiden Söhne mitgebracht.

Ansonsten waren die Männer still und in sich gekehrt. Bestimmt gab es einige unter ihnen, die sich um den Zustand des Landes sorgten.

Der Bauer Regin aus Hvalvík gehörte allerdings nicht zu den Niedergeschlagenen. Wie bei so vielen anderen, die in Sundalagid lebten, war seine Haut dunkel – einige meinten, es läge an der Unmenge Muscheln, die sie in dieser Gegend aßen. Die Frauen aus Sundalagid sahen geradezu südländisch aus, und oft wurde über ihre dunkle und üppige Schambehaarung gesprochen.

Regin meinte, viele der Bauern hätten längst vergessen, dass das Wohnhaus an die Ostseite eines Hofes gehörte. Dann wusste Ihre Hoheit, die Sonne, sofort, dass hier einer ihrer Männer lebte. Auch waren seiner Ansicht nach die zahlreichen

Gräber in Tórshavn ein Beweis dafür, dass Ihre Hoheit noch immer in der Lage war, harte, aber notwendige Urteile zu fällen.

Der Schmied Arnhjún trat vor und rezitierte einige Strophen des Hávamál aus der *Edda*. An seinem Ledergurt trug er einen Dolch in einer hübsch gearbeiteten Scheide, und als er sprach:

Wo du auch Böses erfährst,
da halt es für Böses,
und gönn deinen Feinden nicht Frieden

wurde ihm von den deutlich gerührten Männern Beifall gezollt.

Jetzt leuchteten die nach Osten gewandten Berggipfel rot auf, und mit dem allmählichen Aufgehen der Sonne schien das Opferblut der Armen und Unterprivilegierten in roten Strömen von den Rändern der Felsen zu fließen. Schwarze Tiefe, rotes Licht und dunkelblauer Himmel. Die Luft war dünn und klar, nicht ein Windhauch rührte sich. Die Sonne war der Ehrengast, und sie wurde mit großer Ehrerbietung und angemessenem Schweigen begrüßt.

Nur die Vögel konnten sich nicht zurückhalten. Munter und furchtlos flogen sie an diesem hellen Morgen auf und dachten in dieser gesegneten Stunde an nichts anderes als daran, zu leben.

Obwohl das Mittsommernachtsfest ungewöhnlich feierlich war, so opferte doch niemand, und es war auch kein Steinaltar zu sehen. Die Bauern waren Ehemänner, Väter und gewöhnliche Färinger, doch in dieser Nacht forderten sie ihren Platz im großen Rund des Sonnensystems.

Bevor sie den Berg wieder verließen, aßen sie etwas. Einige hatten luftgetrocknetes Schaffleisch und Brot in einem Schnappsack mitgebracht, andere hatten getrocknetes Grindwalfleisch und Speck dabei, aber niemand aß Kartoffeln. Es war erst wenige Jahre her, seit eine norwegische Pastorenfrau dieses Verderben ins Land gebracht hatte. Sie hielt es für eine vortreffliche Nahrungsergänzung für die Armen. Doch oben am Skælingsfjall standen keine Armen, und niemand, am wenigsten eine norwegische Pastorenfrau, sollte sich erdreisten, einen heiligen Boden mit Kartoffelschalen zu verunreinigen. Sie aßen besonnen, wie es sich für Sonnenmänner gehörte, und hin und wieder hob der eine oder andere die rechte Hand, sagte *O, Mutter Sonne* und aß weiter.

Merkwürdig war es allerdings, dem alten Sjóvarbauern zuzusehen, als er ein Horn eingoss. Ein Lächeln war auf seinem breiten Gesicht zu erkennen, doch was sich hinter diesem Lächeln verbarg, ob es sich um Spott oder Herzlichkeit handelte, ließ sich nur schwer beurteilen. Er war barhäuptig, und sein langes Haar hatte die Farbe von Borke. Das feierliche Gesicht glich einem Felsen, und Pløyen dachte, dieses Lächeln ist ebenso alt wie der Berg, auf dem sie standen. Auch sein Bart hatte die Farbe von Borke, und wenn er einschenkte, überging er niemanden, auch nicht die beiden neugierigen Gäste. Das Horn war mit Schnitzereien und Silberverzierungen geschmückt, und bevor es geleert wurde, sprach der Sjóvarbauer drei Worte: *Sonne, Erde, Ewigkeit.* Das war die Losung, dann wurde das Horn geleert.

Obwohl alles still und ruhig verlief, waren die Stunden auf dem Skælingsfjall ein erschütterndes Erlebnis für Nils Tvibur. Aber das hätte er nie irgendjemandem gegenüber zugegeben. Lieber hätte er sich ein Bein gebrochen oder wäre über den Rand des Felsens gestürzt, als seine eigene Angst einzugestehen.

Was er auf dem Skælingsfjall erlebte, kannte er, und genau das wühlte unendlich viel bei ihm auf. Sein Vater, Gregor Selleg, hatte einmal gesagt ... nein, nicht ›einmal‹, die Worte fielen exakt am Vorabend des 1. Mai 1827, als Nils neunzehn Jahre alt war. Da hatte der Vater erklärt, die Sonne sei der alte Gott der Grundbesitzer. Die Sonne segnete deren Saat und die Tiere, während die Armen und die kirchenhassenden Haugianer sich mit dem Zimmermann aus Nazareth zufriedengeben mussten. Und der Nazarener konnte wohl kaum ein sonderlich gefragter Zimmermann gewesen sein. Sonst hätte er sich an sein Handwerk gehalten und nicht gepredigt und offenbart, dass der Gott, den er seinen Vater nannte, nicht einmal in der Lage war, seinem eigenen Abkömmling zu helfen, als es nötig wurde.

Die Worte seines Vaters hatten ihn gekränkt, und Nils hatte von ihm wissen wollen, warum er nicht selbst der Sonne opfere. Doch der hatte nur geantwortet, er habe das aus Spaß gesagt.

Nils gefiel diese Art Späße nicht, und er glaubte auch nicht, dass es nur Spaß gewesen war, dazu hatte der Vater die Worte viel zu feierlich ausgesprochen.

Er hatte gefragt, ob er Øystein, den älteren Zwilling, gelehrt hätte, der Sonne zu opfern, denn er sollte ja den Hof erben.

Der Vater hatte versucht, Nils zu beschwichtigen, und ihm eine Hand auf die Schulter gelegt.

Aber Nils war nicht in der Stimmung, sich beruhigen zu lassen. Er bat seinen Vater, die Grundbesitzerhand von seiner Schulter zu nehmen.

Der Vater hatte der Bitte seines Sohns nicht entsprochen. Im Gegenteil, er hatte ihm auch die andere Hand auf die Schulter gelegt und ihn aufgefordert, sein Gemüt zu bezähmen. Alles habe seinen Sinn, auch dass er der Zweitälteste sei. Er war nach Ansicht des Vaters viel zu hitzig, um einen Hof zu führen.

Nils waren Tränen in die Augen getreten, als er seine Worte wiederholte. »Gregor, mein Vater. Nimm deine Grundbesitzerhände von mir. Ich bitte dich.«

Ein höhnisches Lächeln im Gesicht des Vaters hatte den Sohn seine Nacken- und Halsmuskeln anspannen lassen, und wie ein Hammer hatte er dem Vater seine Stirn ins Gesicht gerammt.

Der Alte hatte geschwankt, Blut lief ihm aus Nase und Mund, dann war er zu Boden gesunken und auf dem Hofplatz liegen geblieben.

Noch am selben Abend hatte Nils den Sellegshof verlassen, seither war er nie wieder zu Hause gewesen.

Doch das wollte er Pløyen nicht erzählen, als sie zurück zur Hauptstadt ritten.

Einige Worte zu Kristensa, Eigil und Karin

Eigil Tviburs Mutter Kristensa hatte ihm von diesen Ereignissen oder diesem kleinen Auszug aus der Familiensaga des Korporals erzählt. Sie hatte Eigil in Tórshavn zur Welt gebracht und den Drucker Ingvald Sivertsen geheiratet, als Eigil noch ein kleiner Schuljunge war. Sie nahm den Nachnamen ihres Ehemannes an, und die beiden Mädchen, die sie anschließend bekam, hießen gleichermaßen Sivertsen, doch Eigil durfte den Nachnamen Tvibur behalten.

Er war Teil eines früheren Lebensabschnitts, oder richtiger, er gehörte in eine andere Welt, die mit Ingvald und den Mädchen wenig zu tun hatte. Mittels ihres Sohns bewahrte Kristensa eine Verbindung zu ihrer eigenen Familie, das war ihr eigentlicher Grund. Selbstsüchtig und unbedacht legte sie damit die Grundlage für das, was später zu Eigils Unglück führen sollte. Die oft grausamen Geschichten über den Korporal und die Tvibur-Familie erzählte sie ausschließlich ihm. In diesen Erzählungen schien die Zeit stillzustehen, sie waren ein kleines Mausoleum, in dem die Särge einiger unberechenbarer und gefährlicher Menschen untergebracht waren.

Eigil war dreißig Jahre alt, als er sein erstes Buch veröffentlichte, der prosaische Titel auf dem Einband lautete *Artikel, Skizzen und Erzählungen.* Der Literaturwissenschaftler Kim Simonsen hielt es in einem Essay über die neue färöische Prosa für ebenso dick wie uninteressant. Sein Essay umfasste einen Zeitraum von achtzehn Jahren, von Magnus Dam Jacobsens

In Grönland mit der Kongshavn bis hin zu *Regeln* von Tórod-dur Poulsen.

Und doch gab es etwas, das Simonsen ansprach. Es war diese merkwürdige Härte, die wie eine Entzündung in diesem Textkörper steckte und pochte. Seine Nachahmungen der Isländersaga von Grettir dem Starken hatten einen Ton, der nicht nur eigenwillig, sondern geradezu unheimlich war. Kim Simonsen konnte nicht wissen, dass diese Erzählungen in Wahrheit Auszüge aus der Familiengeschichte des Autors waren.

Als Eigil 1988 nach dem großen Sommerfest Nordoystaævnet Karin kennenlernte, hatte er gerade *Zwischen Tórshavn und San Francisco* veröffentlicht, ein Werk, das der bereits erwähnte Kim Simonsen als das unbestrittene Hauptwerk der neuen färöischen Prosaliteratur bezeichnete.

Eigil hatte an dem Sommerfest teilgenommen, da er ohnehin in Klaksvík zu tun hatte. Auf dem Rückweg nach Leirvík hatte er an Bord der *Ternan* Eydun Winther bemerkt, der die Grettir-Saga übersetzt hatte. Er trug Mantel und Hut und um den Hals einen gewebten Schal. Winther war deutlich von der Krankheit gezeichnet, die ihn wenige Monate später ins Grab bringen sollte. Und der Mann wusste, dass er mit geliehener Zeit lebte. Seine Frau, Ärztin beim örtlichen Gesundheitsamt in Fuglafjørdur, saß mit ihm am Tisch, außerdem eine jüngere Frau, die, wie sich herausstellte, Karin hieß.

Eigil wünschte guten Tag und stellte sich vor, und der Übersetzer und seine Frau erwiderten höflich seinen Gruß.

Die jüngere Frau hingegen forderte ihn auf, seine falsche Bescheidenheit zu lassen und sich zu setzen. Wir kennen dich, sagte sie. Die Nation kennt ihren großen Sohn, fügte sie lachend hinzu und entblößte ihr feuchtes Zahnfleisch.

Sie trug eine weiße Bluse mit roten Punkten. Obwohl ihre Brüste nicht sonderlich groß waren, ließen die Punkte Eigil an leckere Erdbeeren denken.

Die Frau öffnete ihre Tasche und holte eine Whiskyflasche heraus. Als sie vorsichtig den Korken aus der Flasche zog, fielen Eigil ihre hübschen Finger auf. Es geschah ganz plötzlich. Er hatte überhaupt nicht an irgendetwas unterhalb der Gürtellinie gedacht oder wo immer der Schalter für Begierde auch sitzen mag. Aber nachdem er zwei, drei Sekunden zugesehen hatte, wie ihre Finger mit der Whiskyflasche und dem Korken spielten, bekam er die härteste Erektion, die er je hatte.

Sie füllte die Kaffeetassen und bot Eigil einen Drink an. Er führte die Tasse an die Lippen und lächelte Karin zu, erst jetzt bemerkte er ihre schweren Augenlider. Sie waren so schwer, dass sie im Flugzeug dafür hätte Übergewicht bezahlen müssen.

Eigil erzählte ihr später von seiner Assoziation, und sie lachten oft über diesen kleinen Witz.

Für Eigil war die Grettir-Saga eine reine Offenbarung gewesen. Das sagte er auch Eydun Winther. Er behauptete, dass 1977 aus zwei Gründen ein gutes Jahr gewesen wäre: Damals war Jens Pauli Heinesens burleskes Drama *Der Treibgutsammler* erschienen, und im selben Herbst war die *Grettir-Saga* in ihrer wunderbaren färöischen Gestalt herausgekommen.

In der Einleitung hatte der Übersetzer geschrieben: *Ich habe gehört, dass der alte Verwalter Jákup Nolsøe nach der Arbeitszeit an einem der Fenster der Handelsgesellschaft zu stehen pflegte und aufmerksam zuhörte, wenn Männer aus den Dörfern sich in Tórshavn aufhielten, um einzukaufen, und nicht gleich wieder aufbrachen. Er soll in den altnordischen Sprachen so kundig gewesen sein, dass er ins Färöische übersetzte, noch während er etwas las.*

Nun wollte Eigil von dem Übersetzer wissen, ob Jákup Nolsøe seiner Meinung nach den Platz in der färöischen Geschichte einnahm, den er verdient hatte. Eigil fragte auch, ob es sich nur um ein Gerücht handelte oder tatsächlich stimmte, dass Jákup das *Vogellied* gedichtet habe, und nicht sein Bruder.

Eydun Winther antwortete, er würde diese Fragen kennen, aber er wäre nicht in der Lage, sie zu beantworten. Er hielt es für eine Tragödie, dass Nólsoyar-Páll im besten Alter gestorben war, denn traditionsgemäß ist der Nachruhm dann nicht so groß. In dieser Hinsicht könne man jedoch sagen, dass Nólsoyar-Páll einen angemessenen Tod hatte. Er war vom Totenreich direkt in die färöische Geschichte eingegangen, und dort thronte er seither als die große nationale Gottheit des Landes.

Der Übersetzer lächelte und erkundigte sich dann, auf welche Weise die Saga von Grettir dem Starken denn eine Offenbarung für Eigil gewesen wäre.

Eigil erklärte, dass er den Handlungsreichtum der Saga liebe. Bücher, deren künstlerischer Wert in psychologischen Beschreibungen liege, mochte er weniger. Grettir hätte sicher nicht auf Sigmund Freuds Sofa gepasst. Außerdem wurde Torstein Ongul, der Grettir auf Drangey ermordet hat, selbst in Miklagård getötet, in Byzanz also. Diese siebenhundert Jahre alte Saga hatte daher sogar etwas Kosmopolitisches.

Eigil wollte nicht sagen, dass er in dem friedlosen Riesen seinen Ururgroßvater Nils Tvibur wiedererkannte.

Karin hatte der Unterhaltung zugehört und fragte mit einem Mal den Übersetzer, warum die alten Schreiber denn so zurückhaltend seien, wenn es um Informationen zu einem guten altmodischen Fick ginge, wie sie sich ausdrückte.

Der Übersetzer rügte ihre Ausdrucksweise, dann lächelte er plötzlich und brach in Gelächter aus. Das Lachen war rein und klar wie Regentropfen aus einer Dachrinne, und das Gesicht öffnete sich und leuchtete wie bei einem übermütigen Knaben.

Wenn man richtig altmodisch sein wollte, sagte er, dann könnte man es *Verkehr zwischen Mann und Frau in alten Zeiten* nennen oder vielleicht auch *das uralte Paaren der Geschlechter*.

Mit dem Handrücken wischte er sich das unerwartete Lachen von den Lippen, und während in seinen Augen noch immer die Glut eines Lächelns zu sehen war, fügte er hinzu, er sei schließlich nicht der Autor, sondern nur ein alter Schullehrer und daher auch nicht der Richtige, um ihre Frage zu beantworten.

Er nickte Eigil freundlich zu, und sowohl seine Frau wie auch Karin sahen Eigil an, und alle drei lächelten.

Plötzlich stand Eigil im Mittelpunkt einer Verschwörung, die sechs fragende Augen eingegangen waren.

Karin goss erneut ein und forderte ihn auf, sich die Stimmbänder zu benetzen, wie sie sich ausdrückte. Er kam ihrer Bitte nach.

»Würdest du es mir übelnehmen«, fragte Eigil, »wenn ich sage, ich hätte Lust, an deinem Steak zu knabbern?«

Karin musste über diese grobe Bemerkung lachen. Sie sagte, bei dieser Frage müsste sie sofort an seine Essgewohnheiten denken, denn normalerweise knabbere man nicht an Steaks.

»Okay«, erwiderte Eigil. »Aber wenn ich dir direkt ins Gesicht gesagt hätte: Liebe Karin, ich habe Lust, mit dir zu ficken, *dir* im Dativ Singular, hättest du dich da nicht ein wenig gekränkt gefühlt? Hättest du nicht gedacht, dass du in meinen Augen ein billiges Flittchen wärst? Ja, Hand aufs Herz, hättest du mir nicht deine Tasche auf den Kopf gehauen?«

Karins Gesichtsausdruck war plötzlich ernst geworden. Sie fühlte sich ganz offensichtlich gekränkt.

»Ich schlage Menschen nicht auf den Kopf«, erwiderte sie. »Und ich habe auch nie den Drang verspürt, ein Partykiller zu sein.«

Die *Ternan* hatte am Kai der Fährstation in Leirvík angelegt, die Passagiere gingen zu der Tür, die raus aufs Deck führte. Auch Eydun Winther und seine Frau waren aufgestanden, deutlich verärgert über die überraschende Wendung, die die Unterhaltung genommen hatte, verabschiedeten sie sich.

Eigil legte die Hand auf Karins Arm und bat sie um Verzeihung.

»Wofür?«, wollte sie wissen.

»Ich weiß nicht recht«, antwortete Eigil. »Aber es war auch nicht meine Absicht, den Partykiller zu spielen.«

Karin ging auf die Tür zu, Eigil folgte ihr.

»Wie hätte ich wissen sollen, was die alten Autoren sich gedacht haben? Vermutlich hat ein Mönch die Grettir-Saga geschrieben. Die meisten Autoren des goldenen Zeitalters Islands waren Mönche, und solche Leute schreiben nun mal nicht über gute altmodische Ficks. Aber du musst mir glauben, dass es nicht meine Absicht war, dich zu beleidigen. Ich sage es, wie es ist: Du machst mich schwindelig. Und außerdem hast du hübsche Hände.«

»Hände?«

Sie hatten die Gangway erreicht, als sie unvermittelt stehen blieb. Eigil war sicher, dass sie entweder wütend war oder in Gelächter ausbrechen würde.

»Das ist das Beste, was du einer Frau sagen kannst, die du beleidigt hast? Dass sie hübsche Hände hat? Fuck you, Eigil Tvibur.«

Für einen kurzen Moment blieb Eigil auf der Gangway stehen. Dann lief er Karin hinterher, die das Auto der Gemeindeärztin und des Übersetzers erreicht hatte.

»Fährst du nach Tórshavn?«, fragte er Karin.

»Wir müssen nach Fuglafjørdur. Von dort stamme ich, und dort haben alle Frauen so schöne Hände.«

»Vielleicht können wir uns ja mal wiedersehen?«

Sie hatte sich auf den Rücksitz gesetzt und die Tür zugeworfen, doch als der Wagen sich in Bewegung setzte, winkte sie Eigil kurz zu.

Eigil nahm den Bus nach Tórshavn, und glücklicherweise trug er einen Mantel, denn jedes Mal, wenn er an die netten Finger, das feuchte Zahnfleisch und den wunderbaren Spott in Karins Stimme dachte, bekam er eine eisenharte Erektion.

In diesem Sommer schrieb er mehrere Briefe an Karin, aber sie antwortete nicht.

Und doch passierte eines Tages das Unglaubliche: In seinem Briefkasten lag ein hübscher Umschlag.

Eigil erriet sofort, von wem der Brief kam.

Als Erstes bemerkte er, dass die Innenseite des Umschlags mit rosafarbenem Seidenpapier ausgeschlagen war. Wäre die Farbe etwas dunkler gewesen, hätte es ausgesehen, als sähe man in den Schoß einer Frau, und dass sie sich so entzückend zu ihrer Weiblichkeit bekannte, entzog ihm beinahe den Boden unter den Füßen.

Der Brief passte auf ein A5-Blatt, aber sie beschloss ihren Gruß mit einer formvollendeten Zeile: Sogar an Bord der Fähre von Leirvík nach Klaksvíg kann ein Abenteuer beginnen.

Eigil antwortete noch am selben Tag, und in den folgenden Monaten war es nicht ungewöhnlich, dass er ihr einen, manchmal sogar zwei Briefe pro Woche schickte.

Er konnte die Frage stellen, ob sie die süße kindliche Angewohnheiten habe, mit einer Puppe zu schlafen, und solche Fragen, die einem Hünen wie Eigil Tvibur durch den Kopf gingen, waren es, die Karin gefielen. Er erzählte ihr auch, dass er einen Lammrücken gebraten hatte, das Schaf wäre noch kurz vorher auf der Gemeindewiese am Berg Blæing auf Sumba herumgelaufen. Dass er für zwei gedeckt hatte, die Person, die ihm hätte gegenübersitzen sollen, aber mit dem Bus zu spät in Tórshavn angekommen war. Also hatte Eigil *Songs from a Room* von Leonhard Cohen aufgelegt, und der Abend war doch noch beinahe perfekt gewesen.

Nach einiger Zeit erdreistete er sich zu fragen, ob sie nackt oder möglicherweise im Nachthemd schlafe. Er schrieb ihr, dass es nicht gut für den Kreislauf sei, in Höschen und Nachthemd zu schlafen. Wenn er etwas zu sagen hätte, sollte sie nur im Nachthemd schlafen, am besten in einem, bei dem das Schulterteil mit kleinen gestickten Blümchen verziert war.

Nach und nach schickte er ihr auch kleine literarische Versuche.

Eine Zeitlang hatte er sich damit beschäftigt, Prosastücke zu schreiben, die den gemeinsamen Titel *Kulturgeschichte* trugen. Ein Text hieß *Kulturgeschichte des hohen Absatzes*, ein anderer *Kulturgeschichte des Kusses*, und der Text, den er Karin schickte, *Kulturgeschichte des Scheißköters*.

Aber er sandte ihr die beiden A4-Seiten enddarmorientierter Literatur nicht nur aus Spaß. Eigil wollte sie auch testen. Von einer Frau, die nur hübsch und nett war und keinerlei Schatten warf, fühlte er sich nicht angezogen.

Daher bedrückte es Eigil schon, dass ihr die *Kulturgeschichte des Scheißköters* überhaupt nicht gefiel und sie nicht einsehen wollte, dass die färöische Literatur in lauter Anständigkeit erstickte.

Sie antwortete ihm kurz und knapp, sie sei von jedem zweiten Wort angewidert gewesen und hoffe, dass diese Geschichte nicht von Herzen kam.

Kulturgeschichte des Scheißköters

Der Canis faecalis, wie der Scheißköter in den meisten Nachschlagewerken genannt wird, war ein sehr gedrungener, kurzbeiniger Hund. Das Besondere an ihm war der verhältnismäßig große spitze Kopf, der auf einer dünnen Säule von Halswirbeln schaukelte. Der Hals war so dünn, dass man die sieben feinen Wirbel zählen konnte, die sich vom Rücken bis zum Nacken zogen. Erst wenn er die Schnauze öffnete und seine lange Zunge herausfiel, verstand man, warum dieser Hund sich so gut für seine Aufgabe als königlicher Arschlecker eignete.

Wir sprechen hier von den Jahren bis zur Französischen Revolution, bevor die royalen Lokusse an fließendes Wasser angeschlossen waren, von der Zeit, als Unflat noch der Mörtel war, der das Reich des Sonnenkönigs zusammenhielt: Nillenkäse, Flöhe, Scheißeköttel, Filzläuse, Menstruationsblut in sauren Bärten, verschwitzte Haaransätze, Schweiß in den Achselhöhlen und zwischen den Zehen, schweißige Eier und Arschlöcher, schwarze Zahnstümpfe und Essensreste im Bart. Es war die Zeit, als es noch Mode war, Paris mit dem Auskippen des Nachttopfes aus dem Fenster einen guten Morgen zu wünschen.

Junge wie Alte, Frauen wie Männer schissen überall hin. Sogar auf die Friedhöfe. Ein Lokusscheißer zu sein, bewies hohen Rang, und zur See oder auf den Straßen sein persönliches Reiseklo dabeizuhaben, war ein Zeichen allerhöchsten Ranges.

Das Ludwigslokus in Versailles war eine lange Kiste, dekoriert und verziert von den allerbesten Künstlern. Hinter dem Türchen hielt sich der Canis faecalis auf, dessen Aufgabe wie bereits erwähnt darin bestand, jedes Mal, wenn Seine Hoheit sich entleert hatte, das königliche Arschloch zu reinigen.

Der Scheißköter oder Beamtenhund, wie er auch genannt wurde, war blind. Nicht weil er mit leeren Augenhöhlen geboren wurde, sondern weil man ihm die Augäpfel aus dem Kopf gekratzt hatte. Ebenso waren die Zähne im Ober- und Unterkiefer abgeschliffen oder abgebrochen. Dies geschah nicht aus Boshaftigkeit, sondern um die Geschlechtsorgane des Königs zu schützen oder des Bourbonischen Königshauses, wie Victor Hugo in seinen Erinnerungen schrieb. So hatte der Canis faecalis seine Tage im königlichen Lokus zu verbringen, und die häufigste Todesursache war, nicht überraschend, eine Kotvergiftung.

Am 21. Januar 1793 sahen die Einwohner von Paris zum ersten Mal den Hund, mit dem die Eltern jahrhundertelang ihre Kinder erschreckt hatten und von dem geile Mönche heimlich träumten. Gebrechlich und blind taumelte er auf die Place de la République, und als es sich in der Volksmenge herumsprach, um was es sich handelte, wich man still zur Seite. Bisweilen blieb der Hund stehen und schnüffelte ein bisschen; und allein, dieses Tier zu sehen, das so intimen Kontakt zu Seiner Hoheit hatte, erfüllte die Menschen mit Ekel, aber auch mit einem Gefühl, das an neugierige Sympathie erinnerte. Am Schafott, auf dem Ludwig XVI. in seinem weißen Damenhemd lag, um guillotiniert zu werden, blieb der Hund stehen, und es sah aus, als ob er erwartete, dass jemand sich die Mühe machte, ihn aufs Podest zu heben. Aber niemand wollte sich dieser Aufgabe annehmen. Erst als der Hund anfing zu heulen und mit den Hinterbeinen zu scharren, erbarmte sich eine alte Frau des Viehs, nahm ihre Schürze, legte *sie über den Rücken des Hundes und warf Hund und Schürze aufs Schafott.*

Der Canis faecalis stand direkt hinter Seiner Hoheit, und als das scharfe Blatt der Guillotine herabsauste und den Kopf abschnitt, öffnete sich der Schließmuskel. Der Faecalis witterte, dass er gebraucht wurde, und steckte sofort den spitzen Kopf unter das Hemd und waltete seines Amtes. Doch merkwürdigerweise rührte sich der Hund danach nicht von der Stelle. Es sah aus, als ob er sich wunderte, dass der Muskel sich nicht wieder zusammenzog.

So endete dieser Teil der europäischen Kulturgeschichte.

Zwischen Weihnachten und Neujahr trafen sich Eigil und Karin. Es wurde eine lange Begegnung. Karin reiste nicht vor der ersten Januarwoche zurück nach Fuglafjørdur.

Der Vatermord

Das Ereignis auf dem Hof Ergisstova, das die unglücklichsten Folgen hatte und mit größerer oder kleinerer Wucht sämtliche Familienmitglieder traf, war der Vatermord am Berg Misaklettur. Dort fiel Nils Selleg aus Hordaland, allgemein Nils Tvibur genannt, aber auch der Korporal oder Muhammed; und derjenige, der ihn tötete, war Gregor, sein eigen Fleisch und Blut.

Vater und Sohn waren auf der Ebene Móanesfløta gewesen, und auf dem Heimweg kam der naschhafte Alte auf die Idee, an dem Berg nach ein paar Papageientaucherküken zu suchen. Dass die Einwohner von Kálgardur das Recht zum Vogelfang am Misaklettur hatten, war Nils egal. Er wollte Papageientaucherkükenfleisch und die Göttin der Grundbesitzer war ihm wohlgesinnt, als er die Felswand hinunterkletterte.

Oben am Rand saß Gregor und hielt ein Seil, das der Alte sich zur Sicherheit umgebunden hatte. Als Nils den grasbedeckten Abhang erreichte, wo die Papageientaucher in ihren Höhlen nisteten, ließ er das Seil los, blieb eine Weile stehen und genoss den Lärm unzähliger Vogelschnäbel. Dort fraßen und schissen tausende Vögel mehrfach am Tag, und Nils liebte den strengen Geruch, der von dem Papageientaucherkot aufstieg. Der Vogeldung ließ das Gras wachsen und war ein guter Schutz gegen Feinde, die Papageientaucherhöhlen zogen sich bis zur Spitze des Misaklettur. Die Felswand war wie ein großes Herz, das zum Himmel klopfte. Aus allen Höhlen tönten ihre Schreie, und das Rauschen des Meeres, das sich weiß schäumend im grellen Nachmittagslicht brach, hörte man bis zum Gipfel.

Nils hatte zwei Küken getötet und steckte gerade die Arme in das dritte Loch, als er aufblickte und den großen Erdklumpen sah, der auf ihn zustürzte. Beiseitespringen war unmöglich. Er ließ seinen rechten Arm in der Höhle und packte mit der linken Hand ein Büschel verdorrtes Gras, als der große Brocken seinen Nacken und Rücken traf und ihm beide Beine wegschlug.

Vorsichtig reckte sich Gregor über die Felskante und glaubte, seinen Augen nicht zu trauen. Ungefähr zwölf Klafter unter ihm sah er, dass die schweren Schultern seines Vaters sich noch immer an der Felswand bewegten, und einen kurzen Moment blickte der Sohn ihm in die Augen. Sie leuchteten vor Überraschung, aber auch mit einer seltsam anklagenden Kraft.

Gregor wurde schwindelig. So war es nicht geplant gewesen. Der Vater sollte dort nicht liegen. Er sollte tot sein. Unbedingt mausetot. Er sollte hundert Klafter tief am Strand liegen, in kleine Stücke zerschmettert als Futter für die Raben und Dohlen.

Gregor begann zu jammern und zu klagen, wie sonst, wenn der Vater mit dem Tampen hinter ihm her war. Er dachte daran fortzulaufen, doch wohin sollte er gehen? Daheim im Dorf würde der Vater ihn finden, und er würde ihn auch aufspüren, wenn er auf der Insel nach Norden flöhe.

Gregor versuchte, einen klaren Gedanken zu fassen und sein Entsetzen zu beherrschen. Unmittelbar hatte er nichts zu befürchten, und möglicherweise war der Vater auch gar nicht in der Lage, wieder hinaufzuklettern? Vielleicht hatte er sich ja ein Bein gebrochen oder sogar beide?

Dort, wo er den Erdklumpen herausgebrochen hatte, ragten ein paar Steine aus dem Boden. Er zog sie heraus und warf sie nach dem Vater. Er sammelte alles, was er finden konnte, um es auf Nils zu werfen, aber der Alte hatte bereits festen Boden unter den Füßen und versuchte, unter einen Vorsprung zu klettern. Er hatte Schmerzen in der Lende und an der Seite, vermutlich hatte er sich ein paar Rippen gebrochen.

Vielleicht sollte er versuchen, seinen Sohn zu besänftigen, dachte Nils Tvibur, als er unter dem Vorsprung stand. Es war nicht gesagt, dass Gregor es wirklich auf ihn abgesehen hatte. Vielleicht hatte ihn nur ein Anfall von Fieberwahn gepackt. So etwas kam vor. Man hatte sich nicht immer unter Kontrolle. Man konnte Dinge tun, die man eigentlich nicht so meinte. Er selbst hatte einmal seinen Vater so heftig geschlagen, dass dieser zu Boden gegangen war.

»Herrgott«, stieß Nils aus. Es war ein halbes Jahrhundert vergangen, seit er Selleg verlassen hatte. Den Kopfstoß damals hatte er nicht geplant. Es war einfach passiert.

»Halt's Maul, Nils«, schnitt er seinen Gedanken ab. Und womit sollte er seinen Sohn beruhigen? Gregor würde ihm nicht glauben. Normalerweise beruhigte oder zähmte der Tampen seines Sohn. Dieser Idiot verstand nichts anderes als die Sprache des Tampens. Das war das große Unglück.

»Oh«, stöhnte Nils und drückte sich an den Felsen. Sein Sohn hatte nicht die Haltung eines Karawanenführers. Sein Sohn ließ auch nie das Mondlicht in der gefüllten Schöpfkelle spielen, bevor er aus der Wassertonne trank. Sein eigener Nachkömmling hatte den gleichen Ausdruck in den Augen wie ein gewöhnlicher Schafsdieb.

Nils hatte auch Aksal gezüchtigt, seinen Schwager, aber da hatte er den Bergstock benutzt, und außerdem war das schon einige Jahre her. Er hatte den Schwager überrascht, als der im dunklen Stall eine Färse vögelte. Und diesen verfluchten Sodomiten nannten die Sumbinger *den Klugen*.

Ja, sicher, der Schwager wusste eine Menge, er las Bücher auf Englisch und Dänisch, aber in all den Jahren hatte er Gregor sein Gift eingeimpft, und nun begann es zu wirken. So hing alles zusammen. Zuerst hatte Aksal seine Schwester gegen ihn aufgebracht, dann widersetzten sich auch seine Nichten Hjørdis und Adelborg, auf jeden Fall Hjørdis. Sie war verheiratet, lebte in Fámjin und kam selten nach Sumba zu Besuch. Adelborg hatte einen Säufer aus í Keri auf Sumba geheiratet, aber mit ihr konnte man noch reden. Nils war ihr und ihrer Familie gegenüber auch nie knauserig gewesen, und ihre Kinder nannten ihn Opa. Dafür gebührte ihr Dank.

Nils traten Tränen in die Augen, als er unvermittelt an Betta í Geil dachte. Die plötzliche Erinnerung überraschte ihn so sehr, dass er ein Geräusch ausstieß, das an ein Lachen erinnerte.

Er hatte in seinem Leben nicht sonderlich viele Frauen kennengelernt. Die Freudenmädchen in Kristiania, mit denen er geschlafen hatte, ließen sich an zwei Händen abzählen. Nur eine von ihnen kannte er näher. Sie hieß Mari Kolsbu, und eines Abends, als er sie in den schmalen Hurengassen am Rathaus suchte, erfuhr er, dass sie fortgelaufen war. Sie war von Hans Nielsen Hauge erweckt worden, der von Ort zu Ort und von Hof zu Hof wanderte und den reinen Glauben predigte. Sie hatte sich seiner Gemeinde angeschlossen.

Glücklich gefühlt hatte er sich allerdings nur mit Betta. Das heißt, er hatte sich bei ihr so gefühlt, wie man sich fühlen sollte, wenn man wirklich Lust aufeinander hatte oder sich liebte. Betta hatte ihre bitteren und müden Tränen an seiner Brust vergossen, aber das war vor der Vergewaltigung gewesen. Hinterher war alles anders.

Nils überkam eine tiefe Rührung bei dem Gedanken an seine alte Liebe. Sie hatten viel Spaß miteinander gehabt; auf jeden Fall war sie die Einzige gewesen, die er je zum Lachen gebracht hatte. Wenn er an ihre Beziehung dachte, beschrieb er die Nächte manchmal als eine wüste Pferdeliebe mit blutigen

Hufen. Er erinnerte sich, wie erschrocken Betta immer war, wenn er mit seinem fürchterlichen Hengstgehänge wiehernd zu ihr kam. Und wie sie lachte, wenn er behauptete, nördlich des Skagerrak gäbe es nur wenige Männer, die so ausgestattet seien wie er. König Bernadotte könne er mit dem bloßen Gewicht seiner Testikel ins Verderben bomben.

Dann sah er Djøssans eher besorgtes Gesicht vor sich. Sie war eine kluge und tüchtige Frau, bestimmt, aber verliebt war er nie in sie gewesen. Auch hatte sich im Laufe der Jahre kein größeres gegenseitiges Verständnis entwickelt, ja es war selten, dass sie überhaupt miteinander redeten. Wenn jemand Groll hegte, dann war es Djøssan. Könnte sie den Sohn aufgefordert haben ...? Nils brachte es nicht fertig, das Wort *Vatermord* zu denken. Aber die Schimpfworte, die er seit vielen Jahren über ihren Körper hatte regnen lassen, waren ungeheuerlich; und nun, da er sich daran erinnerte, stöhnte er auf. Als die größte Giftmischerin der Insel hatte er sie wegen ihrer Fähigkeiten als Hausfrau und Köchin bezeichnet, und als Ehefrau war sie mager wie ein Besenstiel und stank oben und unten nach Arsch. Auch war es nicht schön, an all die Ohrfeigen zu denken, die er ihr gegeben hatte. Allerdings hatte sie sich nie beschwert. Dafür respektierte er sie. Wenn es eine Frau gab, die würdig genug war, Muhammeds Pferd zu tränken, dann war es Djøssan vom Ergisstova.

Zwei Erdklumpen kamen von oben geflogen, aber Nils presste sich gegen den Fels und sah, wie sie vorbeisausten und tief unten am Fuß des Berges zerbarsten. Vielleicht sollte er einfach sitzen bleiben. Es war eine alte und erprobte List, seinen Feind durch Totenstille zu ermüden. Doch dazu war er nicht in der Lage. Nicht Nils Tvibur. Er spürte, wie die Wut in seiner Brust kochte, er biss die Zähne zusammen und begann, sich energisch hinaufzuziehen. Ein Stein von oben schlug die Finger seiner rechten Hand blutig, aber er gab nicht auf. Jetzt war der Teufel in ihn gefahren, und die abgerissenen Nägel waren wie Tran auf eine Lampe. Die Wut flammte mit neuer Kraft auf.

Er kannte die Gegend oben an der Felskante, er wusste, dass es nicht mehr viel lockeres Erdreich gab, das Gregor auf ihn werfen konnte. Daher begann er, seinen Sohn zu verhöhnen und zu verspotten, er überschüttete ihn mit Schimpfworten – oft brauchte es nicht mehr, um den armen Kerl vor Schreck erstarren zu lassen.

Einige Klafter von der Kante entfernt lag ein ziemlich großer Stein, den Gregor aufhob und zum Rand trug, als er den lädierten Kopf seines Vaters auftauchen sah. Der Alte schob sein linkes Knie aufs Gras und wollte sich gerade hinaufziehen, als Gregor mit beiden Händen und einem festen Hüftschwung den Stein auf den Weg brachte. Er traf den Vater an der Brust.

Es dauerte nur einen kurzen Augenblick, nicht mehr, als ein Herz braucht, um zwei-, dreimal zu schlagen, doch in diesem Moment sahen sich Vater und Sohn in die Augen. Dann fiel Nils Selleg aus Hordaland, allgemein als Nils Tvibur bekannt, aber auch als der Korporal oder Muhammed. Neununddreißig Jahre hatte er auf den Färöern gewohnt, sechzehn davon in Tórshavn, dreiundzwanzig auf Sumba. Nun stürzte er der Länge nach in die schäumende Brandung und starb auf dem Felsen am Strand, den die Sumbinger heute den Korporalsfelsen nennen.

Eine verfluchte Nacht in Tvøroyri

Doktor Napoleon erwachte, als das Dienstmädchen an seine Schlafzimmertür klopfte. »Pole, Pole«, rief sie mit verängstigter Stimme, »ich glaube, da kratzt ein toter Mann an der Tür.« Dann fing sie an zu weinen. »Sie müssen aufstehen. Ich glaube, es ist Jóakim.«

Napoleon ärgerte sich über das Gerede von einem toten Mann, der an der Tür kratzt, als er sich die Hose und ein Hemd überzog.

Es war ein übler Abend gewesen. Die *Glen Rose* war mit einem jungen Mann eingelaufen, der den schwarzen Brand hatte. George Harrison und der Steuermann hatten ihn in die Praxis gebracht, und Napoleon hatte sofort gesehen, dass er nichts mehr für ihn tun konnte. Die linke Hand und die Handwurzel waren schwarz wie Kohle, der Mann hatte hohes Fieber.

Napoleon hatte ihn gebeten, sich auf die Liege zu setzen, und ihm ein großes Glas Genever eingeschenkt. Er hatte gefragt, wie schlimm der Schmerz denn sei, und der Mann hatte auf seine Schulter gezeigt und *fuck* gesagt. Er hatte Pole das leere Glas zurückgegeben, ein weiteres getrunken und sein *fuck* wiederholt.

Napoleon wusste, dass viele Patienten fügsam wurden, wenn sie mit eigenen Augen die Operationsinstrumente sahen, doch der junge Mann schaute aus wie jemand, der lieber die Hand als das Leben verlieren wollte. Die Amputationssäge lag neben dem Skalpell, und das Eisen, das er benutzte, um die Blutung zu stillen, steckte bereits rotglühend im Ofen.

Die Praxis lag auf der Ostseite des Hauses, und um den Raum mehr oder weniger schalldicht zu machen, hatte er doppelte Wände, die mit Erde aufgefüllt waren. Auch über der Decke lag eine Schicht Erde, die fast den gesamten Zwischenraum bis zum Dach ausfüllte.

Der junge Mann sah den Skipper an, die Augen leuchteten aus zwei gehässigen Schlitzen, und ohne jede Scham sagte er: *fuck your fucking Jesus.*

Pole stutzte und bemerkte, wie diese Worte auch den Skipper verblüfften. George war mittelgroß, er hatte runde Wangen und freundliche Augen. Wenn er predigte, war er immer den Tränen nahe, und dann rief er mit auf der Brust gekreuzten Armen: *O my sweet Lord.*

Der Genever fing an zu wirken, und der junge Mann sagte ein paarmal *goodbye* zu seiner Hand, hob sie an die Wange und küsste den schwarzen, glühenden Handrücken. Dann nannte er Napoleon einen *fucking butcher*, und nur das Weiße in seinen Augen war noch zu sehen, aber er leistete keinen Widerstand, als Pole ihm direkt unterhalb des Bizeps einen Riemen um den Arm schnallte. Pole sagte *my good lad* zu dem jungen Mann und brachte ihn dazu, sich hinzulegen. Er legte ein hartes Lederkissen unter den Arm und band dann die Schulter und den Arm an der Liege fest.

Der Skipper, der wie gesagt generell zu Tränen neigte, heulte jetzt, als würde er ausgepeitscht. Er sagte, der junge Mann habe sich vor sechs Tagen draußen auf dem Trawler geschnitten, aber es sei nichts Ernstes gewesen. Er habe für den Mann gebetet, ja er habe sogar ernsthaft für ihn gebetet, aber es müsse wohl größere Sünden gegeben haben, denn *the Mighty* habe die Gebete nicht erhört.

George Harrison und der Steuermann wurden aufgefordert, den Mann festzuhalten, dann legte Pole mit dem Skalpell einen Schnitt um den halben Oberarm. Der junge Mann zuckte zusammen und schrie, aber glücklicherweise fiel er in Ohnmacht, als die Zähne des Sägeblatts anfingen, weiße Späne vom Knochen zu raspeln. Sobald der Arm abgenommen war, griff Pole nach dem Brandeisen aus dem Ofen, und als er die rotglühende Eisenfläche auf die blutende Wunde drückte, zischte es. Obwohl das Fleisch ein wenig verkrustet war, konnte er die Wunde zusammennähen und den Arm verbinden.

Als Pole sein Pfund Sterling in der Westentasche hatte, sah er den Skipper scharf an und sagte, er habe zu dem falschen Gott gebetet.

George Harrison wollte wissen, was Pole damit meinte.

»You have been praying to the God that maybe gives fish to skippers but gives a damn about young men suffering.«

Ein paar Stunden nach Mitternacht hörte man die Ankerkette der *Glen Rose* durch die Klüse rasseln, und kurz darauf stampfte das Schiff unter vollen Segeln durch den Trongisvágsfjørdur hinaus auf See.

Napoleon lief aus der Dachkammer und stieß vor dem Haus auf Jóakim. Das Dienstmädchen und er fassten Jóakim unter die Arme, und als sie im Flur waren, bat Pole das Mädchen, Wasser zu kochen. Jóakim roch heftig nach Branntwein und war kaum ansprechbar. Ob es am Suff oder an irgendwelchen Verletzungen lag, ließ sich schwer sagen. Das Gesicht war blutig und geschwollen, und seltsamerweise war Jóakim von der Gürtellinie an nackt. Daher wollte Pole keine weitere Hilfe des Mädchens, sondern transportierte den Vetter selbst auf die Liege.

Er untersuchte Gesicht und Brust genau und sah, dass ein Knie eine offene Wunde aufwies, die sich bis zur Kniescheibe zog. Doch erst, als er Jóakim auf den Bauch legte, wurde Pole klar, wie schlimm es um den Vetter stand.

Schenkel und Waden waren blutig, und vom After bis zum Hodensack war alles eine einzige große Blutlache. Zumindest war dies Napoleons erster Eindruck, doch als er begann, die Wunde mit warmer Seifenlauge zu reinigen, sah er, dass ein Stück von Jóakims Darm heraushing. Die letzten circa fünf Zoll waren abgerissen und lagen wie ein Klumpen an der Leiste.

Napoleon war so entsetzt, dass er die Flasche mit dem Genever holte und ein Glas auf nüchternen Magen hinunterstürzte. Der Darm war ab- und der After aufgerissen. Das war die kurze, fürchterliche Diagnose.

»Was hast du bloß angestellt, du dummer Junge?«, flüsterte er, als ihm nach und nach klar wurde, was passiert war. Außer dass Jóakim geschlagen und getreten worden war, hatte man ihm einen Holzstock oder ein Holzstück in den After gesteckt; und es hatte sich nicht um ein glattes Stück Holz gehandelt, denn der Darm war offensichtlich gerissen, als das Holz hineingestoßen und herausgezerrt worden war. Zweifellos mehrfach.

»O Gott im Himmel«, seufzte Napoleon. Hier hatte der große Sodomit seine Hand im Spiel gehabt. Nur so konnte es gewesen sein. Und es hatte sich bereits entzündet. Napoleon spürte eine unangenehme Hitze rund um die Wunde, mit bloßem Auge konnte er den Puls schlagen sehen.

Hier vermochte die Wissenschaft nichts mehr auszurichten. Selbst der tüchtigste Chirurg in Edinburgh hätte in dieser Situation nichts mehr unternehmen können. Es war auch nicht möglich, eine Drainage zu legen, denn was hätte es genützt, den Eiter ablaufen zu lassen, wenn ein Stück Darm abgerissen war?

Trotzdem stellte Pole eine Petroleumlampe auf den Tisch

und begann, mit einer Pinzette die Holzsplitter aus der Wunde zu ziehen. Eine gute Stunde kümmerte er sich um seinen Vetter. Wusch ihn, gab ihm Morphium, strich ihm über die Haare und legte eine Decke über ihn. In den Augenblicken, in denen Jóakim zu Bewusstsein kam, versuchte er, mit ihm zu reden, und so viel verstand er, dass Jóakim und ein Schotte namens Ronnie Harrison im Bootsschuppen des Monopolhandels gewesen waren, der etwas außerhalb bei Sixpence stand.

Es gab ein Krankenzimmer auf der Westseite des Hauses, aber Napoleon wollte das Mädchen nicht rufen, um ihr aufzutragen, das Bett für Jóakim zu richten.

Pole fühlte sich erschöpft, und dazu kam, dass dieser Vorfall ausgesprochen peinlich war. Aber Recht musste Recht bleiben. Ihm war hin und wieder durchaus der Gedanke gekommen, dass Jóakim eventuell Sodomit war. Er hatte etwas Feminines an sich, und plötzlich fiel ihm ein, dass Tóvó einmal gesagt hatte, dass Jóakims Gesicht ihn an Bäcker Restorffs Kuchen erinnere, Backpflaumen oben und Pudding unten. Ob es sich dabei um eine Art Code unter Sodomiten handelte? Vielleicht hatte er sich in Tóvó verguckt, vielleicht hatte er den Jungen bereits verdorben? Auf jeden Fall waren sie gute Freunde und oft zusammen im Boot oder auf dem Feld gewesen. Nur die beiden.

Als Tóvós Arzt und Hauswirt hatte er ihn jedenfalls vor den Gefahren der Onanie gewarnt, aber er hatte nicht den Eindruck, dass Tóvó die besonderen Kennzeichen eines Onanisten aufwies, so wie sie von Tissot in seinem Klassiker *L'Onanisme* beschrieben wurden. Pole besaß die dänische Übersetzung und hatte Tóvó erläutert, was der französische Arzt meinte, als er schrieb: *Wenn der Samen ständig ergossen wird, leiden die Sinne und vor allem das Innere. Nach jedem Erguss spüren diese Menschen zunächst einen brennenden, drückenden Schmerz in den Augen, häufig können sie kaum das Tageslicht ertragen; das*

Auge verliert sein sanftes, lebendiges Aussehen. Sie werden mit Hinblick auf ihren Verstand furchtsam und schwach, vor allem wenn sie sich sehr früh diesen Ausschweifungen hingeben.

Und in seinen *Beobachtungen* schreibt Panum ebenfalls über die Onanie: *Unter anderem kann ich von einem Beispiel berichten, in dem eine Mutter, als ihr Sohn heiraten wollte, ihm davon abriet, und als Surrogat brachte sie ihm bei zu onanieren. Dies betrieb der Unglückliche in einem solchen Maß, dass er schwachsinnig wurde, und in helleren Momenten verfluchte er seine Mutter mit den furchtbarsten Schwüren, »weil sie das Öl seines Lebens verschwendet hatte«.*

Aus seiner Praxis als Arzt waren Pole derart unheimliche Vorkommnisse durchaus nicht fremd, allein der Gedanke aber, einen Onanisten unter seinem Dach zu beherbergen, erfüllte ihn mit Ekel.

Tóvó? Für Tóvó trug er nicht mehr länger die Verantwortung. Er meinte, aus dem Jungen einen Menschen geformt zu haben, zumindest so, wie es ihm möglich gewesen war. Er hatte den Jungen lesen und schreiben gelehrt, und es kam in jedem Leben der Moment, an dem man auf seinen eigenen Beinen stehen musste. Er selbst hatte auch nicht daran gedacht, für den Rest seines Lebens in Tvøroyri zu bleiben, das hatte er Tóvó gesagt. Im vergangenen Jahr hatte der dänische Händler Thomsen die alten Gebäude des Monopolhandels gekauft, und es war mehr als ein gutes Jahr her, dass die Kirche von Frodba nach Tvøroyri verlegt worden war.

Überall im Lande vollzogen sich große Veränderungen und bei weitem nicht alle zum Besseren. Pole bedauerte, dass der politische Pionier Doffa das Land verlassen hatte. Pole und Doffa hatten zu den Männern gehört, die am 18. Juni 1852 in das wieder eingerichtete Lagting gewählt worden waren. Pole saß nur diese eine Wahlperiode im Parlament, aber Doffa wurde wiedergewählt. Er war ein so klar denkender und respektierter Mann, dass er Poles Ansicht nach bis ans Ende der Welt im Ting hätte sitzen können. Und über seinen Sitz im Lagting hinaus repräsentierte er die Färöer im Folketing in Kopenhagen.

Jóakim stöhnte vor Schmerzen, aber er hatte gerade erst Morphium bekommen. Pole fühlte seinen Puls und dachte an damals, als er Jóakim nach seiner Meinung über das neue Lagting gefragt hatte. Er hatte dies nicht ohne Grund getan. Jóakim war erstaunlich schlagfertig und vermochte instinktiv, ausgesprochen verzwickte Verhältnisse einzuschätzen.

Jóakim hatte geantwortet, um das Wahlrecht ausüben zu können, müsse man mindestens für drei Gulden Land besitzen. Er selbst besaß weder ein Haus noch war irgendwelcher Grundbesitz auf seinen Namen eingetragen. Ihm gehörte lediglich ein Boot, mit dem er den Slups Wasser brachte, mehr nicht. Daher besaß er auch kein Wahlrecht. Seiner Ansicht nach war Politik etwas, womit sich Beamte und reiche Bauern die Zeit vertreiben konnten. Über die Hälfte der Lagtingsmitglieder waren Sonnenmänner, und diese Leute gönnten den Besitzlosen nicht den Dreck unter den Fingernägeln. Aber er fand Trost in der Tatsache, dass Jesus auch ein Besitzloser gewesen war, und wenn Jesus im Sprengel Frodba registriert gewesen wäre, dann hätte der Sohn des Allmächtigen bei der Wahl seine Stimme nicht abgeben können. So perfekt war das färöische Lagting eingerichtet.

Napoleon hatte es ihm übelgenommen. Er hatte geantwortet, niemand sei Christus ebenbürtig, und Vergleiche mit irdischem Charakter seien, wenn es um den Sohn Gottes gehe, völlig fehl am Platze. Solches Gerede war nicht nur blasphemisch, es verdarb schlichtweg den Kern des Heiligen.

Aber im Stillen musste er doch zugeben, dass sich in Jóakims Argumentation eine gewisse Kraft, ja eine geradezu erschütternde Kraft fand.

Und die Sonnenmänner? Er verstand ausgezeichnet, dass Dahlerup im Ting etwas daran auszusetzen hatte, wenn diese verdammten Fettärsche in ihrem hilflosen Dänisch reinen Blödsinn und Unfug von sich gaben. Tief in ihrem Inneren fürchteten sie doch Veränderungen. Die wollten, dass die Färöer so blieben, wie sie immer gewesen waren, ja in Wahrheit hielten sie nicht sonderlich viel von Doffa und schon gar nicht, wenn er vorschlug, den kleinen Leuten das unbestellte Land zu überlassen, damit sie es urbar machten.

Aber ohne mutige Männer wie Doffa wäre es hier auf den Felsen kalt und öde, das musst du zugeben, hatte Pole gesagt.

»Das mag schon sein«, hatte Jóakim erwidert. »Aber ich muss auch sagen, dass ich diese ganze Doffarerei ein wenig leid bin. Man kann kaum noch ein Gespräch führen, ohne dass der Mann erwähnt wird. Du weißt, dass ich ihn kenne, wir haben zusammen gespielt, bevor Hunderup ihn ins Büro des Gemeindevorstehers holte. August Manicus, Vesse Hammershaimb, Løbners Luddi, Doffa und ich, wir hielten als Jungs zusammen. August starb im letzten Jahr, ihn mochte ich sehr. Ich habe ihm geholfen, als er während der Masernepidemie auf Suduroy war, ja daran wirst du dich doch wohl noch erinnern können, oder?«, zog Jóakim Pole auf. »August sagte, er sei Sozialist. Ich kannte das Wort nicht und fragte, ob das eine neue Art von Teer oder Tabak ist. August antwortete, Jesus war Sozialist, und als er sich seinerzeit empörte und den Tempel räumte, tat er es im Namen des Volkes. Aber Doffa?« Jóakim schüttelte den Kopf. »Tatsächlich ist es so, dass ich sämtliche Ortsnamen zwischen der Festung und Bodanes auswendig wusste, bevor er die Wochentage kannte. Aber Hunderup hielt ihn für so intelligent. Sonntags lief er im Matrosenanzug herum, ein fetter Welpe mit Matrosenkragen. Nein, lieber Vetter, Doffa ist nicht der Mann, auf den die Färinger gewartet haben.«

Napoleon spuckte vor Wut. »Ich weiß nicht, auf wen ihr hier

auf dieser Insel gewartet habt. August Manicus liebt ihr, weil er euch mit Medikamenten überschüttet hat, die ihm nicht gehörten. Die Zeche hat das Rentamt bezahlt. Ansonsten habt ihr hinter seinem Rücken schlecht über den Mann geredet. Hier auf Suduroy macht ihr doch nichts anderes, als hinter ihrem Rücken schlecht über ordentliche Menschen zu reden und blöd zu grinsen. Und das ist die Insel, um die ich mich zu kümmern habe. Lieber Gott, steh mir bei.«

Den Rest der Nacht saß Pole in der Küche. Er aß Brot, pulte Fleisch vom Schulterblatt eines Schafs und trank Genever. Manchmal sagte er *fuck*, und dieser unmögliche Fluch ließ seine Gedanken zu dem armen Fischer schweifen, der jetzt mit nur einem Arm auf dem Heimweg nach Schottland war. Glücklicherweise hatte der Skipper der *Glen Rose* den anderen Arm mitgenommen, sonst hätte ihn Tóvó auf den Misthaufen werfen müssen. Pole lächelte bei dem Gedanken und dachte daran, wie eifrig der Junge ihm erklärt hatte, dass alles Verderbliche auf seinen geliebten Mithaufen geschmissen werden könne.

Pole saß an der Torfkiste am Fenster, auf dem Tisch lag Nólsoyar-Pálls altes Fernrohr in dem dunkelroten Seidentuch.

Bisweilen, wenn er durch die Felder ging, steckte er das Fernrohr ein. Es nahm kaum Platz weg, und er konnte damit gut die Vögel beobachten. Gewöhnlich lag es im Bücherschrank in der Wohnstube, und dass man sich im Messing spiegeln konnte, lag daran, dass Tóvó das Metall regelmäßig mit Tabakasche und Spucke polierte. Er trug sich mit dem Gedanken, Tóvó das Fernrohr zu schenken, wenn sie irgendwann auseinandergingen, aber noch hatte er sich nicht entschieden.

In regelmäßigen Abständen ging er in die Praxis, um nach seinem Vetter zu sehen. Das Morphium wirkte. Jóakim wimmerte mit Schaum in den Mundwinkeln, und ein einziges Mal küsste Pole ihn auf die Lippen und flüsterte: *Guter Junge.*

Ihm traten bei seinen eigenen Worten die Tränen in die Augen. Doch als ihm mit einem Mal durch den Kopf ging, wie Jóakim im Bootshaus des Monopolhandels seine Lippen eingesetzt hatte, wischte er sich den Mund mit dem Handrücken ab und dachte: *Du blöder Hund, verfluchter Sodomit.*

Tóvó musste weg von hier. Diese Entscheidung hatte Napoleon getroffen. Ich bin schließlich nicht sein Vater, Gott sei ihm gnädig, dachte er und erhob sich. Nein. Keine Gnade sollte mit ihm sein, korrigierte er sich und setzte sich wieder. Der Junge musste fort. Vielleicht war er ein Onanist. Die Diagnose war nicht immer leicht zu stellen. Zumindest hatte er diese flache, degenerierte Stirn wie Sklaven, Samen und einige asiatische Volksstämme.

Und trotzdem war er zäh. Es war ungefähr zwei Jahre her, seit Doffa sich in einem Brief nach dem jungen Brahmadellen erkundigt hatte. Pole konnte sich noch gut an das Gefühl erinnern, als er zurückgeschrieben hatte: *Ob es die Kraft dieser alten Sippe ist, die sich urplötzlich in der physischen Konstitution des Jungen offenbart, oder ob die klimatischen Verhältnisse hier im Süden besonders günstig sind, ist schwer zu entscheiden. Aber unser lieber Brahmadellen-Freund hat den herrlichen Lebensappetit eines Jünglings, und er arbeitet wie jene Recken, die in frühen Zeiten die Babylonischen Gärten pflanzten.*

Zu diesen Worten stand er. Tóvó hatte sich wirklich verändert. Er war nicht mehr das misstrauische Muttersöhnchen, das sich an jeder Hausecke umdrehte und in jedermanns Auge den Teufel sah. Trotzdem musste dieser Brahmadell aus dem Arzthaus von Tvøroyri verschwinden. Der Entschluss war gefasst, und der Teufel sollte ihn holen, wenn Pole ihm das Fernrohr mitgab.

Die Uhr zeigte nach sechs, als er an Tóvós Tür klopfte. Tóvó war früh zu Bett gegangen und wusste nicht, dass die *Glen Rose* im Hafen vor Anker gelegen hatte. Aber sein Bruder Lýdar segelte auch nicht mehr auf dem Schiff, er hatte eine Frau aus Nólsoy geheiratet und war eine Landratte geworden.

Pole bat ihn, rasch den Vater des Kranken zu holen.

Der sanfte Sänger

Mit ungewöhnlich harschen Worten berichtete Napoleon seinem Onkel von Jóakims Zustand.

Er sagte, an Jóakim sei ein Verbrechen begangen worden, er werde sterben. Er erzählte auch von Jóakims sodomitischen Neigungen und dass er deshalb in diese fatale Lage geraten war.

Soweit Napoleon den Zusammenhang rekonstruieren konnte, hatten die Männer der *Glen Rose* Jóakim irgendetwas Starkes zu trinken gegeben, nachdem er mit Wasser zu ihnen hinausgerudert war. Er hatte ein oder zwei Mitglieder der Mannschaft an Land gebracht und im Bootshaus mit ihnen weitergefeiert. So, wie Pole es beurteilte, war das schändliche Verbrechen dort verübt worden.

»Jóakim wird einen qualvollen Tod erleiden«, sagte Napoleon und schenkte zwei Gläser ein. Aber Nólsoyar-Páll wollte nichts trinken.

Als der Doktor sein Glas geleert hatte, bot er an, in neutraleren Wendungen einen Bericht über die Vorkommnisse zu schreiben und ihn dem Gemeindevorsteher zu übergeben. Wenn die Sache allerdings an die Obrigkeit ging, musste seinem Onkel klar sein, dass allgemein bekannt wurde, wer Jóakim Nolsøe tatsächlich gewesen war. Es galt, die Frage zu bedenken, ob ein eventueller Bericht seinem Andenken und nicht zuletzt dem Ruf der Familie dienlich wäre.

Napoleon hatte gesagt, was er auf dem Herzen hatte, und fragte, ob sie nun zu Jóakim gehen sollten.

Nólsoyar-Páll erhob sich und sagte Nein. Seine Stimme bebte, aber es war keine Trauer, es war reiner Abscheu, der seine Stimmbänder erzittern ließ. Er erklärte, dass noch nie jemand einen solchen Eimer Scheiße über sein Haus ergossen hätte, und dann kamen die Worte auch noch von einem gelehrten Mann, obendrein von seinem eigenen Neffen. Er wollte nach Hause gehen und die vornehme Wohnstube als Krankenzimmer herrichten. Dann würde er seinen Sohn holen, damit er daheim in Frieden sterben könne.

»Ich habe ein Krankenzimmer im Westflügel meines Hauses«, sagte Pole. »Jóakim ist in guten Händen, wenn er bei mir ist.«

»Das mag schon sein«, erwiderte Nólsoyar-Páll. »Aber ich hätte nicht gedacht, dass du ein so selbstgerechter Mensch bist. Glaubst du, ich wüsste nicht um meinen Sohn und seine Laster? Ich konnte nur nichts dagegen tun, und nach dem, was du sagst, ist es ohnehin nur eine Frage von Tagen, bis er vor seinen Richter treten wird. Doch das sollst du wissen, Napoleon Nolsøe: Ich will tausendmal lieber der Vater des Sodomiten Jóakim als mit einem Lump wie dir verwandt sein.«

Tóvó half Nólsoyar-Páll, seinen Sohn nach Hause zu tragen. Sie legten ihn auf eine Leiter, bedeckten ihn mit einer Decke und gingen langsam den Abhang hinauf.

In den sechs Tagen, die es dauerte, bis Jóakim sich vom Leben löste, nahm er naturgemäß keine feste Nahrung zu sich, und die Menge an Flüssigkeit, die er trank, hätte gut und gern in eine Starenkehle gepasst. Der Darm hatte sich entzündet, und sein Bauch war heiß und hart wie ein Brett. Erst am letzten Tag war er weitgehend ohne Bewusstsein, bis dahin war er klar, aber wortkarg.

Pole besuchte ihn einmal, manchmal auch zweimal am Tag. Die Mutter des Sterbenden empfing ihn still und schloss die Tür der Wohnstube, damit er mit ihrem Sohn allein sein konnte.

Pole hatte Morphium dabei, und wenn er Jóakim fragte, wie es ihm gehe, begrenzten die Antworten sich auf ein Schulterzucken oder eine Bewegung. Pole versuchte, sich mit ihm zu unterhalten, viele Worte konnte er ihm aber nicht entlocken.

Es kam vor, dass Jóakim nach Tóvó fragte, und das gefiel Pole gar nicht. Zum einen weil er einen Anflug von Neid verspürte, aber auch weil er mehr und mehr davon überzeugt war, dass zwischen seinem Vetter und Tóvó etwas Unnormales vorgefallen war.

Außerdem kränkte es Pole, dass man ihn nicht darum bat, über seinen Vetter zu wachen.

Tóvó hingegen saß zwei Nächte bei ihm, und in der letzten Nacht erfuhr er, was sich im Bootshaus des Monopolhandels abgespielt hatte. Zumindest erfuhr er, woran Jóakim sich erinnern konnte.

Ronnie Harrison, der Neffe des Skippers, war mit ihm an Land gekommen; es war nicht das erste Mal, dass sie gemeinsam im Bootshaus waren.

Tóvó kannte Ronnie, und er wusste auch, dass der Mann Sodomit war. Jóakim hatte es ihm erzählt. Jóakim wusste auch zu berichten, dass Ronnie einer der berüchtigtsten Herumtreiber seiner Heimatstadt Inverness war. Vor vier oder fünf Jahren hatte sein Onkel ihn mit auf die *Glen Rose* genommen, um einen guten Menschen aus ihm zu machen, und längere Zeit war es wohl auch einigermaßen gut gegangen. Ronnie und George waren gar nicht so verschieden, das heißt, sie waren wie die anderen Harrisons ausgesprochen hartnäckige Pfaffenhasser. Überall sahen sie die Türen der Bosheit knirschen und knarren, und es schien ein ewiger Sturm der Sünde um ihre Seelen und Taten zu fegen. Dennoch sah es so aus, als wäre

George der Sanftere, jedenfalls kamen ihm schneller die Tränen. Aber das war oberflächlich. Wenn es ihn packte, konnte er ebenfalls sehr beharrlich sein. Dass die *Glen Rose* überhaupt nach Tvøroyri gekommen war, lag daran, dass es in den letzten Tagen Ärger an Bord gegeben hatte. Draußen bei Bill Bailey war es zu einer regelrechten Prügelei gekommen, weil der Skipper sich weigerte, mit dem jungen Mann, der sich die Hand verletzt hatte, einen Hafen anzulaufen.

Jóakim sprach leise, hin und wieder schien er das Bewusstsein zu verlieren. Doch er redete weiter, und in seiner Stimme lag eine so große Zärtlichkeit, dass es Tóvó zu Herzen ging. Aber er benutzte so eigenartige Ausdrücke, er nannte das Bootshaus des Monopolhandels seinen *Tempel* und seine *Opferstätte*; und wenn es ihm nicht so schlecht ginge, würde er es mit Brettern der libanesischen Zypresse oder Zedernholz verkleiden. Er sagte, das Bootshaus liege an einem Fjord, der hoch über der Erde fließt, und getragen werde dieser Fjord von Säulen, die aussehen wie die Basaltsäulen auf Bø.

»Aber was genau ist passiert?«, wollte Tóvó wissen.

Ronnie lief Amok, antwortete Jóakim. Er lag auf dem Bauch, als der Schotte seinen Kopf packte und anfing, ihn auf den Steinboden zu hämmern. Jóakim hatte das Bewusstsein verloren und wusste auch nicht, wie er ins Arzthaus gekommen war.

Tóvó nahm den Waschlappen aus der Schüssel, wrang ihn aus und trocknete Jóakims Stirn. Jóakim behauptete, dass man als armer Mann von vornherein zum Sodomiten bestimmt war. Man besaß nichts und konnte einer Frau und Kindern kein Leben bieten. Und nun hatte er sich vollkommen lächerlich gemacht und wartete nur noch darauf, dass der Pastor käme und für ihn betete.

Er erzählte Tóvó von damals, als eine amerikanische Korvette nach Hvalba gekommen war, um Kohle zu laden. Es dauerte mehrere Tage, und der Skipper hatte gesagt, ihnen fehle ein Matrose. Dass er das Angebot nicht angenommen hatte und hinaus in die große Welt gefahren war, hatte er oft bereut. Verschwinde hier, riet er Tóvó, dies ist kein Land für arme Leute.

Bisweilen gab es lange Pausen zwischen den Worten, doch Tóvó war geduldig.

So wie er hatte sein Urgroßvater vor elf Jahren an Martimanns Lager gesessen. Tóvó hatte nie die Kraft gehabt, sich an diese fürchterliche Nacht im Mai 1846 zu erinnern, doch nun fühlte er sich zu der Aufgabe berufen, Jóakim bis ans Tor des Totenreiches zu begleiten.

Er hielt Jóakims heiße Hand und fragte, ob er schlafe. Jóakim schüttelte den Kopf.

Tóvó fragte, ob er gern ein paar Verse hören wolle, die sein Urgroßvater ihm beigebracht hatte.

»Du willst mir doch nicht erzählen, dass du ein Sänger bist?«, flüsterte Jóakim mit einem schelmischen Lächeln.

Die Weihnachtssonne
in der Glocke das Erz
schlägt im vom Meer gewaschenen Herzen.
Der Süße in der Krippe
die Krippe im Stall
der Stall aus Stein
der Stein aus Erde.
Leben und Tod und der schwärzeste Kummer
Sag mir, du Süßer in der Krippe
Warum singen Weberschiffchen im Webstuhl
Warum singen sie kummervoll in der Nacht.

Zwei Hände hat der sanfte Monat
die suchen im Rabenneste,
ein netter Mann aus Tórshavn kam

ein netter Mann aus Tórshavn ging
zurück bleibt der arme Tóvó.
Tritt hart
trampele fest
sieben Zaubertage.
Such mit beiden Händen in der Erinnerung
tritt hart
trampele fest
hold strahlt die Sonne.

Abschiedsstunde

Jóakim war der Erste, dessen Trauerfeier in der Kirche von Frodba stattfand, nachdem man sie nach Tvøroyri verlegt hatte. Tóvó, zwei Handelsbeamte und Jóhann Mortensen aus Øravík trugen den Sarg anschließend zwischen Tvørá und Doktor Poles Gartenzaun den Weg hinab. Mehrere Boote lagen am Steg, und am Mast des schwarz geteerten Bestattungsbootes wehte der Dannebrog auf Halbmast. Das Boot war ein Zehnmannboot, aber heute gab es nur sechs Ruderer, zwischen dem Achtersteven und der letzten Ruderbank stand der Sarg. Vorsichtig griffen die Männer nach den Riemen, die Mannschaften der anderen Boote taten es ihnen nach. Langsam ruderte die kleine Flotte vorbei an Sixpence und Akurgerdi mit Kurs auf den Friedhof von Bø.

Pole war unter den Trauergästen, die nach Frodba zu Fuß gingen, es dauerte nicht länger als eine halbe Stunde. Einige Riemen knarrten in den Dollen, und die Männer an Bord spritzten Meerwasser auf die Holzstücke darunter – es gehörte sich nicht, in einer so feierlichen Stunde zu lärmen. Pole gefiel die mythologische Vorstellung, dass der Tote zum Totenreich bei Frodba gerudert wurde.

Frodba gehörte zu den allerschönsten Dörfern. Im Sonnenschein wogten die gelben Felder bis an die Steinmauern der Gemeindewiese, und an den grünen Hängen zum Torvheyggjur hörte man Regenpfeifer singen. In *Berichte* schrieb Svabo: *Hier stehen die besten Steinmauern auf den Färöern, nicht nur weil sie aus Basalt errichtet sind, der sich bei Frodba in rauen Mengen findet, sondern auch weil sie die richtige Höhe von acht bis neun Viertelyards haben.*

Doch auch die Hand der Natur hatte mit dieser Landschaft ein Meisterwerk geschaffen. Die Sonne schien den größten Teil des Tages, und die Berge von Frodbiarnípa bis nach Remberg lieferten einen guten Schutz gegen den Nordwind. Der Ort lag sozusagen auf zwei Ebenen, oben in Hamar blickte man in westlicher Richtung auf die schwarzen Kohleberge, und im Osten lag der große blaue Atlantik.

Aber der schönste Platz in Frodba war draußen auf Bø, und es war kein Zufall, dass die alten Frodbinger die Kirche ausgerechnet dort gebaut hatten. Ein schmaler Wasserfall stürzte sich über die Felskante und lief weiß und plätschernd hinunter zum Strand. Auf beiden Seiten des Friedhofs stand eine Reihe prächtiger Basaltsäulen, und wenn Pole an ihnen vorbeiging, hatte er das Gefühl, in einem vergessenen Heiligtum zu sein. Genau dieses Empfinden hatte er jetzt auch. Die Säulen erinnerten ihn an das Portal eines alten Tempels, den irgendjemand vor langer Zeit zu Ehren von, ja er wusste nicht, von wem, hatte errichten lassen. Vielleicht für den Tod oder die dunklen Gefühle, über die der Prediger so schön sang.

Obwohl Pole sich nichts anmerken ließ, kränkte es sein Selbstwertgefühl, dass man ihn als Träger übergangen hatte. Natürlich hätte er an dem Morgen, als Tóvó Jóakims Vater geholt hatte, seine Worte mit größerer Sorgfalt wählen können. Allerdings war es geradezu lächerlich, einen erwachsenen Mann auf diese Weise zu bestrafen. Dazu kam, dass es in der Familie nur einen gelehrten Mann gab. Er war die intellektuelle Zierde des Nolsøe-Geschlechts, und doch wurden ihm zwei Handelsbeamte vorgezogen, ein junger Sonderling aus Tórshavn und ein armer Schlucker aus Øravík.

Es war schon eine merkwürdige Beerdigung. Über die Todesursache gingen die unterschiedlichsten Gerüchte um. Ob Jóakim durch einen tragischen Unfall gestorben oder Opfer eines brutalen Mordes geworden war, wusste man nicht, und noch weniger wagte man nachzufragen. Im Übrigen kannten die Leute Ronnie Harrison nicht so gut wie seinen Onkel. Der Schotte hatte sie eines Sonntags schockiert, als die *Glen Rose* und andere Slups im Hafen lagen, um Wasser aufzunehmen. Mehrere Seeleute nutzten die Gelegenheit, um in die Kirche von Frodba zu gehen, George Harrison gehörte nicht zu ihnen. Im Gegenteil, er ergriff auf der Brücke über der Tvørá das Wort und sprach die ungeheuerlichen Worte, die fünfundzwanzig Jahre später von einem anderen Pfaffenhasser wiederholt werden sollten: Die Kirchentür sei *the gate to hell*. Bei dem späteren Pfaffenhasser handelte es sich um den Gründer der Brudergemeinde auf den Färöern, William Gibson Sloan.

Dass Jóakim allseits beliebt gewesen war, bewies das große Gefolge. Die meisten Einwohner von Suduroy kannten ihn, zumindest diejenigen, die beim Monopolhandel kauften. Außerdem war Jóakim ein witziger Mann gewesen, der Leute imitieren konnte und sich auch gern über die Obrigkeit lustig gemacht hatte. Aber darüber durfte man auf einer Beerdigung natürlich nicht sprechen. Und doch hieß es, ein Mann aus Hvalba hätte auf dem Heimweg durch die Kluft Káragjógv gesagt, Jóakim wäre sicher der einzige Mensch auf der Welt, der mit einem aufgerissenen Arschloch zum Himmel aufgefahren ist.

Als Tóvó und das Dienstmädchen vom Leichenschmaus nach Hause kamen, saß Pole allein in der Wohnstube und rauchte Pfeife. Das Mädchen sah sofort, dass er schlechte Laune hatte, und lief eilig in ihre Kammer. Tóvó wollte ebenfalls auf sein Zimmer, aber Pole rief ihn in die Stube.

Er sagte, eigentlich hätte er nichts Besonderes auf dem Herzen, er wolle sich bloß erkundigen, wie es der jungen Witwe gehe. Tóvó verstand die Anspielung nicht sofort, und Pole wartete auch auf keine Antwort. Er sagte nur, sein guter Freund Dahlerup habe dieses Haus vor fünf Jahren unter seine Obhut gestellt. Das Arzthaus oder das Krankenhaus waren gleich nach der Kirche heilige Häuser; während der Pastor sich der Seele annahm, bestand die Aufgabe des Arztes darin, für die Hülle der Seele Sorge zu tragen. Daher könnte man sagen, dass das Arzthaus ein geweihtes Haus sei. Jedenfalls ein Haus, in dem der hippokratische Eid galt, und an solch einem Ort habe die moralische Reinheit einen Ehrenplatz einzunehmen.

»Verstehst du mich?«, fragte er.

Tóvó schüttelte den Kopf.

»Ich frage, ob dieses Haus mit sodomitischer Unzucht besudelt wurde?«

»Das weiß ich nicht«, antwortete Tóvó leise.

»Wenn in diesem Haus etwas Unschickliches passiert ist, dann habe ich mir gedacht, Herrn Harald kommen zu lassen, damit er den bösen Geist austreibt.«

»Du sollst nicht so mit mir sprechen«, sagte Tóvó noch leiser.

»Was sagt die Witwe? Ich verstehe sie nicht?«

»Niemand hat mit mir so zu sprechen, wie Sie es gerade tun.«

»Ist das etwa ein Befehl, den du mir geben willst?«

»Ja, so ist es. Ich bin kein Hund, und ich bin auch keine Ratte oder eine Fliege, der man einfach die Flügel ausreißen kann.«

»Das habe ich nicht gesagt.«

Tóvó stampfte mit dem Fuß auf. »Wissen Sie, wer ich bin?«

Er ging auf den Stuhl zu, auf dem Pole saß. Er trat hinter den Stuhl und sah die Glatze des Arztes hinter der Rückenlehne auftauchen.

»Wir haben fünf Jahre unter einem Dach gewohnt, und dennoch scheinen Sie nicht zu wissen, wer ich bin. Sie könnten mein Vater sein, aber ich hätte Ihr Stammvater werden können. Sie sind derjenige, der auf den Färöern herrscht, doch ich bin das Meer, das die Misthaufen mit Wachstum erfüllt. Und warum? Weil ich ein Brahmadelle bin.

Eines Tages kommen der Barbier und die Heilige Birgitte über den Regenbogen, und sie fragen nicht, wo Napoleon Nolsøe wohnt. Sie fragen auch nicht, welche Kräuter gerade in seinem Mörser liegen, und zählen nicht die Opiumgläser, die er in seinem Regal stehen hat. Sie fragen nach dem kleinen Meißelwicht und wollen wissen, warum unter der sanften Märzsonne so viele Tränen vergossen wurden.«

Pole hatte seine Pfeife weggelegt, nun drehte er sich auf dem Stuhl um und bat Tóvó, sich zu beruhigen.

Aber Tóvó war ruhig, er war so ruhig, dass Pole sich erschrak. Er hatte das merkwürdige Gefühl, dass Tóvó durch ihn hindurchsah und seine ängstlichen Gedanken las. Pole konnte sich nicht entsinnen, je zuvor solch sonderbare Worte gehört zu haben, und er konnte auch nicht sagen, ob sie eher einem kranken Geist entsprungen waren oder der Poesie zugerechnet werden mussten. Es gab noch eine dritte Möglichkeit, aber daran wagte er nicht einmal zu denken. In dieser Situation den Ausdruck *die Unterirdischen* auszusprechen hätte sein Herz ganz sicher nicht ertragen.

Pole grinste dämlich, und das Lachen, das in seiner Kehle aufstieg, glich einem trockenen Husten.

Tóvó trat vor den Stuhl und blickte Pole an.

»Ich war sechs Jahre alt, als ich zum ersten Mal mit Ihnen redete. Acht Jahre später ging ich mit Ihnen nach Tvøroyri, hier bin ich seit fünf Jahren. Nun wird es Zeit für mich zu gehen.«

Pole nickte.

»Ich hatte ein gutes Leben hier in Tvøroyri, und dafür habe ich Ihnen zu danken. Aber jetzt gehe ich zu Bett. Gute Nacht.«

»Gute Nacht, Tóvó.«

DRITTER TEIL

Der Tod und Träume vom Fliegen

Henriette erwachte vom Geruch nach Blut, und das Erste, woran sie dachte, war die Menstruation. Sie fühlte und roch an ihren Fingerspitzen, doch sie bekam lediglich den Geruch ihres Geschlechts in die Nase. Eine Weile blieb sie im Dunkeln liegen und dachte nach. Wann hatte sie das letzte Mal geblutet?

Herrgott. Erst jetzt wurde es ihr bewusst. Sie hatte seit mindestens drei Jahren nicht mehr geblutet. Sie hatte in den drei Jahren, in denen sie verheiratet war, nicht geblutet, und der Geruch war auch nie so süßlich gewesen.

Sie zündete die Kerze auf dem Nachttisch an und hob sie über Pole. Da sah sie, dass er aus Nase und Mund blutete und die Augen verdrehte.

»Pole«, flüsterte sie, aber er sah aus, als hätte er das Bewusstsein verloren.

Sie sprang auf den Flur direkt unter dem Dach, rief »liebes Mädchen« nach dem Dienstmädchen und trug ihr auf, um Gottes willen so schnell wie möglich den Landeschirurgen zu holen.

Als Hoff eine knappe halbe Stunde später ins Schlafzimmer trat, war Pole tot. Der Landeschirurg erklärte, sein Kollege und lieber Freund sei an einem Aneurysma gestorben, und es tröstete Henriette, dass sie wusste, worum es sich bei einem Aneurysma handelte. Eine der großen Adern der Bauchhöhle war geplatzt, und die charakteristische dunkle Farbe des Bluts hatte sich bereits an der Kehle und dem Nasenrücken gezeigt und sich wie ein dunkler Auswuchs um die Augen und in die Stirn ausgeweitet.

Hoff blieb im Flur stehen. Das blonde Haar stand ihm ab. Seine Augen waren hellblau, und er hatte ungewöhnlich weiße Zähne, die in dem halbdunklen Gang regelrecht leuchteten. Er sagte, er müsse von einem kleinen Ereignis im Klub von Tórshavn am Dreikönigsabend berichten.

Napoleon hatte gegen sein Glas geklopft und mit gerührter Stimme von einem Bauern aus Nes auf Suduroy erzählt, der sich Federflügel gebastelt hatte. Sein Plan war es, quer über den Vágsfjørdur zu fliegen, und an einem Tag mit frischem Wind stürzte er sich oberhalb seines Hofes über die Felskante. Die Flügel aus Federn hatten einen Schwanz, der als Steuer gedacht war, aber als der Mann ein Stück über den Fjord gekommen war, sah er ein, dass er die Flügel nicht genügend beherrschte. Der Bauer hatte Angst, dass der frische Wind ihn aufs Meer hinaustrieb. Seine Söhne saßen in einem Boot, bereit, ihm zu helfen, wenn ihm etwas passieren sollte – und als er dort oben in der Luft hing, rief er sie verängstigt um Hilfe. Aber sie konnten nichts tun, außer ihrem Vater mit dem Blick zu folgen, der fünfundzwanzig Klafter über dem Meer Vogel spielte. Es gelang dem Bauern indes, die Flügel in Richtung Land zu lenken, und Mann und Flügel landeten, pardauz, in der Brandung am steinigen Strand.

Einige Jahre später wollte ein junger Mann aus Billhús in Sumba den Versuch wiederholen. Statt mit Federn bespannte er seine Flügel mit rotem Segeltuch, und statt eines Schwanzes konstruierte er zwei Flügel, die unabhängig voneinander bewegt werden konnten. Auf diese Weise meinte er, besser steuern zu können.

Wie ein großer roter Vogel stand der Mann auf dem Krossjardarhamar, und als er sich hinabstürzte, war der ganze Ort auf den Beinen und verfolgte den wagemutigen Dummkopf aus Billhús mit den Augen.

Würdevoll schwebte er über die Häuser von Høggeil und den Ergisstova hinunter zum Friedhof. Bisweilen hörte man ihn schreien, doch es waren keine Stoßgebete, sondern die Freudenschreie eines fliegenden Häuptlings.

Die Spanne seiner Flügel betrug gut fünf Ellen, und wie ein munterer Besen fegte der Schatten den Haufen an Vorbehalten beiseite, der sich im Bewusstsein der Sumbinger festgesetzt hatte. So oft hatte er seinen Nachbarn gesagt, dass der Mensch aus irdischem wie aus himmlischem Stoff bestünde und er eines Tages diese Behauptung beweisen würde.

Und nun schwebte er hoch über dem Ort, verfolgt von glücklichen und ungläubigen Blicken.

Plötzlich unterbrach Hoff seine Erzählung, bat um Vergebung und sagte, er wolle Henriette in einer Stunde wie dieser nicht langweilen. Aber die Geschichte wäre so faszinierend, ja, ihre Stimmung war gleichsam wie bei Hans Christian Andersen, wie er sich ausdrückte.

Henriette kannte die Geschichte gut, ja sie kannte sie sogar Wort für Wort, denn es war eine ihrer eigenen Geschichten. Aber das wollte sie ihm nicht gleich sagen. Sie freute sich sogar, dass Pole diese Geschichte berührt und seinen Freunden im Klub weitererzählt hatte.

In jenem Sommer, als ihre Kusine Fióla Kjelnes bei ihnen auf dem Quillinsgardur wohnte, hatte sie einige Geschichten geschrieben, und während sie nun Hoff den Hut reichte, erinnerte sie sich, dass der Wind den Mann aus dem Billhús fortgeweht hatte. O mein Gott, dachte sie. Der Billhúsmann war einmal rund um die Welt geflogen. Er war über Wälder geschwebt, in denen die Bäume Apfelsinen und andere exotische Früchte trugen, und er war über Städte geflogen, die nachts leuchteten. Sie hatte Fióla von Brücken erzählt, die von armdicken Eisenkabeln getragen wurden, und von Kirchen, die auf hohen Pfählen standen. Sie erzählte dem Mädchen von roten

Menschen, die tanzten, damit Regen vom Himmel fiel, und von gelben Menschen, die mit Stäbchen aßen. Diese Stäbchen sahen aus wie die Nadeln, mit denen färöische Frauen ihre Pullover strickten.

Sie fügte Bruchstücke aus ihrer verstreuten Lektüre hinzu, und so entstanden drei, vier ihrer eigenen Geschichten an der Bettkante.

Henriette selbst gefiel die Geschichte von der Robbenfrau aus Agrar am besten. Einst gastierte ein kleiner Zirkus auf Suduroy, und am Dreikönigsabend lag der Zirkusclown zwischen ein paar großen Felsen am Strand versteckt und beobachtete die Robbenfrau bei ihrem lieblichen Tanz. Aber nicht an der Robbenfrau war der Clown interessiert, sondern an ihrem Fell. Vorsichtig zog er seine bunten Kleider aus, auch die rote Pappnase, über die sich die Zuschauer immer amüsiert hatten, die aber ihren Teil dazu beigetragen hatte, dass er nie richtig glücklich sein konnte. Er wollte kein Clown mehr sein, daher zog er das Robbenfell an und schwamm vom Strand fort. In den Höhlen warteten die beiden jungen Robben auf ihre Mutter, und groß war ihr Kummer, als sie erkannten, dass in dem Fell gar nicht ihre Mutter steckte.

Fióla hatte die Geschichte nicht zu Ende hören wollen. Sie nannte die Robbenfrau eine leichtfertige und zügellose Robbe und wollte viel lieber noch einmal die Geschichte des Billhúsmannes hören. So sollte eine traurige Geschichte sein, und außerdem befand er sich hoch oben in der Luft, als er starb.

Mehrere Jahre flog er leblos rund um die Welt. Vögel hatten ihn angeknabbert und Eier in seiner Hirnschale gelegt, und im Sommer piepte es ebenso munter in den leeren Augenhöhlen wie in Dahlerups Starenkästen. Störche und Pelikane grüßten das Skelett mit einem munteren Schnabelklappern, wenn sich ihre Wege kreuzten. Es kam vor, dass er in Städten an offenen Fenstern vorbeiflog, dann falteten die Menschen gewöhnlich die Hände und dankten Gott, dass es noch immer Engel gab. Museen in den größeren Städten versprachen demjenigen viel Geld, der das Skelett zu fassen bekäme, und auf den Titelseiten der großen Zeitungen versuchten tüchtige Künstler, den unbekannten Flieger zu zeichnen. Auf den Flügeln wuchsen Gras und Moos, und weil hoch oben in der Luft immer Sommer ist, lebten und wuchsen Beeren und kleine Käfer im Moos.

Eines Morgens jedoch entdeckten die Sumbinger etwas am Ufer, und als sie mit einem Seil und einem Anker ins Wasser wateten, sahen sie, dass es sich um die Reste des Billhúsmannes handelte.

Die Einwohner von Sumba waren glücklich, dass ihr Nachbar endlich wieder nach Hause gekommen war. Alles, was sich auf den Beinen halten konnte, folgte ihm ans Grab, und Fióla sagte, wenn sie groß wäre, würde sie nach Sumba fahren und Blumen auf das Grab des tapferen Billhúsmannes legen.

Das Ehepaar Løbner und Michael Müller

Am Nachmittag des Tages, an dem Pole gestorben war, kam Adelheid, die Hebamme, und half Henriette, die Leiche herzurichten. Sie zogen ihm denselben Anzug an, den er vor zweieinhalb Jahren bei ihrer Hochzeit getragen hatte. Ludda-Kristjan nahm an seinem alten Freund Maß, und die Witwe bedachte ihn mit einem Lächeln, als er sagte, der Sarg wäre nun das zweite Haus, das er für Pole bauen würde.

Ludda-Kristjan hatte immer wieder gesagt, es könne doch wohl nicht angehen, dass Frau Løbner ihrer Tochter ein Leben als verheiratete Frau nicht gönnte. Adelheid war durchaus seiner Meinung, aber wenn sie aus vollem Herzen sprechen sollte, dann verstand sie auch Frau Løbner. Adelheid hätte es auch nicht gefallen, einen Burschen wie Pole zum Schwiegersohn zu bekommen. Tvøroyri, dieser abgelegene Flecken, hatte ihm jegliche Zuversicht genommen, behauptete sie. Ludda-Kristjan war keineswegs der Ansicht, dass Pole seine Zuversicht verloren hätte, jedenfalls nicht mehr, als die meisten mit den Jahren ohnehin verlieren. »Oh doch«, widersprach Adelheid, »er war ein ausgemachter Pessimist, als er von Suduroy zurückkam.«

Ludda-Kristjan wusste nicht, was ein Pessimist ist, und Adelheid, die ihn gern ärgerte, sagte, ein Pessimist sei das Gegenteil eines Optimisten. Ludda-Kristjan wurde wütend und fragte, ob sie nicht mit ihrem gekünstelten Gequatsche aufhören und anständig Färöisch reden könne. Pole war immer so aufbrausend, sagte Adelheid, das meinte sie ehrlich. Immer hatte er alles besser gewusst. Sicher, er konnte amüsant sein, aber sehr oft war auch ein diabolischer Faden in seine Heiterkeit mit eingewebt.

Ludda-Kristjan und Adelheid kannten den Streit, den Emilius Løbner und Nólsoyar-Páll zu Beginn des Jahrhunderts geführt hatten, und obwohl der Dichter mittlerweile tot war, war Frau Løbner dadurch nicht milder gestimmt. In dieser Hinsicht war sie eine echte Tórshavnerin. Es war überhaupt kein Problem für sie, eine Familie samt all ihrer Mitglieder zu hassen – auch fünf, sechs Generationen zurück in die Vergangenheit. Und wenn es möglich gewesen wäre, in die Zukunft zu hassen, dann hätte sie auch das getan.

Im *Vogellied* und vor allem in dem satirischen *Gorplandlied* hatte Nólsoyar-Páll den Kommandanten schamlos verspottet, und dass Jákup Nolsøe dabei auch seine Finger im Spiel hatte, wusste Frau Løbner aus einer so verlässlichen Quelle wie dem alten Skipper Michael Müller. Der ältere Bruder reimte, und der jüngere schrieb die Reime auf, und wo immer es sich anbot, hielt er sich nicht zurück, noch ein bisschen Teufelswerk dazu zu dichten. Mit den Nolsøe-Männern wollte Frau Løbner nichts, aber auch gar nichts zu tun haben. Allein das mürrische und unsympathische Gesicht, das der Handelsverwalter durch die Straßen Tórshavns trug, genügte, um ihr den Tag zu verderben.

Und der Sohn des Verwalters konnte im Übrigen auch kein Latein, das hatte Michael Müller ihr erzählt. Abgesehen davon, dass er impotent war, hatte er lediglich die recht schlichte Ausbildung zum *Ärztlichen Examen für Nichtstudierte* absolviert. Wenn es also um die Ranghöhe ging, konnte sie Napoleon Nolsøe erklären, dass sie sich in dieser Hinsicht überhaupt nicht zu schämen brauchte. Es war noch nicht lange her, seit sie die Landesherrin und die Mutter der beiden Kinder des Amtmanns gewesen war. Viele Jahre waren sie und Emilius jeden Sonntag den Mittelgang der Kirche entlanggegangen, und als Ludvig groß genug war, um auf der Empore still zu sitzen, hatten sie auch den Sohn in die Kirche mitgenommen.

Einer der wenigen Freunde der Løbners war der bereits erwähnte Michael Müller, er war auch Henriettes Pate.

Michael wuchs als Sohn eines Pastors aus Hvalba auf und war als junger Mensch außer Landes gezogen. Nach dem Beschuss Kopenhagens durch die Engländer 1807 gehörte er zu denen, die vom König einen Kaperbrief erhielten; während der Napoleonischen Kriege führte er diverse Kaperschiffe.

Der Kieler Frieden beendete die englische Besetzung der dänisch-westindischen Inseln, und Michael segelte einige Jahre in diesen Gewässern. Er war Obersteuermann auf der Bark *Jakobs Leiter*, eine Zeitlang befehligte er sogar das Schiff. Er arbeitete eng mit den dänischen Beamten in Christianssted und im karibischen Charlotte Amalie zusammen und sah, dass ihre Ansichten über Sklaven denen der Beamten in Tórshavn recht ähnlich waren. Das erklärte er auch Løbner: »In deinen Augen sind die einfachen Leute in Tórshavn doch eine Art weiße Neger, die zu nichts nütze sind.«

Später schrieb Michael einen Text, den Niels Winther »eine Blume der jungen färöischen nationalen Fauna« nannte. Die Schrift trug den außerordentlich langen Titel *Die färöische Stiftung zur Unterstützung der Geistesbildung, der nützlichen Erfindungen und hilfreichen Einrichtungen auf den Färöern zur Förderung junger Menschen, die sich durch Studien bilden, um sich für tauglich zu erweisen, als theologische oder juristische Beamte auf den Färöern angestellt zu werden, sowie zur Unterstützung in anderen wissenschaftlichen Fächern.*

Michael sah durchaus, dass Frau Løbner in ihrer Ehe unglücklich war, und an einem festlichen Abend sagte er ein paar Worte, die ihr tatsächlich neuen Lebensmut geben sollten. Was

Tórshavns Kirche brauche, sagte er, ist eine Mater Dolorosa. Frau Løbner wusste nicht genau, was eine Mater Dolorosa ist, aber als Michael seine Worte erläuterte, hörte sie still zu.

Er sagte, er hätte nichts dagegen, dass die Pastoren das Wort führten und die notwendigen Beschlüsse fassten, wenn es um die Belange der Kirche ging. Aber das wahre Bild der Kirche seien nicht eine Reihe würdiger Herren in Messgewändern, die eine Mitra auf dem Kopf tragen. Die Kirche müsse sich erweitern und die Quelle des Lebens widerspiegeln, und der Name dieser Quelle war nun mal die Mutter Christi. Die Jungfrau Maria hatte Jesus Christus unter ihrem Herzen getragen, sie war ihm auf dem furchtbaren Weg nach Golgatha gefolgt, und sie war auch zur Stelle, als der Sohn vom Kreuz genommen wurde. Die Straße hinaus nach Golgatha bekam den Namen *Via Dolorosa*, das bedeutete *Leidensweg* oder *Schmerzensweg*, und daher hatte die Mutter Gottes den schönen und gleichzeitig traurigen Namen *Mater Dolorosa* bekommen.

Frau Løbner wollte wissen, ob Michael Müller Katholik sei. Die Frage kam für ihn vollkommen unerwartet. Während er die Gäste in der Wohnstube ansah, antwortete er, über so etwas rede man nicht laut auf den Färöern, aber da sie reinen Herzens gefragt habe, würde er ihr im gleichen Geist antworten. Ja, er sei in seinem tiefsten Inneren Katholik. Das größte Unglück in der Geschichte Europas war seiner Ansicht nach die Reformation. »In meinen Augen«, sagte Michael, »ist Martinus Lutherus der schwarze Engel der Kirche gewesen.« Er hatte die Jungfrau Maria vertrieben und an ihre Stelle eine gefallene Nonne namens Katharina von Bora gesetzt, die er sogar geheiratet hatte. Und dass *Bora* sich auf *Hora* reimte und man dabei sofort an die große Hure in der Offenbarung des Johannes denken musste, konnte nicht ganz zufällig sein.

Frau Løbner saß aufrecht wie eine Kerze. In diesem Augenblick hätte sie Michael küssen mögen. Seine Worte fielen auf eine trockene Stelle in ihrem Herzen, und an dieser Stelle sprudelte nun eine kleine Quelle. Zumindest hatte sie dieses Gefühl. Der Klang der Quelle war sanft und still und dämpfte die Minderwertigkeitsgefühle, unter denen sie so viele Jahre gelitten hatte, ja seit sie und Emilius zusammengezogen waren. Nach ihrer Heirat hatte sich ihr Zusammenleben verändert. Sie hatte nie verstanden warum, aber danach war alles anders geworden.

Was willst du in der Stadt des Königs, hatte er ihr geantwortet, als sie ihn bat, sie nach Kopenhagen mitzunehmen. Sie konnte doch nicht in der Krinoline am Kongens Nytorv spazieren gehen, und noch weniger eignete sie sich zur Konversation. Sie sollte sich nicht einbilden, dass kultivierte Kopenhagener Wert darauf legten, von ihrer Vergangenheit als Melkmädchen bei Júst á Húsum zu hören. Ihr Platz war in Tórshavn, und hier sollte sie bleiben, bis ihr Stundenglas irgendwann ausrann.

Es war nicht einfach, sich gegen derart verletzende Worte zur Wehr zu setzen. Überhaupt konnte sie nicht sehr viel gegen diesen Mann ausrichten, und als er das Land verließ, empfand sie es als große Erleichterung, seinen ewigen und groben Beleidigungen nicht länger ausgesetzt zu sein.

Aber seine Abreise hatte auch ihren Preis. Frau Løbner musste auf die Privilegien verzichten, die sie als Landesherrin genossen hatte. Sie zog aus der Wohnung des Amtmanns und verlor ihren vornehmen Platz in der Kirche. Am meisten betrübte sie allerdings, dass Emilius den kleinen Luddi mit nach Kopenhagen genommen hatte. Dieser Kummer begleitete sie ihr ganzes Leben.

Frau und Fräulein Løbner

Die beiden Løbner-Frauen gehörten zum Stadtbild, und jeden Vormittag sah man die beiden die Ladabrekka entlangspazieren und über die neue Brücke gehen. Es kam auch vor, dass sie den Weg zur alten Schnabelzollbrücke nahmen und im Sandskotssmøgen verschwanden; vom Gongin gingen sie dann die Klokkaragøta hinauf bis zur Bringsnagøta.

Am häufigsten führte ihr Weg sie an der Havnará entlang, und Henriette hatte es ihrer Mutter mehr als einmal gesagt, ja sie hatte es hunderte Male wiederholt und dabei manchmal den Zeigefinger erhoben, dass eine Stadt, die keinen Fluss habe, nichts wert sei. London hatte die Themse, die Donau floss zwischen Wien und Budapest, und jeden Morgen konnte man mit Gemüse, Früchten und Fleisch beladene Schuten auf der Seine sehen, die an den Ufern der französischen Hauptstadt anlegten. Natürlich war die Havnará kleiner und in jeder Hinsicht unbedeutend auf der großen Weltkarte. Aber ihr Wasser ließ sich doch für die Zubereitung von Speisen und das Waschen der Kleider verwenden, und sie erfüllte ihre städtischen Pflichten mit der gleichen Würde wie die großen Flüsse.

Frauen gingen jeden Tag zum großen, angestauten Teich, um Wasser für den Haushalt zu holen, und wenn das Wetter gut war, wuschen sie Kleider auf den blank gescheuerten Felsen am Teich. Frau Løbner wünschte ihnen stets einen guten Morgen, und ihre Tochter sagte oft: »Herrgott, Mutter, Sie können kaum gehen vor lauter Grüßen der Leute. Eines schönen Tages stolpern Sie, und wer soll dann die Frikadellen in Quillinsgardur braten?« Die Mutter tätschelte der Tochter den Arm und erwiderte, dass sie beide unbestritten zu den glücklichsten Einwohnern des dänischen Reiches gehörten.

Entlang der Havnará, die mit ihrem reinen Wasser gluckernd durch die Stadt läuft, blühen Gärten. Diese Gärten sind außerordentlich schön und gepflegt. Vor allem sollte man auf die dünnen Weiden und die Goldregenbüsche achten, die sich im Sommer und bis in den Frühherbst über den Bach neigen, so dass die großen goldenen Blumenblüten auf der Wasseroberfläche schwimmen.

Diese hübsche Beschreibung hat der Nostalgiker Hanus Andreassen geliefert, und eben diesen Anblick genossen Frau und Fräulein Løbner an jedem Sommermorgen. Einige dieser Goldregenbüsche hatte Frau Løbner in den Jahren als Amtmannsgattin selbst gepflanzt, und zu jedem Busch gehörte eine kleine Geschichte, die Henriette natürlich auswendig konnte.

Emilius mochte so gern im Topf geschmorten Hahn oder *Coq au vin*, wie er dieses Gericht entzückt nannte. Und der erste Goldregen, den Frau Løbner pflanzte, wurde in dem Jahr in die Erde gesetzt, als sie das Hühnerhaus bekamen.

Eigentlich mochten die Leute kein Hühnerfleisch; es war weiß und glich menschlichem Fleisch. Wäre es nicht wegen der Eier gewesen, wäre keiner dieser sonderbaren Vögel, die Gott gestraft hatte, indem er ihnen das Fliegen verweigerte, auf die Inseln gekommen.

Der Hinweis auf Menschenfleisch hing mit der holländischen Fregatte *Edvin van der Sar* zusammen, die 1743 in den Schären bei Mjóvanes zerschmettert wurde. Frau Løbner beklagte, dass sie mit dem Kannibalen verwandt war, wie sie den Bauern Líggjas nannte. Er hatte aus den angespülten holländischen Seeleuten Köder für den Heilbuttfang geschnitten, und es hieß auch, dass er eine oder zwei Leichen zerteilt und das Fleisch in Fässern eingepökelt habe. Jedenfalls soll es ungewöhnlich weiß und ebenso zart wie Hühnerfleisch gewesen sein.

Jedes Mal, wenn die Mutter über die Hühner sprach, fragte Henriette, warum Gott so grausam war und die Vögel bestraft hatte, indem er ihnen Flügel verweigerte. Und die Mutter antwortete, wie sie es schon so oft getan hatte, dass er möglicherweise gar nicht an eine Strafe gedacht habe. Denn als Gott am sechsten Tag den Menschen erschuf, war noch ein bisschen weißer Stoff übrig, und aus diesem Klumpen formte er einen Hahn und ein Huhn – aber leider reichte es nur für zwei unvollkommene Hüpf-Vögel.

Frau Løbner wusste auch zu berichten, dass die Leute auf Mykines glaubten, die Tiere würden vor Unwetter warnen. Der Bauer aus Stovu bekam 1761 ein paar Hühner vom Koch des französischen Kriegsschiffs *Fleurs de Lys*. Das Schiff hatte am großen amerikanischen Krieg teilgenommen, und auf dem Heimweg nach Frankreich kauften sie ein paar Ochsen und Schaffleisch auf Mykines. Und genau in dem Sommer und Herbst traf die Menschen das schlimmste Wetter, seit der Vulkan Katla schwarze Asche über die Insel hatte regnen lassen. Bei einem Nordoststurm fegte ein Tornado durch den Ort, der das ganze gallische Federvieh mit sich trug, die armen Hühnervögel beendeten ihr kurzes, freudloses Leben in der Bucht.

Wenn Mutter und Tochter an der alten Realschule angekommen waren, folgten sie dem zweiten Arm des Flüsschens bis zur Bucht in Vágsbotnur, setzten sich unterhalb des Bootshauses von Tåge Sigvald auf ein Stück Treibholz und ruhten sich aus, bevor sie wieder nach Hause gingen.

Frau Løbner, die einst eine große und stattliche Frau gewesen war, ging mit den Jahren gebückt, sie verlor auch ihr Haar. Die Knochen der Stirn und auf dem Kopf sahen aus, als seien sie aus größeren und kleineren Stücken zusammengesetzt, die

Haut war erschlafft, am Nacken und unter den Wangenknochen hatten sich Säcke gebildet. Unter den wimpernlosen, rot geränderten Lidern blitzten ihre stechenden Augen hervor. Aber sie hatte noch alle Zähne, und dafür dankte sie Gott. Zu Hause trug sie immer ein Kopftuch, doch wenn sie mit ihrer Tochter durch die Stadt spazierte, bedeckte sie ihren Kopf häufig mit einer Haube, die sie mit einer Baumwollrose oder einer vornehmen Feder verziert hatte.

Höfische Liebe

Und so kam der Tag, an dem Frau Løbner einsehen musste, dass ihr Lieblingskind und der Sohn des Verwalters sich mehr als nur gewogen waren.

Die Alte versuchte, die Verbindung zu vereiteln, aber ihre Zeit als einzige Autorität der Tochter war vorbei. Henriette legte den Zeigefinger an die Lippen und sagte mit einem Lächeln einfach: *Psst, Mutter.*

So tat sie es auch im Lesezimmer der Landesbibliothek, wenn angetrunkene ausländische Fischer hereinkamen oder wenn der hintergründige Gnom Skeggin Pól erklärte, er sei nach Tórshavn gekommen und wolle um eine liebliche Braut für seinen reichen Pachthof freien. Dann sagte sie auch *Psst,* und sie brachte diesen Laut mit einer derartigen Anmut hervor, dass der Zwerg aus Leynar hörbar seufzte.

Auch Henriette und Napoleon lernten sich in der Bibliothek kennen, aber es verging fast ein ganzes Jahr, bevor die Bekanntschaft etwas inniger wurde. Es war ein seltsames Gefühl, mit den Worten *wertes Fräulein Løbner* angesprochen zu werden, es klang so feierlich, ja eigentlich lächerlich, aber dennoch fand Henriette es angenehm. Sie legte Wert auf diese Anredeform, die sie aus der Literatur kannte, überwiegend aus Sir Walter Scotts historischen Romanen, aber auch von der herzergreifenden Geschichte vom Ritter von der traurigen Gestalt, Don Quijote.

Dass sich durchaus auch ein paar Tropfen Ironie in seiner

höfischen Anrede fanden, wurde ihr bewusst, als sie sich besser kennenlernten. Zum Beispiel war Pole der Ansicht, dass die Jugendjahre und die erste Zeit als Erwachsener zu den Probejahren der Liebe gehören sollten. Erst wenn ein Mann oder eine Frau fünfunddreißig oder vierzig Jahre alt geworden waren, konnte man über wirkliche Liebe sprechen. Erst dann verstanden sie, dass Körperflüssigkeiten die Fahrwasser waren, auf denen das hoffnungsvolle Schiff der Liebe in schwerer See fuhr, den Grund rammte und oft genug leck geschlagen wurde und sank. Die Aufgabe der reifen Liebe war es, die sanfteren, eher von der Sonne gewärmten Gewässer zu finden, und diese Aufgabe konnten nur reife Menschen lösen.

Der Offizier, der Pate und mehr
über höfische Liebe

Henriette hatte vor Pole nur einen Mann näher kennengelernt, und das war viele Jahre her. Es war an dem Abend, als Pløyen sein Abschiedsfest gab. Damals war sie zweiundzwanzig Jahre alt gewesen und hatte mit einem Offizier eines der Kriegsschiffe getanzt, das in der Bucht vor Anker lag. Kerzen schimmerten aus den kleinen Glaskästchen, die überall im Garten des Amtmanns hingen, sie hatten mehrere Tänze miteinander getanzt, und als ihre Mutter nach Hause gegangen war, hatte Henriette das Angebot angenommen, mit diesem höflichen Herrn einen abendlichen Spaziergang zu unternehmen.

Sie hatten sich geküsst, und er hatte ihre heißen Küsse genossen. Er durfte auch ihre Brüste berühren, und sie hatte geschaudert vor Wohlbehagen, als er ihren Nacken liebkoste und seine Zähne ihren Hals streiften. Er nannte sich selbst einen heißen Seehund, der sich danach sehnte, in ihre Höhle zu schwimmen. Henriette war hingerissen von den reizenden Worten, das Problem bestand nur darin, dass sie nicht wagte, ihre Höhle zu öffnen.

Dennoch hatte sie seine Hose aufgeknöpft und getan, worum er sie bat. Sie hatte seine harte Erektion in ihre Finger genommen. Das Glied war groß und ebenso heiß wie ein frisch gebackenes Brot. Sie hatte es mit beiden Händen gefasst und gefühlt, wie die Adern an ihre Fingerspitzen pochten. Es roch ein bisschen wie eine Portion Muscheln, und gern hätte sie ihre

Zunge daran gelegt, doch auch das wagte sie nicht. Schon bald begann es in den blauen Adern zu zucken, und sie sah, wie sich in dem roten Kopf ein Loch öffnete und Samen auf ihre Handgelenke und die gestickten Ärmelbünde spritzte. Er war dick wie Sahne, und in der Sahnefarbe ließ sich ein bläulicher Streifen erahnen. Und es hörte überhaupt nicht auf, der Samen quoll immer weiter aus ihm heraus. Wie ein Hund ritt er auf ihren Händen, die Knie knickten immer weiter ein, und der Nacken sank tief zwischen seine Schultern.

Hinterher bat er verschämt um Vergebung für seine aufdringliche Begierde. Mit einem Taschentuch wischte er ihre Handgelenke und die Ärmelbünde ab und erklärte, er hätte all diese Monate auf See nicht ertragen.

Mit einem höflichen Nicken nahm Henriette seine Entschuldigung entgegen, doch der Zauber des Spaziergangs war verflogen, sie wollte nur noch nach Hause.

Seither hatte kein Mann ihren Körper mehr angefasst. Sie hatte sich selbst berührt und zu gewissen Zeiten auch in erheblichem Maß. Außerdem liebte sie es, barfuß im Garten umherzugehen und, wenn es möglich war, den Wind über ihre bloße Haut fahren zu lassen. Wenn man es denn Geschlechtsleben nennen wollte, sich die Brustwarzen vom Wind liebkosen zu lassen, dann war der Wind im Garten ihr größter Liebhaber gewesen. Sie genoss es, sich am Fluss die Erde von den Füßen und Zehennägeln zu waschen, und sie konnte lange dasitzen und ihre eigenen Füße in dem klaren Wasser betrachten. Schaumperlen legten sich um die Waden, das helle Haar schimmerte, und unter der Haut ließen sich die Adern als dünne blaue Striche erkennen. Am Becken unter dem Svartifossur und auch draußen am Sandá hatte sie sich ein paarmal gestattet, ihren Rock bis zum Bauch hochzuziehen und ihren ganzen Unterkörper vom kühlen Wasser umfangen zu lassen, dabei hatte sie sich allerdings immer erst vergewissert, dass niemand in der Nähe war.

Doch, ein einziger anderer Mann hatte sie berührt.

Knapp zwei Jahre nach dem Spaziergang mit dem Offizier schickte ihre Mutter sie eines Tages mit zwei gekochten Trottellummen zu Michael Müller. Er war inzwischen alt und hinfällig, und als seine Patentochter anklopfte, beobachtete er die Bucht durch ein Bullauge, das er in die Giebelseite des Hauses eingebaut hatte.

Michael war ein ungewöhnlich hässlicher Mann, und Jákup Nolsøe hatte einmal von den Schiffen erzählt, die von Michael gekapert wurden: Die Mannschaften hätten sofort jeglichen Widerstand aufgegeben, weil sie glaubten, der Teufel persönlich wäre an Bord ihrer Schiffe gekommen.

Henriette war überzeugt, dass die Ursache seiner Hässlichkeit in dem Missverhältnis zwischen Augen und Mund bestand. Die ungewöhnlich großen braunen Augen hingen bis auf die Wangen hinunter, und wenn der Mund entsprechend groß gewesen wäre, hätten die Leute vielleicht gedacht, er stamme aus einer Familie von Schwarzen oder Juden. Das war nicht ungewöhnlich, zumindest nicht im Ausland. Aber Michaels Mund war winzig klein, nicht größer als das Spundloch einer kleinen Tonne, und außerdem hatte er schmale Lippen.

Jetzt redete er vom Sterben und meinte, dass er bis zum Jahresende wohl nicht durchhalten werde, er hätte mit Ludda-Kristjan bereits die Anfertigung eines Sarges vereinbart. Er hatte das Leben immer geliebt. Die Kinderjahre in Hvalba und nicht zuletzt das Leben auf See. Er zuckte die Achseln und sagte, Henriette wüsste doch, dass er bis nach China gefahren sei, um Seide und Tee zu holen. Und in der großen Stadt Kanton war ihm ein wunderschöner Anblick kurz vor seinem Tod geweissagt worden.

Er legte den Kopf schräg. Eine heiße Glut leuchtete in den großen Augen, als er seine Patentochter fragte, ob sie wohl so großherzig wäre und ihm einen letzten Wunsch erfüllen würde.

Henriette ahnte sofort, dass es sich um etwas ganz Besonderes handeln musste, und fragte, was denn sein letzter Wunsch sei.

Michael antwortete, dass er gern ihre Rose sehen würde. Er hatte keinen anderen Wunsch auf dieser Erde, als die Rosenblätter ihrer Herrlichkeit sehen zu dürfen.

Die Worte kamen, ohne zu zögern. Als würde der alte Skipper sich auf seine letzte Reise vorbereiten, als hätte er keinen Grund, seine Worte unnötig zu kaschieren. Hatte er Glück, dann wäre er zufrieden, wurde sein Wunsch abgewiesen, tja, dann zum Teufel damit.

Einen kurzen Moment war Henriette völlig verwirrt und hätte die gekochten Trottellummen am liebsten von sich geworfen und wäre gegangen. Doch als sie den alten Mann sah, schüttelte sie den Kopf und sagte mit einem Lächeln: »O, Patenonkel, Patenonkel.«

Sie setzte sich auf die Bank am Herd, beugte sich vornüber, packte die Röcke und zog sie einen nach dem andern über ihre wohlgeformten Schenkel. Wie andere färöische Frauen in den 1840er Jahren trug sie keine Unterhose, und als sie den letzten Rock bis zum Bauch hochgezogen hatte, spürte sie, dass ihre Hände ein wenig zitterten.

Michael war bereits auf sie zugegangen. Ihn plagte dermaßen die Gicht, dass er kaum laufen konnte, er rutschte beinahe auf die Bank zu. Dann stützte er die Ellenbogen auf ihre Knie und putzte sich mit einem ihrer Röcke seine Brillengläser.

O, das Heiligste, o, das Heiligste, wiederholte er wieder und wieder, während er den Anblick genoss. Als er seine Hand darauflegen durfte, schloss er die Augen, und durch seinen ganzen Körper lief ein Zucken. Er rutschte ein bisschen näher an die Bank heran, legte seine bärtige Wange an ihren Busch und atmete tief ein. Als ob er erkennen wollte, in welchem Garten sie gewesen war.

Dann konnte er nicht mehr. Der alte Mann brach in Tränen aus und sagte, die chinesische Wahrsagerin habe recht gehabt, nun habe er gesehen, was er in diesem Leben sehen sollte, und war bereit zu gehen.

Als die Patentochter spürte, wie seine Tränen ihren behaarten Venusberg hinunterliefen, tätschelte sie ihm den Kopf und sagte, nun sei es gut, jetzt müsse er die Trottellummen essen.

Doch nachdem sie und Pole angefangen hatten, miteinander zu sprechen, hatte sie begonnen, sich zu Hause im Spiegel zu betrachten. Das hatte sie früher nicht so häufig getan.

Sie hatte die Stirn und die Wangenknochen der Leute aus Kjelnes, aber ihr schmales Kinn und die Nase stammten vom Vater. Die Lippen waren ebenfalls schmal, und die Mundwinkel endeten in einem kleinen Lächeln. Oder belog sie sich selbst? Waren das nicht bloß die ersten Runzeln einer alten Jungfer, die die zweifelhafte Ehre bekamen, als Lächeln interpretiert zu werden?

In der einen oder anderen Nacht, wenn sie die Mutter in ihrer eigenen Kammer rumoren hörte, zog sie bisweilen ihr Nachthemd aus. Und während sie ihre Brüste im Spiegel betrachtete, kam es merkwürdigerweise vor, dass sie sich selbst mit den Augen einer fremden Frau sah. Sie begehrte ihr Spiegelbild, und das war eigenartig und erregte ihr Blut. Die strotzenden Warzen glichen den dichten Samen der Strandkamille, die unten am Strand wuchs, und der Gedanke, sich selbst oder einer anderen Frau mit ähnlich betörenden Warzen an der Brust zu saugen, ließ sie schwindlig werden.

Sie untersuchte auch den dunklen und dichten Bewuchs rund um ihr Geschlecht, und sie mochte den Geruch. Sie stellte sich vor, dass Frauen mit heller Haut einen milderen Geschlechtsgeruch hatten, während Frauen mit dunkler Haut diesen kräftigen, scharfen Geruch verströmten, der die Walküren kennzeichnete, wenn sie in Walhalla die gefallenen Recken umsorgten.

Sie liebte es, sich in ihrem eigenen Duft regelrecht zu tummeln und sich die Finger abzulecken, als würde sie Speck oder vergorenen Dorschkopf essen. Sie träumte davon, sich selbst anzuknabbern und das Gleiche mit einer anderen Frau zu tun.

Diese Lust erschütterte sie. Es war ebenso kannibalisch wie damals, als ihre Verwandten in Sydragøta auf Eysturoy gepökeltes holländisches Menschenfleisch gegessen hatten. Sie kam auf die Idee, in größter Schamlosigkeit ihr Hinterteil in Richtung Gardinen zu strecken und darum zu beten, dass die Unterirdischen aus der großen Dunkelheit kamen und ihren Arsch schändeten. Wenn sie wollten, dürften sie auch an ihren Därmen kauen, als wären es in Sahne und Zucker getauchte Ampferblätter.

Diese Anfälle überkamen sie, seit sie und Pole angefangen hatten, miteinander zu sprechen.

Heimliche Affären.
Fortsetzung der höfischen Liebe

—————

An einem Samstagnachmittag kam Pole in die Bibliothek und fragte, ob Fräulein Løbner so freundlich sein könnte, ihm Keats' *Ode to a Nightingale* herauszusuchen.

Der Bibliothekar Jens Davidsen hatte Henriette gebeten, samstags die Bibliothek offen zu halten und sich um den Bestand zu kümmern. Sie war eines der Kinder, die er in den dreißiger Jahren die Kunst des Lesens und Schreibens gelehrt hatte, und da er von einer anderen Verpflichtung vollkommen in Anspruch genommen wurde, hatte er sie gebeten, sich dieser Aufgabe anzunehmen. Die Arbeit in der Bibliothek war ein unbezahltes Ehrenamt. Henriette fachte den Ofen an, leerte die Spucknäpfe und Aschenbecher und sorgte für einen sauberen und ordentlichen Lesesaal. Ihre Mutter hatte der Landesbibliothek 1828 das Grundstück als Geschenk überlassen, daher schien es ihr geradezu natürlich, dass sie sich auch des Bücherbestandes annahm.

In den 1860er Jahren war die Anzahl der Bücher auf über fünftausend Exemplare gestiegen. Bei den meisten handelte es sich um Geschenke aus Bibliotheken der Nachbarländer, aber auch von Privatpersonen, Färingern wie Ausländern. Aufgrund des Platzmangels lagerten einige hundert Bücher noch immer in Kisten auf dem Dachboden, die anderen standen nach Themen geordnet in den Regalen: Weltgeschichte, Literaturgeschichte, Theologie, Astronomie und so weiter. Die schöne Literatur nahm den meisten Platz ein, und in dieser Abteilung kannte Henriette sich auch am besten aus.

Sie antwortete wahrheitsgemäß, dass die Bibliothek kein Exemplar der *Ode to a Nightingale* besitze, aber sie selbst habe einen Band mit Keats' Gedichten, er könne sich gern ihr Exemplar ausleihen. Aber – ergänzte sie leise – wenn es Pole gefiel, könnte sie die Gedichte auch für ihn abschreiben. Er bedankte sich für das Angebot. Ein handgeschriebenes Exemplar der *Ode to a Nightingale*, von ihrer Hand zu Papier gebracht, ein schöneres Geschenk konnte er sich kaum vorstellen.

Am nächsten Samstag war Pole wieder in der Bibliothek. Er duftete frisch nach Rasierwasser, und dass er sich auf das Treffen gefreut hatte, zeigte sein geradezu feuriges Benehmen.

Er sagte, im Lauf der Woche sei er eines Abends an Quillinsgardur vorbeigegangen und hätte eine holde Jungfrau an einer Petroleumlampe sitzen und schreiben sehen. Ein wenig neckend erkundigte sich Henriette, warum er nicht hereingekommen sei, und da seufzte Pole und sagte, wäre er nicht der Neffe von Nólsoyar-Páll und der Sohn seines Vaters, dann hätte er sich nicht zurückgehalten und ans Fenster geklopft.

»Die Toten haben eine viel zu große Macht«, erwiderte Henriette, und als sie es sagte, spürte sie, wie ihr das Blut in die Wangen stieg.

»Das ist Poesie«, flüsterte Pole. Und plötzlich entfuhr es ihm, dass er schon mehrfach vor besagtem Haus stehen geblieben sei, ja schon bevor er 1852 nach Tvøroyri gezogen war, hatte er bisweilen auf der Ladabrekka gestanden und gelauscht, wenn sie in der Stube Klavier spielte.

Pole war nicht der Einzige, der auf der Ladabrekka stehen geblieben war und ihrem Spiel zugehört hatte. Andere Tórshavner taten es ebenfalls, und eine Zeitlang bekam die Ladabrekka auch den Beinamen *Tonböschung*. Selbstverständlich kam es vor, dass ungezogene Bengel das Vergnügen störten, indem sie getrocknete Dorschköpfe gegen das Fenster oder den Giebel warfen. Aber Henriette gehörte nicht zu denen, die hinter Kindern herliefen.

Plötzlich sah sie aus, als wäre sie traurig, und ein wenig verwirrt erkundigte sich Pole, ob er möglicherweise etwas Unpassendes gesagt habe.

»Nein«, antwortete sie, »überhaupt nicht. Aber bedenken Sie, dass wir das Leben als Geschenk bekommen haben, und fünfzehn Jahre, nachdem Sie mich in der Stube haben Klavier spielen hören, erzählen Sie mir, dass die Musik Sie erfreut hat. Ich meine, warum haben Sie mir das nicht schon früher gesagt? Warum hindert dieser verfluchte, fünfzig Jahre alte Zank zwischen meinem Vater und Ihrem Onkel Sie, ans Fenster zu klopfen?«

Sie lächelte und reichte ihm die drei Blätter, auf denen sie die *Ode to a Nightingale* abgeschrieben hatte. Ihre Finger trafen sich, und es vergingen drei, vier lange Sekunden, bevor sie die Hand zurückzog. Zum ersten Mal sahen sie sich mit diesem ein wenig traurigen Blick an, der ältere Liebende kennzeichnet. Und als Pole sah, dass sie das Gedicht mit beinahe kalligraphierten Buchstaben abgeschrieben hatte, griff er erneut nach ihrer Hand, legte vorsichtig die Lippen an ihre Finger und bedankte sich.

Dann fügte er mit nervöser Stimme hinzu: »Ich bin so alt.«

»Wir sind beide nicht mehr die Jüngsten.«

Wieder lächelte er und fragte mit den letzten Worten des Nachtigallengedichts: »Do I wake or sleep?«

»Ich weiß nicht, was Sie die letzten Jahre getan haben«, antwortete Henriette. »Ich jedenfalls habe geschlafen, und das will ich nicht mehr.«

Die Verbindung mit Henriette wurde der Anfang eines neuen Abschnitts in Napoleons Leben. Seit er 1858 aus Tvøroyri zurückgekommen war, hatte er bis 1865 das Amt des Landeschirurgen bekleidet. 1865 war es den Männern des Lagting gelungen, Dahlerup aus dem Land zu treiben, und da man zu wissen glaubte, dass Dahlerup Pole als Landeschirurg eingesetzt hatte, bekam Pole die veränderten Umstände ebenfalls zu spüren.

Seit seinem Abschied als Landeschirurg hatte er wieder Patienten in seiner alten Praxis in Nólsoyarstova empfangen. Er war ein recht einsamer Herr geworden, der reichlich Behagen daran fand, seine Kehle mit Genever zu benetzen.

Doch im Sommer 1869 – dem Jahr, in dem er sechzig Jahre alt wurde – unternahmen er und Henriette eine Reise durch Europa und blieben drei Wochen in Rom. Mutter Løbner starb 1872, und obwohl sie dem alten Brauch folgten und nicht heirateten, bevor das Trauerjahr vorbei war, gehörten diese Monate doch zu den glücklichsten Zeiten ihres gemeinsamen Lebens.

Sie wohnten jeder in seinem eigenen Haus, aßen aber zusammen zu Abend und machten es sich gemütlich, und manchmal schliefen sie auch beieinander.

Henriette war eine tüchtige Klavierspielerin, die sich selbst Noten beigebracht hatte. Außer den üblichen Etüden versuchte sie sich auch an schwierigeren Werken, zum Beispiel der *Mondscheinsonate* von Beethoven, auch konnte sie einige der weniger komplizierten *Goldberg-Variationen* von Bach spielen. Ihr Lieblingskomponist jedoch war Mozart, sie besaß die Noten all seiner Opernouvertüren in Transkriptionen für das Klavier. Zusammen mit Lehrer Traber an der Violine und dem jungen Dia vid Stein veranstaltete sie hin und wieder Musikabende in Quillinsgardur. Pole nannte diese kleinen Zusammenkünfte eine sanfte Tür zu seinem Lebensabend.

Als Henriette Quillinsgardur an das Ehepaar Sigrid und

Poul Niclasen verkaufte und in das Haus in Nólsoyarstova einzog, nahm sie das Klavier aus Quillinsgardur mit, und Pole war
so großzügig gewesen, dem begabten Dia vid Stein das Klavier
zu schenken, das in Nólsoyarstova stand.

Der Hausaltar

Laut Fióla Kjelnes sah es aus, als hätte die Verbindung zwischen Henriette und Pole durch die Heirat und die gemeinsame Wohnung etwas von ihrer Wärme verloren. Einige Jahre waren sie Liebende unter einer dünnen Mondsichel gewesen, wie sie sich ausdrückte, und als sie nun den ganzen Mond und die Sonne dazubekamen, schienen die starken Lichtwellen geheim gehaltene Schatten aufzudecken.

Zum ersten Mal erlebte Henriette Poles unheimliche Wut in den allerersten Tagen ihres Zusammenlebens. Unter den Küchengegenständen und den anderen Dingen, die sie aus dem Heim ihrer Kindheit mitgenommen hatte, befand sich auch eine Pastellzeichnung ihres Vaters. Sie hatte durchaus das Gefühl, dass die Zeichnung Anlass zu einer gewissen Uneinigkeit geben könnte. Sie wusste sehr genau, dass Pole den Herrn Amtmann und Kommandanten Emilius Marius Georgius von Løbner, wie er ihn zu nennen pflegte, nicht hatte ausstehen können. Aber Henriette und Pole waren erwachsene Menschen, es musste möglich sein, über derartige Dinge zu sprechen.

Überhaupt war der Respekt vor Løbner unter den Färingern sehr gering, und im zweiten Band der *Geschichte Tórhavns* äußern Jens Pauli Nolsøe und Kári Jespersen eine Vermutung, warum er rückblickend so schlecht dasteht.

Das Jahr, in dem Løbner als Kommandant auf die Färöer kam, fiel im Übrigen mit einem anderen Ereignis zusammen, das große Bedeutung für das Land bekommen sollte. Achtzig Jahre hatte der dänische König keinen richtigen Krieg mehr geführt, und diese Tatsache erleichterte die Ausübung des Kommandantenamtes auf den Färöer ungemein. Doch um 1800 änderte sich die Situation grundlegend.

Wie erwähnt, kam Løbner 1801 auf die Färöer, und die Hauptursache des Widerwillens gegen ihn, oder vielleicht sollte man sagen, des Widerwillens der national gesonnenen Färinger, lässt sich im Jahr 1808 finden, als das britische Kriegsschiff *Clio* Tórshavn anlief und das gesamte Waffenarsenal der Festung Skansen zerstörte.

Der gemeine Mann erwartete, dass die Bevölkerung zusammengerufen wurde, um mit aller Kraft den Feind zu bekämpfen, und man hörte, dass in Kaldbak zu diesem Zweck Bleikugeln gegossen wurden, doch was tat der Kommandant während all dieser Ereignisse? Er hielt sich durchaus auf der Schanze auf, und auch seine Uniform hatte er mitgebracht, nur lag sie begraben in einem Sack. Er hingegen trug einen groben grauen Mantel – daher nannten ihn der englische Captain Baugh und seine Leute ›The Monkey‹. Sein Kommandobefehl lautete: »Kinder, legt euch nieder.« – Der Feind, der ohne den geringsten Widerstand in die Festung einmarschierte, hisste sofort die englische Flagge, zerstörte und vernagelte sämtliche Kanonen und nahm sich vom Inventar, was er gebrauchen konnte. Jeder bekam, was er haben wollte, und schließlich sprengte man die Pulverkammer.

So war die Geschichte von Jákup Nolsøe überliefert worden. Allerdings legte Henriette keinen großen Wert auf die Worte ihres Schwiegervaters. Sie erschienen ihr zu leichtfertig und passten nicht zu der eher ernsten Würde, die den Verwalter der Handelsgesellschaft ansonsten kennzeichnete.

Vielleicht hätten die Männer auf der Festung Skansen die *Clio* beschädigen, vielleicht das 380 Bruttoregistertonnen große Schiff sogar versenken und die zweihundert Mann an Bord töten können, das konnte sie nicht beurteilen. Aber so viel wusste sie: Niemand griff ungestraft die britische Flotte an. Und das wusste der Verwalter auch. 1807 hatten die Briten Kopenhagen beschossen und in Brand gesteckt. Warum hätten sie in Tórshavn nicht genau das Gleiche tun sollen?

Solche Gedanken gingen Henriette durch den Kopf, als sie die Pastellzeichnung in der Hand hielt. Solange sie denken konnte, hatte sie in der guten Stube in Quillinsgardur gehangen. Eigentlich war der Begriff *Zeichnung* missverständlich. Es war ein kleiner Hausaltar, an den sie und ihre Mutter sich in all den Jahren gewandt hatten.

Sie war ein ganz kleines Mädchen gewesen, als sie erfuhr, wer der Mann auf dem Bild war, aber sie hatte nicht verstanden, warum ihr Vater nicht aus dem Bild kommen konnte. Andere Väter redeten doch auch mit ihren Kindern, einige erzählten sogar Geschichten und sangen Lieder für sie. Einmal hatte sie eine Leiter aus Papier ausgeschnitten und an den Rahmen geklebt. In ihrer kindlichen Vorstellung hatte sie gehofft, dass der Vater die Leiter hinuntersteigen könnte. Aber es half nichts. Mehr als einmal hatte sie das Bild mit Süßigkeiten gelockt, auch das hatte nicht geholfen. Er hing weiterhin an der Wand, und jedes Mal, wenn sie ihn ansah, erblickte sie dasselbe nachsichtige Lächeln.

Sie fand sich damit ab, dass ihr Vater einer der stillsten Väter in Tórshavn war, eine besondere Art von Mann, der nur da war, wenn man an ihn dachte oder von ihm träumte. Sie wusste, dass es andere Kinder in der Stadt gab, die auch stumme Väter hatten. Einer war zum Fischen hinausgefahren und nie zurückgekehrt, ein anderer hatte auf der Gemeindewiese den Tod gefunden.

Es kam durchaus vor, dass sie von ihrem Vater träumte, und nach einem solchen Traum hatte sie dem Bild immer etwas Neues zu erzählen.

Kurz gesagt fehlte etwas im Alltag, wenn das Bild des Vaters nicht an der Wand hing, und das musste ein Mann wie Pole doch verstehen können. Sie hängte das Bild über die kleine Anrichte in der Wohnstube und hoffte das Beste.

Aber ihre Hoffnung wurde enttäuscht.

Wenn es um Emilius Marius Georgius von Løbner ging, war Pole ebenso verstockt wie Henriettes Mutter, wenn sie sich über diese verfluchten Nolsøe-Dichter ausließ.

Der Teufel fuhr in Pole. In seinem Wohnzimmer wollte er absolut kein Porträt hängen haben von diesem bis dato elendsten Repräsentanten, den die Dänen je zur Verwaltung der Färöer eingesetzt hatten. Der Kommandant war sowohl in militärischer wie in ziviler Hinsicht eine Null gewesen. Wusste Henriette, woher die Ziffer null stammte? Das war der Beitrag der indischen Brahmanen zur Weltkultur. Und dafür gebührte ihnen Dank. In Tórshavn gab es auch so eine Art Brahmanen, die sogenannten Brahmadellen, aber selbst der Einfältigste von ihnen stand in Moral und Rang mehrere Lichtjahre über dem früheren Kommandanten.

Henriette versuchte zu widersprechen, es ging schließlich um ihren Vater, und daher sollte Pole wenigstens ihre Gefühle respektieren. Aber er hörte ihr überhaupt nicht zu.

Pole nannte Løbner einen Ignoranten und stellte die rhetorische Frage, was denn das Hauptkennzeichen jenes Nichtskönners in seiner Funktion als Kommandant und Amtmann gewesen sei. Ganz einfach, er habe die Bevölkerung Tórshavns – ja im Prinzip die gesamte Menschheit – auf die allertiefste moralische Stufe gestellt, nämlich dorthin, wo er sich selbst befand.

In den Hungerjahren auf den Färöern hatte es nur einen

Helden gegeben, das war sein Onkel Páll gewesen. Und wem hatte er die Hölle heißgemacht? Diesem genetisch retardierten Hurenbock, dem Kommandanten Emilius von Løbner.

Mit dieser Bemerkung erinnerte er Henriette daran, dass sie einen Halbbruder in Skopun hatte. Sie wusste es, es handelte sich um den Schuhmacher Jens Wenningsted. Und dann fügte Pole noch hinzu, eigentlich müsste sie dankbar dafür sein, dass ihre Sippe aussterbe, denn ihr Großvater, der König, sei ein Psychopath gewesen.

»Der König? Was meinst du damit?«

»Ich rede von Christian VII., dem größten Psychopathen Europas. Die Frau, nach der du benannt bist, ließ sich von diesem Monstrum 1765 in Augustenborg penetrieren, und das Resultat war ein Hurenbengel, dein Herr Vater. Du bist die Trägerin einer königlichen Geisteskrankheit, ja wirklich; sei froh, dass du kein Kind in diese Welt gesetzt hast. Das Resultat wäre eine mentalgenetische Katastrophe geworden.«

Er überschüttete noch eine ganze Weile Henriette Løbners armen Kopf mit Beschimpfungen, zeigte dann auf das Pastell und forderte seine Frau auf, diesen Schandfleck sofort zu entfernen.

Henriette hörte seine Stimme, sie sah seine fuchtelnden Arme und seinen feuerroten Kopf, aber aus ihr war jegliche Kraft gewichen. Sie griff nach ihrer Tasche aus Italien und drückte sie an die Brust.

Zum Teufel in der schwärzesten Hölle, dachte Pole, als ihm endlich klar wurde, wie ernsthaft er sich verrannt und wie tief er seine Frau verletzt hatte.

Nur einmal hatte er sie bisher so dasitzen sehen, am Tag, als ihre Mutter zu Grabe getragen wurde. Da saß sie im besten Zimmer von Quillinsgardur und hielt ihre Tasche, als sei sie ein Rettungsring, an den sie sich klammerte.

Nun öffnete sie die Tasche und begann, sie auszuräumen. Jeden einzelnen Gegenstand nahm sie in die Hand, als handele es sich um kostbares Eigentum, das untersucht, klassifiziert und möglicherweise der Öffentlichkeit gezeigt werden musste.

Pole hatte ihr die Tasche in Rom gekauft. Der Boden und beide Endstücke bestanden aus hellbraunem Leder, die Seiten waren aus schwarzem Tuch gewebt; mit einer langen, vornehmen Messingschnalle ließ sich die Tasche schließen.

Vorsichtig nahm sie ihr Portemonnaie heraus und legte es auf den Tisch, hob es wieder auf, drückte es an die Wange und legte den Kopf schräg. Das Portemonnaie hatte die Größe ihres Handrückens, und wenn man es öffnete, teilte es sich in zwei Fächer; die Trennwand war mit Seide bespannt und hatte oben einen dünnen Lederrand. In einem Fach lagen ein paar Münzen, in dem anderen ein weißer Kinderzahn, den Fióla ihr geschenkt hatte, und der Ring, den ihr Vater ihr 1839 als Konfirmationsgeschenk geschickt hatte. Der Zahn war ein Glückszahn, ein färöischer Skarabäus, und wenn sie in der Kirche war, hielt sie den Zahn oft in den Händen und strich mit den Fingern darüber. Jetzt küsste sie den Ring und legte ihn zurück in das Fach mit dem Zahn. Ein paar Haarklemmen und zwei Seidenbänder steckten in einer der Innentaschen ihrer Handtasche, in der anderen hatte sie einen Kamm, eine Puderdose mit Spiegel im Deckel und eine Nagelfeile. Als der alte Schaft der Nagelfeile kaputtgegangen war, hatte Ludda-Kristjan die Feile repariert. Der Schaft bestand nun aus Walzahn und war mit zwei Kupfernägeln an die Feile genietet. Außerdem lag eine Bonbondose in ihrer Tasche, Pole lachte immer darüber und behauptete, das sei das typische Tascheninventar eines alternden Adelsfräuleins. Trotzdem freute er sich jedes Mal, wenn sie ihm ein Stück Kandiszucker anbot, nicht zuletzt wenn sie ihm das bräunlich schimmernde Zuckerstück auf die Zunge legte und sagte, dass er und sein Vater vermutlich die süßesten Menschen nördlich der Elbe wären.

In der zweiten Hälfte des 19. Jahrhunderts war es üblich, dass die Frauen Handarbeiten mitnahmen, wenn sie einander besuchten. Henriette bildete keine Ausnahme. Während die Frauen aber Pullover und Strümpfe für ihre Männer und Kinder strickten, hatte sie eine Häkelnadel und feines Garn in ihrer Tasche.

Der wertvollste Gegenstand in ihrer Tasche war jedoch das Taschenbuch für die Adressen. Allerdings benutzte Henriette das Taschenbuch nicht in erster Linie für Adressen, sie nahmen den geringsten Platz ein. Henriette sammelte Sprichwörter, und ihre Sammlung bildete die Grundlage der Auswahl, die A. C. Evensen 1906 im *Lesebuch für jüngere Kinder* drucken ließ, in dem Jahr, als Henriette starb.

Als Pole an diesem Abend spät nach Hause kam, sah er, dass Henriette das Bild abgenommen hatte; vor dem leeren Platz stand eine Vase voller Blumen.

Mindestens einmal in der Woche wurden neue Blumen in diese Vase gesteckt. Im frühen Frühjahr waren es Tausendschönchen, purpurner Steinbrech und Wildfrauenfarn. Im Mai und Juni standen Hahnenfuß, Weidenröschen und Strandkamille in der Vase, hin und wieder auch Löwenzahn mit seiner weißen empfindlichen Perücke, die gerade noch den Druck ihres Atems aushielt. Im Laufe des Sommers kamen Veilchen, Geranien, Kuckuckslichtnelken und Vergissmeinnicht in die Vase. Die Blumen leuchteten und trugen dazu bei, dass die Erinnerung an den Vater beinahe überirdische Züge annahm.

Løbner in der Luft, flüsterte sie, Løbner in der Vase, lächelte sie. Das Leben ist Løbner, sagte sie laut lachend, wenn sie die Blumen wechselte.

Pole fragte nie wieder nach der Zeichnung, und er musste akzeptieren, dass die Vase zum neuen Hausaltar geworden war.

Als im August das Habichtskraut verblüht war und der

Herbst nahte, steckte Henriette einen Bund Heidekraut in die Vase. An das kleine Gebüsch hängte sie winzige Scherenschnitte von Tieren, Fabelwesen und amüsanten Blumen, die es nur in ihrer Fantasie gab. Die Bilder hingen an Nähzwirn und erinnerten an das, was später Christbaumschmuck genannt werden sollte.

Der Arbeiterverein von Tórshavn

Kurz vor Ostern 1882 lief der Schoner *Hoffnung* in Tórshavn ein, der Obram aus Oyndarfjørdur gehörte.

Abgesehen von Frachttransporten trieb Obram auch Handel in der Stadt, ihm gehörten außerdem noch Handelsfilialen in Oyndarfjørdur und Sørvágur. In jüngeren Jahren hatte er von Ludda-Kristjan den Hausbau erlernt, und als er sich um den Bau des neuen Hauses des Amtmanns bewarb, geschah dies nach vielen langen Gesprächen mit seinem alten Meister. Obram bekam den Auftrag, doch dann fehlte es den Arbeitern an Baumaterial: Balken für die Innenkonstruktion und Bretter für Böden, Wände und den Dachboden. Außerdem die Ziegelsteine, die noch an Bord der *Hoffnung* waren.

Die Tórshavner hatten das halb fertige Haus am Gladsheyggjur bereits die ›Amtmannsburg‹ getauft. Mit seinen hohen Mauern und Giebeln aus Stein, seinen Anbauten und seinem viereckigen Turm, von dem aus man die gesamte Stadt übersehen konnte, war der Begriff ›Burg‹ durchaus nicht falsch, zumindest nach fäöischen Maßstäben.

Die Öffnungen für die Turm- und Wohnstubenfenster waren bedeutend größer als die der Kirche – spitz liefen sie auf einen hübschen Schlussstein zu, und rund um jede Öffnung gab es eine sehr fein gearbeitete Steinverzierung.

Der Däne Hans Christian Amberg hatte die Burg entworfen, und ein isländischer Steinmetz war für das Zurichten der Steine verantwortlich. Der Rest der Arbeiter waren Färinger.

Die zum Bau notwendigen Steine hatte man aus dem Gladsheyggjur gebrochen. Die Männer hatten Löcher gebohrt und Keile eingetrieben, in der ganzen Stadt waren die Hammerschläge zu hören gewesen. Hin und wieder benutzten sie auch Schwarzpulver, um große Felsen zu sprengen, und zwischen dem größer werdenden Steinbruch und dem Bauplatz fuhr eine Kipplore, mit der die sorgfältig zugerichteten Steine abtransportiert wurden.

Die Bürger von Tórshavn hatten zuvor noch nie eine Kipplore gesehen, und wenn der Lorenführer Sámal á Kák bisweilen zwei, drei Kindern erlaubte, die hundertfünfzig Klafter zwischen dem Steinbruch und dem Bauplatz mitzufahren, o, dann war das eine der ganz seltenen technologischen Reisen.

Obwohl die meisten Steine von einem Mann getragen werden konnten, waren sie doch zu schwer, um sie über Kopfhöhe zu heben. Daher stand auf dem Bauplatz eine Hebevorrichtung, und in der Regel waren zwei Männer an dem Flaschenzug zugange, um den Arbeitern auf dem Gerüst die großen Quader für die Außenmauern und die kleineren Steine für die Zwischenwände hinaufzuhieven.

Bis Ostern waren es nur noch sechs Tage, und um die *Hoffnung* noch vor den Feiertagen zu löschen, ordnete Obram an, dass auch die Burgmannschaft mit anpacken sollte. Sie vereinbarten, zudem am Sonntag zu arbeiten, und Obram versprach den Arbeitern dafür eine Sonderzahlung. Die Bedingung war jedoch, dass sie mit dem Löschen des Schiffes bis Ostern fertig wurden.

Und die Männer packten an. Zwei alte umgebaute und verstärkte Zehnmannboote und ein achtunddreißig Fuß langer Löschprahm mit dem Namen *Omba*, den Obram aus Norwegen besorgt hatte, pendelten zwischen dem Schiff und dem Entladeplatz an der Bryggjubakki. Während die Zehnmann-

227

boote gerudert wurden, hatte die *Omba* Segel und Ruder. Mit ihr wurden die Balken und Bretter transportiert, das meiste Baumaterial aber lud man per Hand ab. Die dreißig Fuß langen Balken ließen sich nur schwer handhaben, doch an Deck und auf der Reling lagen hölzerne Rollen, über die sich die Balken transportieren ließen. Das Schiff hatte auch ein Gangspill, damit wurden die Kalktonnen und Fässer mit Petroleum, Sirup und Branntwein gelöscht. Die *Omba* brachte alles Schwere an Land, während die Zehnmannboote all das aufnahmen, was von Männern getragen werden konnte: Mehl- und Zuckersäcke, Birkenborke für die Dächer, Fensterglas und andere kleinere Frachtstücke.

Am Entladeplatz an der Bryggjubakki stand ein Dreifuß mit Kran, dessen Ausleger ungefähr zwei Schiffspfund heben konnte.

Solange die Löscharbeiten nicht beendet waren, bekamen die Männer nicht viel Schlaf. Von Sonnenaufgang um ungefähr sechs Uhr morgens bis zum Sonnenuntergang zwölf Stunden später ruderten sie ununterbrochen hin und her, und es wurde Mitternacht, bis die Materialien, die zunächst am Entladeplatz gesammelt wurden, in den Fischkeller oder hoch zum Handelshaus transportiert waren. Die Balken stapelten die Männer ohne Abdeckung im Freien, nur über das bessere Holz wurden Planen gelegt.

Dennoch gelang es nicht, das Schiff innerhalb der vorgegebenen Zeit zu löschen. Ostern begann in der Nacht auf Gründonnerstag, also wurden am Mittwochabend die Luken der *Hoffnung* vernagelt und die Sturmlampen gelöscht.

Obram war an diesem Abend bester Laune. Er hängte seinen Stock mit dem silbernen Griff an einen Nagel des Fischkellers, ging mit einem Geneverkrug und einem Glas herum, schenkte ein und bot sogar Tabak an. Unter den Deckenbalken brannten zwei Laternen. Waschkübel und eine Waage standen in einer Ecke, und in einem Verschlag lagen einige Schiffspfund zerlegter und eingesalzener Winterdorsch bereit, um zum Trocknen ausgelegt zu werden.

Obram war inzwischen über fünfzig, und obwohl es nur noch selten vorkam, dass er sich an den eigentlichen Arbeiten beteiligte, so war er doch bei sämtlichen Vorbereitungen zugegen. Sein Leben bestand aus nichts als Arbeit, und wenn alles reibungslos ablief, war er ein hochzufriedener Mann.

Obwohl sie das Schiff nicht hatten löschen können, stünde er doch mit der Sonderzahlung im Wort, sagte Obram. Allerdings würde die Prämie nicht in Geld ausgezahlt, sondern in Naturalien. Die meisten Männer verstanden das, und selbst wenn sie es nicht verstanden, protestierte gewöhnlich niemand, wenn Obram sprach.

An diesem Abend kam es allerdings zu einem Bruch der Gewohnheiten.

Sámal á Kák, der auf einer Kalktonne saß und rauchte, ergriff plötzlich das Wort. Er meinte, es sei überhaupt nicht in Ordnung, wenn die Leute, die Freitag und Samstag geschuftet, am Sonntag den Feiertagsfrieden gebrochen und sich, ja, Montag, Dienstag und Mittwoch den Arsch aufgerissen hatten, nun plötzlich erfahren müssten, dass sie die Sonderzahlung in verdammten Naturalien bekämen. So könne man nicht mit den Leuten umgehen.

Sámal war der Neffe von Ludda-Kristjan, und er war ebenso leicht zu reizen wie sein Onkel. Er saß mit untergeschlagenen Beinen da und hatte während seiner wütenden Bemerkung seine Pfeife auf den Boden fallen lassen.

»Aber vielleicht ist das ja die neue Arbeiterpolitik, die du mit dem Polizeimeister und dieser Løbner'schen Pfefferfotze einführen willst«, fuhr er fort. »Ihr macht mir vielleicht Spaß. Vor tausendachthundert Jahren haben die Römer am Karfreitagmorgen Jesus verprügelt, sie haben ihm ein blaues Auge und einen Tritt in die Eier verpasst, und an eben diesem Tag bietest du uns Waren an, in denen den ganzen Winter über die Mäuse gefickt haben? Steht auf der Stirn von Tórshavns Arbeiterschaft wirklich Idiot geschrieben?«

Die Schauerleute und die Burgmannschaft starrten Sámal erschrocken an, und von Sámal schauten sie auf Obram. Obwohl der Tabak noch in den Pfeifen glomm, hatten sie aufgehört zu paffen. Es waren über zwanzig Männer, und eine derart vermessene Rede hatten sie noch nie gehört, jedenfalls nicht in Anwesenheit von Obram. Und es handelte sich nicht einmal um eine vorbereitete Rede, das war das eigentlich Erstaunliche. Die Worte bahnten sich einfach ihren Weg aus dem Mund, ohne dass Sámal sie hätte aufhalten können.

Obram stellte den Geneverkrug ab und ging zu dem Nagel, an dem sein Stock hing. Er fühlte sich gekränkt und gedemütigt, so etwas hatte er noch nicht erlebt.

Dennoch überraschten ihn die Worte nicht wirklich. In der letzten Zeit hatte er einen gewissen Unmut seiner Person gegenüber verspürt. Nicht dass die Leute sich bisher zurückgehalten oder um den heißen Brei herumgeredet hätten. Einige taten das vielleicht, vor allem die beiden aus Hvítanes, Vater und Sohn, besonders der Vater. So wie er hustete, litt der Alte vermutlich an Schwindsucht, und er verlangte von seinem Sohn mehr oder weniger, dass der für beide schuftete. Der Alte war Obrams Spitzel, doch jedes Mal, wenn er weitergab, was unter den Männern vor sich ging, musste Obram sich abwenden, weil ihm dann der faulige Atem des Alten entgegenschlug.

Von dem Mann aus Hvítanes hatte er zum ersten Mal erfahren, dass die Arbeiter der Burg darüber sprachen, einen höheren Lohn zu fordern.

Mit so etwas hatte er überhaupt nicht gerechnet. Ja, diese

Information erschütterte Obram. Er selbst war 1841 nach Tórs-havn gekommen und konnte sich noch daran erinnern, wie es unter dem Monopolhandel zugegangen war, als die Angel den Leuten das Essen sichern musste. Nie waren die Verhältnisse besser gewesen als jetzt, zweimal im Monat zählte er jedem seiner Arbeiter persönlich zwischen fünfundzwanzig und dreißig Kronen auf die Hand.

Eines Abends hatte Obram seine Frau gefragt, ob sie unter den Leuten irgendwelchen Unwillen bemerkt habe.

Gerd kam aus Bergen, und obwohl sie seit vielen Jahren in Tórshavn lebte, sprach sie noch immer Norwegisch. Sie hatten sich kennengelernt, als Obram in Bergen gearbeitet hatte; dort war er auch auf die Technische Hochschule gegangen.

Erst hatte sie sich gewundert, dass ihr Mann sich überhaupt eine so eigenartige Frage stellte. Das sah ihm gar nicht ähnlich. Doch als sie die ehrliche Unruhe in seiner Stimme spürte, wählte sie ihre Worte mit Sorgfalt.

Man finde das in den Menschen, was man suche, sagte sie. Suche man nach Wohlwollen und Fürsorge, finde man es auch. Suche man nach Teufeleien, fehlte es ganz sicher auch daran nicht. Ihrer Ansicht nach waren die Tórshavner zugängliche und ordentliche Leute, gleichzeitig waren sie aber auch mürrisch und schwierig. Sie verhielten sich halt so, wie sie sich immer verhalten hatten, jedenfalls in all den Jahren, in denen sie in der Stadt lebte. Und das bedeutete ganz einfach, dass es sich um Leute handelte, denen man vertrauen konnte. Wenn sich etwas verändert hatte, dann lag das an dem jungen Polizeimeister Ewald Hjøstrup.

Gerd legte die Hand auf den Arm ihres Mannes und bat ihn, sich zu hüten, Leute zu verdächtigen, die der Polizeimeister auf dem Kieker hatte. Denn schneller als man dachte, sah man am helllichten Tag Gespenster.

Seit einigen Monaten versuchte der Polizeimeister, einen sogenannten Arbeiterverein zu gründen. Auf den Färöern war die Idee neu, aber in Dänemark und den Ländern südlich davon war sie nicht ungewöhnlich. Das alte Europa veränderte sich, und der Kampf um die Seele des ständig wachsenden Arbeiterstandes wurde Jahr für Jahr härter. Am 5. Mai 1872 hatte Hjøstrup an der berüchtigten Schlacht auf der Kopenhagener Gemeindewiese Fælleden teilgenommen. Ja, mehr noch. Der damals siebenundzwanzigjährige Hjøstrup hatte an der Spitze der Polizeiabteilung gestanden, die Louis Pio, Harald Brix und Poul Geleff verhaftet hatte, die drei Führer der dänischen Arbeiterbewegung. Obwohl der Mann nicht damit prahlte, erfüllte ihn die Erinnerung an diese Ereignisse doch mit einer angemessen kühlen Zufriedenheit. Er hatte das sozialistische Unkraut, das man in Deutschland gesät hatte, aus der heimischen Erde gejätet, und darauf war er stolz.

Hjøstrup war kein ungebildeter Mann, es fiel ihm leicht zu reden, nicht zuletzt wenn er einen so interessierten Zuhörer wie Obram hatte. Er erklärte ihm, dass sich ein neuer und hungriger Stand von Arbeitstieren in den gebratenen europäischen Speck verbissen hätte. Die fordernden Armenhäusler entwuchsen dem Lärm und dem Ruß der großen Fabriken auf dem Kontinent. Sie aßen, schliefen und vermehrten sich in den Schuppen der Hafenstädte, musterten auf Schonern und modernen Dampfern an, und ihre Fäuste schaufelten Kohle in die lodernden Mäuler der Lokomotiven, die den Kontinent von der Ostsee bis zur Straße des Bosporus verbanden.

Das neue Europa war in der Literatur bereits angekommen, und gerade diesen Umstand deutete Hjøstrup als Warnung. Er hatte den Skandalroman *Das rote Zimmer* des jungen Schweden August Strindberg ganz genau gelesen: *Und der Tag wird kommen, da wird es noch schlimmer werden, aber dann kommen wir herunter von den Weißen Bergen, von den Skin-*

narviksbergen, von den Tyskbagarbergen, wir kommen wie ein Wasserfall, dass es nur so rauscht, und wir verlangen unsere Betten; verlangen? Nein, nehmen sie uns!, und Sie schlafen auf der Hobelbank, wie ich es kannte, und Sie fressen Kartoffeln, dass es Ihnen die Bäuche strammzieht wie Trommelleder, haargenau, als hätten Sie die Wasserprobe überstanden, so wie wir…

So drohte der Schwede mit halb biblischen Formulierungen, und zu Obram hatte Hjøstrup gesagt, dass es vermutlich nur eine Frage der Zeit sei, bis die färöischen Arbeiter sich genauso verhielten wie ihre Genossen in den Nachbarländern.

Gemeinsam mit Obram hatte Hjøstrup vertrauenswürdige Menschen zu einem Treffen eingeladen, auf dessen Tagesordnung nur ein einziger Punkt gestanden hatte: die Gründung eines *Arbeitervereins* in Tórshavn. Unter den Eingeladenen waren der Buchbinder Hans Niklái Jacobsen, der junge Pastor Ewaldsen, die Arztwitwe Henriette Nolsøe und der Gemeindevorsteher Müller. Den Sonnenmann Pætur aus Kirkjubøur hatte man ebenfalls eingeladen, und zu ihrem ersten Treffen erschien er mit der traditionellen, wie ein Schiffsbug geformten Kopfbedeckung und einem Bergstock in der Hand.

Der Buchbinder wollte wissen, weshalb kein Arbeiter eingeladen war, da es doch um einen Arbeiterverein ginge. Und Hjøstrup hatte geantwortet, Ziel des Vereins sei es, gute und treue Bürger der Gesellschaft hervorzubringen, und diese Aufgabe könnten am besten gebildete Menschen wahrnehmen. Und dass es sich um einen wirklich modernen Vereinsvorstand handelte, der auch für die Emanzipation der Frau eintrat, dafür wäre doch Henriette Nolsøe ein beredtes Beispiel. Der Arbeiter müsse gebildet und kultiviert werden, es brauche jedoch Zeit, um auf einer Allmende Rosen zum Blühen zu bringen.

Im Juli 1882 erblickte der Verein das Licht der Welt, und genau dieser Verein wurde an jenem Abend im Fischkeller der Lächerlichkeit preisgegeben.

Hinterher wunderte sich Sámal á Kák, woher er den Mut genommen hatte beziehungsweise ob Mut überhaupt das richtige Wort war. Eher hatte ihm wohl eine Mischung aus Wut, Müdigkeit und Genever die Zunge gelöst. Vielleicht wollte er auch nur seinem Schwager Tóvó zeigen, dass er kein Feigling war. Sámal war mit Ebba verheiratet, sie wohnten in dem alten Haus in Geil.

Nachdem Obram den Krug abgestellt hatte, ging er langsam auf Sámal zu. Er hatte seinen Stock vom Nagel genommen, und so, wie seine Hand den silbernen Griff umklammerte, sah es aus, als wollte er zuschlagen. Er blieb vor der Kalktonne stehen und stützte seinen schweren Körper einen Augenblick auf den Stock.

»Warum verdirbst du uns einen so glücklichen Abend?«, fragte er Sámal. »Was habe ich dir getan, dass du mich mit den Römern vergleichst, die Christus blutig geprügelt haben? Ist es vielleicht ein Verbrechen, Tórshavnern einen Stundenlohn zu verschaffen? Oft genug wäre es recht mager hier in der Stadt, wenn ihr nicht die Leute aus den Dörfern oder aus dem Ausland hättet, die euch eine helfende Hand reichen. Siehst du den Haufen Fisch dort? Riech mal dran. Merkst du nicht, dass er nach Geld und Fortschritt riecht? Vielleicht gibt es am zweiten Ostertag schönes Wetter, dann können eure Frauen und Kinder den Fisch auf den Felsen zum Trocknen auslegen. Ist das nicht gut? Antworte mir, Sámal á Kák«, brüllte Obram plötzlich, und seine Stimme war so kräftig, dass die Stützbalken unter dem Dach zu beben schienen.

Sámal wusste nicht, was er antworten sollte, aber er konnte ohnehin nicht sprechen, da Obram ihm den Knauf seines Stocks unters Kinn presste.

»Hüte dich in Zukunft, so große Worte zu gebrauchen. Es ist nicht gesagt, dass deine Schultern ihr Gewicht tragen können.«

»Es ist nicht falsch, große Worte zu gebrauchen.« Der Satz

kam von einem hageren Mann, der ganz außen an der Tür stand. »Wenn die Worte der Wirklichkeit entsprechen, haben große Worte nicht nur ihren Platz, sondern man hat sogar die Pflicht, sie auszusprechen.«

Tóvó ging zur Kalktonne und stellte sich neben Sámal. »Also, um ehrlich zu sein, ich liebe große Worte, und das habe ich getan, seit ich die Verse meines Urgroßvaters gelernt habe. Und nicht zuletzt seit Doktor Pole mir die Bibel geschenkt hat. Schon viel zu lang war der arbeitende Mann Staub unter euren Besen, den Besen der Mächtigen. Ja, ich weiß sehr gut, dass das Schiff gelöscht werden sollte, aber diese Woche war ein harter Törn. Es hätte sich für Sie geziemt, Münzen auf den Tisch zu legen.«

Die Männer schauten Tóvó überrascht an. Er war ein stiller Mann, der den ganzen Tag auf seinem kleinen Schemel saß, bohrte und Keile in den Fels trieb. Manchmal hatten sie ihn von Hammerkönigen, Pulverbaronen und Keilteufeln singen hören, dann zeigte sich auf seinem sonst so ernsten Gesicht ein Lächeln. Nun klang er beinahe wie der schottische Prediger William Sloan, als er in seiner furchteinflößenden Rede auf der Kongebroen in Tórshavn behauptete, niemand sei ein geborener Christ und die Pastoren würden die Menschen mit ihren Taten geradewegs in die Hölle treiben.

Einen Augenblick sah es aus, als wollte Obram ihm antworten. Dann ging er zu einer der Lampen, schraubte den Docht herunter und blies die Flamme aus. Er löschte auch die zweite Lampe, sagte den Männern gute Nacht und wünschte ihnen frohe Ostern.

Die Gründonnerstagsmahlzeit

Die ganze Woche hatte Tóvó sich darauf gefreut, vergorene Dorschköpfe zu essen. Er hatte sich bei einem Fischer zwölf recht große Köpfe besorgt, ihnen die Kiemen herausgerissen und sie in einem Sack hinters Haus gelegt. Und in den letzten Tagen hatte er den Gärungsgeruch wahrgenommen, der von dem Sack ausging. So sollte es sein.

Ebba, Sámal und ihr Sohn Martin wollten zum Abendessen kommen, also ging Tóvó am Gründonnerstag morgens mit den Köpfen hinunter zum Fluss, wusch sie, spülte den Schleim ab und trug sie in dem großen Topf wieder nach Hause.

Seit er 1878 heimgekommen war, hatte er in Nils Tviburs altem Haus an der Bringsnagøta gewohnt. Tóvó gehörte das Haus. In dem Testament, das Nils geschrieben hatte, als er Ergisstova in Sumba übernahm, hatte er Tóvó zum Erben des Hauses eingesetzt. Er hatte das Testament in Tórshavn geschrieben, seither lag es im Kontor des Polizeimeisters. Aber davon hatte Tóvó nichts gewusst. Überhaupt nichts. Er hatte nicht die geringste Ahnung.

Er hatte schon einige Wochen wieder in Tórshavn gewohnt, als er eines Tages aufgefordert wurde, sich im Kontor des Polizeimeisters einzufinden. Der Polizeimeister Ewald Hjøstrup las ihm das Testament vor und fragte Tóvó hinterher, ob er ein Verwandter des Verstorbenen sei.

Tóvó antwortete wahrheitsgemäß, dass er mit Nils Tvibur nicht verwandt sei, den Korporal aber gekannt habe.

Hjøstrup wollte wissen, ob es eine konkrete Ursache für dieses unerwartete Erbe gäbe. Tóvó wusste nichts von einem bestimmten Anlass.

Er hatte keine Lust, einem fremden Mann zu erzählen, dass Nils Tvibur sich vor ungefähr dreißig Jahren in Tórshavn eines verwahrlosten Jungen angenommen hatte, und dass seine Mutter und Nils einmal ein Liebespaar gewesen waren.

Während er redete und auch in den Pausen zwischen zwei Sätzen strich Hjøstrup sich ständig mit Daumen und Zeigefinger über den Schnurrbart, und genau diese Geste irritierte Tóvó. So lagen Seeleute in der Dunkelheit ihrer Kojen und rochen an ihren Fingern, wenn sie im Hurenhaus in der Paradise Street von Liverpool oder der Schipperstraat in Amsterdam gewesen waren, aber so saß man nicht in einem öffentlichen Kontor, weder in Tórshavn noch anderswo.

Hjøstrup stellte die Frage, ob Tóvó etwas von den verdächtigen Umständen wisse, unter denen Nils Tvibur ums Leben gekommen war. Tóvó stutzte bei dieser Information, ließ sich aber nichts anmerken und antwortete, nein, davon wisse er gar nichts.

Hjøstrup erkundigte sich auch, was Tóvó in der großen weiten Welt getrieben habe.

Er war so aufdringlich, dass Tóvó ihn schließlich fragte, ob es etwa für das Testament maßgeblich sei, wie er sein Leben verbracht habe.

Eigentlich nicht, antwortete Hjøstrup ein wenig überrascht.

Tóvó wollte wissen, ob er irgendein Papier zu unterschreiben hätte, denn er hatte keine Lust, mit einem Fremden über Dinge zu reden, die den überhaupt nichts angingen.

Tóvó schäumte vor Wut, als er das Kontor des Polizeimeisters verließ. Er war ohne Zweifel älter als der Polizeimeister, und doch hatte der Mann ihm keinen Stuhl angeboten, obwohl zwei leere Stühle vor dem Schreibtisch gestanden hatten.

Die eigentliche Ursache seines Zorns waren indes die aufdringlichen Fragen, aber war es überhaupt Zorn, der dieses Herzklopfen verursachte?

Nein. Dass der Schlüssel zur Moschee in seiner Tasche steckte und er die Besitzurkunde für das Haus in der Hand hielt, brachte seine Gefühle in Wallung. Daher klopfte sein Herz, als stünde es auf der Lohnliste des Königs persönlich. Das hatte er nicht erwartet. Er hatte nur Gutes über Nils zu sagen, aber dass er das Haus erben sollte? Nein, davon hätte er nicht zu träumen gewagt.

Als er die Bringsnagøta entlangging, weinte er. Vollkommen schamlos ließ er die Tränen über die Wangen laufen. Es war einfach nicht zu begreifen, dass eine Freundschaft zwischen einem erwachsenen Mann und einem kleinen Jungen so endete und er sozusagen aus dem Totenreich ein ganzes Haus auf dem Silbertablett serviert bekam.

Und dann dieser Polizistenbengel, tja, Gott musste wissen, wo der seine dünnen Finger gehabt hatte.

Tóvó bekam einen Anfall, aber diesmal kamen ihm nicht die Tränen. Er fasste ans Türschloss und krümmte sich vor Lachen, glücklicherweise war er allein. Er presste eine Hand auf den Mund, doch das Gelächter drang durch seine Finger. Endlich bekam er seine unbändige Heiterkeit unter Kontrolle und konnte den Schlüssel ins Schlüsselloch stecken. Lachend betrat er sein neues Haus.

In der Dämmerung des Gründonnerstags hörte man unten an der Böschung ein Möwenküken schreien, und Tóvó wusste sofort, dass es sein Neffe war. Sie grüßten sich gewöhnlich mit Vogellauten. Während Martin in der Regel wie ein Möwenküken oder ein Rabe schrie, gurrte Tóvó wie eine Taube oder quakte wie eine Eiderente, und bisweilen gluckte er auch wie ein Legehuhn. Sein Feld waren die eher leiseren Geräusche.

Das Fenster stand einen Spaltbreit offen, und Tóvó antwortete dem munteren Möwenjungen mit einem etwas gelasseneren Hühnerkakeln, wie es einem Mann im mittleren Alter zustand.

Der Flur führte von der Haustür direkt in die Küche und weiter bis ins Schlafzimmer. In der Schiffskiste, die am Fußende des Bettes stand, hatte er die Bibel, ein norwegisches Lehrbuch der Geografie, einen Almanach und einen Gedichtband eines Amerikaners, der Walt Whitman hieß. In der Kiste lag auch seine alte Seemannsausrüstung: der Segelmacherhandschuh, das Fetthorn, in dem die Nadeln steckten, einige Ahlen. Eine war aus Walrippen, zwei aus Holz. Und er besaß auch eine Eisenahle, um Drahtseil zu spleißen.

An der Wand hing ein Gemälde, das er in einem kleinen Laden in Paris gekauft hatte. Das Mädchen auf dem Bild trug einen Ballettrock, und aus der Entfernung ähnelte sie wirklich einer Blume. Es war nicht mehr als zwei Spannen hoch und in der Breite ein wenig schmaler. Eigentlich hatte er das Bild seiner Mutter gekauft, er dachte, dass sie vielleicht stolz wäre, so eine hübsche Tanzpuppe an der Wand zu haben. Aber die Mutter war tot, als Tóvó 1878 nach Hause kam, und das Gemälde blieb in der Schiffskiste, bis er in die Moschee einzog. Jemand mit dem Namen Edgar Degas hatte es gemalt, aber dieser Edgar war an dem Tag, an dem Tóvó in den Laden kam, nicht da gewesen. Er hatte das Bild für das Geld bekommen, das er lose in der Tasche trug.

Und nun war Pole auch tot. Tóvó war traurig. Als sie sich trennten, hing eisige Luft zwischen ihnen, das hatte Tóvó oft gequält. In dem Vierteljahrhundert, das er insgesamt auf See verbrachte, hatte er mindestens zehn Briefe an Pole geschrieben, meist auf Dänisch. Schließlich hatte Pole ihm eine Bibel geschenkt, als er 1858 auf dem norwegischen Schoner *Rosendal* anmusterte. Und wenn er etwas formulieren musste, das wirklich von Herzen kam, war die dänische Bibelsprache ausgesprochen geeignet. Trotzdem mochte er Whitmans Ton lieber, und in einem Brief, den er auf Englisch schrieb, nahm er ganze Strophen seiner Gedichte auf.

Das Gespräch kam bald auf den Zusammenstoß im Fischkeller, und seine Schwester Ebba meinte, Obram wäre ein Mann, der nichts vergisst. Es werde lange dauern, bis er die harten Worte, die gefallen sind, vergessen hat.

»Vielleicht hast du recht«, erwiderte Tóvó. Aber dieses Verhalten hätte er Obram nicht zugetraut.

Ebba saß auf der Torfkiste und hatte ihr Strickzeug zur Hand genommen. Obwohl sie noch nicht einmal vierzig Jahre alt war, hatte sie bereits die Ausstrahlung einer ständig besorgten Frau, die beim Stricken vor sich hin schaukelte und mümmelte. Sie hatte die Vorderzähne im Unterkiefer verloren, und wenn sie den Kiefer bewegte, glitt die Unterlippe manchmal in den Zwischenraum der erhaltenen Zähne, dann wurde das Kinn spitz wie bei einer alten Frau. Häufig tupfte sie sich mit dem Zipfel ihres Schals die Augenwinkel aus, und wenn sie hin und wieder eine Träne fallen ließ, so geschah es nicht aus Kummer. Im Gegenteil. Dass Tóvó wieder nach Hause gekommen war, erschien ihr das Beste, was ihr in vielen Jahren widerfahren war. Sie strickte Strümpfe und Pullover für ihn, und in ihrem Abendgebet dankte sie Gott dafür, dass er ihren Bruder heil wieder heimgeschickt hatte. Und niemand sonst in Tórshavn, nicht ein Einziger, lud sie und ihren kleinen Hausstand zum Abendessen ein. Auch dafür dankte sie Gott.

Die Verbindung zu ihrem älteren Bruder war bei weitem nicht so herzlich. Lýdar hatte den alten Hof Heimistova auf Nólsoy geerbt, und im Sommer besuchte Martin normalerweise seinen Onkel. Er half bei der Heuernte und ruderte mit dem alten Boot aus Geil, das auf Nólsoy gelandet war, hinaus, um zu fischen.

Lýdar behauptete, dass George Harrison Ebbas leiblicher Vater wäre und sie vom Aussehen und Wesen her den Harrisons gleiche.

Tóvó mochte es nicht, wenn sein Bruder so etwas sagte. Selbstverständlich bestand die Möglichkeit, dass der O-my-sweet-Lord-Mann unter Mutters Röcken gewesen war – es war schon erstaunlich, auf welche Gedanken diese schottischen Baptisten kommen konnten, wenn ihnen danach war.

Aber dass die Schwester zu einer sorgengegrämten Frau geworden war, hatte eher konkrete Ursachen als mögliche Erbanlagen aus Fraserburgh. Sie hatte einen Alkoholiker geheiratet, und wenn Sámal seine Saufphase hatte, konnte er ausgesprochen unangenehm sein. Seine letzte Tour war jedoch lange her. Seit sein Onkel ihm Arbeit bei Obram verschafft hatte, war er so gut wie trocken.

Ebbas größter Kummer war die Mutter gewesen. Tatsächlich war es eine große Erleichterung für sie, als Betta endlich starb, und das hatte sie an dem Tag, an dem der Sarg aus der Kirche getragen wurde, auch dem Pastor gesagt. Der Pastor hatte genickt und hinzugefügt, Gott habe sicherlich einen Plan gehabt, als er Bettas Geist mit schwarzen Erscheinungen füllte. Die Absicht bestand darin, das gute Herz ihrer Mitmenschen zu prüfen, und diese Probe hatte die Tochter mit Auszeichnung bestanden.

Ebba kümmerte sich auch um den Alten Tóvó, jedenfalls nachdem er blind geworden war. Aber mit ihm war alles anders gewesen. Im Alter wurde er zum *Schamanen aus Tórshavn*, wie H. P. Hølund ihn später bezeichnete. Junge Mütter kamen mit ihren Neugeborenen zu dem Haus in Geil und baten, dass er seine Hand auf die Köpfe der Kleinen legte. Und die Mutter war glücklich, wenn er das Kind auch noch in seine Arme nahm, an seine Brust legte und sein bärtiges Gesicht über die weiche Wange des Kindes gleiten ließ.

Außerdem mochten die Tórshavner seine Verse. Und wie so oft bei Versen, die man schätzt oder sogar liebt, ließ es sich nicht so ohne Weiteres sagen, wie sie bei ihrem Urheber klangen und was andere ergänzt oder vielleicht weggelassen hatten.

Wenn die Männer bei ihren Angelleinen saßen, kam es vor, dass sie den Vers zitierten, den Hølund in seiner Übersicht *Winterhymne* nannte.

Fische schwimmen in Tränen
Tränen so salzig wie das Meer.
Das Meer so tief wie der Kummer.
O, du Süßer,
Gib uns Winterfisch.

Die *Straßenhymne* war ebenfalls ausgesprochen populär. *Tatsächlich war es ein Analphabet aus Tórshavn, der unfreiwillig eine Mischung aus poetischer Moderne und Heimatdichtung in die junge färöische Dichtung eingebracht hat*, so Hølund.

Ein Vogel fliegt im Wind
Träume schweben im Nebel.
Wind
Nebel
Vogel
Traum.
Das Herz klopft in der Bucht
das Blut singt im Himmel
Geil in Sterne gegossen.

Ebba führte den Urgroßvater gewöhnlich zum alten Pranger von Kák, dort stand er gern. Häufig holte sie ihn nach ein oder zwei Stunden wieder ab, aber es kam auch vor, dass er sich selbst vorsichtig nach Hause tastete. Er kannte jeden Stein in

Geil und um Kák, und wenn er doch einmal fiel, sagte er, es sei trotz allem das Land seiner Kindheit, das seine alten Gebeine empfing.

Aber er konnte auch ungestüm sein, um nicht zu sagen furchteinflößend, wenn er sich auf den halb verrotteten Pfahl des Prangers stützte und mit dem Wind in seinen stumpfen grauen Locken über die Hausdächer rief:

Sarakka, Sarakka, Sarakka, Sarakka
Kind im Meer
blaues Vogelküken.
Sarakka, Sarakka, Sarakka, Sarakka
Tritt hart
schlag fest
zerbröselnde Felsen vom zerbrochenen Mond.

Tóvó steckte den Kochlöffel unter die Dorschköpfe und versuchte, sie in einem Stück aus dem Topf in eine Schüssel zu legen. Sie waren während des Kochens ein bisschen zusammengefallen und sahen geradezu freundlich aus mit ihrem schiefen Lächeln. Er servierte Kartoffeln dazu und meinte, sich zu erinnern, dass sein Urgroßvater einmal gesagt hatte, in Kartoffeln verberge sich das Licht gefallener Sterne. In jedem Fall war er der Ansicht, dass die Kartoffel, die die norwegische Pastorengattin seinerzeit auf die Färöer mitgebracht hatte, eine freundliche und hübsche Seele gehabt haben musste.

Tóvó hatte getrockneten Speck klein geschnitten und in eine Kasserolle getan, und als Ebba meinte, es wäre ein wenig übertrieben, auch noch Schafstalg zu schmelzen, erwiderte der Bruder, dass es in den Jahren, in denen er auf See war, gerade der Duft von Schafstalg gewesen sei, der ihm in die Nase stieg, wenn er an die Färöer gedacht hatte.

Sie aßen jeder mit einem eigenen Messer, pulten die guten

Stücke der Bäckchen frei und tauchten Kartoffelstücke in das gebräunte Fett. Die Dorschköpfe ließen nicht zu, dass man sich die Zeit mit Gesprächen vertrieb, und Martin schmunzelte über die eifrigen Schlürfgeräusche seiner Eltern und nicht zuletzt über die von Tóvó. Noch zwei Mal füllte Tóvó die Schüssel, und es dauerte nicht lange, bis nur noch die weißen Schädel zu erkennen waren, die aussahen, als hätten sie ihren atlantischen Ursprung vollkommen vergessen.

Das Tüpfelchen auf dem i aber stand in der Fliegenkiste. Anfang der Woche hatte Tóvó Bäcker Restorff gebeten, eine Torte zu backen, unbedingt mit Pudding unten und Backpflaumen oben. Was er darüber hinaus verarbeiten wollte, hatte er Restorffs Erfindungsreichtum und seiner Bäckerehre überlassen.

Er und Restorff trafen sich regelmäßig auf der Straße und unterhielten sich über alltägliche Dinge. Sie redeten über lange Seereisen und fremde Bräuche, und auch dieser Gründonnerstag, an dem Tóvó die Torte abholte, bildete keine Ausnahme.

Als Restorff den Kuchen einpackte, sagte er plötzlich: »Pass auf, Tóvó. Es ist gut, wenn man Obram zum Freund hat, denn er ist ein furchtbarer Feind.«

»Hmmm«, brummte Tóvó. »Obram wird einsehen müssen, dass das Licht des Freihandels nicht nur für ihn und die Fürsten der Sahnetorten scheint, sondern auch für den Arbeiter und den Seemann.«

»Wie wahr«, lachte Restorff etwas gezwungen. »Diese Worte erinnern mich an deinen Urgroßvater. Ein vortrefflicher Mann.«

Ebba lächelte, als sie die hübsche Torte sah. Es kam vor, dass sie Schmalzgebäck und an Feiertagen bisweilen auch ein helles Zuckerbrot buk, aber an eine so aufwendige Torte wagte sie sich nicht. Und das sagte sie dem Bruder auch.

»Was glaubst du, warum habe ich Restorff die Torte backen lassen?«

»Um deiner kleinen Schwester, die eine alte Frau geworden ist, eine Freude zu machen«, antwortete Ebba.

Sámal sah, dass sie sich eine Träne aus dem Augenwinkel wischte, aber ob es an der Freundlichkeit des Bruders oder möglicherweise an der Auseinandersetzung im Fischkeller lag, die ihr durch den Kopf ging, wusste er nicht.

Er fragte den Schwager, ob er sich an Sára Malena erinnern könne, die Zauberin auf Skúvoy.

»Gibt es Zauberinnen auf den Färöern?«, stellte Tóvó die Gegenfrage.

Sámal stopfte sich die Pfeife, während er von Sára Malena erzählte, die vor einigen Jahren in den Kerker gesteckt worden war. Man hatte sie wegen Bettelei und Diebstahls von Strickgarn verurteilt. In der ersten Nacht, in der sie einsaß, starb seltsamerweise Richter Øverstrups Kuh. In der nächsten Nacht fiel die Frau des Richters von der Dachbodentreppe und brach sich ein Bein, als sie schlafen gehen wollte.

Der Richter schickte sofort nach Doktor Napoleon, und während der Doktor den Bruch untersuchte und das Bein schiente, schrieb der Richter an den wachhabenden Konstabler. Er verfügte, dass Sára Malena die letzte Nacht in Tórshavn geschlafen habe, sie sollte so schnell wie möglich zurück nach Skúvoy geschickt werden.

»Und wer, glaubst du, stand mit einer Schachtel mit Zucker, Salz, Tabak und Mehl für das Zauberweib auf der Kongebroen? Gerd, Obrams Ehefrau. Er hatte sie mit den teuren Geschenken dorthin geschickt. Glaub mir. Der Mann steckt voller Aberglauben. Er wird es nicht wagen, einem Brahmadellen ein Bein zu stellen und auch nicht dessen Schwager.«

Unheimlicher Respekt

Am Karfreitag hörte Hjøstrup die ganze Geschichte über den Vorfall im Fischkeller. Sie saßen in der vornehmen Stube in Obrams Haus. Das Abendrot spiegelte sich in einer Scheibe des Schranks, und auf dem Tisch standen Kaffeetassen und Cognacgläser. Der Zigarrenrauch zog langsam zum Fenster, das einen Spaltbreit offen stand, und das einzige Geräusch, das sich hin und wieder vernehmen ließ, war das Klopfen des Dienstmädchens, das sich vor den Männern verbeugte und Kaffee nachschenkte.

Obram und Gerd waren kinderlos, und kurz vor den Feiertagen war Gerd nach Oyndarfjørdur gereist. Abgesehen davon, dass sie Ostern bei ihrer Schwiegermutter verbrachte, wollte sie auch mit einer Verwandten von Obram sprechen. Sie hatte die Absicht, deren Tochter mit nach Tórshavn zu nehmen, um sie bei ihnen wohnen zu lassen, solange das Mädchen auf die Realschule ging.

Obram erzählte Hjøstrup, dass er seinen Arbeitern eine Prämie versprochen hatte, wenn sie die *Hoffnung* bis Ostern löschten. Das war nicht gelungen, aber um ihnen zu zeigen, dass er ihren Einsatz dennoch zu schätzen wusste, hätte er ihnen Waren aus seinem Laden versprochen.

Darum ging es.

Hjøstrup stellte seine Tasse ab, wischte sich die Mundwinkel mit der Serviette ab und erwiderte, er verstände diese Art von Generosität. Es sei auch nicht seine Aufgabe, Obram über irgendetwas zu belehren, dazu sei er überhaupt nicht in der Lage. »Und doch bin ich der Ansicht, dass man sich an die Absprachen halten muss, die zwei Partner vereinbart haben. In nicht allzu vielen Jahren«, fuhr er fort, »werden die Partner auf dem Arbeitsmarkt schriftliche Abmachungen treffen, diese Sitte hat man in anderen Ländern bereits eingeführt. Es ist also nur eine Frage der Zeit, bis es auch auf den Färöern so weit ist. Selbstverständlich ist ein Mann ein Mann und ein Wort noch immer ein Wort. Aber wenn es ums Kaufen und Verkaufen geht, auch beim Ankauf von Arbeitskraft, werden künftig juristisch bindende Vereinbarungen notwendig sein. Das verlangt die neue Zeit.«

Obram wiederholte die groben und zum Teil blasphemischen Worte, die Sámal á Kák gesagt hatte. Er wisse genau, dass Ungebührlichkeit das Vergnügen des armen Mannes sei, wie er es ausdrückte, aber wären die Worte in einem größeren öffentlichen Raum gefallen, hätte der Mann mit einer Klage rechnen müssen. Sámal war einer der Trunkenbolde der Stadt, und dazu kam, dass er der störrischen und hitzigen Kák-Sippe entstammte. Bisher hatten sie weder Schullehrer noch Kirchendiener hervorgebracht.

Die letzten Worte hatte Obram in einem verhandlungsbereiten, versöhnlichen Ton gesagt, aber dem Polizeimeister gefiel diese Art nicht.

Die Gründung des Arbeitervereins Tórshavn war Teil eines größeren Plans zur Modernisierung der hoffnungslos rückständigen Färöer. Das sagte er auch zu Obram. Das Gerede über Stand und Sippe klang in seinen Ohren provinziell, und absichtlich ärgerte er Obram, als er sagte, dass dieses Gerede auch noch ziemlich alttestamentarisch daherkäme.

Hmm, erwiderte Obram überrascht. Er selbst sah sich als einen Repräsentanten der neuen Zeit. Dann fragte er, ob das Alte Testament denn dem Fortschritt im Wege stehe.

Der Polizeimeister antwortete, das Alte Testament und die Gesetze Mose seien in kulturhistorischer Hinsicht durchaus interessant. Er strich über seinen Schnurrbart und wollte wissen, ob Obram bemerkt habe, dass man sofort deren kompromisslosen Drang zur Kreuzigung spüre, sobald mehr als zwei Juden die Köpfe zusammensteckten, egal ob sie Marx, Brandes oder Lassalle hießen.

Nein, erwiderte Obram, das hätte er nicht bemerkt.

»Die Juden sind ein Volk der Bücher«, fuhr Hjøstrup fort. »Und soweit möglich, sollte ein Buchvolk sein ruhiges Leben unter Büchern führen. Das Gebot der Nächstenliebe des Neuen Testaments und die zivilen Gesetze, die 1849 erlassen wurden, sind das Geländer, auf das der moderne Mensch sich stützen sollte. Nicht auf den Streit zwischen längst gestorbenen Juden.«

Obwohl es begrenzt war, was Obram über Tóvó zu berichten wusste, waren es doch gerade die Informationen über ihn, an denen Hjøstrup das größte Interesse hatte. Er erzählte von dem Tag, an dem er Tóvó die Besitzurkunde für das alte Korporalshaus in der Bringsnagøta übergeben hatte. Zunächst hatte er sich gewundert, dass ein gewöhnlicher Tórshavner ausländische Kleidung trug, außerdem hatte er diese vornehme Handhaltung, die auf El Grecos Gemälden die Helden charakterisiert. Sicher, Tóvó war wortkarg geblieben, aber kaum, weil es ihm an Worten fehlte. Eher im Gegenteil, meinte Hjøstrup. Worte waren wertvoll, und auf Wertvolles achtet man genau, das wusste jemand wie Tóvó. Die ganze Zeit war der Mann auf der Hut, das war auffällig, ja geradezu verdächtig. Hjøstrup hatte den Verdacht, und er ließ sich gern berichtigen, wenn er sich eventuell irrte, aber er war ziemlich überzeugt, dass Tóvó die scheuen Augen eines intelligenten Verbrechers hatte. Warnend hob er den Zeigefinger – und es schien, als hätten seine großen Nasenlöcher die Fährte eines Feindes vor der Tür aufgenommen –, bevor er gedämpft hinzufügte, dass Tóvó möglicherweise einer der geheimen Mitglieder der Internationale war.

Obwohl Obram dieser Greco und die anderen fremden Namen irritierten, die Hjøstrup unbedingt in die Unterhaltung einflechten musste, so hörte er doch zu, und zwar mit größtem Interesse.

Er selbst wusste nur die wenigen Dinge über Tóvó zu berichten, die er von anderen gehört hatte. Der Junge war 1852 aus Tórshavn weggezogen, und dass ihm ausgerechnet diese Jahreszahl im Gedächtnis geblieben war, lag daran, dass Ludda-Kristjan und er im Frühjahr und Sommer jenes Jahres das Arzthaus in Tvøroyri gebaut hatten. Damals war Tóvó ein verwahrloster Bursche gewesen, und seit 1857 oder 1858 war er, soweit Obram wusste, ein Vierteljahrhundert nicht mehr auf den Färöern gewesen.

Obram wollte nicht über Tóvós Familie sprechen und auf keinen Fall die Verrückte Betta erwähnen. Aber er konnte sich aus seinen Lehrjahren in Tórshavn noch gut an sie erinnern.

Geistesgestörte Menschen erschreckten ihn ebenso wie geistesschwache. Man konnte sie an ihrem unheimlichen Gerede erkennen, bei dem es einem kalt den Rücken hinunterlief. Als ob ihre Augen durch alles hindurchsehen konnten. Sie blickten einem direkt ins Herz, und genau das war so erschreckend, denn wenn auf dem Herzmuskel schwarze Zeichen geschrieben standen, dann wussten sie es. Glücklicherweise hatte der Landeschirurg begonnen, diese Menschen in geschlossene Anstalten nach Dänemark zu schicken. Nein, er wollte nicht über die Verrückte Betta sprechen, und obwohl er nichts Schlimmes über ihren Sohn sagen konnte, weder als Arbeiter im Steinbruch noch sonst, war er doch erschüttert über dessen gebildete und gleichzeitig harte Worte am Mittwochabend im Fischkeller.

Es hatte seinen Grund, warum Obram es mehr oder weniger vermied, über geisteskranke Menschen zu sprechen. Seine gesamte Jugend in Oyndarfjørdur hindurch hatte er erlebt, wie sein Vater von einer Krankheit gequält wurde, die seine Mutter die graue Seuche nannte. Und die Nächte, in denen sein Vater im Bett schrie und Männer aus dem Dorf kommen mussten, um ihn festzubinden, waren für Obram die fürchterlichste Zeit seines Lebens gewesen.

Er hatte sein Elternhaus mit dreizehn Jahren verlassen, und wäre es früher möglich gewesen, er hätte es getan. Er kam bei Ludda-Kristjan in die Lehre, und dass Ludda-Kristjan sich eines so jungen Burschen vom Dorf erbarmte ... diese Wohltat vergaß er ihm nie. Darum brachte er es nicht fertig, diesen Verleumder Sámal á Kák hinauszuwerfen.

Hjøstrup erkundigte sich, ob es wahr sei, was er gehört hatte. »Sind diese Brahmadellen in der Stadt so eine Art Zauberer?«

Obram antwortete, die Familie í Geil sei bekannt dafür, mehr zu können als nur ihr Vaterunser.

Hjøstrup dachte eine Weile über diese Antwort nach. Dann fragte er, ob er Obram eine persönliche Frage stellen dürfe.

»Aber bitte.«

»Glaubst du an Zauberei?«

Obram lachte. Dann nahm er die Hände an die Wangen und ließ den Kopf in seinen Händen ruhen. »Ich wage zumindest nicht, diese Möglichkeit zu verneinen«, antwortete er.

»Hmmm«, brummte Hjøstrup. »Aber sollte sich herausstellen, dass Tóvó tatsächlich ein Repräsentant der Internationale ist und sein geheimer Plan darauf hinausläuft, einen Streik zu organisieren, würdest du dich dann zurückhalten, mit all der Autorität zu antworten, die das Strafgesetz von 1866 dir zubilligt?«

»Nein«, antwortete Obram. »Nicht eine Sekunde würde ich mich zurückhalten. Dennoch, und das gebe ich ehrlich zu, ich habe Respekt vor solch unheimlichen Menschen.«

»Ist das nicht der Auswuchs eines mittelalterlichen Glaubens?«

»Das kannst du den jungen Müttern erzählen, die ihre Neugeborenen ans Grab des Alten Tóvó tragen. Dort sagen sie eigenartige Verse auf und nehmen einen Grashalm oder vielleicht eine kleine Blume vom Grab mit nach Hause. Sprich die jungen Mütter an. Mach das. Hallo, du da, ja, du, junge Frau. Du lebst im Mittelalter. Sag es ihnen. Oder wende dich an den Pastor und erzähl ihm, dass auf dem Friedhof Abgötterei betrieben wird.«

»Heißt das, es gibt eine Brahmadellen-Sekte hier in der Stadt?«

»Der Alte Tóvó war einhundertfünf Jahre alt, als er starb, und obwohl er von der Kirche begraben wurde und der Pastor über den Leichnam sprach, hielten die Leute einige Zeit danach eine andere Feier ab. Das hat mir mein alter Lehrmeister Ludda-Kristjan erzählt. Du kannst es Mittelalter oder wie immer du willst nennen. Aber es existiert ein tiefer Respekt vor den Brahmadellen.«

»Gut«, erwiderte Hjøstrup. »Dann lass uns darauf anstoßen.«

Die Gläser klangen fein, als sie gegeneinander klirrten. Direkt unterhalb des Randes war eine Borte eingeschliffen, und als der angenehm braune Cognac die Zunge benetzte und langsam die Kehle hinunterglitt, ging Obram durch den Kopf, dass dieser listige Teufel ihn betrog.

Der Streik und der hinterhältige Beamte

Kurz nach dem Sankt-Olafs-Tag 1882 erschienen zwei Repräsentanten der Burgarbeiter, Habba aus Velbastadur und Sámal
á Kák, in Obrams Kontor. Sie kamen, um einen höheren Stundenlohn zu verlangen.

Weder Habba noch Sámal wussten indes, dass Obram über
ihre Absichten bereits unterrichtet war. Er wusste, dass die beiden in dieser Angelegenheit die Sprecher der Arbeiter waren,
und er wusste auch ungefähr, wer zu den eher moderaten Männern zählte. Der alte Informant aus Hvítanes hatte ziemlich
offen geplaudert, allerdings war Obram der Meinung, dass er
die Männer, die bei ihm in Lohn und Brot standen, selbst auch
recht gut kannte. Und Habba und Sámal konnten unmöglich
wissen, dass ihr Arbeitgeber und der Polizeimeister die Situation bereits besprochen hatten. Und damit nicht genug. Sie
hatten sogar schon einen Plan für den Fall, dass es zum Streik
käme.

Als der Mann aus Velbastadur gesagt hatte, was ihm am
Herzen lag, bot Obram jedem der beiden einen Priem an.

Die Freundlichkeit überraschte sie, und noch bevor Habba
sich versah, hielt er das Stück Kautabak in der Hand. Obram
fragte den Mann aus Kák, wie es daheim in Geil stehe, und
Sámal antwortete, alles wie gewöhnlich. Aber, fügte er rasch
hinzu, er wisse nicht, was seine Familie in Geil mit der Sache
zu tun hätte.

Obram lächelte und bat ihn, nicht beleidigt zu sein. Dann

erhob er sich von seinem Schreibtischstuhl und begleitete die beiden Männer nach draußen. Er sah Habba an und klopfte Sámal auf die Schulter.

»Geht jetzt zurück an die Arbeit«, sagte er freundlich. »Ich gedenke zu vergessen, worüber wir gesprochen haben, und das könnt ihr auch den anderen mit den besten Grüßen sagen.«

Sie waren einigermaßen verwirrt, als sie die neue Amtmansbrekka entlanggingen. Vor zwei Wochen waren die Dachsparren und Latten aufgelegt worden, und nun sah man, wie mächtig das Gebäude tatsächlich war. Weder Habba noch Sámal sagten ein Wort. Vor diesem kolossalen Bauwerk erkannten sie, wie klein sie selbst waren.

Vor dem Treffen waren die Männer sich einig gewesen, die Arbeit niederzulegen, sollte bei den Verhandlungen mit Obram nichts herauskommen. Und nachdem Habba seinen Kollegen von diesem merkwürdigen, gleichzeitig aber auch verdächtigen Treffen berichtet hatte, wurde der Beschluss in die Tat umgesetzt.

Die meisten blieben jedoch an Ort und Stelle, nur einer ging aufs Feld, um bei der Heuernte zu helfen. Einige wenige trotteten nach Hause.

Dies alles geschah morgens gegen neun Uhr. Zur Mittagszeit rief dann ein Junge durch ein offenes Fenster, dass die Soldaten anrückten. Zwei Minuten später war vor dem Gebäude das Trampeln von Stiefeln zu hören, und über die vorläufig verlegten Bodenbretter traten zehn bewaffnete Wachsoldaten mit Polizeimeister Hjøstrup an der Spitze ein. Er trug einen langen Mantel, hatte sich einen Säbel umgeschnallt und ergriff sofort das Wort.

In einem Krieg, so erklärte er, könne man dem Feind drohen. Aber es herrsche kein Krieg in Tórshavn, und es hatte in der Stadt auch keinen Kriegszustand gegeben, seit 1808 Hauptmann Baugh und der Seeräuber Baron Hompesch, der allgemein der Brillenmann genannt wurde, gewütet hatten. Hjøstrup forderte die Männer auf, an die Arbeit zurückzukehren, und zwar unverzüglich. Sie sollten auch daran denken, dass Obram aus Oyndarfjørdur nicht ihr Feind war. Im Gegenteil, Männer wie er waren die Voraussetzung, dass in Tórshavn die neue Zeit Einzug halten konnte.

Habba antwortete: »Es ist kein Verbrechen zu behaupten, dass achtzehn Øre als Stundenlohn zu gering sind. Für die gleiche Arbeit bekommen die Steinmetze in Kopenhagen zweiunddreißig Øre in der Stunde. Die Lohnforderung ist auch nicht unbillig, wenn man bedenkt, dass wir große Hausstände zu versorgen haben.«

Der Polizeimeister schien seine Worte überhaupt nicht zu beachten. Er schaute Habba an, und er sah nur ein großes Proletariervieh, das jedes Mal, wenn es schiss, den Eimer füllte.

Mit der linken Hand gab er den Soldaten ein Zeichen, und augenblicklich standen sie mit gespreizten Beinen da, ließen die Büchsen an ihren rechten Fuß gleiten und umfassten den Lauf.

Der Polizeimeister erklärte, er wäre nicht gekommen, um zu diskutieren. Er käme als höchster Repräsentant des Gesetzes und müsse sie daran erinnern, dass es als Unruhestiftung gewertet würde, sollten sie seinem Befehl nicht Folge leisten.

Die Arbeiter waren ratlos. Sie sahen sich gezwungen, auf den Befehl des Polizeimeisters sofort und ohne Beratung zu reagieren.

Vater und Sohn aus Hvítanes waren die Ersten, die nachgaben. Mit gesenktem Kopf folgte der Sohn dem Vater zu den Stützbalken, und auch einige andere nahmen angesichts der Drohung die Arbeit wieder auf.

Der Rest wurde in den Kerker der Festung gebracht.

Obwohl bei der geforderten Lohnerhöhung Habba und Sámal die Sprecher der Arbeiter gewesen waren, hatte man nicht sie gegen zehn Uhr abends zum Verhör in die Wachstube gebracht.

Zwei Wachsoldaten holten Tóvó und legten ihn in Handeisen. Der eine war Laurits á Bakkahellu. Tóvó regte sich auf, weil die Kette zwischen den Handfesseln so kurz war, dass er mit gefalteten Händen dastehen musste. Die Eisen schienen absichtlich so geschmiedet worden zu sein – die Gefangenen sollten zu einer Haltung gezwungen werden, als würden sie um Gnade bitten. Tóvó fragte Laurits, ob er es wirklich für nötig halte, ihn in Handeisen zu legen, und die Antwort, die er bekam, war so grotesk und unerwartet, dass er laut auflachen musste. Laurits antwortete, Tóvó sei ebenso verrückt wie seine Mutter, daher müsse man ihn in Eisen legen.

Hjøstrup stand am Bilegger-Ofen, als der Soldat mit Tóvó eintrat, und sofort begann er eine längere Predigt darüber, wie gefährlich ein Zusammenschluss wie die Internationale sei. Der Schreiber saß an dem großen Plankentisch unter dem Fenster, und jedes Mal, wenn Hjøstrup seine Lungen füllte, hörte man das hastige Kratzen der Feder auf dem Papier.

Die Internationale rekrutiere ihre Mitglieder in den großen Städten, erklärte der Polizeimeister. Man dürfe sie nicht unterschätzen. Bestimmt nicht. Sie waren ebenso gut organisiert wie die Zeloten zur Zeit Jesu, und sie waren nicht weniger kompromisslos. Die Zeloten waren tatsächlich tragische Juden, die die Römer mit der gleichen Inbrunst hassten wie die Internationale die heutigen Autoritäten.

Die Streiks auf dem Kontinent hätten sich zu einer wahren Pest entwickelt, fuhr Hjøstrup fort, und die Streikenden hätten nur ein Ziel: Gewalt. Darüber war sich Premierminister Estrup im Klaren und mit ihm der preußische Kanzler Bismarck. Aber solange er, Ewald Hjøstrup, Polizeimeister auf den Färöern war, würde niemand ungestraft davonkommen, der das zerstörte, was Obram aus Oyndarfjørdur und die modernen Färöer repräsentierten.

Hjøstrup atmete tief ein, dann fragte er, in welcher Form die Internationale ihre Befehle verschickte.

»Ich verstehe die Frage nicht«, erwiderte Tóvó.

»Ich will wissen, wer der Kurier ist«, präzisierte Hjøstrup. »Bekommst du deine Befehle von ausländischen Matrosen oder etwa von Besuchern? Oder hat die Internationale schon eine Abteilung hier in der Stadt, die eigenständige Beschlüsse fasst? Danach frage ich dich.«

Tóvó versuchte, sich zu erinnern, ob Habba oder Sámal jemals die Internationale erwähnt hatten. Der Schwager wusste nichts von dieser Vereinigung, das war in jedem Fall sicher. Aber Habba kannte die Verhältnisse in Dänemark ein wenig. Dennoch konnte sich Tóvó nicht entsinnen, dass er je über die Internationale oder irgendetwas anderes geredet hätte, das mit internationaler Zusammenarbeit zu tun haben könnte.

Daher zuckte er die Achseln und sagte, er empfange von niemandem Befehle.

»Willst du etwa auch behaupten, dass du nicht weißt, was die Internationale ist?«, fragte Hjøstrup weiter.

Tóvó erwiderte, er habe gehört, dass eine Arbeitervereinigung existiere, die so heiße, aber er hätte keinerlei Verbindung dazu. Auch nicht zum Arbeiterverein.

Hjøstrup schien diese Worte zu bedenken und erkundigte sich dann, was Tóvó denn genau über die Internationale gehört hatte.

»Ich bin viele Jahre Seemann gewesen«, antwortete Tóvó. Möglicherweise hatte er dieses Wort an Bord eines Schiffs oder in einem fremden Hafen gehört. Aber wo, wisse er nicht mehr.

Hjøstrup blieb hartnäckig. Fragte, ob es in Nordeuropa oder

vielleicht in einer Hafenstadt am Mittelmeer gewesen sein könnte. Oder hatte er eventuell von der Internationale gehört, als er mit Waffen nach New Orleans segelte?

Tóvó war sich nicht recht im Klaren, wieweit es seiner Sache dienlich war, so zu tun, als sei er vollkommen unwissend, gleichzeitig wunderte er sich, warum der Polizeimeister New Orleans erwähnte. Hatte er möglicherweise einen heimlichen Trumpf im Ärmel?

»Der Amerikanische Bürgerkrieg war längst beendet, als ich zum ersten Mal über den Atlantik segelte«, entgegnete er. Er sei viel nach Hamburg, Amsterdam und auch nach Bergen gekommen, vermutlich habe er in einer dieser Städte von dem Zusammenschluss gehört. Aber hatte das denn eine so große Bewandtnis?

Plötzlich wurde der Polizeimeister wütend und fragte, was für ein Irrsinn hier eigentlich vor sich gehe?

Tóvó wusste nicht, dass Hjøstrup schon vor mehreren Monaten den Postmeister Hans Christoffer Müller aufgefordert hatte, die Briefe zurückzuhalten, die an Tórálvur í Geil gerichtet waren. Außerdem hatte der Polizeimeister mit dem Sparkassendirektor über Tóvós finanzielle Verhältnisse gesprochen. Er hatte erfahren, dass Tóvó, obwohl er nicht reich war, doch mehr Geld auf dem Konto hatte als die meisten Leute.

Und Hjøstrup hatte beschlossen, dass es sich bei Tóvó um einen Mann handelte, den die Behörden im Auge behalten mussten. So besessen war er von seiner Konspirationstheorie.

Der Polizeimeister antwortete, er allein habe zu entscheiden, welche Fragen von Bedeutung waren und welche nicht. »Dies ist ein Verhör, und vielleicht erscheint es ein wenig irrsinnig, das kann ich nicht ausschließen. Aber Tórshavn ist von einem Streik betroffen, das ist der wahre Irrsinn, und bei allem, was mit einem Streik zu tun hat, riecht man sofort den Gestank der Internationale.«

Hjøstrup ging auf und ab, während er redete, nun setzte er sich neben den Protokollanten.

Eine Zeitlang wirkte er ein wenig abwesend, nur hin und wieder sah er hinüber zu Tóvó. Dann griff er nach einem Blatt Papier, tauchte die Feder ins Tintenfass und skizzierte die europäischen und nordamerikanischen Küsten. Er wollte, dass Tóvó ihm die Namen der Schiffe nannte, auf denen er früher gefahren war und welche Hafenstädte sie angelaufen hatten.

Ein Lächeln glitt über Tóvós Lippen. Zum ersten Mal wurde er danach gefragt, und ausgerechnet diese harmlose Antwort sollte dann verwendet werden für, nun ja, er wusste nicht genau, wofür, aber bestimmt nicht für etwas Gutes.

Seine Zeit als Seemann habe im Sommer 1858 begonnen, berichtete er. Damals kam der norwegische Schoner *Rosendal* nach Tvøroyri oder wohl eher nach Hvalba, denn das Schiff wollte Kohle aufnehmen. Er war damals neunzehn Jahre alt gewesen, seither hatte er den größten Teil seines Lebens auf See verbracht. Die Ostsee war das Meer seiner Lehrzeit. Die elenden Seelenverkäufer, die gegen die Konkurrenz der Dampfschiffe nicht ankamen, segelten mit Bauholz und Fisch nach Lübeck, Rostock, Danzig, Sankt Petersburg und wie die verschiedenen Häfen der Ostsee alle hießen. Später hatte er auf dem Raddampfer *Håkon Jarl* angemustert, der eine feste Route zwischen Bergen und Hamburg fuhr. In Amsterdam bekam er eine Heuer auf der *Thin Lizzy*, die Kohle von Newcastle nach Amsterdam transportierte. Er war viel zwischen Alexandria und Southampton und auch zwischen Southampton und New York unterwegs gewesen.

Hjøstrup unterbrach ihn. Plötzlich schien all das Maritime vollkommen uninteressant geworden zu sein. Er setzte ein erstauntes Gesicht auf, als er erklärte, soweit ihm bekannt sei, würden drei Totschlagsdelikte mit seiner Person in Verbindung gebracht.

Der Schreiber reichte ihm einen großen Umschlag, und als Hjøstrup eine Weile in den Papieren geblättert hatte, fand er, wonach er gesucht hatte.

1858, sagte er, starb ein Mann namens Jóakim Nolsøe in Tvøroyri, und laut dem Arzt Napoleon Nolsøe gab es verschiedene Hinweise, dass es sich dabei um Totschlag gehandelt habe.

Hjøstrup legte das Blatt beiseite und fügte hinzu, dass die Behörden in diesem Fall nicht viel unternommen hätten. Damals verdächtigte man einen Schotten namens Ronnie Harrison der Tat. Hjøstrup erklärte, er sei fest davon überzeugt, dass Tóvó genau wisse, wer dieser Ronnie Harrison war.

Tóvó spürte, wie ihm das Blut aus dem Kopf strömte und der Hals trocken wurde, aber er wagte nicht, um etwas zu trinken zu bitten.

Ja, sagte er, er erinnere sich an Ronnie Harrison, aber vor allem an dessen Onkel George Harrison. Er erinnere sich vor allem deswegen an ihn, weil sein Vater und sein Bruder auf George Harrisons Schiff, der *Glen Rose*, gefahren waren.

Hjøstrup blätterte weiter in seinen Papieren und sagte, 1868, zehn Jahre später, wurde Ronnie im Keller eines Bethauses in Fraserburgh ermordet aufgefunden. Der Fall hatte die Gemeinde erschüttert. Zum einen, weil der Mord in einem geweihten Haus passiert war, zum anderen, weil es sich bei dem Opfer um einen Priester der Freikirche handelte.

Dass Tóvó nicht auf den Färöern war, als Nils Tvibur plötzlich starb, wisse er, fügte Hjøstrup hinzu, ja, einige meinten sogar, er sei ermordet worden. Aber dennoch hatte Tóvó sein Haus an der Bringsnagøta geerbt. Wie hing das alles zusammen? Waren all diese Todesfälle reiner Zufall?

»Vielleicht sollte ich mich ein wenig klarer ausdrücken«, sagte Hjøstrup. »Tatsächlich habe ich Angst vor dir, denn dort, wo du hingehst, riecht es nach Blut. Verstehst du? Ich kann mich auch ein wenig anders ausdrücken: Noch vor hundert

Jahren hätten diese Namen, also Jóakim Nolsøe, Ronnie Harrison und Nils Tvibur, und dann natürlich die Tatsache, dass du aus einer Sippe von Zauberern stammst, gereicht, um ein Todesurteil über dein elendes Leben zu fällen. Daher frage ich dich, ist das alles Zufall?«

Hjøstrup goss Wasser in ein Glas. Das Wasser hatte die gleiche blasse Farbe wie das Licht der Lampe, aber er trank nicht. Als er das Glas vollgegossen hatte, ließ er es einfach auf dem Tisch stehen und leuchten.

»Und jetzt der Streik, ist das auch Zufall? Warum habt ihr erst jetzt angefangen zu streiken?«

»Davon weiß ich nichts«, erwiderte Tóvó. »Fragt einen anderen.«

»Welchen anderen?«

»Sie haben den Kerker voller Arbeiter.«

»Warum habt ihr in diesem Herbst nicht früher angefangen zu streiken?«, insistierte Hjøstrup. »Als ihr Obram erpressen konntet. Oder nicht noch früher im Jahr, gleich nach dem Vorfall im Fischkeller?«

Nun tat Tóvó etwas, was er besser nicht hätte tun sollen. Er ging zu weit.

Und zwar, um nicht mehr über die Morde sprechen zu müssen. Vor allem nicht über den Mord an Ronnie Harrison.

»Ich habe in der *Dimmalætting* gelesen, dass der Amtmann einen Jahreslohn von annähernd 6000 Kronen bekommt«, sagte er. »Und dass Sie ungefähr 3600 Kronen erhalten. Außerdem haben Sie beide eine freie Wohnung und zusätzliche Pachterträge. In Kronen und Øre sind Sie ungefähr zehnmal so viel wert wie ein Arbeiter bei Obram aus Oyndarfjørdur.«

Hjøstrup lachte laut auf. »Meint Tóralvur í Geil vielleicht, dass der Arbeiter mit demselben Maß gemessen werden kann wie ein königlicher Beamter?«

»Nein. Das ist bestimmt nicht meine Meinung. Dazu ist der

Beamte viel zu hochnäsig und sein Stand viel zu faul. In der Bibel steht kein Wort über den königlich dänischen Beamten. Aber Lukas schreibt, dass ein Arbeiter seinen Lohn wert ist.«

»Ich glaube, jetzt ist der Agitator erwacht«, rief Hjøstrup.

»Seid Ihr wirklich überzeugt, dass Obrams Arbeiter einen ausreichend hohen Lohn bekommen?«

»Tórálvur í Geil. Lass dir eines gesagt sein. Meine Aufgabe ist es, für Recht und Ordnung auf den Inseln zu sorgen, deshalb bin ich in diese Sache involviert. Ich habe keine bestimmte Ansicht über die Höhe eines Geldbetrags, das zu entscheiden ist Aufgabe des Arbeitsmarkts.«

Tóvó streckte seine gefesselten Hände vor. »Und warum muss ich dann Handeisen tragen, wenn das so ist?«

Hjøstrup lächelte. »Ich habe gehört, dass du aus einer Sippe von Zauberern stammst. Man muss sich schützen.«

Der Polizeimeister erhob sich. Er hätte Tóvó am liebsten gedankt, dass er ihm so viel Material für einen brauchbaren Bericht geliefert hatte.

Jetzt wollte er nach Hause zu einer guten Mahlzeit. Aber er würde zwei Wachen mitnehmen. Wenn die Arbeiter auf die Idee kamen zu streiken, fiel ihnen möglicherweise auch ein, auf Angehörige der Obrigkeit loszugehen.

Vielleicht stand der Mann aus Velbastadur an der Spitze des Streiks, er und dieser Gauner á Kák. Habba wirkte bloß so unglaublich dumm. Plötzlich kicherte Hjøstrup. Er nahm eine Hand vor den Mund, um den Lachanfall zu verbergen, der in seiner Brust hochbrodelte. Das Bild, das er gegen Mittag vor sich gesehen hatte, Habba als ein großes Proletariervieh, das jedes Mal den Eimer füllte, wenn es schiss, ging ihm wieder durch den Kopf. Der Mann war nichts anderes als Körper, Maul und Gedärm, und wenn er sich auf seine haarige Brust schlug, hüpften die kleineren Proletarierviecher um ihn herum.

Hjøstrup zog den Mantel an und sagte zu Laurits á Bakkahellu, dass er die Gefangenen in einer halben Stunde freilassen könne.

Auf dem Weg zur Tür blieb er an dem Schemel stehen, auf dem Tóvó saß, und hörte in sich eine Stimme singen: Brahmadi, brahmadu, brahmaduff. Dann trat er zufrieden auf die Straße.

Der Kampf, der alles änderte

─────────

Die erste offizielle Veranstaltung des Arbeitervereins Tórshavn oder *Foreiningin*, wie die Einheimischen ihn nannten, war eine Aufführung von Heibergs Singspiel *König Salomon und der Hutmacher Jörgen.*

Es wurde am 3. Februar 1883 in der alten, von Pastor Bauer errichteten Kirche aufgeführt, und bei der kleinen Zusammenkunft hinterher fragte Polizeimeister Hjøstrup Henriette, was sie von dem Stück hielt.

»Dia vid Stein ist ein Schatz am Klavier, und einige Lieder waren wirklich herzergreifend«, antwortete sie. »Aber wenn das ein dänischer Klassiker ist, dann bewahren Sie mich bitte vor dem Rest.«

Gegen Mitternacht war sie nach Hause gegangen, gute drei Stunden später erwachte sie.

Seit einiger Zeit klopfte jemand an der Haustür, zwei kurze Schläge, Pause, drei kurze Schläge, wieder und wieder.

Schließlich griff sie nach dem Kerzenhalter und ging damit vorsichtig die Treppe hinunter. Sie ahnte nicht, dass sie ganz unmittelbar in ein sehr gegenwärtiges Drama mit einem Brahmadellen in der Hauptrolle verwickelt werden würde.

»Wer ist da?«, fragte sie.

»Tóvó. Tórálvur í Geil.«

»Weißt du nicht, wie spät es ist?«, fragte sie nach langem Zögern.

»Ich weiß nur, dass die Nacht schwarz ist.«

Sie drehte den Schlüssel um und öffnete die Tür einen Spalt weit – und als sie sein blutiges Gesicht sah, wollte sie sie sofort wieder zuwerfen. Aber Tóvó klemmte seinen rechten Stiefel zwischen die Tür und den Rahmen, bat um Entschuldigung für die Unannehmlichkeiten, erklärte aber auch, dass er nirgendwo sonst hingehen könne, sie müsse ihn einlassen.

Als Erstes bat Tóvó sie, ihm zu helfen, seinen linken Arm wieder einzurenken.

Obwohl er nicht sonderlich bedrohlich wirkte, tat sie aus Angst, worum er sie bat.

Er setzte sich auf eine Treppenstufe, steckte die Hand und den Arm durch das Gitter des Treppengeländers und forderte sie auf, seinen Unterarm mit beiden Händen festzuhalten, er wollte den ausgekugelten Arm mit einem festen Ruck zurück ins Gelenk setzen.

Der erste Versuch misslang, und Henriettes Gesichtsausdruck nach zu urteilen war sie es, die den größeren Schmerz verspürte. Beim zweiten Mal ging es besser. Tóvó zählte eins, zwei, drei, und während sie seinen Unterarm festhielt, warf er seinen Oberkörper zurück, und ein deutliches Knackgeräusch bewies, dass der Arm wieder im Gelenk saß.

Henriette goss lauwarmes Wasser vom Herd in eine Schale und untersuchte sein Gesicht. Sie sagte, er müsse genäht werden, in jedem Fall brauche das Ohr zwei, drei Stiche, aber sie könne das nicht. Sie ekelte sich vor dem hellroten Fleisch, das unter der abgerissenen Haut und den Haaren zu sehen war, die sich wie lange Fliegenbeine in die feuchte Wunde bogen.

Vieles deutete darauf hin, dass Tóvós Nase auch gebrochen war, aber so empfindlich, wie sie dem geringsten Laut gegenüber war, wagte sie nicht, die Nase anzufassen. Allein bei dem Gedanken, dass sie das winzige Geräusch von zwei Stückchen Knorpel hören könnte, die aneinanderschaben, lief es ihr kalt den Rücken hinunter.

Obwohl sie aus derselben kleinen Stadt stammten, waren sie doch zum ersten Mal im selben Raum. Sie hatte ihn durchaus hin und wieder gesehen, und vom Küchenfenster aus hatte sie ihn auch mit dem Fernrohr beobachtet. Nun ja, mein Gott, das alte Fernrohr war schließlich das Bindeglied zwischen Tóvó und Pole. Sie hatte ihn beobachtet, weil er einer der wenigen Männer der Stadt war, der fremdländische Kleidung trug. Jetzt sah sie, dass er ein ansehnlicher Kerl war. Wie viele andere Seemänner trug er einen Goldring im Ohrläppchen, aber der Backenbart war gepflegt. Möglicherweise hatte sie mit ihm gesprochen, als er noch ein Junge war, doch daran erinnerte sie sich nicht mehr. Allerdings hatte sie eine vage Erinnerung, dass die Familie in Geil einen Hund hatte, der ein- oder zweimal in ihrem Hühnerhaus war.

Nur das Bild von Betta sah sie klar vor sich. Die Frau war so lebhaft gewesen und glücklich über ihre Kinder, und dann wurde sie in diesem traurigen Jahr Witwe. Plötzlich ging Henriette durch den Kopf, dass sie und Betta sich in derselben Augustnacht 1847 mit dänischen Offizieren amüsiert hatten, und fast wäre sie vor Lachen geplatzt, als sie ihren Offiziersfreier vor sich sah, der so liederlich ihre Hand benetzt hatte.

Für Betta war es kein Spaß gewesen. Tatsächlich hatten die Offiziere die Frau oder das, was von ihr noch übrig war, zerstört. Das hatte Pole ihr mehr als einmal erzählt.

O mein Gott, seufzte Henriette, als sie sich an den Brief des ehemaligen Landeschirurgen Claus Manicus erinnerte. Das war 1840 oder 1841 gewesen. Der Alte Tóvó hatte sie gebeten, ihm den Brief vorzulesen, und sie erinnerte sich an seine stillen Tränen, als sie ihm mit bebender Stimme die Mitteilung vom Tod seiner Tochter Gudda vorlas.

Und dann hatte ihre Mutter ihr verboten, das Haus in Geil zu betreten. O Mutter, dachte sie. Du fürchterlicher Snob.

Obwohl Henriette ihr Bestes tat, einen gebührenden Abstand zu halten, während sie Tóvós Gesicht und Hals wusch, war sein männlicher Duft anziehend. Seine weiße Haut war so heiß, dass sie am liebsten einen kleinen, klaren Speicheltropfen auf sie hätte fallen lassen. Vielleicht wäre der Tropfen geschmolzen oder wie ein Wassertropfen auf dem heißen Herd zerplatzt.

Unverschämte Henriette, schimpfte sie mit sich selbst, mach die Nase zu.

Das Eigenartigste an ihm waren allerdings die Sehnen an seinem Nacken. Nicht dass sie in ihrem Leben schon viele Männernacken erforscht hatte, aber noch nie hatte sie so hübsche Sehnen gesehen. Es reizte sie, sie zu berühren, aber sie hielt sich zurück. Sie waren wie Tauenden, die man als Springseil oder als Glockenstränge in der Kirche verwenden könnte.

Sie holte den Schminkspiegel aus der italienischen Tasche und reichte ihn Tóvó. Eine Weile sah er sich seine Nase an. Dann kniff er die Augen zu Schlitzen zusammen, griff sich mit Daumen und gekrümmtem Zeigefinger ans Nasenbein und zog das gebrochene Stück zurück an seinen Platz. Einen Augenblick blieb er mit geschlossenen Augen sitzen. Dann sagte er, Pole habe Schmerzen für gewöhnlich mit Genever gelindert.

Henriette schlug die Hände zusammen und bat ihn um Vergebung, weil sie nicht sofort daran gedacht hatte. Sie holte eilig ein Portweinglas und füllte es mit Schnaps – und das erste Glas lief direkt in sein Herz. Sie schenkte erneut ein, und als er zum zweiten Mal die Flüssigkeit in seinem Mund spürte, tastete er mit der Zunge, ob er noch alle Zähne hatte. Er lächelte zufrieden, nichts war abgebrochen. Gleichzeitig reinigte er das Zahnfleisch und den Gaumen mit dem starken Getränk.

Henriette zeigte auf sein Ohr und erklärte, sie sei nicht geschickt genug, um es zu nähen. Tóvó erwiderte, kein Problem, er hatte sich an Bord der Schiffe oft genug um Verletzungen kümmern müssen.

Während Henriette aus den alten Praxisräumen Nadel und Faden holte, sah Tóvó, dass Poles alte Chaiselongue unter dem Fenster stand. Sie war neu bezogen, aber er erkannte die gedrechselten Beine und das runde Kopfende. Sie hatte schon in Tvøroyri gestanden, dachte er.

Aber ganz offensichtlich fühlte die Witwe sich unsicher.

»Dies ist kein gewaltsamer Überfall«, erklärte er, als sie mit der alten Arzttasche zurück in die Küche kam.

»Was ist es dann, wenn man nachts bei den Leuten eindringt?«

»Ja, ja«, sagte Tóvó und fädelte den Faden in die Nadel. »Aber erst muss ich die Wunde nähen. Können Sie mir den Spiegel halten?«

Plötzlich lächelte er. »Sie waren trotz allem mit einem Arzt verheiratet, und vor dreißig Jahren war derselbe Arzt mein Pflegevater.«

Henriette nickte und strich ihm über die Wange. Einen Moment überlegte sie, ihm zu erzählen, dass sie die Briefe gelesen hatte, die er Pole geschickt hatte. Sie fand seine Briefe hübsch und interessant. Aber vielleicht würde er ihr das übelnehmen. Bestimmt sogar. Die Briefe waren so persönlich, dass selbst Pole nicht darüber gesprochen hatte. Sie hatte die Briefe erst nach seinem Tod in einer seiner Schreibtischschubladen gefunden. Sie waren mit einem roten Band gebündelt, und wenn Pole sie aufbewahrt hatte, mussten sie ihm etwas bedeutet haben. Tóvó sollte die Briefe zurückbekommen, dachte sie, als er sie bat, ihm den Spiegel zu halten, damit er sah, wo er die Stiche anbringen musste.

Henriette knöpfte ihren Mantel zu, als sie die schmale Klokkaragøta entlangging. Die Luft war frisch und kühl, und es tat ihr gut, ein wenig Abstand zu den Ereignissen der Nacht zu bekommen. Der Nacht? Sie hörte lautes Gerede von ein paar

Fischern drüben bei den Bootshäusern, und als sie stehen blieb, hörte sie auch, wie die Enten und Eiderenten an der Mündung des Flüsschens erwachten. Männer und Vögel, dachte sie. O Gott, wie schön war es, lebendig zu sein.

Erst jetzt sah sie, dass der Morgen bereits anbrach. Im Norden war der Himmel noch dunkelblau, während im Osten bereits ein gelblicher Streifen eingewebt war. Der Morgenstern war fast verschwunden, und der Mond hing ungewöhnlich schwer und gelb direkt über der Landzunge. Sie wunderte sich über dieses seltsam freudige Gefühl, dass Tórálvur í Geil in ihrer Küche auf der Chaiselongue lag und schlief. Er hatte gefragt, ob er sich ein oder zwei Stunden hinlegen dürfe, und sie hatte es nicht fertiggebracht, Nein zu sagen. Vor allem als sie daran dachte, dass er die nächsten Nächte vermutlich im Kerker der Schanze zubringen musste.

Als sie zur Bringsnagøta kam, sah sie sofort, dass in einem Fenster an der Straße Licht brannte, und als sie näher kam, erkannte sie, dass es sich um die Moschee handelte. Die blaue Haustür stand offen, an der Tür hielt ein Soldat Wache.

Sie wollte sofort umdrehen und heimgehen, aber um keinen Verdacht zu erregen, ging sie weiter die Straße entlang, und als sie zur Moschee kam, wünschte sie dem Wachsoldaten einen guten Morgen. Es handelte sich um Laurits á Bakkahellu, und sie erinnerte sich, wie ihre Kusine Fióla einmal erzählt hatte, sie und Laurits hätten als Kinder zusammen gespielt, und der dritte Spielkamerad war damals niemand anderes gewesen als Tórálvur í Geil.

Und bei ihrer Hochzeit mit Pole hatte Laurits den Mundschenk gegeben, doch an diesem Morgen erwiderte er kaum ihren Gruß. Sie sah, dass seine Tonpfeife glühte, und als sie an ihm vorbei war, spürte sie deutlich seinen forschenden Blick im Nacken.

Tóvós Bericht hatte sie unsicher werden lassen, ja der Mann verstand es, seine Sache zu vertreten. Sie hatte den Eindruck, als würde sie in der Art und Weise, wie er sprach, den Stil der Briefe wiedererkennen. Die Briefe hatte er zwar auf Dänisch und manchmal auch auf Englisch geschrieben, aber derselbe würdige Ton fand sich auch in den färöischen Wörtern.

Was er ihr in der Nacht über den Kampf erzählte, hatte sie vollkommen verwirrt. Seine Äußerungen über Hjøstrup und die Foreiningin indes waren sehr genau und wahr.

Es gab einen Verlierer bei dem Streik, und die Tórshavner wusste, dass dies Tórálvur í Geil war. Alle anderen hatten ihre Arbeit zurückerhalten, nur er nicht, und bereits am nächsten Tag würden wieder Hammerschläge von der Amtmannsburg zu hören sein.

Das Schlimmste aber war, dass sie Tóvós Einschätzung des Polizeimeisters intuitiv teilte, nur hatte sie bisher keine Worte für dieses Gefühl gefunden. Vielleicht fehlte es ihr aber auch an Mut dafür.

Doch wem sollte sie sagen, dass sie Hjøstrup für eine Zwergenausgabe von Mephisto hielt?

Pætur aus Kirkjubøur kannte möglicherweise die Geschichte über den Lakai des Bösen, aber er gehörte nicht zu denen, die mit Frauen über wesentliche Dinge sprachen. So etwas war gleichsam unter der Würde eines Sonnenmanns.

Der Buchbinder war ein verlässlicher Mann, gewiss, doch seine Lektüre beschränkte sich auf die Zahlenkolonnen seines Sparkassenbuchs und auf die Bibel. Wenn sie sein Gesicht sah, musste Henriette immer an ein sonntägliches Abendessen mit Lammfleisch denken. Mit den Jahren hatte seine Unterlippe die Form der Tülle einer Bratensauciere angenommen, und wenn er sprach, waren die Wörter dunkel und dick wie die Sauce.

Dennoch hielt sie es für richtig, sich weiterhin an den Treffen der Foreiningin zu beteiligen, denn sie war der Ansicht, es sei an der Zeit gewesen, einen Verein zu gründen, der sich der Bildung der gewöhnlichen Leute annahm. Es handelte sich gewissermaßen um eine Fortsetzung des Bibliothekswesens. Und Bildung war auch das Ziel der neuen Wochenzeitung *Dimmalætting*. Aber die Foreiningin einen Arbeiterverein zu nennen, das hieß, unter falscher Flagge zu segeln.

Auf einer Sitzung hatte Hjøstrup ihr vorgeschlagen, *Das rote Zimmer* des jungen Schweden August Strindberg zu lesen. Er hatte ihr sein Exemplar geliehen, und all den Unterstreichungen und Notizen nach zu urteilen hatte er das Buch nicht nur gründlich studiert, es hatte seinen Besitzer auch durchaus provoziert. *Das rote Zimmer* war allerdings auch eine heftige Lektüre. Aber das waren Dickens' Romane über Oliver Twist und David Copperfield auch. Gar nicht zu reden von *Ein Puppenheim* und anderen neuen Dramen dieses norwegischen Genies Ibsen.

Die Dänen waren zurückgeblieben, wenn es um realistische Literatur ging. Das hatte sie auch Hjøstrup gesagt, als sie ihm das Buch zurückgab. Strindberg ist die Gegenwart, sagte sie, und all das, woran sein forschendes und wissbegieriges Auge sich heftet, registriert er ganz genau. Man konnte ihm nicht die Schuld dafür geben, dass die Gegenwart in vielerlei Hinsicht so hässlich und ungemütlich war.

In diesem Zusammenhang hatte sie einige Worte zitiert, die Georg Brandes über die dänische Literatur geschrieben hatte: *Sie handelt nicht von unserem Leben, sondern von unseren Träumen.*

»Ich kann diesen arroganten Juden nicht ausstehen«, war Hjøstrups einzige Antwort gewesen.

Der König ist ein Kastrat

Die Fenster und beide Türen der ehemaligen katholischen Bauerskirche standen nach dem Schauspiel und dem Fest sperrangelweit auf. Es schien, als habe sich die Kirche aus eigenem Antrieb der Nacht geöffnet und die Winde gebeten, sämtliche Lieder und spöttischen Repliken von Jörgen Hutmacher hinauszublasen.

Die Kirche war 1859 eingeweiht worden, und obwohl Pastor Bauer weniger Seelen vor dem Fegefeuer rettete, als Pløyen Zähne im Mund hat, wie Doktor Pole einmal gesagt hatte, kam es doch vor, dass die Kirche zumindest halb voll war. Und zwar an den Sonntagen, an denen belgische und schottische, manchmal auch französische Fischerboote auf Tórshavns Reede vor Anker lagen.

Der Mond schien über den verfallenen Garten, und auf der Bank an der südlichen Tür der Kirche saß Obram aus Oyndarfjørdur, glücklich und unwissend, dass ihm bald die Testikel abgerissen würden.

Es war bereits eine Weile her, dass die Gäste nach Hause gegangen waren, und Obram und zwei Frauen hatten Teller, Tassen und Gläser zusammengeräumt und den Boden gefegt. Er forderte die Frauen auf, ebenfalls heimzugehen, er wollte dann die Lichter löschen und abschließen.

Obwohl die Fenster und Türen aussahen, als schrien sie nach einem reinigenden Wind, wehte nicht das geringste Lüftchen. Die Johannisbeersträucher erschienen in der nächtlichen

Dunkelheit wie ausgeschnitten, entblößt und silbrig glänzend zeigten sie sich im bleichen Mondlicht.

Einen Steinwurf von der Kirche entfernt lag das Hospital, und plötzlich schreckte Obram durch einen Schrei auf. Er wusste nicht, ob er ein wenig eingenickt war und geträumt hatte, doch als er den Schrei zum zweiten Mal hörte, vermutete er, dass irgendjemand, der an der grauen Seuche litt, hinter den Gittern der geschlossenen Abteilung schrie. Einen Moment überlegte er, die Böschung hinunterzugehen und nachzusehen, ob irgendetwas Besonderes vorgefallen war, er konnte sich jedoch nicht recht entschließen. Dennoch erhob er sich, und als er an die Gartenpforte trat und diese öffnen wollte, stand Tórálvur í Geil vor ihm.

Obram unternahm keinerlei Versuch, sein Erschrecken zu verbergen, und während sie sich anstarrten, begann die Stimme wieder zu schreien. Es war eine schrille Frauenstimme, aber er konnte nicht einschätzen, wie alt die Frau sein mochte; die Stimme war ebenso unergründlich wie bedrohlich. Sie kam aus einem Fenster der geschlossenen Abteilung, wo die Schwachsinnigen untergebracht waren, und Obram glaubte zu verstehen, dass sie rief: *Nasser Pullover, nasser Pullover*. Die gleichen Worte, mit denen die bekannte Sára Malena von der Skúvoy gewöhnlich drohte. Die Kraft dieser Stimme kam aus dem Bauch und brach sich in der Kehle, die Worte schossen wie eine Ladung Schrot auf ihn zu.

Obram ergriff als Erster das Wort. Leise fragte er, was ein Unglücksvogel hier zu nächtlicher Stunde zu suchen habe, und bereits in dem Moment, als er das Wort *Unglücksvogel* aussprach, bereute er seine Wortwahl. Er fluchte innerlich, weil er seine Zunge nicht besser unter Kontrolle hatte, und ohne weiter nachzudenken, blockierte er die Pforte mit seinem Stock, um Tóvó zu verstehen zu geben, dass er eine Antwort erwartete.

Tóvó stellte die Gegenfrage, ob der Arbeiterverein neuerdings Wegegeld fordere, wenn man in die Stadt wollte?

Obram erwiderte, es stünde besser um Tórshavn, wenn die Obrigkeit beizeiten darauf geachtet hätte, wer in der Stadt willkommen ist und wer nicht.

Tóvó fragte, ob er vielleicht einige Namen von Leuten nennen könne, die nicht willkommen sind, und er fügte hinzu, soweit er wisse, wären Obram und seine Frau auch Zugezogene.

Obram antwortete, seit Jahrhunderten fände sich das einzige Wachstum in Tórshavn in den grünen Trieben auf den Dächern aus Grassoden, dort hätten die Hühner gehockt und gekakelt und auf eine hoffnungslose Stadt geschissen. Jetzt hatte sich etwas verändert. Die Tórshavner hätten angefangen, Theater zu spielen. Der Schlaf war aus ihren trüben Augen gewaschen. In Bergen, Leith und Kopenhagen kannten die Leute die kleine, aber hoffnungsvolle europäische Hafenstadt namens Tórshavn.

Und dann ergänzte er aggressiv, dass Leute, die nicht wüssten, was Pflicht hieß, auch kein Recht hätten, irgendetwas zu fordern.

»Ich weiß nicht, was ich Ihnen getan habe«, erwiderte Tóvó. »Und es ist mir ein Rätsel, warum ich vor Ihnen und Hjøstrup, oder wie all die neuen Helden heißen, keine Ruhe bekomme. Sogar Restorff hat vergessen, dass Tóvó í Geil sein nächster Nachbar ist. Denken Sie daran, dass meine Familie schon immer in dieser Stadt gewohnt hat und ich mich von Ihnen nicht belehren lassen muss, welche Pflichten ich habe. Ich habe versucht, mich nützlich zu machen und hart zu arbeiten, seit ich ein sieben oder acht Jahre altes Kind war. Ich verstehe nicht, warum ich jetzt, als älterer Mann, wie ein Verbrecher behandelt werde. Ich würde Ihnen raten, den Stock zu entfernen.«

»Ich sollte dich damit verprügeln«, entgegnete Obram.

Und wieder bereute er, sich ereifert zu haben. Eigentlich

wollte er entgegenkommend klingen, aber dieser verdammte Brahmadelle hatte irgendetwas an sich, dass er an seinen eigenen Tugenden zu zweifeln begann.

Im Herzen hatte er sich immer für einen Menschenfreund gehalten, und es quälte ihn, dass der Streik im August seinen Ruf unter den Tórshavnern befleckt hatte. Er hatte niemandem irgendetwas gestohlen, und es würde ihm auch nie in den Sinn kommen, Leute hinauszuwerfen, die in sein Kontor kamen und ihn um einen Vorschuss oder einen Gefallen baten.

Dennoch war sein Selbstwertgefühl verletzt. Auch zu Hause herrschte eine neue und unangenehme Stimmung zwischen ihm und Gerd. Er konnte die Namen Foreiningin oder Hjøstrup nicht mehr nennen, ohne dass seine Frau sich aufregte, und ihre Wortwahl war bisweilen so ungewöhnlich derb, dass er vor lauter Überraschung einen Lachanfall bekam.

Sie verfluchte diesen *jävla dansken*, diesen teuflischen Dänen, der ständig an seinen Onanistenfingern schnüffelte. Obram wollte wissen, was zum Teufel sie damit sagen wolle, und sie antwortete, nein, sie zischte ihn an, Hjøstrup habe Weiberaugen, und es würde sie nicht wundern, wenn zwischen seinen Beinen eine Möse säße.

Während ihm diese Gedanken durch den Kopf gingen, dachte er auch an Sára Malena. Könnte es so verteufelt sein, dass sie heute Nacht einem Brahmadellen zu Hilfe kam? Er versuchte, diesen absurden Gedanken zu verdrängen, als die von der grauen Seuche Befallene erneut einen Schrei ausstieß, und in diesem Moment entglitt Obram die Kontrolle über die Situation.

Er blickte hinunter zum Hospital, und gleichzeitig entriss Tóvó ihm den Stock und zerbrach ihn über dem Oberschenkel.

Mehr brauchte es nicht. Augenblicklich gingen die Männer aufeinander los. Eine vollkommen unerwartete Wut brannte in ihren Fäusten. Kämpfend rutschten sie hinunter zum Fluss, und mit jedem Griff und jedem Schlag musste Tóvó erkennen, dass sein Plan, die Verdrießlichkeiten in Tórshavn zu igno-rieren, gescheitert war. Und noch etwas wurde ihm klar: Er kämpfte mit einem Mann, der stärker war als er. Tóvó hatte den Vorteil, schneller zu sein, aber manchmal brauchte es mehr als Schnelligkeit. Dies wurde ihm bewusst, als Obram eine Hand an seinen Pulloverkragen und die andere an den Hosenbund bekam. Er hob Tóvó über seinen Kopf und wollte ihn ins Wasser werfen, doch plötzlich ließ er los. Tóvó hatte ihm den Daumen in ein Auge gedrückt, und im nächsten Moment lag der Mann aus Oyndarfjørdur in seiner ganzen Größe im Gras. Aber er stand rasch wieder auf. Wie ein verletzter Bär kam er auf die Beine, kämpfte mit harten Schlägen gegen Tóvó und warf ihn zu Boden.

Tief in seinem Inneren hoffte Obram dennoch, dass der Tórshavner klug genug war und um Frieden bat. Obram hätte nicht eine halbe Sekunde gezögert, ihn Tóvó zu gewähren, denn er fürchtete und hasste die Situation, in die sie geraten waren. Aber über Tóvós Lippen kam kein einziges Wort, mit zusammengebissenen Zähnen ließ er sich schlagen und miss-handeln, und hin und wieder gelang es ihm sogar, seinem Geg-ner ebenfalls einen Schlag zu versetzen.

Vielleicht wurde der Kampf wegen ihrer unterschiedlichen Stärke nach und nach immer unfairer. Es wurde getreten, ge-schlagen und auch gebissen. Blut floss Obram übers Kinn, nicht weil Tóvó ihm einen Zahn ausgeschlagen hatte, son-dern weil er Tóvó ins Ohr gebissen und das oberste Stück ab-gerissen hatte. Nun griff Tóvó nach einem Stein von der Größe einer Faust und zerschmetterte mit einer raschen Bewegung ein Knie seines Gegners. Als Obram im Gras lag, tat Tóvó das Gleiche wie die Eissturmvögel, wenn sie sich bedroht fühlen – er kotzte Obram ins Gesicht, während er gleichzeitig versuchte, ihm die Finger in den Mund zu stecken, um seine Mundwin-kel aufzureißen.

Kurz darauf, Tóvó lag stöhnend am Boden, änderte sich der Charakter des Kampfes. Durch zwei Tritte in die Seite bekam er keine Luft mehr, und als Obram ein drittes Mal zutrat, traf der Fuß Tóvós Schulter, und er meinte, das Geräusch zu hören, als der Arm auskugelte.

Obram wollte schon um Verzeihung bitten, weil er merkte, wie sehr der Schmerz Tóvó quälte. Gleichzeitig wurde ihm aber vollkommen bewusst, dass er in seiner Dummheit in ein unbekanntes Land eingedrungen war, wo fremde Gesetze galten. Und dass er verloren war.

So erzählte er es später dem schottischen Prediger William Sloan. Er sagte, Tórálvur habe sich mit großer Kraft aus dem Gras erhoben, er sei halb Mensch, halb Teufel gewesen. Anders könne er nicht beschreiben, was passiert ist. Das hübsche Gesicht blutüberströmt, die Jacke zerrissen über den Schultern. Der ganze Körper habe ausgesehen, als sei er aus einem fürchterlichen Gemälde getreten. So wie bei diesem Maler, Greco oder so ähnlich. Und dieser blutige Mann sei bereit gewesen, das Stundenglas zu zerschlagen, das vor zweiundfünfzig Jahren in Oyndarfjørdur zu rinnen begonnen hatte.

Während die offenen Fenster der Bauerskirche noch immer auf Wind warteten, die Rættará in die Bucht floss und der Mond hell am Himmel stand, spürte Obram, wie sich gnadenlose Finger um seinen Hodensack legten. Er fing an zu beten. Ganz ohne Scham betete er für seine Testikel, aber der Moment, wo ihm Gnade hätte gewährt werden können, war verpasst. Mit einem Mal war er ein elendes männliches Tier, gefangen in einer großen Faust, und für einen Moment schien er die großen Hochebenen zu erahnen, wo sich die Tierherden paarten, er spürte den Brunstgeruch von tausenden glücklichen Geschöpfen.

Zum ersten Mal, seit er ein kleiner Junge war, verlor er die Herrschaft über seinen Schließmuskel und entleerte sich. Er war noch immer bei Bewusstsein, zumindest glaubte er es, als er spürte, wie Tóvó den Griff lockerte – doch da hatte der den Hodensack mitsamt der Hoden bereits abgerissen.

»Du kannst die anmutigsten Schluchten des Landes besitzen. Du kannst der größte Mann der Welt werden und die Sterne mit Schafen, Vieh und Leuchttürmen füllen, die Licht auf deinen erhabenen Namen werfen. Aber der König ist ein Kastrat.«

Obram war nicht sicher, ob er diese Worte hörte oder nur träumte, denn alles um ihn herum verschwamm plötzlich, er fiel auf die Knie und verlor das Bewusstsein. Und doch erinnerte er sich schwach, wie einige Männer kamen, ihn auf eine Bahre legten und ins Krankenhaus brachten. Der Landeschirurg Hoff hatte sich sehr rasch ein Bild über die Ereignisse verschafft, und da Gewalt im Spiel gewesen war, schickte man einen Boten zu Hjøstrup.

God will give thee strength to bear

Wenige Tage vor dem Tag des Heiligen Georg fiel im Jahr 1883 das Urteil über Tóvó. Er wurde nach § 204 des neuen Strafgesetzes von 1866 verurteilt: *Verstümmelt jemand einen anderen, raubt er ihm das Sehvermögen, das Gehör oder fügt ihm einen derartigen Schaden zu, dass Hand, Fuß, Auge oder andere Glieder von gleicher Wichtigkeit unbrauchbar werden oder seine seelischen oder körperlichen Kräfte derartig geschwächt sind, dass er unfähig ist, ständig oder für eine längere unbestimmte Zeit seinen beruflichen Pflichten nachzukommen oder die Verrichtungen des täglichen Lebens auszuführen, wird er als schuldig angesehen, wenn er den Schaden gewollt hat oder ihn doch als eine vermutliche und nicht unwahrscheinliche Folge der Tat vorhersehen musste, und mit Strafarbeit bis zu zwölf Jahren bestraft.*

§ 11 des Strafgesetzes präzisiert, was die Strafarbeit beinhaltet: *Darunter ist entweder Zuchthausarbeit oder Besserungsanstaltsarbeit zu verstehen. Zu Zuchthausarbeit wird man entweder lebenslang verurteilt oder für mindestens zwei bis sechzehn Jahre.*

Tóvó bekam die Höchststrafe. Er war dreiundvierzig Jahre alt, und die nächsten sechzehn Jahre war seine Adresse das neue Gefängnis bei Vridsløselille westlich von Kopenhagen.

Laurits á Bakkahellu erzählte ihm, dass Vridsløselille ein ganz neues Gefängnis war. Die Gefangenen durften nicht miteinander sprechen, auch den Wärtern war es verboten, mit ihnen zu reden. Dort zu sein bedeutete vollkommene Isolation. Die Insassen hatten nur den Allmächtigen, an den sie sich wenden konnten. Auch zu den Gottesdiensten wurden sie nur in langen Umhängen mit Kapuzen zugelassen, in der Gefängniskirche saßen sie dann in kleinen, voneinander abgetrennten Bereichen. Laurits sagte, die einzige Möglichkeit eines Gefangenen, für einen Moment sein eigenes Gesicht zu sehen, bestünde in dem Versuch, sich im Wasser des Blechnapfes zu spiegeln, aus dem er trank.

Während Tóvó darauf wartete, nach Dänemark überführt zu werden, kam es zu einem traurigen Ereignis, das viele Tórshavner mit der Zauberkraft der Brahmadellen in Verbindung brachten.

Das Mädchen aus Oyndarfjørdur, das bei Obram und Gerd wohnte und nach Tórshavn gekommen war, um zur Schule zu gehen, lag eines Morgens tot im Bett. Obram und Gerd hatten sich entschlossen, es zu adoptieren, sie liebten es, als sei es ihr eigenes Kind. Es war gesund und munter ins Bett gegangen, wachte aber nie wieder auf.

Obram hatte nicht die Kraft, den Sarg zum Grab zu begleiten. Seine Ehefrau übernahm diese Pflicht, und nachdem der Pastor Erde auf den Sarg geworfen hatte, kam Polizeimeister Hjøstrup auf Gerd zu, um ihr sein Beileid auszusprechen.

Die Frau sah ihn vollkommen entsetzt an. Sie schaute auf seine ausgestreckte Hand und sein Gesicht, sagte aber nichts. Zwei, drei lange Sekunden hing die Hand in der leeren Luft, denn Gerd wollte von seinem Mitgefühl nichts wissen. Langsam ließ Hjøstrup die Hand sinken, auch der verwirrte Gesichtsausdruck des Mannes fiel in sich zusammen, und als er sich auf den Hacken umdrehte, verschwand die Hand in der Manteltasche.

Zwei Tage später erschien der schottische Prediger William Sloan im Kontor des Polizeimeisters mit dem Anliegen, Tórálvur í Geil besuchen zu dürfen.

Hjøstrup wollte wissen, warum Sloan den Verurteilten zu besuchen wünsche.

Sloan antwortete, Tórálvur í Geil brauche sicher jemanden, mit dem er beten kann, außerdem war der Gefangene der Halbvetter seiner Frau.

Es gab noch einen dritten Grund, aber den wollte er dem Polizeimeister nicht mitteilen und im Übrigen auch sonst niemandem in der Stadt.

Der Polizeimeister strich sich einen Augenblick über den Schnurrbart. Ihm gefiel der sanfte Geist, den der Prediger ausstrahlte, dazu kam, dass der Mann die hübschesten blauen Augen der Insel hatte.

Er bat ihn, Platz zu nehmen, und erkundigte sich dann, ob Sloan an die Zauberkraft in der Familie der Brahmadellen glaube.

Sloan antwortete, dass Bosheit zweifellos eine wirkungsvolle Kraft sei.

Hjøstrup sprang aus dem Stuhl. »Danach habe ich Sie nicht gefragt. Ich rede von den Brahmadellen.«

»Die Bosheit ist nicht in Familien angelegt«, erwiderte Sloan. »Die Bosheit liegt in der Seele des Einzelnen.«

»Wie meinen Sie das?«

»Man muss Buße und gute Werke tun, eine andere Verteidigung gibt es gegen die Bosheit nicht.«

»Warum starb das junge Mädchen bei Obram?«, flüsterte der Polizeimeister. Eine große Ratlosigkeit leuchtete aus Hjøstrups Augen, als hätte er jeglichen Beamtenrang abgelegt und wollte sich von dem schottischen Prediger einfach erklären lassen, wie die Dinge zusammenhingen.

Sloan hörte nur zu. Er hatte an dem Begräbnis teilgenommen, doch der Friedhof war voller Menschen gewesen, und von dort, wo er gestanden hatte, hatte er den Vorfall am Grab nicht sehen können. Aber er hatte gehört, dass Gerd sich geweigert hatte, die ausgestreckte Hand des Polizeimeisters zu ergreifen.

Es war also wahr. Die höchste juristische Autorität des Landes war öffentlich bloßgestellt worden.

Schon als er zur Friedhofspforte ging, war Hjøstrup vollkommen klar, dass er in diesem Land nichts mehr ausrichten konnte. Oder besser, er begriff nicht, wie er sich jemals um das Amt des Polizeimeisters in diesem anachronistischen Loch hatte bewerben können.

Der Hass in Gerds Augen war so fürchterlich gewesen, dass es ans Schändliche grenzte. Es war doch nicht seine Schuld, dass dieser okkulte Filou das Gewicht ihres Gatten um die Last seiner Hoden und des Hodensacks erleichtert hatte.

Aber auch in den Augen der übrigen Trauergäste hatte er kein Mitleid gefunden. Der Mangel an gebührender Loyalität der Obrigkeit gegenüber war erschütternd. Alle sahen aus, als würden sie ihn hassen. Und so war es tatsächlich. Ihn traf der Hass des Pöbels, und gegen solch massive Gefühle gab es keinen Schutz.

»Selbstverständlich können Sie nicht wissen, woran das Mädchen gestorben ist«, beantwortete Hjøstrup seine eigene Frage.

Er blickte aus dem Fenster, während er redete. Draußen lag ein Beet mit aufgeblühten Märzenbechern, und die ersten Blätter der Johannisbeersträucher zeigten sich bereits.

Hjøstrup sagte, ihm sei der Gedanke gekommen, dass der Tod eine eigenständige Kraft auf Augenhöhe mit dem Allmächtigen und dem Teufel sein könnte. Urplötzlich konnten große Stiere tot umfallen. Es kam vor, dass Schiffe mit zweihundert Mann an Bord untergingen oder ein ganzes Wohnviertel niederbrannte. Nur was hatte das mit Gott zu tun? Oder was scherte es den Teufel, ob eine Blume überlebte oder nicht?

Sloan hielt nichts von diesen Worten, auch wusste er nicht, ob der Polizeimeister es ernst meinte oder nur laut dachte. Hätten sie irgendwo anders gesessen, im Gemeindesaal oder bei ihm zu Hause, hätte er dem Polizeimeister geantwortet, dass der Tag kommen werde, an dem der Tod, der Teufel und die menschliche Sünde verschwinden wie Tau in der Sonne. Aber einen so hohen Beamten in seinem eigenen Kontor zu belehren durfte er sich nicht erlauben.

Jetzt lächelte Hjøstrup, und sein Lächeln war freundlich und überzeugend. Er sagte, fast hätte er Sloans Wunsch vergessen, aber er würde die halbe Stunde mit dem Zauberer í Geil bekommen.

Hjøstrup nahm ein Blatt Papier, tauchte die Feder ins Tintenfass, und nachdem er einige Worte geschrieben hatte, pustete er über den Text und reichte Sloan das Blatt mit den Worten, er solle es dem Wachhabenden auf der Schanze zeigen.

Sloan dankte ihm für die erwiesene Gunst, und sie verabschiedeten sich.

In den drei Wochen, die Tóvó darauf wartete, nach Dänemark gebracht zu werden, entwickelte sich eine Freundschaft zwischen ihm und Laurits á Bakkahellu. Oder vielleicht ist es korrekter, das Wort *Verständnis* zu verwenden. Laurits sah, wie hart das Urteil seinen alten Spielkameraden getroffen hatte, und obwohl Laurits manchmal durchaus grob sein konnte, um nicht zu sagen, geradezu verstockt, hatte er längst begriffen, dass Tóvó in Wahrheit um sein Leben gekämpft hatte. Das war der Grund für dieses Verbrechen. Ein armer Mann hatte den Kopf zu hoch gereckt, und obwohl Laurits solchen Stolz schätzte, konnte er doch nicht laut darüber sprechen und schon gar nicht an einem Arbeitsplatz, an dem Hjøstrup die höchste Autorität innehatte. Eigentlich hatte Laurits nichts gegen den Polizeimeister, und er bekam seinen Lohn auch nicht dafür, dass er eine Meinung über den Mann hatte. Die Anstellung auf der Festung sorgte in seinem Hausstand für das Essen auf dem Tisch. Viel mehr war dazu nicht zu sagen.

Hin und wieder lieh er Tóvó seine Pfeife, und manchmal lieh er ihm auch eine *Dimmalætting*. Es kam auch vor, dass er irgendetwas Lustiges sagte, und oft genug steckte eine anzügliche Anspielung in seinen Bemerkungen.

Eines Tages vermeldete Laurits, er habe gehört, dass der Arbeiterverein schon bald einen ganz besonderen Gesangsabend ankündigen würde, bei dem ein Kastrat aus Oyndarfjørdur das Lied von den verschwundenen Eiern singen sollte.

Er erzählte auch von einem Vorfall, der sich im Frühjahr zugetragen hatte, als die Leute auf Nólsoy ihre Kühe auf die Gemeindewiese führten. Dabei war eine Färse vor lauter Munterkeit glatt in einen Sumpf geraten.

Tóvó hatte schon davon gehört, aber er mochte Geschichten aus dem Heimatdorf seines Vaters.

Man versuchte mehrfach, die Kuh wieder herauszuziehen, doch der Sumpf saugte sich an dem großen Leib fest und das arme Tier sank immer tiefer. Ein Bauer verabschiedete sich von ihr, und ein anderer schlug vor, der Kuh die Kehle durchzuschneiden, damit der Todeskampf nicht zu lang dauerte.

Ein heller Kopf aus dem Haus í Stovu kam allerdings auf die Idee, nach Hause zu laufen und eine Flasche Branntwein zu holen. Und eins, zwei, drei war er zurück, setzte der Kuh die Flasche ans Maul und ließ den Branntwein laufen. Eine Kuh hatte ja mehrere Mägen und dazu lange Därme, ja jemand hatte mal behauptet, dass ihre Därme ungefähr viermal so lang waren wie ihr Körper, es dauerte also ziemlich lange, bevor das starke Getränk wirkte. Doch dann passierte das, was der helle Kopf gehofft hatte. Die Kuh warf den Kopf zur Seite, ein paar ordentliche Zuckungen fuhren durch ihren Körper, und plötzlich schien sie sich aus dem Sumpf befreien zu können. Sie flog regelrecht hoch, und als sie landete, lag sie schon halb auf dem Trockenen.

Laurits erzählte auch, dass er bei Napoleons und Henriettes Hochzeit ausgeschenkt hätte, und dass Hammershaimb, der damals Probst war und auf Nes wohnte, nach Tórshavn gekommen war, um die Trauung zu vollziehen. Alles sollte so authentisch wie möglich sein, da hatte kein dänischer Pastor etwas zu suchen. Trotzdem starb Pole zweieinhalb Jahre nach der Trauung, aber das war eine andere Geschichte.

Beim Hochzeitsmahl hatte Hammershaimb jedenfalls eine sonderbare Rede über einen schwarzen Ochsen gehalten, und es überraschte Tóvó nicht, dass auch diese Geschichte von der Nólsoy stammte. Hammershaimb sagte, er hätte die Geschichte als Junge gehört, als er in Tórshavn wohnte.

Es war im Herbst, und man hatte die Schafe vor dem Winter nach Hause getrieben. Dann wollten die Männer die Kühe holen, aber wo man auch suchte, einer der Ochsen war verschwunden. Am folgenden Tag suchten sie erneut, doch auch diesmal fanden sie nichts. Das Tier war sicher ins Meer gefallen, also wurde nicht weiter darüber gesprochen.

Zur Weihnachtszeit waren einige Männer östlich der Insel hinausgefahren, um zu fischen. Es war ein ruhiger, sonniger Tag, und plötzlich sahen sie etwas Großes und Dunkles, das sich auf einem der Felsen bewegte. Sie zogen die Angelschnüre ein und ruderten an Land. Vielleicht war es eine große Robbe oder ein Walross, das sich bei dem schönen Wetter sonnte. Als sie aber nahe der Felsen waren, sahen sie, dass es sich bei dem dunklen Etwas um den Ochsen handelte, der im Herbst plötzlich weg gewesen war.

Wie er nun dorthin gekommen war, blieb allerdings ein Rätsel. Der Fels hatte die Größe eines ziemlich großen Feldes, und in der Mitte erhob sich die Insel fünfzig Klafter senkrecht in die Höhe. Möglicherweise konnte ein tüchtiger Mann bis zur Felskante klettern, aber kaum ohne Seil – unmöglich, dass das Tier auf diesem Weg dorthin gekommen war. Außerdem gab es dort nichts zu fressen. Der schwarze Felsen war umgeben von einem breiten Gürtel aus Trompeten- und Napfschnecken, und an der Wasseroberfläche sahen sie rötliche Tangblätter sanft schaukeln.

Die große Frage war, wie sie den Ochsen nach Hause bringen sollten. Er schien ungewöhnlich zahm zu sein, und gerade das erschien ihnen verdächtig. Sie wagten nicht, das große Tier an Bord des Bootes zu bringen. Sie konnten damit durchaus Schafe transportieren, aber kaum einen Ochsen, der fünfhundert bis sechshundert Pfund wog. Trotzdem wagte niemand das Wort *Zauberei* auszusprechen, obwohl es allen durch den Kopf ging. Außerdem sah es so aus, als würde der Ochse die menschliche Sprache verstehen. Seine großen braunen Augen folgten dem jeweiligen Sprecher, immerhin sah er nicht aus wie ein Werwolf, sondern hatte eher einen fragenden Gesichtsausdruck.

Nachdem sie die Angelegenheit ausgiebig diskutiert hatten, beschlossen sie, den Ochsen zu schlachten.

Sie schnitten ihm auf dem Felsen die Kehle durch, das Blut war mehr schwarz als rot, dann zerteilten sie den Körper.

Niemand zu Hause im Dorf war glücklich über das Fleisch, aber man aß, was auf den Tisch kam. Merkwürdig war nur, dass der Ochse eher nach Fisch als nach Fleisch schmeckte.

An dem Nachmittag, an dem Sloan zu Besuch kam, führte Laurits den Prediger in Tóvós Zelle. Er selbst ging vor die Tür, damit die beiden sich ungestört unterhalten konnten.

Nachdem Sloan einen guten Tag gewünscht und den Hut abgenommen hatte, fragte er, ob er einen Psalm singen dürfe.

Tóvó hatte nichts dagegen. Sloan erklärte, er habe ihn selbst gedichtet, und sang mit seiner schönen Stimme:

Trust today, and leave tomorrow,
Each day has enough of care;
Therefore, whatsoe'er thy burden,
God will give thee strength to bear,
He is faithful.
Cast on Him thine every care.

Das Lied hatte mehrere Strophen, aber die Worte *God will give*
thee strength to bear gingen Tóvó zu Herzen, und er bedankte
sich.

Allerdings glaubte er nicht, dass Sloan nur gekommen war,
um für ihn zu singen.

Plötzlich fielen Tóvó die Geschichten ein, die sein Urgroßvater immer wieder vom Jóvóva-Mann erzählt hatte. Er hatte nie
darüber nachgedacht, wie dieses mystische Wesen aussehen
könnte, aber wenn es überhaupt einem Menschen ähnlich sah,
dann musste es Sloan sein. Mit seinem langen weißen Bart war
er ein prächtiger Repräsentant des Pflanzenreiches, auch das
Haar war mächtig und weiß – der Mann glich wirklich einem
hellen Blumenbukett, und Tóvó lächelte bei dem Gedanken,
dass Sloan anstelle von Knochen womöglich Wurzeln in der
Hose hatte. Tóvó freute sich, dass der Besuch solch angenehme
Kindheitserinnerungen auslöste. Trotzdem fragte er den Gast
nach seinem Anliegen.

Sloan erzählte ihm, dass vor siebzehn Jahren in Fraserburgh
etwas Fürchterliches geschehen sei. Der Prediger Ronnie Harrison sei ermordet aufgefunden worden, aber wer die Tat begangen habe, konnte nie geklärt werden.

Tóvó erwiderte, er habe Ronnie Harrison gekannt. 1858
habe dieser Mann seinen Freund Jóakim Nolsøe getötet. Da-

mals fuhr Ronnie auf der Slup *Glen Rose*, und im Herbst desselben Jahres kamen sie mit einem Mann nach Tvøroyri, dessen Arm den schwarzen Brand hatte. Zu dieser Zeit war Tóvó Knecht bei dem Arzt Napoleon Nolsøe gewesen, daher wusste er Bescheid. Während die *Rose* vor Anker lag, wurde an Bord getrunken. Jóakim, der ihnen Wasser gebracht hatte, nahm an dem Gelage teil. Später war er mit Ronnie an Land gerudert, sie hatten am Bootssteg vor dem alten Bootshaus des Monopolhandels angelegt.

Jóakim war Sodomit, sagte Tóvó, genau wie der Prediger Ronnie Harrison. Deshalb gingen sie zusammen an Land, im Übrigen waren sie nicht zum ersten Mal gemeinsam im Bootshaus. Sloan schlug das Kreuz, doch Tóvó bat ihn, sich nicht so anzustellen. Er sagte, die Welt sei hart, und für die menschliche Bestialität gebe es keine Grenzen.

»Diese Worte können Sie gern an Hjøstrup weitergeben.«

Sloan zuckte zusammen. »Meinen Sie, dass Hjøstrup mich geschickt hat?«

»Es ist noch nicht lange her, seit Hjøstrup mir genau die gleiche Frage gestellt hat wie Sie«, antwortete Tóvó.

»Ich habe den Polizeimeister lediglich um die Erlaubnis gebeten, Sie zu besuchen. Das ist alles zwischen ihm und mir. Mehr nicht.«

»Es ist mit anderen Worten also reiner Zufall, dass Sie und er von derselben Geschichte anfangen?«

»Ich weiß nicht, warum Hjøstrup sich für Ronnie Harrison interessieren sollte«, erwiderte Sloan.

»Wussten Sie etwa auch nicht, dass Ronnie Harrison Sodomit war? Hören Sie, ich bin das Gerede leid. Sie müssen ehrlich zu mir sein.«

»Ich hätte mich vielleicht etwas deutlicher ausdrücken sollen«, entschuldigte sich Sloan. »Aber zuerst muss ich Sie etwas fragen, und ich hoffe, Sie werden mir meine Frage beantworten.

Ich bin zum ersten Mal 1865 auf die Färöer gekommen. Einige Jahre bin ich zwischen Schottland und den nördlichen Inseln hin und her gereist, bis hoch nach Island. Als wir 1879 hier in der Stadt den Gemeindesaal erbauten, sah ich Sie und dachte sofort, diesen Mann habe ich schon einmal gesehen. Ich habe Sie 1867 in Fraserburgh gesehen.«

Tóvó nickte.

»Und seither hatte ich Angst vor Ihnen.«

Tóvó spürte, wie seine Stirn brannte. Es gab nur einen einzigen Menschen, der wusste, dass Jóakim gerächt war. In einem Brief an Pole aus dem Sommer 1869 hatte Tóvó geschrieben: *Er ist gerächt, der im Tempel des Fleisches starb. Der Rächer ist weder glücklich noch stolz, aber zufrieden.*

Wenn es den Brief noch gab, dann bewahrte ihn Henriette Nolsøe auf. Tóvó wollte jedoch nicht glauben, dass sie Fremde den Brief lesen lassen würde, oder besser alles, was er Pole seinerzeit geschrieben hatte. Aber selbst wenn ein anderer den Brief zu sehen bekommen hätte, wie sollte er wissen, wer der Rächer war oder was der Briefschreiber sagen wollte, als er vom *Tempel des Fleisches* schrieb?

»Es ist gut, sein Herz zu erleichtern«, sagte Sloan.

»Das ist richtig«, gab Tóvó zur Antwort. »Daher könnte ich Sie fragen, ob Sie einer von denen sind, denen sich Ronnie Harrison genähert hat?«

Die Frage überrumpelte Sloan. Er war so gewohnt, die Sünden anderer zu hören, dass er die Kunst zu beichten selbst beinahe verlernt hatte.

Dennoch antwortete er, dass es kaum sehr viele gegeben haben dürfte, die Ronnie Harrison begehrt hätten.

»Aber ich will noch etwas anderes sagen«, fügte Sloan hinzu. »Ich bin überzeugt, dass das Urteil, das Sie bekommen haben, ungerecht ist. Das sage ich nicht, um Ihnen zu schmeicheln, sondern weil ich weiß, was passiert ist. Mehr kann ich leider nicht sagen. Die Menschen wenden sich vertraulich an mich, und ihre Worte werden hier drin bewahrt.« Sloan legte eine Hand auf die Brust. »Aber ich darf Folgendes hinzufügen: Es steckt eine Art unbeabsichtigte Gerechtigkeit in dem Urteil. Das ist wirklich eigenartig. Denn die Strafe, die Sie in Dänemark absitzen müssen, ist in Wahrheit die Strafe für den Mord an Ronnie Harrison.«

»Mir ist dieser Gedanke auch schon gekommen.«

»Dann sind Sie ein Mensch, der bereut«, sagte Sloan. »Und der, der bereut, ist kein Fremder im Haus des Herrn.«

Sloan fiel auf die Knie und betete ein Gebet. Tóvó ließ sich ebenfalls auf die Knie sinken, sagte aber nichts. Er sagte auch nichts, als Sloan das Gebet beendet hatte.

Erst als Laurits am Türschloss zu hören war, ergriff Tóvó die Hand seines Gastes, dankte ihm für sein Kommen und bat ihn, seine Halbkusine zu grüßen.

VIERTER TEIL

Die schmalen Wege der Törichten

Als Karin in der Woche um Neujahr 1988/89 bei Eigil war, erzählten sie sich viele Geheimnisse. Karin behauptete, daran erkenne man wahre Liebe.

Eigil war beeindruckt von dieser Aussage. Er selbst hätte kaum gewagt, derart starke Worte zu verwenden. Natürlich hatte er schon Sätze gelesen, die ebenso schön oder sogar noch schöner waren. Aber die Glut in ihren Augen zu sehen und ihre Lippen diesen Satz sagen zu hören – ›sich Geheimnisse anzuvertrauen, ist wahre Liebe‹ –, das gab den Worten ein ganz eigenes Leben. Sie konnten Wurzeln schlagen und im Halbdunklen blühen.

Allerdings überraschte es Eigil, dass er ausgerechnet in dieser Woche einen seiner immer wiederkehrenden Dusty-Springfield-Anfälle bekam. Dustys Stimme gehörte zu seiner Einsamkeitsmusik, wenn er sich nach Innerlichkeit oder dem sehnte, was sich gerade zwischen ihm und Karin entwickelte.

Er besaß eine LP und zwei Singles, die Springfield Ende der Sechziger veröffentlicht hatte, die Platten hatte er zur Zeit seines Wirtschaftsprüferstudiums an der Handelshochschule in Kopenhagen gekauft.

Als Dusty zu den großen Namen der sechziger Jahre gehörte, war Karin ein kleines Mädchen gewesen, und als sie selbst anfing, Musik zu hören und sich für Namen zu interessieren, war Dustys Zeit längst vorbei. Karin störte das nicht sonderlich. Das Seltsamste an Dusty Springfield war ohnehin nicht ihre Stimme, sondern diese enorm toupierte Frisur. Aber das sagte sie Eigil nicht.

Eines Nachts erwachte Karin von Dustys Stimme. Die Tür musste aufgegangen sein. Zusammen mit einem grauen Licht kroch die Musik ins Schlafzimmer. Vorsichtig trat Karin an die Tür, und als sie ins Wohnzimmer blickte, sah sie Eigil dort sitzen und *You don't have to say you love me* hören.

Er war nackt, und als er aufstand, um den Tonarm zurückzusetzen und den Song noch einmal zu hören, sah sie auch, wie kräftig er war. Muskulöse Schultern und ein Rücken so breit wie die Tür eines amerikanischen Kühlschranks.

Als er sich wieder gesetzt hatte, bemerkte sie, dass er weinte. Seine Schultern bebten, sein Gesicht verbarg er in den Händen.

Der Anblick erschreckte Karin. Einerseits überwältigte es sie, einen Mann weinen zu sehen, den sie erst kürzlich kennengelernt hatte. Trotzdem brachte sie es nicht fertig, zu ihm zu gehen. Sein Weinen hatte gleichzeitig etwas Unangenehmes, ja geradezu Abstoßendes. Außerdem gehörte es sich für einen erwachsenen Mann nicht, zu den Tönen einer toupierten Sechzigerjahre-Tussi zu flennen.

Eigil erzählte ihr, dass er die Idee einer färöischen Kulturgeschichte verworfen habe und nun seine gesamte Zeit nutze, um einen Roman über die Masernepidemie 1846 zu schreiben. Außerdem versuche er, ein paar Geschichten von seiner eigenen Familie aus Sumba mit einzuflechten. Sein Ururgroßvater Nils Tvibur hatte während der Epidemie und in den Jahren danach einige Charakterzüge gezeigt, die aller Ehre wert waren. Trotzdem war er kein guter Mensch gewesen, und Eigil war der Ansicht, dass er ihm sehr ähnelte.

Karin wollte wissen, ob er das ernst meine, und das Achselzucken, das sie als Antwort bekam, ließ sie plötzlich wütend werden.

»Was glaubst du eigentlich, weshalb ich seit fast einer Woche mit dir zusammen bin?«, fragte sie. »Warum habe ich beinahe ein halbes Jahr deine Briefe beantwortet? Weil ich dich mag, das ist der Grund. Du kannst doch nicht einfach von dir behaupten, dass du ein schlechter Mensch bist, mich erschreckt so ein Gerede. Du stößt mich von dir, wenn du so etwas sagst.«

Karin hielt einen Moment inne, dann schrie sie beinahe: »Oder ist es vielleicht das, was du willst? Ist das deine Art des Dankes für eine Woche im Doppelbett?«

Eigil gab sich viel Mühe, ihr zu erklären, was er meinte. Seiner Ansicht nach war bei seiner Familie in Sumba in vieler Hinsicht eine krankhafte Brutalität festzustellen.

»Ich maße mir nicht an, etwas von Psychologie zu verstehen, wenn ich so etwas sage, ich habe ganz einfach Angst vor dem, was in meinen Genen steckt.«

Er erzählte Karin, dass seine Mutter psychisch ziemlich labil gewesen sei. Und er selbst war sich nicht sicher, wer sein Vater war. Er hatte einen Verdacht, ja, und der beschäftigte ihn sehr, als er in die dritte und vierte Klasse ging.

Damals hatte er auch seine Mutter nach seinem Vater gefragt, aber sie konnte ihm keine befriedigende Antwort geben. Sie hatte gesagt, Jesus wäre sein Vater, er wäre der Vater aller Kinder auf Erden. Ein anderes Mal hatte sie erklärt, wer für das Essen zahlt, ist der wahre Vater. Andere Väter sind weder nützlich noch erfreulich.

Diese Antwort hatte Eigil gefallen. Denn es kam vor, dass die Leute ihn fragten, wer sein Vater sei, und nun konnte er darauf antworten. Sein Vater hieß Ingvald, und er arbeitete in der Druckerei der Buchhandlung.

Es war auch in der dritten und vierten Klasse, als Eigil gemobbt wurde. Ein kleiner Bengel namens Evert oder Zahnarzt-Evert war der Schlimmste. Der Junge war ein guter Fußballer und hatte eine gewaltig große Schnauze; er und seine Bande liebten es, den großen, ungeschickten Jungen mit dem Suduroy-Dialekt zu verfolgen und zu ärgern.

Eigil beklagte sich bei seiner Mutter und wollte die Schule wechseln, damit er in Ruhe gelassen würde.

Seine Mutter gab ihm den guten Rat, es den Burschen mit gleicher Münze heimzuzahlen. So hatte es die Starke Marjun mit ihrem Vater gemacht und ebenso ihre Söhne, die Hørg-Brüder, als sie gegen die Seeräuber kämpften. Kristensa riet ihrem Sohn, das Blut aus dem Scheißbengel des Zahnarztes zu wringen, dann würde alles gut werden.

Und genau das geschah eines Tages nach der Schule. Evert und seine Bande hatten Eigil in den Fahrradschuppen getrieben, und an diesem Tag waren sie besonders gehässig. Sie hatten Eigils Schulranzen ausgekippt, so dass die Bücher und Hefte zwischen den Fahrrädern lagen, und einer dieser Plagegeister hatte auf seine Brotschachtel aus Blech getreten, die mit einem Gummiband zusammengehalten wurde.

Ohne nachzudenken packte Eigil Evert, und er war selbst einigermaßen überrascht, als er den Jungen zwischen die Fahrräder fliegen sah. Und sein Vorgehen überraschte nicht nur ihn. Die anderen Jungen waren schockiert über die gewaltigen Kräfte, die sich so unerwartet offenbarten.

Und dann fuhr der Teufel in Nils Tviburs Ururenkel. Er schaufelte die Fahrräder regelrecht zur Seite, und als er endlich vor Evert stand, versuchte er, den Rat seiner Mutter so gut er konnte zu befolgen.

An kalten und windigen Wintertagen ging Eigil manchmal in die Druckerei. Es war so gemütlich, auf einem Schemel an der Heizung zu sitzen und zu lesen, außerdem mochte er den Geruch der Druckerschwärze und die Geräusche der verschiedenen Maschinen.

Dass sein Stiefvater Ingvald sich noch mehr über seine Besuche freute und sie als Ritterschlag wertete, ahnte der Junge nicht.

Seiner Meinung nach sahen sich alle Drucker der Buchhandlung ähnlich. Möglicherweise zog die Welt des Bleis hagere Männer an – ein Trupp sprachkundiger Skelette, die Zeitungen, Begräbnispsalme und Bücher druckten.

Als Eigil später anfing, selbst zu schreiben, gab Ingvald ihm häufig gute Ratschläge. Zu den Büchern, die er gesetzt hatte, gehörten *Das Neue Testament* in Jákup Dahls Übersetzung und *Färöische Volkssagen und Märchen* sowie *Lebensgeschichte und Gedichte*, beide von Dr. Jakobsen. Und was Ingvald gesetzt hatte, vergaß er nie. Die nachdenklichen Augenbrauen ganz hoch in die Stirn gezogen, konnte er die unterschiedlichsten Autoren zitieren, und er wusste auch, ob es sich bei seinen Beispielen um neuen oder älteren Sprachgebrauch handelte.

Ingvald war Junggeselle, als er Kristensa kennenlernte, und auch nach der Heirat behielt er einige Gewohnheiten eines alleinstehenden Herren bei. So lachten seine Töchter ihn liebevoll aus, wenn er die Namensanhänger der Weihnachtspäckchen aufbewahrte, die er geschenkt bekam. Es kam auch vor, dass er das glänzende Silberpapier von einem Stück Konfekt glattstrich und behielt, und ein Teil seines morgendlichen Rituals bestand darin, die drei oder manchmal auch vier Zigaretten zu drehen, die er am Tag rauchte. Er fuhr mit dem Fahrrad zur Arbeit, und wenn er sein rechtes Bein über das Hinterrad schwang, saßen die Fahrradklammern immer ordentlich fest an den Hosenbeinen.

Allerdings nannte Eigil Ingvald nie *Vater*, und Ingvald äußerte auch nie den Wunsch danach. Er wollte sich ganz offensichtlich nicht aufdrängen.

»Bei dir klingt dieses ›sich nicht aufdrängen‹ wie eine sonderbare Eigenschaft«, sagte Karin.

»So ist es auch«, erwiderte Eigil. »Leute, denen eine Sache

besonders wichtig ist – egal ob es um ein Kind oder eine Idee geht –, sind aufdringlich. Es gibt keinen anderen Weg, um etwas zu erreichen.«

Gleichgültigkeit hingegen, so Eigils Ansicht, war eine fürchterliche Eigenschaft. Genauer gesagt bedeutete Gleichgültigkeit, dass keinerlei Gefühle im Spiel waren. Auch Bescheidenheit ertrug Eigil nicht, denn die repräsentierte in den meisten Fällen nur unterdrückte Minderwertigkeitsgefühle.

»Ich kann deinen Gedankensprüngen einfach nicht folgen«, sagte Karin. »Magst du Ingvald nicht, meinst du das damit?«

»Oh doch, ich mag ihn. Aber auf die gleiche Weise, wie man einen netten Hund mag.«

Karin gefiel die Art nicht, wie er über Ingvald redete. Obwohl sie ihn nicht kannte, störte es sie, dass Eigil seinen Stiefvater mit einem Vierbeiner verglich.

Eigil sagte, die Färinger sind eine extreme Sippengesellschaft, und das Besondere an der Sippenzusammengehörigkeit ist, dass sie auf Geruch beruht. Wer keinen Vater hat, roch nicht unbedingt schlimm, aber anders. Die Zusammengehörigkeit zwischen Eltern und Kindern war schlussendlich eine Frage des richtigen Geruchs. So war es nun einmal. Ein Teil der Erklärung lag natürlich darin, dass Menschen, die zusammen wohnen, auch dieselbe Nahrung zu sich nehmen, daher war alles weitgehend gleich, vom WC-Besuch bis zum Schweißgeruch. Mitglieder einer Familie benutzten jedoch auch die gleichen Wörter und eine beinahe identische Intonation, wenn sie redeten. Ob es sich dabei um etwas Genetisches oder um soziale Prägung handelte, war im Grunde Jacke wie Hose.

Dennoch behauptete Eigil, aus seiner eigenen Familienstruktur herausgefallen zu sein. Er hatte nicht den Bleigeruch von Ingvald und seinen beiden Schwestern an sich. Nachdem ein Mensch von zu Hause ausgezogen war, dauerte es drei bis vier Jahre, um den Körper von der Familie zu reinigen. Erst danach konnte man sich als ein selbstständiges Individuum bezeichnen.

Nur der DNA-Strang ließ sich nicht aus dem Körper entfernen.

Eigil hatte den Verdacht, dass der Bruder seines Großvaters mütterlicherseits, Hjartvard Tvibur, sein Vater war. Daher hatte er bisweilen Angst, die bösartige Natur geerbt zu haben, die vermutlich der norwegische Ururgroßvater in die Familie eingebracht hatte.

Karin hörte mit einem einfältigen Lächeln einfach zu, und als Eigil vorschlug, seine Familie zum Abendessen einzuladen, brachte sie es nicht übers Herz zu protestieren. Oder genauer gesagt, sie wagte es nicht. Sie bekam Kopfschmerzen und bereute, überhaupt nach Tórshavn gekommen zu sein. Sie wohnte mit ihrer Mutter allein in Fuglafjørdur. Mitte der siebziger Jahre hatte Karin in Kopenhagen eine Ausbildung zur Krankenschwester absolviert, doch als ihr Vater unerwartet starb, war sie nach Hause gekommen, um bei ihrer Mutter zu sein. Seither hatte sie in der Praxis des Gemeindearztes von Fuglafjørdur gearbeitet.

Sie hatte ihrer Mutter von der Beziehung zu Eigil Tvibur erzählt. Deshalb hatte die Mutter auch sein Buch *Zwischen Tórshavn und San Francisco* gelesen, und sie nahm so regen Anteil am politischen Geschehen, dass ihr Eigil als der neue Star der Selbstverwaltungspartei auf Sydstreymoy bekannt war.

Außerdem überschüttete er Karin mit Briefen. Es gab Wochen, in denen zwei Briefe durch den Briefschlitz fielen und die Mutter ihre Tochter fragte, ob sie sich in die Briefe oder den Briefschreiber verliebt habe.

Karin antwortete ganz ehrlich, sie hoffe, dass die Briefe den Briefschreiber widerspiegeln. Sie gehörte auch nicht mehr zu den Jüngsten und konnte sich gut vorstellen, mit einem Mann zusammenzuleben und ein Kind zu bekommen.

Und nun wurde ihr plötzlich klar, dass sie ein bisschen Angst vor Eigil hatte und dass der Keim dieser Furcht bereits in einem sehr frühen Stadium ihrer Beziehung entstanden sein musste.

Eigil bemerkte ihr bekümmertes Gesicht. Vorsichtig griff er nach ihren Händen und sagte, sie müsse keine Angst vor ihm haben.

»Du bist so brutal«, sagte Karin. »Die Art, wie du redest, verwirrt mich. Du musst ein bisschen …«

»… netter sein?«, schlug er vor.

»Hör auf, mir die Worte in den Mund zu legen«, entgegnete Karin. »Ich bekomme davon Kopfschmerzen.«

Eine Weile saßen sie schweigend da, dann fragte Eigil, ob es ihrer Ansicht nach eine schlechte Idee sei, seine Familie zum Abendessen einzuladen.

Karin lächelte. »Hauptsache, du versprichst mir, nicht so wüste Reden zu schwingen, dann bin ich schon zufrieden.«

Sie blickte vor sich hin und fragte dann, warum er letzte Nacht bei Dusty Springfield geweint habe.

»Hast du gelauscht?«

»Du warst nicht im Bett.«

»Ich finde, es ist so schade um Dusty«, sagte Eigil leise.

»Und deshalb musst du dabei weinen?«

»Ich weiß nicht richtig, warum. Normalerweise weine ich nicht.«

Das war die Wahrheit. Allerdings traute sich Eigil nicht zu sagen, dass er tief in seinem Inneren ein Glücksgefühl fürchtete. Es klang so hochgestochen. Allzu glückliche Menschen waren törichte Menschen. Sie kannten ihren Platz auf den schmalen Wegen des Lebens, während das wirkliche Leben, das großartige und festliche Leben, aber auch das Leben, das auf die Menschen einstürzte, den breiten Weg nahm.

Er war hingerissen von Karin und liebte sie in dem Moment mit einer Inbrunst, wie er sie noch nie erlebt hatte. Und doch spürte er, dass ihre Beziehung bereits auf die schmalen Wege der Törichten abgeglitten war.

Zwei Tage später begrüßte Karin zum ersten Mal Kristensa, Ingvald und Tórharda. Svanhild, die ältere der beiden Schwestern, studierte Medizin in Kopenhagen. Sie war in den Weihnachtsferien nicht nach Hause gekommen. Svanhild lebte mit einer Norwegerin zusammen, und als sie ihrer Mutter die Beziehung erklärte, hatte Kristensa einen ihrer Anfälle bekommen und nur gesagt, dass es für die Teufeleien vom Ergisstova wahrlich keine Grenzen gebe. Dann war sie auf ihr Zimmer gegangen und hatte die Tür abgeschlossen. Seither hatten Mutter und Tochter nicht mehr miteinander gesprochen.

Obwohl Kristensa seit fünfunddreißig Jahren in Tórshavn wohnte, hatte sie sich in hohem Maß den Dialekt ihrer Kindheit bewahrt. So sagte sie zum Samstag *leyvardeur* statt *leygardagur,* und auch die *tje*-Laute hatten sich kaum verändert.

Es war nicht das erste Mal, dass sie eine der vielen Freundinnen Eigils kennenlernte, die in sein Leben traten und wieder verschwanden. Wenn sie es recht bedachte, konnte sie sich auch nicht an eine erinnern, die eine nachhaltige Spur hinterlassen hatte. Vielleicht Tóra aus Sand, aber die hatte dann eines Tages ganz plötzlich einen Mann aus ihrem Heimatdorf geheiratet.

Eigil war zu stolz, und das hatte sie ihm auch gesagt. Ganz sicher war er ein gebildeter Mann, der wusste, wie man sich benahm; und sie war auch stolz darauf, einen Jungen geboren und aufgezogen zu haben, von dem Persönlichkeiten des kulturellen Lebens mit Respekt sprachen. Aber er hatte die Neigung, sich zu sehr in den Vordergrund zu schieben, sowohl als Autor wie als Politiker des Stadtrats, und das war eine unangenehme Eigenschaft.

Als Eigil anrief und sie zu dem Abendessen einlud, hörte die Mutter an seiner Stimme sofort, dass es einen besonderen Anlass gab. Er klang freundlicher, offener, war nicht wie sonst so knapp angebunden. Eigil hatte sie seit mehr als einer Woche nicht mehr besucht, und als sie am Neujahrstag angerufen hatte, um ihm ein gutes neues Jahr zu wünschen, wurde der Hörer nicht abgehoben. Daher erkundigte sie sich sofort, wer noch zu diesem Abendessen käme, und er sagte, er hätte jemanden aus Fuglafjørdur kennengelernt, sie hieße Karin und würde die Kartoffeln kochen.

Dieser halbwegs muntere Ton prägte auch die erste Stunde ihres Beisammenseins an diesem Tag im frühen neuen Jahr.

Tórharda war zweiundzwanzig Jahre alt und wohnte noch bei ihren Eltern. Sie hatte das Gesicht ihres Vaters, doch während Ingvald wortkarg war und kleine graue Augen hatte, war Tórharda redselig und hatte die gleichen großen braunen Augen wie die Familie in Sumba. Sie arbeitete als Gärtnerin und wollte eine landwirtschaftliche Ausbildung antreten. Obwohl sie es der Mutter nicht erzählte, konnte sie sich vorstellen, den Pachthof Ergisstova zu übernehmen. Ihr Onkel Nils war Anfang sechzig, und weder die Tochter Margit noch der Sohn Jenis zeigten irgendein Interesse für die Landwirtschaft.

Eigil hatte eine Lammkeule gebraten. Wie so viele andere Mittelschicht-Färinger hatte er in den letzten vier, fünf Jahren begonnen, Wein zum Essen zu trinken. Er besaß große, bauchige Gläser mit hohen Stielen, und Kristensa erschien es gekünstelt, Wein aus solchem Nippes zu trinken. Wenn man Wasser und Milch aus einem gewöhnlichen, schönen Glas trinken konnte, warum sollte man dasselbe Glas nicht auch für Wein benutzen? Außerdem hatte Eigil sich angewöhnt, Knoblauch und Petersilie zu verwenden. Auch an den Fisch kam dieses grässliche Kraut. Sie traute sich nicht mehr, ihn zum Essen einzuladen. Als ob Fischklößchen und Frikadellen, Walfleisch und Speck nicht mehr gut genug waren für seinen Wirtschaftsprüfermagen.

An diesem Tag im neuen Jahr hatte er Knoblauchzehen in

das Fleisch gesteckt und den Braten mit einer Mischung aus geriebener Zitronenschale, Thymian, Rosmarin und Oregano bestrichen. In die Bratpfanne goss er eine kleine Mischung aus Weißwein und Wasser, ein feiner Weingeschmack ließ sich in der Sauce wahrnehmen.

Karin lobte das Essen und erklärte, ein so vornehmes Essen bekäme sie in Fuglafjørdur normalerweise nicht.

Kristensa erkundigte sich, was sie normalerweise esse.

Fischklößchen, Corned Beef, gekochten Dorsch mit Zwiebelsauce. Und am Sonntag aßen sie und ihre Mutter manchmal im Muntra, dem Restaurant des Ortes. Normales Essen und an Heiligabend natürlich vergorenes Lammfleisch.

Kristensa erklärte, mit aufwendigen Mahlzeiten wie dieser wären die Sumbinger nicht aufgewachsen.

Eigil entgegnete, das Fleisch sei aus Sumba.

Kristensa tat so, als hätte sie es nicht gehört. Sie sagte, sie hätten während der Feiertage Fleisch gehabt, aber dies sei der Gipfel der Geschmacklosigkeit.

Aber sie sprach *Gipfel der Geschmacklosigkeit* auf eine sehr eigenartige Weise aus, dann legte sie Messer und Gabel beiseite und bat um Entschuldigung.

Bereits auf dem Weg zur Toilette stand ihr die Übelkeit bis zum Hals, doch sie schaffte es noch, die Tür abzuschließen, bevor sie vor der Schüssel auf die Knie fiel und das gesamte Abendessen erbrach. Alles Fleisch aus diesem Höllenloch Sumba und die Kartoffeln, die diese Neujahrstussi gekocht hatte, kamen in einem Schwall heraus. Tränen der Wut liefen ihr übers Gesicht, als sie versuchte, das Essen so lautlos wie möglich zu erbrechen. Sie hasste den Gestank.

Hinterher spülte sie den Mund mit kaltem Wasser aus, und während sie ihr erbarmungswürdiges Gesicht im Spiegel ansah, wunderte sie sich, dass Eigil so herzlos sein konnte, Fleisch aus Sumba zu servieren.

Als Kristensa wieder ins Wohnzimmer kam, setzte sie sich in den großen Lesesessel.

Eigil brachte ihr eine Tasse Kaffee und erkundigte sich, ob etwas nicht in Ordnung sei.

Die Mutter antwortete, wenn man unter einer Diktatur aufgewachsen sei, wäre immer irgendetwas nicht in Ordnung.

»Sprich an einem Tag wie heute nicht vom Ergisstova.«

»War es notwendig, uns Fleisch aus Sumba vorzusetzen?«

»Oh, Jesses«, seufzte Eigil.

»Ja, ruf du nur nach Jesus, das machen die Sumbinger auch. Aber hat das diesem verfluchten Volk etwas genützt?«

Ingvald war am Tisch bereits aufgestanden.

»Komm, Kristensa, lass uns nach Hause gehen«, schlug er vor.

Er bot ihr den Arm und begleitete sie in den Flur. Tórharda zog sich ebenfalls an und erklärte Karin, dass ihre Mutter Sumba gegenüber allergisch reagiere.

»Wieso hat sie mir nichts gesagt?«, fragte Eigil die Schwester.

»Es gab nichts zu sagen«, erwiderte Tórharda. »Alles war gut, als wir zu Hause losgingen. Die Anfälle kommen einfach, und du weißt, wie das mit den Anfällen ist. Keiner hat sie unter Kontrolle, weder du noch ich.«

Der Stadtratspolitiker Eigil Tvibur

... die Einnahmen müssen den Ausgaben entsprechen, das ist elementares ökonomisches ABC. Ungeachtet der parteipolitischen Couleur kostet eine Banane eine Krone und siebzig Øre im Supermarkt, da hilft es auch nichts, wenn Sozialdemokraten an der Kasse stehen und ihre Liebe zu den Bananenbauern in Paraguay beteuern.

Revolutionäre Agitation an der Kasse ist Bluff. Eine Tonne Schottersteine in Zollgröße aus dem Steinbruch von Hundsarabotnur kostet sechzig Kronen.

Echter färöischer Schotter.

Das Vaterland als Raummaß.

Die neue Verbrennungsanlage in Hjalli, dieser Abfallplatz des 20. Jahrhunderts mit dem höchsten Schornstein des Landes, diese Mini-Hölle, die die Hinterlassenschaften von 18 783 modernen Verbrauchern und Verpackungen aller Moloch-Importeure verkohlt, dieser Rauch ejakulierende Eisenphallus, der die Austernfischerküken in ihren Eiern rosten lässt...

Derartige Notizen kritzelte Eigil manchmal während der Stadtratssitzungen aufs Papier. Die Sitzungen waren allerdings auch nicht sonderlich interessant. Es galt, die Tagesordnungspunkte abzuhaken. Alle Sitzungen in seiner gesamten Zeit als Stadtrat bestanden nur aus abzuhakenden Tagesordnungspunkten. Der Haushalt der Gemeinde Tórshavn betrug 1988 231 Millionen Kronen, ein Jahr später 253 Millionen. Es erforderte eine entschiedene und detaillierte Ausgabenpolitik, um Kindergärten und Schulen zu betreiben, sich des Straßenbaus anzunehmen, Gehälter zu bezahlen und all den übrigen kommunalen Verpflichtungen nachzukommen.

Ganz sicher waren die Investitionen der achtziger Jahre notwendig, aber sie waren auch teuer. Das Hallenbad, das kurz vor dem Jahreswechsel 1983 in Betrieb genommen worden war, kostete 42 Millionen Kronen.

Als die Alten 1987 ins Pflegeheim Lágargardur einzogen, war der Preis auf annähernd 70 Millionen Kronen gestiegen.

Die Müllverbrennungsanlage auf Hjalli wurde ebenfalls 1987 eingeweiht und kostete ungefähr das Gleiche wie das Altersheim Lágargardur.

Ein Jahr später wurde das Wasserreservoir in Villingardarlur fertig, zusammen mit der Filteranlage und der Straße zum Reservoir war der Preis auf ungefähr 110 Millionen Kronen gestiegen.

Mitte der Achtziger begann der Hafen von Tórshavn mit einem Riesenprojekt östlich der alten Schutzmole, und als man es beendete, hatte das Projekt, das Baugrund für Lagerhäuser und einen modernen Containerhafen umfasste, circa 140 Millionen Kronen gekostet. Die Hafenbehörden hatten sich verrechnet und mussten die Kommune bitten, einen Kredit von 70 Millionen Kronen zu übernehmen.

Der Hafen in Sund am Kaldbaksfjørdur war eine Sache für sich. Geplant war, dass ein färöisch-isländisches Industrieunternehmen eine hochmoderne Fischfabrik an der Kaianlage bauen sollte, doch als diese fertig war, zog sich das Unternehmen aus dem Projekt zurück. Da hatte die Kommune bereits den größten Teil der Felder enteignet, die zum Pachthof in Sund gehörten, und der Kampf gegen die Enteignung hatte die Gesundheit des Pächters dermaßen beeinträchtigt, dass er an den Folgen starb. Abgesehen von einem toten Bauern blieben die Tórshavner auf einer Rechnung von 50 Millionen Kronen sitzen.

All diese Beträge mussten von ungefähr elftausend steuerpflichtigen Bürgern aufgebracht werden.

Auch der Sport bekam in den achtziger Jahren viel Geld. Eigil unterstützte es. Bedingungslos. Nicht weil er Interesse an Sport hatte oder sich bei den Jugendlichen einschmeicheln wollte. Überhaupt nicht. In seinen Augen waren Bjørn Borg, Maradona und Mike Tyson ebenso hirntot wie die Massen, die ihren Heldentaten zujubelten. Eigil hatte die gleiche arrogante, aus dem 19. Jahrhundert übernommene Haltung gegenüber der Masse wie Napoleon Nolsøe. Pole vergoss keine Träne über den prädisponierten Verbrecher, der bei der Geburt starb. Es gab vielmehr Anlass, den Tod eines erwachsenen Menschen zu beweinen, vor allem wenn es sich um einen guten Menschen handelte. Jeder Mensch für sich genommen war schon okay, aber als Masse konnten sie bedrohlich und unberechenbar werden. Eigil dachte folgendermaßen: Eine Stadt ist ein künstliches Wesen, in dem Natur und Kultur in ständigem Kampf miteinander liegen, und wenn die Kultur die Oberhand behalten sollte, war es notwendig, ernsthafte Bedrohungen in Schach zu halten. Wo fünfzehntausend Menschen versammelt waren, wimmelte es von Bakterien, unter anderem deshalb vergrub man Abwasserkanäle in der Erde. Um sich vor der Wucht des Meeres zu schützen, war es erforderlich, dass man Schutzmolen baute. Und ebenso notwendig war es, die natürliche Wildheit junger Menschen im Zaum zu halten. Aus diesem Grund war es gute Politik, Sporthallen und Fußballplätze für die Jugend zu bauen. In dieser Hinsicht durfte man nicht knickrig sein. Sportler ließen die Kriminalstatistik nicht ansteigen. Außer Atem geratene Fußballer waren zu müde, um den Leuten die Augenbrauen zu zerschlagen. Tischtennis- und Volleyballspieler und alle Helden des Wettruderns schliefen um Mitternacht. Sie vergriffen sich nicht an privatem oder öffentlichem Eigentum oder lauerten Frauen auf und vergewaltigten sie in den Gärten.

Jetzt versuchte die Mehrzahl des Stadtrats, sich sämtlicher Altlasten zu entledigen. Sie privatisierten die Busrouten und schlossen den Steinbruch am Oyggjarvegur. Tórshavn besaß sehr viele Häuser, die sich in einem miserablen Zustand befanden und nur schlecht instand gehalten wurden. Zu den heruntergekommensten Gebäuden gehörten Nils Tviburs Hütte, William Heinesens Elternhaus und Sloans Haus. Die beiden letzten waren von kulturhistorischem Wert und wurden restauriert. Das erste landete auf der Liste der zu verkaufenden Immobilien.

Die Selbstverwaltungspartei verfügte nur über diesen einen Sitz im Stadtrat. Der allergrößte Stimmenschlucker der Wahl 1988, und wenn man so will, auch schon der Wahl 1984 war Poul Michelsen von der Volkspartei. Bevor er zum Bürgermeister gewählt worden war, hatte er eine eigene, recht beachtliche Großhandelsfirma geleitet, und dass er die Stadtratskoalition im Grunde nach dem gleichen Prinzip führte, war Eigil schon bald klar geworden. Der Mann war Demokrat, solange die anderen Stadtratsmitglieder dachten wie er. Aber wenn Politiker es wagten, unpopuläre Entscheidungen zu treffen, oder wenn sie begannen, bestimmte Dinge in Ausschüssen zu verzögern, oder bei den kleinsten Bagatellen Gutachten anfordern wollten, gab Poul Michelsen seinen demokratischen Mantel in der Garderobe ab und betrat den Stadtratssaal in seiner Despotenrobe.

Es war seine dritte Amtszeit als Bürgermeister, und abgesehen von seiner Intelligenz hatte der Mann eine ganz außergewöhnliche Arbeitsdisziplin. Und diese Eigenschaft schätzte Eigil sehr.

Als die beiden einmal nach einer Stadtratssitzung allein waren, hatte Eigil gesagt, er könne nicht begreifen, warum ein so selbstständiger Mann wie der Bürgermeister – ja, er war im Grunde doch eigentlich ein bürgerlicher Anarchist – nicht mit seiner Partei und ihrem Organ *Dagbladid* brach. Die Volkspartei sei zu einem brutalen und primitiven Umfeld geworden. Eigil behauptete, dass sich dadurch ein neuer Schlag von Färingern herausgebildet hatte: Sie fürchteten die Kultur und alles Moderne und biederten sich schamlos einäugigen christlichen Sektierern an. Die Probleme der Färöer seien nicht religiöser Art; und wenn es an diesem Punkt etwas zu kritisieren gebe, dann eher, dass die Färinger zu gläubig seien. Was das Land brauchte, so Eigils These, war eine gebildete Elite, sowohl auf wirtschaftlichem wie auf kulturellem Gebiet.

Poul Michelsen hörte zu, bis Eigil geendet hatte. Dann fragte er nach Eigils politischen Vorbildern.

Die Antwort, die Eigil ihm gab, war kurz und knapp. Japan und das Industriewunder Silicon Valley in Kalifornien.

»Wie wollen Sie Silicon Valley und Japan mit der Selbstverwaltungspartei vereinen?«, erkundigte sich der Bürgermeister.

»Das weiß ich nicht«, erwiderte Eigil.

»Das kann ich Ihnen nicht einmal zum Vorwurf machen«, meinte Michelsen. »Seit Jóannes Patursson 1936 die Selbstverwaltungspartei verlassen hat, war diese Partei ein Sarg. Wer dort Mitglied wird, ist entweder in den politischen Verfall verliebt, oder er muss ein durchtriebener Teufel mit verborgenen Absichten sein.«

Etwa zur Hälfte der Legislaturperiode beschloss Eigil, Kjartan á Rógvi, dem Leiter des Wirtschaftsprüfungsbüros, für das er arbeitete, zu sagen, dass er seine Arbeitszeit gern auf fünfundzwanzig oder dreißig Stunden die Woche reduzieren wollte.

Eigil war ziemlich sicher, dass Kjartan seinen Wunsch erfüllen würde. Die meisten Wirtschaftsprüfungsfirmen hatten in letzter Zeit weniger zu tun, und Eigils Zeit als Nummer zwei in der Firma war auch vorbei. Seit der Feier anlässlich des zwanzigjährigen Firmenjubiläums hatte sich das Verhältnis zu seinem Chef deutlich abgekühlt.

Amalia, Kjartans Ehefrau, hatte mit Eigil geflirtet. Und das gefiel Eigil gar nicht. Amalia war so aufdringlich gewesen, dass er sich nicht anders zu helfen wusste, als sie zu beleidigen.

Sein Interesse für alte Staubsauger hätte doch erheblich nachgelassen, erklärte er ihr, außerdem wäre seinem Eindruck nach ihr Beutel schon ziemlich voll.

Zwei, drei Sekunden stand sie einfach nur da und verdaute diese Bemerkung. Als sie endlich wieder Worte fand, zischte sie, diese Demütigung würde auf der Sollseite ihres großen Kassenbuchs vermerkt.

Rasselnder Schlüsselbund

Eigentlich war Eigil ganz zufällig für die Selbstverwaltungspartei aufgestellt worden. Er hatte vorher überhaupt keine Verbindung zu der Partei gehabt. Weder seine Mutter noch Ingvald stimmte für sie, und er hatte auch sonst niemanden gekannt, der es tat. Jedenfalls nicht, soweit es ihm bekannt war. Karin war Sozialdemokratin, und die wenigen Freunde, die er im Schriftstellerverband hatte, oder besser gesagt die literarischen Kollegen, mit denen er hin und wieder telefonierte, wählten den linken Flügel.

In seinen Studienjahren in Kopenhagen hatte Eigil die linksliberale Partei Radikale Venstre gewählt. Zweimal hatte er ihnen seine Stimme gegeben. Es war eine elitäre Partei, die von Akademikern und alten Hochschulleuten geführt wurde, und obwohl die Partei ein wenig verstaubt war, erinnerte sie doch an die färöische Selbstverwaltungspartei zu ihrer Blütezeit in den ersten beiden Jahrzehnten des 20. Jahrhunderts.

Als Eigil nach der Stadtratswahl 1992 das Resultat analysierte, sah er jedoch ein, dass das Ergebnis gar nicht so zufällig war, wie es zunächst ausgesehen hatte. In seinem tiefsten Inneren war er ohnehin prädisponiert, Politiker zu werden, so wie die meisten Autoren. Sein kritisches Bewusstsein ließ ihn hin und wieder harte Urteile fällen, und als Autor hatte er das Bedürfnis, gesehen und gehört zu werden. Das erforderte der exhibitionistische Drang seiner Dichterseele.

Als der Vorsitzende der Selbstverwaltungspartei, Jens Julian vid Berbisá, ein wenig mit dem Schlüsselbund rasselte, war Eigil mit anderen Worten bereit, in die Politik zu gehen.

Es begann mit einem langen Interview, das *Dimmalætting* anlässlich seines San Francisco-Buches mit ihm geführt hatte. In diesem Interview nannte Eigil sich einen Kulturfäringer. Er erklärte, Kultur stünde für Humanismus und das Künstlerische, aber auch für das Traditionsbewusste. Färinger zu sein bedeute hauptsächlich, dass man hier geboren war, und selbstverständlich hatte man die Pflicht, den Grund und Boden zu pflegen, auf dem seine Wiege gestanden hatte. Aber eine Ideologie daraus zu machen, so wie die Republikaner es taten, war reiner Unfug.

Die Sozialdemokratie und die liberale Unionspartei dozierten Furcht. Sie nährten die Angst bei Rentnern, die es sich kaum leisten konnten, ihren Öltank zu füllen, und bei Kirchenvorstandsmitgliedern, die Angst um ihre Kirche hatten, sollte die färöische Verwaltung sie übernehmen.

Vor allem die Sozialdemokraten verhielten sich illoyal. Sie wollten eine finanzielle Beteiligung der Dänen an sämtlichen Projekten auf den Färöern, und gleichzeitig versuchten sie, den Leuten vorzugaukeln, dass sie mit ihrem politischen Geschick Staatsgelder ins Land brachten.

Die Unionspartei wiederum hatte nichts dagegen, direkt aus Kopenhagen regiert zu werden. Der Mangel an Prinzipien war in all den Jahren ihr wichtigstes Kennzeichen gewesen. Tatsächlich handelte es sich um eine imbezile Partei. Kein Unionspolitiker schrieb Bücher, in dieser Partei suchte man vergeblich nach Persönlichkeiten aus Kunst und Kultur.

Die Volkspartei betete den Moloch an, und obwohl ihre Mitglieder aufrechter daherkamen als der durchschnittliche Unionsmann, waren sie doch boshafter.

Über die Selbstverwaltungspartei ließ sich auch nicht gerade jubeln, aber sie war doch trotz alledem die alte Partei des

Redakteurs Kristin í Geil und noch immer eine recht offene Gruppierung.

Direkt nach dem Interview rief Jens Julian vid Berbisá an und erklärte Eigil, ihm gefiele die Argumentation mit dem Begriff Kulturfäringer. Er sagte, im Augenblick habe die Selbstverwaltungspartei einen Ex-Skipper als Vorsitzenden, und obwohl der Navigator die Kunst beherrsche, den Kurs abzustecken, hätte die Partei doch mehr denn je Bedarf an Persönlichkeiten aus der Kultur.

Er forderte Eigil auf, sich zur Stadtratswahl in Tórshavn aufstellen zu lassen. Auf diese Weise wäre es möglich, den geschwächten Sydstreymoy-Wahlkreis zu stärken und gleichzeitig das Hauptstadtpotential genauer zu ermitteln.

Jens Julian vid Berbisá war einer derjenigen, die die meisten historischen Bücher aus der Zeit von Lucas Debes und Thomas Tarnovius gelesen hatten, bis hin zu Poul Petersen aus Funningur. Er hatte die komplette *Vardin* durchgearbeitet, diese ausgezeichnete Kulturzeitschrift, die einen großen Teil der färöischen intellektuellen Produktion von 1921 bis in die Gegenwart versammelte. Die Ting-Bücher aus dem 17. Jahrhundert, die Einar Joensen abgeschrieben hatte und drucken ließ, lagen auf dem Regal im WC. Wenn Jens Julian aufs Klo ging, saß er dort selten weniger als eine halbe Stunde und studierte dieses dreibändige Werk über alte färöische Verbrechen.

Jens Julian sagte oft, er sei stolz, denselben Wahlkreis zu repräsentieren wie seinerzeit Niels Winther, und er erinnerte die Leute gern daran, dass es doch die Wähler auf der Insel Eysturoy gewesen waren, die den ersten Abgeordneten der Selbstverwaltungspartei ins Lagting gewählt hatten, obwohl die Unionspartei jetzt in den Dörfern um den Skálafjørdur so stark dastand. Und was einmal gewesen war, würde immer wiederkommen.

Jens Julian hörte man überall, wohin er auch kam. Aber

nicht dass er mit lauter Stimme verkündete: Hier habt ihr mich. Ganz und gar nicht. Jens Julian trat leise auf, und wie viele Herren im besten Alter ging er ein wenig vornübergebeugt. Es war eher ein Schlurfen als ein Gehen, und immer war das weiße Nylonhemd bis zum Hals zugeknöpft.

Der Grund, warum er gehört wurde, war ein großer Schlüsselbund an seinem Gürtel. Die Schlüssel zum Opel Kadett, der Kellertür und dem Schuppen. Die Schlüssel zum Schafstall und zur Vorratskammer, zum Büro daheim und zum Schrank im Büro. Die Schlüssel zu seinem Postfach in Strendur und zum Postfach der Partei in Tórshavn. Die Schlüssel zum Bootshaus und nicht zuletzt die Schlüssel zum Ting-Gebäude. All dies rasselnde Eisen verkündete, dass der Vorsitzende der Selbstverwaltungspartei in der Nähe war.

Regelmäßig besuchte er die Läden und die verschiedenen Hafenanlagen rund um den Skálafjørdur. Und er sprach nicht nur über Politik, ja am wenigsten redete er über Politik.

In Hilmars Bäckerei in Skála konnte er sich über die tüchtigen Handballerinnen der Sportvereinigung von Strendur unterhalten. Er erklärte, die soziokulturelle Bedeutung, die sie für das Gedeihen und das Wachstum des Ortes hatten, wäre unermesslich. Merkwürdige Fremdwörter in ein Gespräch einfließen zu lassen war ihm ein besonderes Vergnügen, und während man sich unterhielt, trank er eine Hawaii-Dream-Limonade und aß dazu einen Twix-Riegel.

Gegenüber dem Direktor der Schule von Toftir erwähnte er den kreativen Gedanken, Schach als Sportfach in der Schule einzuführen. Das würden die Russen seit Jahren machen, daher schnitten sie bei allen Schachturnieren auf der Welt so gut ab.

In den Schuppen, in denen Köder auf die Haken gespießt wurden, präparierte er bisweilen eine oder sogar zwei Langleinen, und häufig kam es vor, dass er dabei eine unanstän-

dige Geschichte erzählte. So behauptete er, ein älterer Tórshavner hätte ihm erklärt, ein verheirateter Mann müsse sich vor
zwei Dingen hüten. Das eine wären überall kleine Schulden zu
hinterlassen, das andere eine zusätzliche Hausfreundin. Wenn
ihm solche Worte über die Lippen kamen, schlug er häufig das
Kreuz, und gerade das fand er selbst ziemlich komisch und
nicht zuletzt volkstümlich.

Das Ehepaar vid Berbisá und sein debiler Sohn wohnten in
einem dreistöckigen Betonhaus in Kolbeinagjógv. Das Haus
war gebaut worden, als Jens Julian für die norwegische Ree-
derei Lange zur See gefahren war, und seine Größe bezeugte,
dass hier ein Mann wohnte, der in der Gesellschaft nach Höhe-
rem strebte.

Die Berbisá floss durch Strendur, und Jens Julian war in diesem Dorf geboren und aufgewachsen. 1973 zog er mit Frau und
Kind nach Kolbeinagjógv. Jens Julian wurde Obersteuermann
und Kapitän, aber er ging an Land, weil es für seine Frau zu
hart war, mit dem Sohn allein zu bleiben. Denn Jens Julian
mochte sein Kind. Dass der Junge schwachsinnig war, hielt seinen Vater nicht davon ab, ihn vorbehaltslos zu lieben.

Nachdem er an Land gegangen war, verkleidete er die Front
des Hauses mit gelben Plastikplatten und setzte auf diese Weise
die Fassade zur Landstraße instand. Die drei anderen Seiten
erhielten keine Platten. Ein Spötter meinte, das Haus spiegle
die Selbstverwaltungspartei unter Jens Julians Führung wider –
und diese Einschätzung war sicherlich nicht ganz falsch. Die
Partei war in vieler Hinsicht ein unfertiges, nur halb zu Ende
gebrachtes Plastikprojekt.

Die ungefähr vier Meter breite Treppe, die zum eigentlichen
Haus führte, machte das Gebäude zu etwas Besonderem. Die
Nachmittagssonne erwärmte den Treppenaufgang, und dort
saß der Sohn für gewöhnlich, guckte in die Wolken und spielte
mit Schnaken und Sonnenstrahlen. Als Dreizehnjähriger war

er bereits zwei Meter groß, und wenn die Familie Berbisá einen Abendspaziergang nach Morskranes unternahm, war das ein seltsamer Anblick. Vorn ging die vollbusige Mutter, ihr auf den Fersen folgte der lange, verträumte Sohn, und ganz hinten kam Jens Julian mit seinem Schlüsselbund.

Auf einem Treffen des Parteiortsverbands Sydstreymoy ließ Eigil die boshafte Bemerkung fallen, ihr Vorsitzender sei Kustode des Mausoleums, in dem die besten Männer der Nation unter Glas lagen.

Das Bild war ziemlich exakt. Zum einen weil Jens Julian vid Berbisá weder den Mut noch die Weitsicht besaß, die eine Neuorientierung der Partei erforderte, zum anderen weil der wichtigste Ausrüstungsgegenstand eines Kustoden sein klirrender Schlüsselbund war. Aber dass die Bemerkung weitergetragen wurde und eine so kleine Partei überhaupt jemanden hatte, der in die Rolle des Denunzianten schlüpfte, überraschte Eigil doch.

Soweit es sich beurteilen ließ, fühlte der Vorsitzende der kleinsten Partei des Lagting sich angegriffen, und bis zur Wahl 1992 sollte Eigil die Folgen des Misstons zu spüren bekommen, der zwischen ihm und dem Parteivorsitzenden entstanden war.

Das Auge im Schmuckkästchen

———————

Als Ingvald am 2. Februar 1992 zum Mittagessen nach Hause kam, fand er seine Frau auf dem Küchenboden liegend. Er rief sofort einen Krankenwagen, und noch bevor um zwanzig nach zwölf die Nachrichten im Radio begannen, waren die Sanitäter mit Kristensa abgefahren.

In der Woche, in der sie auf der Grenze zwischen Leben und Tod schwebte, wechselte die Familie sich am Krankenbett ab, und als sie wieder bei Bewusstsein war und Zeichen von sich geben konnte, wollte sie nichts von Tórharda wissen. Und als Svanhild aus Dänemark nach Hause kam, jagte sie auch ihre ältere Tochter aus dem Zimmer. Nur Ingvald und Eigil durften bei ihr sitzen, doch nach und nach ertrug sie auch ihren Mann nicht mehr.

Ein Arzt erklärte Ingvald, dass es sich um eine recht gewöhnliche Folge einer Apoplexie handelte, die von den Psychiatern als akute Psychose bezeichnet wird. Er sollte sich darauf vorbereiten, dass dieser Zustand drei, vielleicht sogar vier Monate anhalten und seine Frau in dieser Zeit an allen möglichen Zwangsvorstellungen leiden würde.

Kristensa wollte nicht allein sein, ständig klingelte sie und bat die Krankenschwestern, ihren Sohn zu holen.

Ihre linke Körperhälfte war mehr oder weniger gelähmt, dadurch konnte sie nicht mehr alle Wörter artikulieren, und sie bemerkte auch nicht den ganzen Speichel, der sich an ihren Backenzähnen sammelte. Vor allem Wörter, in denen die

Laute F und L vorkamen, bereiteten ihr Schwierigkeiten, und wenn die Zunge diese Wörter nicht formen konnte, wurde sie wütend, und ein unappetitlicher Speichelstrahl spritzte ihr aus dem Mund.

An einem der ersten Tage nach dem Schlaganfall, als die Mutter noch bewusstlos war, kaufte Eigil die Moschee. Er bot 100 000 Kronen und erklärte Bürgermeister Poul Michelsen, sein Ururgroßvater habe das Haus in den 1830er Jahren erbaut, nun sei es in schlechtem Zustand, und es gebe keine anderen Kaufinteressenten.

Poul Michelsen fand 100 000 Kronen zu wenig und schlug Eigil vor, das Angebot auf 150 000 Kronen zu erhöhen. Die Leute dächten sich schließlich ihren Teil, und darauf müsse man als Politiker Rücksicht nehmen.

»Der Teufel mit dem Glasauge ist dein Vater.«

Eigil war am Krankenbett eingenickt und verstand nicht sofort, was die Mutter gesagt hatte. Aber er hatte das Wort *Vater* mitbekommen und war schlagartig wach.

Hjartvard hätte sie eines Abends vergewaltigt, als sie Stjerna gemolken hätte, erklärte die Mutter, und als sie Stjernas Namen erwähnte, traten ihr Tränen in die Augen.

Sie hatte Eigil so oft von den norwegischen Namen der Kühe auf Ergisstova erzählt. Außer Stjerna hießen sie Staslin, Dagros und Litagod. Nur eine Färse trug den färöischen Namen Reydflekka, Hjartvard hatte sie einem Bootsbauer aus Porkeri abgekauft, aber Reydflekka starb noch im selben Jahr an Rinderfieber.

So viel Glück, wie die norwegischen Namen verhießen, hatte das achtzehn Jahre alte Melkmädchen nicht. Der Milcheimer und der Melkschemel stürzten um, und im Licht einer Petroleumlampe schändete Hjartvard seine Nichte. Sie lagen halb in der Box, halb im Mistgang. Es war so abscheulich. Ihr erstgeborenes Kind war das Kind einer Vergewaltigung, und ihr ganzes Leben hatte sie versucht, sich von dieser Schande reinzuwaschen. Eigil war ihre bittere Liebe. Er wurde auch ihr ganzer Stolz, aber die Angst, dass sein Leben oder seine Karriere beschmutzt wurden, oder er auf die eine oder andere Weise Schande auf sich laden könnte, war stets präsent.

Obwohl sie sich nicht gegen ihren Onkel zur Wehr hatte setzen können, hatte sie ihm doch ein Auge zerkratzt, und diese Wunde entzündete sich.

Nur war Hjartvard niemand, der den Ärzten die Türen einrannte, und in diesem peinlichen Fall konnte er auch niemand anderen um Hilfe bitten.

Doch es gab ja dieses alte Hausmittel, das Auge mit Wasser aus einer Pfütze mit still stehendem Wasser auszuwaschen, und das tat er. Er schnitt auch ein hartgekochtes Ei auf, nahm das Eigelb heraus und legte das halbe Ei mit der Aushöhlung nach innen auf sein Auge.

Aber nichts half. Die Entzündung pochte unter dem Wundschorf und wurde schlimmer und schlimmer. Seine ganze linke Wange wurde schwarz, doch erst als sein Kopf einen fauligen Geruch verströmte, gab er notgedrungen nach und bat um ärztliche Hilfe.

Viel war nicht mehr zu machen.

Hjartvard kehrte nur mit einem Auge aus dem Krankenhaus von Tvøroyri nach Hause zurück. Und kurz darauf bekam er eine Augenprothese, wie der Arzt es nannte.

Eigil hatte seinen biologischen Vater nie gesehen, und solange Hjartvard noch lebte, waren sie auch nie nach Sumba gefahren. In den Jahren, in denen sich die Gebrechen des Alters zu zeigen begannen, versuchte Hjartvard, noch vor seinem Hinscheiden Vergebung zu erlangen. Oder genauer gesagt, er suchte um

Vergebung für eine längere Reihe von Untaten, die er in all den Jahren begangen hatte, in denen er in dem Dorf lebte und arbeitete.

Kristensas und Ingvalds Haus stand an der Landstraße, ein Stück vom Kinabakken entfernt, und 1962 hatte ein Brand das Dach sehr in Mitleidenschaft gezogen.

An einem Gewittertag im Herbst jenes Jahres kam der Alte mit 13 000 Kronen für seine Nichte nach Tórshavn. Er hoffte, dass sie so großzügig war und das Geld annahm.

Aber er hatte die Kraft ihres Abscheus unterschätzt. Er wurde nicht einmal eingelassen und musste sein Anliegen durch den Briefschlitz der geschlossenen Tür rufen.

Kristensa forderte ihn auf zu verschwinden, sie wollte nichts mit ihm zu tun haben und schon gar kein Geld von ihm annehmen. Der Psychopath vom Ergisstova konnte zur Hölle fahren.

Hjartvard steckte das Geld durch den Briefschlitz und lief zurück zur Straße.

Da öffnete sie die Tür und rief ihm nach, wenn er das Geld nicht holen käme, dann würde der Wind die Scheine zu ihm tragen.

Er zuckte lediglich die Achseln.

Sie nahm ein Bündel Hundertkronenscheine in die Hand und schmiss es ihm nach.

O du teuflisches Weib, seufzte Hjartvard, als er sah, wie sein hart verdientes Geld vom Wind zerstreut wurde. Hinter jedem einzelnen Geldschein standen Lämmer, Mutterschafe oder Widder, die er aufgezogen und geschlachtet und deren Leiber er im Vorratshaus zum Trocknen aufgehängt hatte. Er spürte Schmerzen in der Brust und stützte sich auf einen Pfahl, während er zusah, wie sein Reichtum im Wind fortflatterte. Ein paar Scheine klebten an Dächern oder Wänden, andere endeten im Gebüsch am Kinabakken, und wieder andere flogen in die Rættará und strömten in die Bucht bei Vestaravág.

1964 war Eigil zum ersten Mal in Sumba, und da hatte er das Glasauge seines Vaters gesehen, beziehungsweise seines Großonkels, denn damals wusste er noch nicht, wer ihn gezeugt hatte.

Seine Kusine Margit hatte ihm das Auge gezeigt. Sie war zwei Jahre älter als Eigil und wies den jüngeren und etwas linkischen Vetter aus Tórshavn gern auf alles Mögliche hin, nicht zuletzt auf ihre sprießende Weiblichkeit.

Das Auge lag in einem kleinen Schmuckkästchen in der Anrichte. Sie hob den Deckel ab, zupfte das hellrote Wattebüschel vom Auge und forderte Eigil auf, daran zu riechen. Er brachte es nicht fertig. Als sie ihm ins Ohr flüsterte, dass es beinahe so roch wie ihre Möse, wurde ihm übel, und er wandte sich ab.

Er mochte dieses Auge nicht ansehen, das weder Lider noch Wimpern hatte. Es war viel zu prüfend und zudringlich. Er hatte das Gefühl, als würde das Auge durch alles hindurchsehen oder direkt aus dem Totenreich kommen. Genau das war daran so seltsam: Hjartvards Auge lag in einem Schmuckkästchen und behielt die Lebenden im Blick.

Außerdem war die Iris braun. Auch Eigil hatte braune Augen, genau wie seine Mutter und Margit. Die Mutter sagte, die braunen Augen kämen aus Norwegen, und Eigil sah einen ganzen Schwarm brauner Augen vor sich, die von Westnorwegen über den Atlantik trieben und in Sumba an Land gingen.

Er fragte Margit, ob sie wüsste, warum der Großonkel ein Glasauge hatte. Aber sie war sich nicht ganz sicher. Der Lehrer in der Sonntagsschule im Bethaus Betania hatte mal gesagt, diejenigen, die den Nöck gesehen hätten, könnten damit rechnen, dass ihnen die Augen aus dem Kopf faulen; Hjartvard hatte also vermutlich den Nöck gesehen, diesen hässlichen Wassergeist. Doch dann kamen ihr Zweifel. Sie konnte sich nicht mehr erinnern, ob der Sonntagsschullehrer gesagt hatte, ob man beide Augen verlor oder nur eines.

Eigil war in jenem Sommer, als er zum ersten Mal Sumba besuchte, elf Jahre alt gewesen, aber es war, als ob der Ort sich weigern würde, sich ihm zu öffnen, zumindest das Dorf, das in den Erzählungen der Mutter existierte.

Der Himmel erhob sich hoch über dem Beinisvørd, und die beiden Nachbarberge Spinarnir und Blæing sahen beinahe blau aus, als Eigil vor dem Billhús stand und ihre Konturen betrachtete.

Noch stärkeres Licht strömte aus dem weiten Meer, und das ewige Brodeln, das am Felsufer von Sumba zu hören war, erfüllte die Menschen des Orts mit einem mächtigen, gellenden Klang. Kaum irgendwo sonst im Land hatte die Lieddichtung solche Tänzer und Sänger hervorgebracht wie in Sumba.

Wenn es am frühen Morgen regnete, schien das ganze Dorf unter einer weichen, hellen Schicht zu liegen, und die Tropfen spritzten munter aus den Eimern oder von der roten Plane, die über dem Mähdrescher von Onkel Nils lag.

Aber es gab keinen Zusammenhang zwischen dem Licht und der dunklen Brutalität in Mutters Erzählungen.

Ein besonderes Interesse hatte Eigil für die Geschichten über seinen Urgroßvater Gregor, oder Djøssans Gregor, wie die Sumbinger ihn nannten.

Gregor war 1858 zur Welt gekommen, und bereits mit zwölf Jahren hatte er begonnen, dem alten Glöckner in der Kirche zu helfen. Tatsächlich war der Glöckner kein alter Mann, er war Ende dreißig, aber viel Verstand hatte er nicht. Wie so viele andere Färinger in der zweiten Hälfte des 19. Jahrhunderts hatte ihn der Branntwein zugrunde gerichtet.

Nils Tvibur hatte seinem Sohn erzählt, dass es in Norwegen nicht anders wäre. Er hatte ihm von Hans Nielsen Hauge berichtet, der die Norweger dazu bewegen wollte, den Branntweinkrug zu verkorken und ihr Leben in die Hände des Herrn zu legen. Aber, so erzählte der Vater, Hauge sei kein Muhammed und die Norweger hätten auch nicht die Stärke der Araber.

Die Worte setzten sich in Gregor fest, allerdings freute er sich am meisten darüber, dass der Vater seine Glöcknertätigkeit schätzte. Mit frohem Herzen ließ er die Glocke im Osten bis Bø, hoch nach Kvíggjá und ganz bis in den Ortsteil Hørg klingen, und er fühlte sich, als wäre er dazu berufen, das Dorf aus seiner betrüblichen Branntweinapathie zu erwecken.

Acht Jahre, nachdem Gregor seinen Vater umgebracht hatte, heiratete er Susanne Krogh, allgemein Sunkan genannt, die älteste Tochter von Pastor Krogh aus Leirar. Sie wurden in der neuen Kirche von Bug getraut.

In diesen Jahren gehörte Gregor zu den Vertrauensmännern der Sumbinger. Er war von kleinerem Wuchs als der Vater, doch während den norwegischen Korporal etwas Unheimliches umgeben hatte, hieß es, der Sohn habe ausgesprochen freundliche Augen. Außer für drei Kühe trug Gregor die Verantwortung für den Stier des Dorfes, und wenn Kinder aus Familien, in denen der Branntwein zum Alltag gehörte, ihn bisweilen fragten, ob sie ein wenig zu essen bekommen könnten, wies er sie niemals ab.

Aber unter seinen guten Taten und seinem bescheidenen Auftreten lebte eine gequälte Seele, und mit den Jahren zeigte sich immer deutlicher, dass Gregor sonderbar war. Er führte laute Selbstgespräche, und wenn seine Frau wissen wollte, was er da vor sich hin sage oder ob irgendetwas nicht in Ordnung sei, gab er zur Antwort: Solange noch Lebensgeist vorhanden ist, gibt es noch Hoffnung. Und dem konnte sie schlecht widersprechen. Es kam auch vor, dass er erklärte, in der Meeresströmung würden Schaum-Stiere brüllen, oder die Sumbinger glaubten nur an ihre Trockenhäuser für das Schaffleisch und die Kraft der Friedhofserde.

Allerdings waren die Sumbinger auch wirklich schlimm.

Sie gingen auf den Friedhof, um geweihte Erde zu holen, die sie unter die Kopfkissen und Decken von Leuten legten, die sie nicht leiden konnten. Ja, überhaupt war Sumba ein Ort, an dem die Übernatürlichen die Lebenden fest im Griff hatten.

Aber Gregors Worte waren keine Geisterbeschwörungen, es waren auch nicht Bruchstücke von Unterhaltungen. Sie kamen sozusagen aus dem Nichts, und genau davor erschrak sich Sunkan. Nach und nach musste sie erkennen, dass ihr Mann sich eingekapselt hatte, und obwohl sie sich Mühe gab, Öffnungen zu seinem Versteck zu finden, wurde es immer schlimmer.

Die größte Ruhe fand sein Gemüt am Sonntagmorgen auf dem Kirchturm, dort konnte er sich weit fortträumen, ohne dass irgendjemand sich einmischte.

Es kam durchaus vor, dass er Besuch von seinem Vater bekam, und als Gregor den Kopf des Korporals zum ersten Mal aus der Luke kommen sah, packte ihn das Grauen. Wie früher, wenn der Alte ihn verprügeln wollte, kroch er auf den Boden des Kirchturms und beteuerte, er hätte es nicht so gemeint, und wenn der Vater wollte, könnte er sein warmes Blut haben.

Doch das erwies sich als unnötig. Die Jahre im Jenseits hatten Nils Tvibur verändert und milder werden lassen; nach und nach wurde er sogar der beste Freund seines Sohnes. Und gerade das war für Gregor enorm wichtig. Der Vater schien ihm vergeben zu haben, und einen größeren Wunsch als die väterliche Anerkennung haben Söhne selten.

Er fing an, mitten in der Woche auf den Turm zu steigen, er saß da und aß einen Gänsehals oder ein paar Papageientaucher, während er auf den Vater wartete.

Bisweilen zog der Vater das Leichenhemd aus und zeigte dem Sohn seinen Körper. Der Brustkasten glich am ehesten den kleinen Vorratskisten, die man in den Häusern aufhängte – Fliegenschränke wurden sie genannt. Aber dieser

Schrank war leer und zerschlagen, die Vögel hatten ihn geleert, als er mit dem großen Stein über sich auf den Uferfelsen lag.

Der Sohn erzählte ihm, dass der Fels, auf dem man seine Leiche gefunden hatte, den Namen Korporalfelsen bekommen hatte, und er sagte, dass die Sumbinger es für eine Heldentat hielten, dem Tod fünfzig Klafter tief buchstäblich in die Arme zu fallen.

Gregor wollte dem Vater indes nicht erzählen, dass niemand um ihn getrauert hatte. Er war als Fremder ins Dorf gekommen, und ebenso fremd war er in den Tod verschwunden.

Der Sohn liebte seine Geschichten über Muhammed oder den Wüstenkapitän, wie der Vater den großen Propheten nannte. Der Vater erzählte ihm auch von den Vorratshäusern im Totenreich und sagte, die Türschwellen wären aus Ebenholz und die Haken, an denen die getrockneten Leiber hingen, aus purem Gold. Dort stiegen keine Stiere aus dem Wasser und wollten Boote zerschmettern, und der Meermann und der Nöck waren die besten Freunde der Toten.

Mit dem glücklichen Lächeln eines Toren hörte Gregor zu. Er konnte so weit fort sein, dass er überhaupt nicht bemerkte, wenn die Leute nach ihm riefen. Es kam zu so merkwürdigen Vorfällen, dass ein Mann, der seine Kuh decken lassen wollte, sein Ansinnen den Kirchturm hinaufschreien musste.

Sunkan holte ihren Mann nie selbst, sie schickte immer Hjartvard, den ältesten Sohn, und er brachte seinen Vater gewöhnlich nach Hause.

Nicht ganz überraschend hatte ein Schelm ein Schmähgedicht auf Gregor verfasst, und wenn Kristensa ihrem Sohn von den Visionen seines Urgroßvaters erzählte, gab sie normalerweise zwei Strophen des Gedichtes wieder. Ihrer Ansicht nach war Pól Johannis aus Agrar der Urheber des Gedichts:

Gregor steht ihm Kirchenturm,
Skelette zu besprechen:
»Habt ihr einen Korporal
geseh'n in dunklen Nächten?«

»Habt ihr einen Korporal geseh'n,
der von der Klippe stürzte?
Manch einer meint, es war sein Sohn,
der seinen breiten Nacken kürzte.«

Im Sommer 1907 setzte Sunkan sich in Verbindung mit dem jungen Pastor Frederik Moe, und eines Sonntags, nachdem Moe in der Kirche von Sumba gepredigt hatte, kam er zu Besuch auf den Ergisstova. Er wusste, dass Sunkan die Tochter seines Vorgängers Pastor Krogh war, und genau wie andere auf der Insel Suduroy hatte er die Gerüchte über den Vatermörder von Sumba gehört.

Sunkan hatte ihren Mann zurechtgemacht, sie hatte sein Haar und seinen Bart gekämmt, und er sah den jungen Pastor, der für ihn betete, mit seinen milden Augen an.

Pastor Moe erklärte Gregor, er wäre von bösen Geistern besessen, und das seit vielen Jahren. Deshalb hätte er seinen Vater ermordet. Und es wäre auch Satan gewesen, der ihm auferlegt hatte, in die Kirche zu gehen und Gottes Haus aus dem Inneren heraus zu schänden. Satan suche nämlich nach schwachen Gliedern, und ein zwölf Jahre alter Glöckner war nicht immer der beste Schutz der Kirche.

Sunkan sah, dass ihr Mann die Worte Moes nicht begriff, doch sie erblasste, als der Pastor behauptete, Gregor hätte absichtlich in eine Pastorenfamilie eingeheiratet, um auf diese Weise weiterhin sein teuflisches Gift verspritzen zu können. Aber sie war nicht in der Lage, etwas zu sagen, geschweige denn zu protestieren.

Dennoch schlug sie während der Brandrede des Pastors mehrfach das Zeichen des Kreuzes und empfand doch so viel Fürsorge für ihren Mann, dass sie froh war, als Moes Worte nicht bis zu ihm drangen. Hin und wieder zeigte sich ein törichtes Lächeln in Gregors Augen, und als Moe schließlich Amen sagte, wiederholte er aus alter Gewohnheit dessen Amen.

Dank Doktor Jørgensen wurde Gregor ungefähr zur Mittsommernacht 1908 in die Irrenanstalt Oringe bei Vordingborg gebracht. Er fuhr mit dem Frachtdampfer *Føringur* der Familie Mortensen nach Dänemark; auf der Reise begleiteten ihn Sunkan und ihre beiden Töchter. Aksal, Djøssans jüngerer Bruder, war damals ein alter Mann, und Sunkan bat ihn, sich der beiden Jungen anzunehmen, solange sie fort war.

1908 wurde Hjartvard vierzehn Jahre alt, und Heindrikur, sein Bruder – der Vater von Kristensa und damit der Großvater von Eigil – war gerade siebzehn geworden. Unglücklicherweise kehrte Sunkan nie wieder auf die Färöer zurück.

Es geschah am Sankt-Olafs-Tag 1918

Eines Sonntagnachmittags, als Kristensa sich noch zur Rekonvaleszenz im Landeskrankenhaus befand, fragte Eigil sie, ob sie eine kleine Geschichte hören wolle, die er über Hjartvard geschrieben hatte.

Die Mutter überlegte. Dann antwortete sie, eine wahre Geschichte ist es immer wert, gehört zu werden.

Eigil nickte, setzte die Brille auf die Nase und begann zu lesen:

»Es geschah am Sankt-Olafs-Tag 1918.

Hjartvard war mit der Fähre *Smiril* nach Tórshavn gekommen und wollte beim Buchbinder Hans Niklái Jacobsen und seiner Familie wohnen. Sein Großonkel Aksal hatte ihm so oft von seiner gebildeten Sippe in der Hauptstadt erzählt und erklärt, es könnte sich bezahlt machen, einen direkten Kontakt zu den Leuten in der Buchbinderei zu haben.

Der jüngste Sohn des Buchbinders war der berühmte Doktor Jakobsen. Aksal behauptete, dass dieser kluge Mann sowohl lebende wie tote Sprachen sprach. Hjartvard dachte, eine lebende Sprache war sicher die Sprache, die von den Leuten gesprochen wurde. Aber was eine tote Sprache sein sollte, wagte er nicht zu fragen, und Aksal saß wie gewöhnlich mit halb geschlossenen Augen da, wenn er von diesem Genie erzählte. Hjartvard stellte sich vor, dass der Doktor sich mit toten Königen und Häuptlingen in Verbindung setzen konnte, wahrscheinlich hatte er auf diese Weise die Sprache der Toten gelernt.

Von dem jüngsten Kind des Buchbinders, Anna, wusste er nicht viel. Sie war Lehrerin in Kopenhagen, und in ihrem vornehmen Nachnamen Horsbøl steckte sicher dänischer Adel, das zumindest behauptete Aksal.

Sigrid Niclasen war das älteste Kind des Buchbinders. Sie führte die Buchhandlung der Familie und war ebenfalls gebildet. Sie hatte das Schauspiel *Jákup aus Møn* geschrieben, und Aksal sagte, es handele sich um ein so großes Werk, dass es ins Dänische und Englische übersetzt worden sei. Und auch in eine tote Sprache, die Norn oder Nornia hieß.

Erst in den neunziger Jahren des 19. Jahrhunderts kauften Sigrid Niclasen und ihr Mann Quillinsgardur, und als Sigrid Witwe wurde, nahm sie ihre Eltern bei sich auf. Die Mutter starb 1899, und zu diesem Zeitpunkt war der Buchbinder bereits so taub, dass Gäste an der Tür ihren Namen brüllen mussten.

Hjartvard stellte sich als der Enkel des norwegischen Korporals Nils Tvibur vor, sein Großvater sei mit dem Vater des Buchbinders befreundet gewesen. Er sagte auch, dass die beiden Geschwister auf Ergisstova, Aksal und Djøssan, Halbvettern und Halbkusinen von Jákup Sumbingur aus Tórshavn wären.

Hjartvard wollte nicht sagen, dass sein Vater und der Buchbinder Viertelvettern waren. Der Vater war nicht mehr auf den Färöern, außerdem war er keine Person, über die man sprach. Geistesgestörtheit bedeutete eine Art von Tod, man atmete noch, aber es waren schandvolle Atemzüge, die ihre Luft aus einem unterirdischen Blasebalg bekamen. Eine Geisteskrankheit war ein noch größerer Schandfleck als der Mord am Misaklettur, behauptete Aksal. Töten setzte trotz allem Mut voraus, nicht zuletzt, wenn es darum ging, einen wütenden Westlandhünen zu Fall zu bringen.

Der Oberkörper des sechsundachtzig Jahre alten Buchbinders schaukelte auf der Bank, auf der er saß, hin und her. Die Unterlippe hing so weit herunter, dass man das Zahnfleisch und seine gleichmäßig abgeschliffenen Zähne im Unterkiefer sah.

Er erinnerte sich ausgezeichnet an den Korporal, und von der Figur her war dieser laut brüllende Mann an der Tür diesem Schurken nicht unähnlich. Er hatte die gleichen herabhängenden Schultern und kräftigen Wangenknochen. Er erinnerte sich auch noch, dass der Korporal einen Sohn hatte, Gregor, aber was aus ihm geworden war, hatte er vergessen. Wenn er nach seinem Vater gekommen war, brauchte man darüber nicht viele Worte verlieren.

Dann versuchte der junge Mann zu lächeln, und genau das erschreckte den Buchbinder. Unwillkürlich suchten seine alten Hände nach der Umrandung des Herdes, er verspürte den Drang, seine Tochter zu rufen. Irgendetwas war nicht in Ordnung mit diesem Ergisstova-Lächeln oder diesem Mienenspiel, das plötzlich die gesamte untere Gesichtshälfte schief aussehen ließ. Als ob irgendein Werkzeug die Wangenknochen gebrochen und die Zähne im Ober- wie im Unterkiefer sich in eine Welt aus scharfen Zinnen verwandelt hätten. Es sah furchterregend aus. Das Lächeln wurde zu einer Öffnung der ewigen Verdammnis, und dem Buchbinder, der versucht hatte, auf dem rechten Weg zu bleiben, ging der wahnsinnige Gedanke durch den Kopf, dass der Beelzebub persönlich einen seiner Handlanger geschickt hatte, um ihm die scharfen Zähne zu zeigen, die im Maul der Hölle steckten.

In *Memoiren und Autobiografie* schreibt sein Zeitgenosse Sámal á Krákusteini, dass der Buchhändler zu den Leichensängern der Stadt gehört hatte, und als ehemaligen Sänger für die Toten würdigt ihn der Krákustein-Mann mit folgender Bemerkung: *Buchhändler H. N. Jacobsen musste diese Tätigkeit nicht mehr ausführen, als er eine Krone Bezahlung dafür verlangte;*

dies war nicht üblich zu dieser Zeit – man wurde häufig genug
zum Leichenschmaus eingeladen.

Nun brüllte der Buchbinder plötzlich, wobei er gleichzeitig mit seinen krummen Fingern auf Hjartvard zeigte: ›Weh dir, du Satansbrut, der du kommst, um über meinem sündigen Leib zu singen.‹

Der Schrei überraschte Hjartvard, und Sigrid, die ihn im Keller hörte und den Kopf aus der Kellerluke steckte, sah sofort, dass ihr Vater zu Tode erschrocken war.

Auch sie wurde von dem Hünen mit einem Lächeln bedacht, doch ebenso wenig wie ihr Vater war sie empfänglich für den Charme aus Sumba.

Mit einem Krachen ließ sie die Luke zufallen, und ohne guten Tag zu wünschen oder nach der Familie zu fragen, erklärte sie, ihr Vater wäre heute nicht in der Verfassung, Gäste zu empfangen.

Ein wenig freundlicher fügte sie hinzu, dass sie gerade in die alte Realschule umzögen, er möge sie bitte entschuldigen.

Hjartvard hatte eine getrocknete Widderkeule mitgebracht, die er seinen Verwandten in Tórshavn schenken wollte. Der Widder hatte auf der Gemeindewiese in Skridnaland am Beinisvørd gegrast, und als es geschlachtet wurde, hatte das Tier zweiundsiebzig Pfund gewogen. Eine klare Fettschicht glänzte um die schöne Keule, und die grünliche Fleischfarbe erinnerte durchaus an Septembergras. Aber wenn es sich bei seinen Verwandten in der Stadt um solche Leute handelte, dann sollten sie auch nichts aus dem Vorratshaus des Ergisstova bekommen.

Hjartvard drehte sich an der Haustür zu Sigrid um. Er war zu groß für die Türöffnung, daher musste er den Nacken beugen und den Kopf schief legen, und mit dieser merkwürdigen Kopfstellung sagte er, dass einem Sumbinger in Tórshavn auch schon größere Ehren zuteilwurden.

Damit ging er.

Man trat direkt in die Schankstube des Wirtshauses, sie war voller Gäste des Sankt-Olafs-Festes. Das Haus war schwarz geteert, und an seiner höchsten Stelle verfügte es über drei Stockwerke. Sowohl nach Westen wie nach Süden hin gab es Anbauten. Treppen und Flure verbanden den großen, vielfältigen Holzkomplex. Auf dem mit Gras bedeckten Dach liefen Hühner, und wenn man vergaß, ein Dach- oder Giebelfenster zu schließen, durfte man durchaus frisch gelegte Eier in einem Halstuch oder einem Hut im Regal erwarten. Das Haus war verzapft und genagelt, wenn jedoch Paare in ihrer Liebe der Freya opferten oder ausgelassene Gäste anfingen zu singen, gar nicht zu reden, wenn der Südostwind direkt auf dem Haus stand, dann knackte es in den hölzernen Trennwänden und französischen Überblattungen.

Obwohl seit der Volksabstimmung 1907 das Branntweinverbot galt, schmuggelten die Gäste Hochprozentiges in ihre Kaffeetassen, und Anna Katrina Djurhuus, die das Wirtshaus betrieb, verstand die Kunst, so zu tun, als bemerke sie überhaupt nichts, und so war es auch an diesem Sankt-Olafs-Fest.

Nicht überraschend, dass sämtliche Zimmer des Wirtshauses belegt waren. In vielen Zimmern schliefen sogar zwei, drei Leute, und die Dienstmädchen hatten genug zu tun mit dem Leeren der Nachttöpfe und dem Auffüllen der Waschkrüge und dem heißen Wasser für die Rasur der Männer.

Anna Katrina gab Hjartvard den Rat, zum Café Gamle Danmark zu gehen, dort gab es eventuell die Möglichkeit, ein Dach über den Kopf zu bekommen. Hjartvard dankte ihr und fragte, ob sie ihm sagen könne, wo das Haus lag, das man Moschee nannte. Die Frau begleitete ihn vor die Tür, wies die Bringsnagøta hinauf und sagte, die Moschee läge ganz am Ende der Straße, er könne das Haus an der blauen Haustür erkennen.

Hjartvard wischte sich eine Träne ab, als er zur Moschee kam. Dass jemand im Haus wohnte, sah er am Schornsteinrauch. Vor dem Haus kochte ein Teerfass, aber die Eingangstür war geschlossen. Trotzdem wollte er nicht ganz bis ans Haus gehen.

Aksal hatte gesagt, der Korporal hätte das Haus einem Tórshavner vererbt, der Tórálvur í Geil hieß. Aksal konnte sich gut an diesen Tórálvur erinnern, oder Tóvó, wie der Korporal ihn nannte, denn der Mann war mal in Sumba zu Besuch gewesen. Er war Knecht bei Napoleon Nolsøe, dem Arzt von Tvøroyri, und es hieß, dass das gut bestellte Doktorfeld sein Werk wäre. Viele Jahre später wurde er als Zuchthausgefangener außer Landes gebracht. Er hatte in Tórshavn zu Mord und Brandstiftung aufgerufen und angeblich einem Händler die Hoden abgerissen. Um die Jahrhundertwende war der Mann wieder nach Hause gekommen, und wenn er vorher schon sonderbar gewesen war, so war er es jetzt erst recht. Es hieß, er weigerte sich, seine Muttersprache zu sprechen, er nannte sie eine *fucking corrupt language*, und wenn er jemanden Dänisch reden hörte, fühlte er sich sofort bedroht und verschwand. Das bisschen Umgang, das er mit anderen hatte, spielte sich auf Englisch ab. Englisch war die einzige Sprache, die er in den Jahren gesprochen hatte, als er in der großen weiten Welt zur See fuhr.

Aksal war der Ansicht, dass das sogenannte Testament mit Hilfe von Zauberei zustande gekommen war, und er hatte auch erklärt, dass die Brahmadellen in Tórshavn mehr konnten als nur ihr Vaterunser.

Hjartvard betrachtete die Moschee. Schon möglich, dass die Brahmadellen Zauberei betrieben, aber es brauchte schon mehr als einen Zuchthäusler, um ihn zu erschrecken.

Eigil blickte über den Brillenrand, und als er sah, dass seine Mutter mit geschlossenen Augen und einem kleinen Lächeln im rechten Mundwinkel dalag, nahm er seine Lesung wieder auf.

»Die Gäste des Sankt-Olafs-Festes gingen in ihren Festtags-kleidern an Hjartvard vorbei, und erst jetzt bemerkte er den getrockneten Matsch an seinen Schuhen. Er trug ein weißes Hemd mit Schlips unter dem Wams, und in Magnus á Gerdunums Kleidergeschäft hatte er sich eine dänische Hose mit Bügelfalten gekauft. Er rupfte am Straßenrand ein paar Gras-büschel aus, spuckte auf die Schuhspitzen und rieb damit über das schwarze Leder.

Hjartvard fragte zwei Jungen, ob sie ihm sagen könnten, wo das Gamle Danmark lag. Einer von ihnen antwortete, das Café läge neben Hans Bernard Arges Schmiede draußen in Grind.

Hjartvard erwiderte, er wisse nicht, wo ›draußen in Grind‹ sei.

Die Augen des Jungen blitzten spöttisch auf. Er schob den Unterkiefer ein wenig vor, der Unterbiss ähnelte Hjartvards, und im Dialekt der Suduroy sagte er, Hjartvard solle einfach geradeaus gehen, drei Arschlöcher links wäre das Gamle Danmark.

Die Jungen liefen feixend davon, aber plötzlich brach ihr Lachen abrupt ab. Es ging so schnell. Noch bevor der Junge wusste, wie ihm geschah, hatte ihn eine starke Faust an der Schulter gepackt, und im nächsten Moment hing er mit baumelnden Füßen in der Luft und spürte den heißen Atem des Dorfhünen direkt im Gesicht.

›Ich bin nicht in die Hauptstadt gekommen, um verhöhnt zu werden‹, flüsterte Hjartvard.

›Nein, nein‹, antwortete der Junge und versuchte, sein Gesicht in den Händen zu verbergen.

›Es interessiert mich auch nicht, welches Haus in dieser Stadt rechts oder links liegt, aber es interessiert mich, wenn ich verhöhnt werde.‹

›Ich habe es nicht so gemeint‹, beteuerte der Junge.

Mit einem Mal roch es nach Urin, und ein nasser Fleck

zeigte sich auf der Hose des Jungen. Er pinkelte, während er an der Faust des Hünen hing, und jammerte so erbärmlich, dass Hjartvard plötzlich klar wurde, dass er zu weit gegangen war.

Er ließ den Jungen hinunter auf den Boden, aber dieser dumme Junge blieb stehen und schien überhaupt keine Luft zu bekommen. Offenbar atmete er nur ein, und das bisschen Luft, das wieder herauskam, verpuffte durch die Nasenlöcher.

Ein älteres Ehepaar blieb ein Stück weiter auf der Straße stehen, und die Frau fragte mit gellender Stimme, was da vor sich gehe.

›Verschwinde‹, befahl Hjartvard dem Jungen. ›Hörst du nicht, was ich dir sage?‹

Aber der Junge sah nicht so aus, als würde er irgendetwas verstehen, er bewegte sich auch nicht von der Stelle.

Das ältere Paar kam auf sie zu, und erst als die Frau den Jungen an sich drückte, schien er auszuatmen, gleichzeitig brach er in heftige Tränen aus. Es hörte überhaupt nicht wieder auf, er weinte und heulte, als würde er dafür bezahlt.

Die Frau sah Hjartvard an und wollte wissen, was denn geschehen sei.

Hjartvard antwortete, er wisse es nicht. Aber der Junge sei eine Ausgeburt des Teufels, so viel könne er sagen.

Der Hüne aus dem Dorf schüttelte den Kopf, nahm seinen Koffer und ging mit durchgedrücktem Rücken weiter durch die mit Fahnen geschmückte Stadt.

Er wunderte sich über die frisch gemähten Grasdächer. Natürlich, wenn die Birkenrinde in ordentlichem Zustand war, drang keine Feuchtigkeit auf den Dachboden. Trotzdem sah diese frisch rasierte und mit Fahnen geschmückte Stadt eigenartig aus. In seinem Dorf hing das Gras bis über die Fenster. Doch dann ging ihm durch den Kopf, dass das Dorf dadurch aussah, als würden die Häuser schlafen, während Tórshavn jung und hübsch wirkte.

Auch auf die flachen Felsen rund um die Stadt konnten sie nicht sonderlich stolz sein. Aber dennoch. Der Kirkjubøreyn und der Húsareyn ähnelten zwei langen Torfstücken, die in der Abendsonne glühten, und auch die höheren Berge auf Nólsoy schimmerten hellrot.

Nie zuvor hatte er so viele Menschen an einem Ort gesehen. Zu Hause gab es allenfalls Gedränge in der Schafhürde oder im Laden in Ólafløttur, wenn die dänischen Wochenblätter kamen.

Hjartvard erinnerte sich auch an alle, die damals anwesend waren, als der Bauer aus Kirkjubø ins Dorf kam, um mit seiner großen Schnauze für das Telefon zu werben. Er wollte den Leuten weismachen, dass Wörter durch einen dünnen Kupferdraht reisen.

Hjartvard konnte nicht behaupten, dass der Mann log, denn der Draht war durchaus hohl, und offenbar gab es irgendwelche merkwürdigen Kräfte, die die Wörter durch das Loch zogen oder schoben.

Jedenfalls gab es Gelächter, als ein älterer Sumbinger den Bauern fragte, ob man durch den Draht den Doktor ins Dorf holen könne.

Eine große Volksmenge hatte sich vor einem offenen Schuppen versammelt, und Hjartvard hörte Anfeuerungsrufe: Komm schon, Berint, komm jetzt!

Als er endlich einen Blick auf das Geschehen werfen konnte, sah er zwei Männer, die ein Messer in der Hand hielten und Schafsköpfe aßen, und so, wie es aussah, aßen sie um die Wette.

Der eine sah beinahe aus wie ein Reiher. Ein langer, vornehmer Hals ragte weit aus dem Kragen, und wenn er kaute, bewegte sich der Adamsapfel hastig auf und ab. Er hatte seinen blauen Sonntagshut abgesetzt und unter einen seiner Oberschenkel gesteckt, von der Stirn bis in den Nacken fielen ihm ein paar dünne Haarsträhnen über den Kopf. Hjartvard gefiel sein Aussehen. Entweder war der Mann Bootsbauer, Schullehrer oder Küster.

Der andere hingegen, Berint, gehörte zu den dicksten Männern, die er je gesehen hatte, und Hjartvard hörte, dass jemand ihn das Riesenvieh aus Oyrareingir nannte. Er trug einen Vollbart, und überall in seiner Bartpracht hatten sich durchgekaute Essensreste gesammelt. Er hatte sein Wams ausgezogen und den Schlips gelöst, und jedes Mal, wenn er nach der Bierflasche griff, klatschten die Leute, denn dann zeigte sich zwischen Weste und Hosenbund eine enorme und dazu behaarte Speckfalte.

Hjartvard konnte die abgenagten Schafsköpfe nicht zählen, die in zwei Haufen auf dem Tisch lagen, aber eine Frau, die offensichtlich zu dem Reihermann hielt, sagte, dass ihm auf jeden Fall neun halbe Schafsköpfe gutgeschrieben werden könnten.

Hjartvard gelangte zu einer zierlichen Steinbrücke, auf der die Menschen einen Kreis gebildet hatten und tanzten. Sie sangen über den schottischen Schlingel Sinklar, und obwohl Hjartvard das Lied mochte und es bisweilen in Sumba selbst gesungen hatte, wollte er sich doch nicht an dem Tanz beteiligen. Er brauchte etwas Starkes, um sein Herz zu beruhigen.

Von der Brücke aus sah man Tórshavns kleinen Wald. Aksal hatte davon erzählt und erwähnt, dass er am Sankt-Olafs-Fest zu einem Liebesgrund würde.

Die Unzucht zwischen den Bäumen war jedenfalls berüchtigt.

Aber Hjartvard wollte nur etwas Kräftiges zu trinken. Wie die Tórshavner ihre Abende verbrachten, ja und wenn sie sich dabei gegenseitig die Arschlöcher auseinanderzögen, war ihre Sache oder auch ihre Schande.

In einer kleinen Niederung oberhalb des Flüsschens löste

er den Strick um seinen Koffer, zog eine Dreiviertelliterflasche Genever heraus und setzte sich. Er schloss die Augen, trank drei Schluck und ließ die Flüssigkeit langsam die Kehle hinunterlaufen. Er spürte die Wirkung sofort und genoss den Frieden, der sich über sein Gemüt legte. Man hörte eine Doppelschnepfe quäken, und das Gluckern des Flüsschens fühlte sich kühlend und vertrauenerweckend an.

Bevor er die Augenlider schloss, ging ihm als Letztes durch den Kopf, dass er seinem Bruder Heindrikur eine Vogelflinte versprochen hatte. Das durfte er nicht vergessen.

Seine Tante Adelborg hatte ihm oft vorgeworfen, seinem kleinen Bruder gegenüber zu hart zu sein, und sie behauptete auch, dass die Leute über die Brutalität in seinem Haus reden würden.

Hjartvard hatte sie gebeten, den Mund zu halten, er hatte gesagt, alle Sumbinger würden ihre Kinder schlagen und im Buch der Sprichwörter stünde: *Wer seine Rute schont, der hasst seinen Sohn; wer ihn aber liebhat, der züchtigt ihn bald.* Das hatte Aksal gesagt, und zwar mehr als einmal.

Adelborg hatte nur den Kopf geschüttelt.

Und im tiefsten Inneren wusste Hjartvard, dass sie recht hatte. Heindrikur hatte Angst vor ihm. Manchmal, wenn Hjartvard den Bruder nachts weinen hörte, drehte er durch und riss ihn aus dem Bett, starrte ihm ins Gesicht und brüllte, er solle es nur nicht wagen, sich zu beschweren. Heindrikur sagte dann oft, dass er seine Mutter so sehr vermisse. Gegen solche Worte konnte man sich nur schwer zur Wehr setzen. Es kam auch vor, dass die beiden Brüder weinten, und in solchen Augenblicken gelobte Hjartvard, ein besserer Mensch zu werden.

Eine gute halbe Stunde später erwachte er. Die Landschaft von Velbastadhálsur glühte. Im Südosten breitete sich die Abendsonne rot und violett über den Kirkjubøreyn aus, und im Nordwesten leckte eine Feuerzunge an dem runden Berg Konufelli.

Er hatte gewaltigen Hunger. Adelborg, die für die Brüder den Haushalt führte, seit Aksal im April gestorben war, hatte ihm in einem Tuch ein paar Brote und einen kleinen Schafsbug mitgegeben, und während die Tänzer an der Brücke noch immer sangen, aß er sich satt und spülte mit kleinen Schlucken Genever nach.

Ganz am Ende der Tróndargøta fand Hjartvard schließlich das Café mit dem ungewöhnlichen Namen Gamle Danmark, das Alte Dänemark.

Das Haus war aus großen Steinen gebaut, die das Meer in einem gewaltigen Haufen angespült hatte, und durch die offenen, leuchtenden Fenster hörte man das muntere Plaudern der Gäste.

Als Hjartvard sein Anliegen vortrug, wischte Caféhaus-Jenny gerade das Erbrochene eines Besoffenen auf. Sie bat ihn um Entschuldigung und versuchte, den Burschen zum Leben zu erwecken. Hjartvard bot ihr seine Hilfe an. Sie dankte dem freundlichen, großherzigen Mann, und er hob den Betrunkenen auf und trug ihn vor die Tür.

Hjartvard hörte das Meer rauschen und wollte den Trunkenbold am liebsten die Felsböschung hinunterrollen lassen. Wenn er unten ankam, würde er schon aufwachen. Aber es standen Leute vor der Tür, und die Tórshavner waren offensichtlich so zart besaitet, dass man für einen Verbrecher gehalten wurde, wenn man einer Ausgeburt des Teufels eine Lehre erteilen wollte. Er legte den Mann ab, und als er seine Hand zurückzog, konnte er nicht an sich halten. Er packte die Nase des Besoffenen und drückte so fest zu, dass Blut aus beiden Nasenlöchern spritzte.

Als Hjartvard wieder ins Café kam, spürte er, wie jemand ihn auf den Rücken tippte, und als er sich umdrehte, sah er einen alten Mann, der mit einem Stock mit Silberknauf vor ihm saß und lächelte. Ob der Mann betrunken oder nur uralt war, konnte Hjartvard nicht einschätzen, aber ganz offensichtlich hatte er schon bessere Tage gesehen.

Der Mann wünschte einen guten Abend und fragte Hjartvard, ob er etwa von dem Hünen Nils Tvibur abstamme.

Hjartvard antwortete stolz, dass er der Enkel des Korporals Nils Tvibur sei.

Der Alte fing an zu lachen. Und es war kein gewöhnliches Gelächter. Es war ungewöhnlich schrill und aufdringlich. Denn der Mann hatte das hohe, pfeifende Lachen eines Kastraten, und während ihm Tränen der Heiterkeit aus den Augen strömten, pochte er mit seinem Stock auf den Boden.

Caféhaus-Jenny sagte, gewöhnlich würde sie keine Zimmer vermieten, aber seit den letzten Sankt-Olafs-Festen hatte sie ein Zimmer mit Schlafkojen hergerichtet, wenn er wolle, könnte Hjartvard eine der Kojen bekommen.

Wieder sah er den alten Mann an, dann antwortete er ihr, dass ein Mann, der nicht lebendig mit einer Koje vorliebnehmen könnte, auch nicht verdiente, tot in der Erde des Vaterlands zu liegen.

Das stimmt, erwiderte Jenny.

Mit einer Petroleumlampe in der Hand zeigte sie Hjartvard auf dem Dachboden das Zimmer.

Auf der Unterkoje direkt an der Tür saß ein Mann um die dreißig. Er trug rotgrün gepunktete Kniestrümpfe, hellgraue Knickerbocker, außerdem eine Weste, Jacke und Schlips. Auf dem Schoß lag eine Schreibunterlage, und als Hjartvard hereinkam, blickte er über die Brille auf, wünschte auf Dänisch einen guten Abend und schrieb weiter.

Mit einem langen Blick prüfte Hjartvard seinen Zimmerkameraden, dann sang er eine Strophe des Liedes über Svend Felding:

All meine Tage hatt' ich es gehört,
die dänischen Männer sind doch ach so fromm:
Ich danke dem Herrgott im Himmelreich,
denn hier ist einer von ihnen gekomm'.

Der Däne lächelte und schraubte die Kappe auf seinen Füllfederhalter. Er legte die Schreibunterlage beiseite, erhob sich, reichte Hjartvard die Hand und sagte, er heiße H.P. Hølund und sei Ethnograph.«

Kristensa wandte Eigil plötzlich den Kopf zu und fragte, wer H.P. Hølund denn sei. Sie hatte nie von ihm gehört.

Eigil antwortete, Hølund ist nur eine Romanfigur.

Er könne doch nicht Hinz und Kunz in seinen Roman einschleppen, empörte sich seine Mutter.

»Oh doch«, entgegnete Eigil. »Ein Roman ist voller Türen und hat seine eigenen Gesetze.«

Na, na, meinte die Mutter.

»Hjartvard legte seinen Koffer auf den kleinen Tisch am Fenster. Er wusste nicht, was ein Ethnograph war. Vielleicht kaufte und verkaufte ein Ethnograph Fische oder arbeitete eventuell für eine Zeitung. Schriftsteller war er wohl kaum, jedenfalls glich er nicht der Zeichnung des großen Skalden Saxo in Aksals Dänemark-Chronik.

Hjartvard knotete den Strick auf und öffnete den Koffer, und sofort breitete sich der feine Duft des Skridnalandes aus. Auf dem Fensterbrett stand eine Tasse, und nachdem Hjartvard sie mit dem kleinen Deckchen ausgewischt hatte, das auf dem Tisch lag, füllte er die Tasse und reichte sie dem Ethnographen.

Hølund dankte, sagte ›Skål‹ und trank zu seiner eigenen Überraschung aus.

Als Hjartvard ebenfalls eine Tasse geleert hatte, stellte er sich als Königsbauer von Ergisstova in Sumba vor. Seine Familie hätte diese Pacht, seit Herzog Christian mit Morten Lutherus Blutsbrüderschaft geschlossen hatte, die Papisten aus Schonen, Norwegen und Dänemark vertrieben, Bischoff Jón in Hólar umgebracht und den leibhaftigen Teufel Jens Gregersøn Riber als den ersten lutherischen Bischof auf den Färöern eingesetzt hatte.

Hjartvard füllte seine fast leeren Lungen und fuhr fort, dass in Jens Gregersøn Riber nur wenig Gutes gesteckt habe. Er sei einer dieser geilen Mönche gewesen, die von der päpstlichen Gewalt im Zaum gehalten wurde, und nachdem er auf die Färöer gekommen war, bestand eine der ersten Taten dieses Schlingels darin, eine Frau aus Kirkjubøur zu schwängern. So war das. Aber furchtbarerweise wurde das Kind mit Klauen geboren.

›Augenblick, ich verstehe nicht recht‹, unterbrach ihn Hølund.

›Ich sage, das Kind wurde mit Klauen geboren. Eine war schwarz wie die Nacht, die andere blank wie Mondlicht im Glas. Mir sagt das jedenfalls, dass der Samen in Ribers Sack vom Bösen durchtränkt war. Darum ist die Kirkjubø-Sippe so, wie sie ist.‹

›Meinen Sie etwa die Familie Patursson?‹, erkundigte sich Hølund.

›Ich meine diejenigen, die momentan versuchen, Zweifel an dem Treueeid zu säen, den die Färinger seinerzeit König Frederik III. geschworen haben. Sie stammen vom Klauenmann ab.‹

Hølund griff nach seinen Schreibutensilien. ›Sie sagten, eine der Klauen sei blank wie Glas gewesen?‹

›So sang es der emsige Aksal, der weiseste Mann, den Sumba je hervorgebracht hat.‹

Aksal der Weise. Hølund dachte einen Moment über den

Namen nach. Er hätte den Neuankömmling gern gefragt, ob dieser Weise Christ oder Heide war, doch dann erinnerte er sich an den Flurnamen Hørg in Sumba. Den kannte er aus dem Buch *Färöische Volkssagen und Märchen* von Dr. Jakobsen, und in der Sage beziehungsweise der Sagentrilogie, die ihm am meisten gefallen hatte und ebenso sehr Literatur wie Geschichtsschreibung war, ging es um den Bauern vom Ladangardur, dessen Tochter, die Starke Marjun, und ihre Söhne, die Hørg-Brüder. Dr. Jakobsens Werk war einer der Gründe, warum er überhaupt auf die Färöer gekommen war. Und dass sein Halbbruder als Pastor in Nes lebte, war für Hølund bestimmt kein Hinderungsgrund gewesen, auf die Inseln zu reisen.

So wie Knud Rasmussen eine Tür zur alten Inuit-Kultur gefunden hatte, hoffte Hølund, während seines Besuchs einen Zugang zur uralten färöischen Kultur zu finden. Denn dergleichen musste es geben, und wenn es ihm gelänge, dann könnte eine alte Identität wiedererschaffen werden, oder zumindest könnte er seinen Beitrag dazu leisten.

Etwas hatte Hølund in den Monaten, in denen er auf dem Pfarrhof von Nes gewohnt hatte, ganz besonders beschäftigt. Und zwar die Art, wie die Männer aus Toftir und Nes Kirchenlieder sangen. Er hatte am offenen Fenster gestanden und zugehört, wenn sie bei Sonnenaufgang den Strand entlang in Richtung Süden ruderten, und in seinem Tagebuch bezeichnete er ihren Gesang als die edelste Hochmesse, die er je erlebt hatte.

Wenn die Berge die Altarwände waren, dann hatten die Sterne die Rolle der Kerzenleuchter im Chor inne, und Hølund glaubte, dass die Kraft und die Schönheit dieses Gesangs nicht nur Christus geweiht, sondern ebenso sehr ein Versuch war, sich mit der Macht der Natur zu versöhnen. Die Fischer versuchten, das Meer mit ihrem Gesang zu zähmen, und gerade das war so außerordentlich und schön.

Oder anders ausgedrückt: Der Kern des färöischen Christentums bestand in einer Fusion zwischen Jesus-Verehrung und Pantheismus. Dies belegten auch die mystischen Geschöpfe, die so typisch waren für die Färöer: der Nöck, der Meermann und das Seeungeheuer, Wesen, die seit Jahrhunderten Seite an Seite mit den Patriarchen des Alten Testaments gelebt hatten. Es gab andere mystische Wesen wie Elfen und Wichtel, aber die konnte man nicht als typisch für die Färöer bezeichnen, außerdem gehörten sie zum trockenen Element.

Hølund arbeitete zudem an einer Abhandlung über die färöischen Sonnenmänner mit dem Titel *Heidnische nordatlantische Aristokraten*. In dem Zusammenhang hatte er versucht, mit dem Bauern Jóannes in Kirkjubøur zu reden, der allerdings kein Interesse an dem Thema zu haben schien.

Den Bauern Ormur á Skála hingegen hatte Hølund recht gut kennengelernt. Der Fußmarsch vom Pfarrhof bis zum Skálafjørdur dauerte insgesamt ungefähr drei Stunden; wenn er sich am Fluss Fjardará ausgeruht hatte, musste er ungefähr noch einmal halb so weit gehen, bis er vor Ormurs Hof stand. Bei beiden Besuchen auf dem Hof hatte er einige Tage bei Ormur gewohnt.

Ormur trug eine kurze Handaxt im Gürtel, die er Lítlagydja nannte, die kleine Göttin – nach Rimmagydja, der großen Göttin, der Axt des Sagenhelden Skarphedinn Njálsson.

Er war ein fröhlicher und heiterer Mann mit einem großen Wissen über Geschichte und Mythologie.

Ormur war der Ansicht, dass sich für die Sonnenmänner das Grab der Geschichte geöffnet hatte und ihre Tage gezählt waren, worüber man je nach Weltsicht lachen oder weinen konnte.

Auf den Färöern zu leben hätte jedoch schon immer eine ganz besondere Robustheit erfordert. Er hatte im Grunde nichts gegen die Christianisierung der Inseln, aber es war nun einmal eine Tatsache, dass die Repräsentanten Christi die Eifrigsten waren, wenn es darum ging, sich Land anzueignen.

Die Bibel pries die Armen, und sie forderte die Menschen auf, auch ihre linke Wange hinzuhalten, wenn sie öffentlich gedemütigt wurden.

Solch ein Verhalten verstand Ormur nicht. Christus war eindeutig ein ehrloser Mann, und seiner Meinung nach war so jemand als Vorbild nicht zu gebrauchen.

Hølund hatte aufmerksam jedem Wort zugehört, und Ormur war sehr redselig, ja die Leute in Skála meinten, dass er eigentlich nichts anderes tat als zu reden. Die Unterirdischen melkten seine Kühe, setzten seine Kartoffeln, säten seine Rüben und ernteten sein Heu.

Zwischendurch servierte seine Frau den beiden Männern Pfannkuchen und Kaffee, und obwohl Ormur und sie beide Mitte fünfzig waren, nannten sie sich Liebling und Göttin.

Ormurs Meinung nach war der Beitrag der Sonnenmänner zur färöischen Kultur unbestreitbar. Die dichterischen Schätze, die Vater und Sohn vid Sjógv und ihr Nachfahre in Tórshavn, der Dichter Janus, ihren Landsmännern geschenkt hatten, waren unermesslich.

Gedichte wie ›Tróndurs Zauberlied und Sonnenuntergang‹ waren aus dem entstanden, was die Sonnenmänner im Innersten verband. Die Leute konnten es nennen, wie sie wollten, aber es waren die Taten eines Mannes, die am Ende entscheidend waren.

Ormur rezitierte die berühmte Strophe des Hávamál aus der Lieder-Edda:

Vieh stirbt,
Freunde sterben,
genauso stirbt man selbst.
Aber ich weiß etwas,
das niemals stirbt:
Wie das Urteil über jeden Toten lautet.

Ormur wusste auch zu erzählen – und er begleitete es mit einem *hähähä* –, dass der Skalde Janus niemals Hungers sterben sollte, das hatten die kultivierten Sonnenmänner geschworen. Ungeachtet wo er sich im Reich befand, auf den Färöern, auf Island, Grönland oder in Dänemark, immer sollte eine getrocknete Schafskeule, das Beste, was die Berge zu bieten hatten, den Weg zu seinem Haus finden.

Dass Hølund sich nun in Tórshavn aufhielt, lag daran, dass er sich mit seinem Bruder zerstritten hatte. Der Pastor hielt seine ethnographischen Studien für Eskapismus. Er floh doch nur vor dem großen Krieg auf dem Kontinent und vermutlich auch aus Kopenhagen vor ihrer alten herrschsüchtigen Mutter.

Und Hølund musste zugeben, dass sein Bruder nicht ganz unrecht hatte.

Doch dann fügte der Pastor hinzu – und das war der eigentliche Grund ihres Streits –, dass Hølund ziemlich ungeniert von seriösen Männern wie Hammershaimb und Dr. Jakobsen abschrieb und stahl. Und er behauptete, dass es sich bei dem eigentlichen Kern der akademischen Ambitionen des Bruders um versteckten Hass gegen ihn und die Kirche, die er repräsentierte, handelte.

Nun war Hølund auf dem Weg zurück nach Dänemark, und durch einen reinen Zufall hatte er diesen Sumbinger getroffen, der vielleicht etwas über die Opferstätten wusste.

In der Hørg-Trilogie hatte er keine heidnischen Spuren gefunden, und zugegebenermaßen hatte er die Insel Suduroy aus Faulheit noch nicht besucht. Aber er besaß einige Zeichnungen von Opferstätten an verschiedenen Orten in den nordischen Ländern, und vielleicht konnten der Bauer vom Ergisstova oder möglicherweise der gelehrte Aksal ihm Reste von einer oder vielleicht sogar mehreren Opferstellen zeigen, denn

Hølund erinnerte sich, dass es auf Suduroy einen Ort gab, der Hov, also geweihte Stätte, hieß.

Die Worte *hov* und *hørg* waren verwandt, sowohl etymologisch wie funktionell. Vielleicht war *hovmester* eine Germanisierung des altwestnordischen Wortes *thulur*. Und wozu dienten Thulur, diese Wortreihen oder Merkverse der Edda? Sie legen die Botschaften der Götter aus. Thulur transportieren, dachte Hølund und lächelte. Die Worte bildeten einen Stabreim, und allein das lieferte einen Hinweis, dass der etymologische Ursprung derselbe war. Auf Deutsch hieß es *Hofmeister*, und Odin war schließlich ein alter germanischer Gott.

›Was ist denn so komisch?‹, erkundigte sich Hjartvard.

›Das Wort *hovmester*‹, antwortete Hølund. ›Während der Hofmeister ursprünglich der Meister einer geweihten Stätte war, ein würdiger heidnischer Priester, der Opfertiere schlachtete und die heiligen Worte sprach, ist er heute jemand, der Suppen und Saucen abschmeckt.‹

›Du brauchst einen Schnaps, um einen klaren Kopf zu bekommen‹, entgegnete Hjartvard und goss den Rest des Flascheninhalts in die Tasse.

Während Hølund an dem Getränk nippte und sich eine Zigarre anzündete, erzählte Hjartvard von seiner Familie. Dass es sich bei einigem von dem, was er behauptete, um Branntweinprahlerei handelte, ahnte Hølund sofort. Gleichzeitig aber ging er davon aus, dass die Prahlerei auf einem wahren Kern beruhte.

Hjartvard erzählte, dass sein Großvater aus einem alten norwegischen Soldatengeschlecht stamme; und sein Urgroßvater und dessen Bruder hätten 1807 an der Verteidigung Kopenhagens teilgenommen. Sie waren auf flachen Kanonenbooten eingesetzt gewesen und hatten mehrere englische Kriegsschiffe versenkt.

Und die Lust auf Heldentaten hatte sich vererbt. Er konnte

Hølund erzählen, dass es ihn beinahe das Leben gekostet hätte, als die Deutschen am 25. Mai des vergangenen Jahres neun färöische Schaluppen bei den Fischgründen Føroya Banki versenkten. Es herrschte nebliges, aber ruhiges Wetter an diesem Tag, und die Explosionen, die die Schaluppen versenkten, waren bis nach Sumba zu hören gewesen.

Sein Großvater mütterlicherseits stammte aus einer jütländischen Pastorenfamilie, und er selbst hatte auch mit dem Gedanken gespielt, Theologie zu studieren, aber alles wurde anders, als seine Mutter vor zehn Jahren im Kindbett starb. Sein Großonkel, der gelehrte Aksal, behauptete jedenfalls, dass die jütländische Krogh-Familie ihren Stammbaum bis auf den Hünen Svend Felding zurückführen konnte.

Hølund gab zu bedenken, dass Svend Felding vermutlich eine Sagenfigur gewesen war. Außerdem seien die Grenzen zwischen historischen Tatsachen und Sage nach sieben Generationen ohnehin verwischt worden.

Hjartvard war müde oder vielleicht auch nur betrunken. Er streifte sich die Schuhe von den Füßen und warf sich in die Koje.

Bevor er die Augen schloss, sagte er allerdings noch, dass es Hurenbengeln und Herumtreibern vielleicht schwerfallen würde, ihre Familie sieben Generationen zurückzurechnen, aber Männer, die mit dem Wüstenkapitän verwandt wären, hätten damit kein Problem.«

Eine kleine misslungene Familie

Die Wahl zum Stadtrat am 8. Dezember 1992 fiel auf einen Dienstag, und in der Freitagsausgabe des *Sosialurin* hatte sich der Verfasser des Leitartikels unter der Überschrift ›Nepotismus‹ mit der anstehenden Wahl beschäftigt.

Die Zeitung war lange ein an Dänemark orientiertes Gemeindeblatt gewesen. In den letzten Jahren hatte sie sich jedoch bemüht, ihrem einigermaßen bekümmerten Amtsblatt-Image ein etwas leserfreundlicheres Gesicht zu geben.

Dies zeigte sich in dem großen Interesse an der Forellen- und Lachszucht und auch in der Beschäftigung mit der Sportart der fröhlichen Alkoholiker, dem Billard. Außerdem hatte das Blatt eine tüchtige Zeichnerin. Es war die ehemalige Gogo-Tänzerin Hilda Poulsen, die den färöischen Nationalismus hasste und von der es hieß, sie sei die Geliebte des Chefredakteurs.

Nachrufe im Stil von ›nun ist er über den Fjord gerudert‹ oder ›eine rechtschaffene Kerze ist erloschen‹ waren in der Geschichte der Zeitung Legion. Nur selten wurde allerdings mitgeteilt, wer diese Nekrologe schrieb, und auch unter den meisten Leserbriefen fand sich keine Unterschrift. Selbst in den Leitartikeln wurde diese Form der Anonymität gewahrt.

In dem berühmten Weihnachtsbrief, den der alte H. P. Hølund seinerzeit an William Heinesen schrieb, nannte er das Blatt »ein Scheißhaus des Opportunismus«.

Ein entscheidender Teil der Nachrichtenvermittlung dieser Zeitung bestand darin, Reden oder Auszüge von Reden zu drucken, die Repräsentanten der Sozialdemokratie im In- und Ausland gehalten hatten.

Etwas lauter wurde es in den Zeitungsspalten nur dann, wenn der Schriftsteller Hanus Andreassen über verstorbene sozialdemokratische Helden philosophierte.

Eigil wusste nicht, ob der leitende Redakteur selbst Mitglied der Sozialdemokraten war. Aber für seine treue Rolle als inoffizieller Propagandaminister der Partei wählte man ihn in die Leitung der öffentlichen Versicherungsgesellschaft Landstrygd. Und nicht überraschend repräsentierte Jens Julian vid Berbisá die Selbstverwaltungspartei in ebendiesem Gremium.

Der Autor des Leitartikels schrieb, *nepos* bedeute auf Latein Enkel oder Nachkomme, und in einer winzigen Gesellschaft wie der faröischen ließe es sich kaum vermeiden, dass man hin und wieder Familienmitglieder, Freunde und Bekannte bevorzugen müsse. Allerdings sollte es eine Grenze geben, das gebiete allein schon der Anstand. Allerdings ließ sich der Vorsitzende des städtischen Finanzausschusses, Eigil Tvibur, wohl kaum zu den Gewöhnlichen zählen, und in seinem Wortschatz war *Anstand* vermutlich ein Fremdwort. Jedenfalls hatte besagter Mann vor zehn Monaten ein Haus erworben, das im Volksmund Moschee genannt wurde, und er selbst hatte den Preis auf 100 000 Kronen festgelegt.

Der Schluss, der in dem Artikel aus der Kaufsumme gezogen wurde, lautete, derart grober Nepotismus sei eine Bedrohung für die Demokratie.

Am späten Donnerstagabend rief Kristensa an und bat ihren Sohn, den *Sosialurin* zu lesen.

Eigil fragte, ob etwas Besonderes in der Zeitung stünde.

»Was glaubst du, weshalb ich anrufe?«, schrie die Mutter.

»Um wen habe ich mich gekümmert, wenn nicht um dich, für wen habe ich wohl gebetet, seit dieser Teufel mit dem Glasauge mich vergewaltigt hat?«

Eigil hörte, dass sie tobte. Speichel bahnte sich den Weg zwischen den Zähnen, ein Strom weißen Geifers. Aber auch ein Strom der Angst.

»Liebes Kind, ich wusste nicht, dass du ein Grab geschändet hast. Gott ist mein Zeuge, das wusste ich nicht. Den Toten gehört die Friedhofserde. Das darfst du nicht vergessen.«

»Was sagst du da?«, fragte Eigil.

»Ich sagte, dass den Toten die Friedhofserde gehört. Hol dir jetzt eine Zeitung, und der Herr möge mit dir sein.«

Eigil lief zu dem kleinen Kiosk, der an der Ecke der Jóannes Paturssonargøta und der Grönlandsvegur lag. In dem kleinen Fenster hockten ein paar Weihnachtswichtel aus Papier zwischen Bonbon- und Cremetortenpackungen. Der alte Kioskbesitzer wollte die Luke gerade schließen.

Wenn er Zeitungen oder eine Packung Kaffee kaufte, hatten sie sich allenfalls über das Notwendigste unterhalten. Eigil kannte den Mann ebenso wenig wie seine übrigen Nachbarn. Der Mann hatte ein freundliches und vertrauenerweckendes Gesicht. Als er Eigil die Zeitung reichte, bemerkte er leise, alles habe seine Zeit. Seine Stimme war weder anklagend noch verurteilend, er wiederholte lediglich eine alte Wahrheit und wünschte dann eine gute Nacht.

Als das Wahlresultat am Dienstabend kurz vor Mitternacht vorlag, gehörte Eigil zu den gestürzten Politikern. Bei der Wahl 1988 hatte er 337 Stimmen bekommen. Vier Jahre später waren es nur noch 58.

Und als verschmähter Kandidat war er auch am folgenden Tag zu Hause geblieben. Ja, das gesamte Wochenende. Er bat Tórharda, zum Laden des Weinmonopols zu gehen und ein paar Flaschen Whisky zu kaufen, dann saß er mit abgestelltem Telefon hinter der verschlossenen Tür und trank.

Vier-, fünfmal wurde geklopft, zwei Mal waren es sogar harte Schläge mit dem Knöchel, aber er tat, als hätte er nichts gehört.

Nur ein Mal steckte er den Telefonstecker ein, als er gegen Mitternacht in Fuglafjørdur anrief. Seit über drei Monaten, oder seit Karin wusste, dass er eine Affäre mit einer anderen Frau hatte, hatten sie keinen Kontakt mehr gehabt.

Bei der anderen Frau hatte es sich um Marianne Bøge gehandelt, einer Dozentin für Nordische Literatur. Doch auch diese Beziehung war vorbei. Marianne hatte gesagt, er wäre einer der Autoren, die ihren eigenen unangenehmen Schöpfungen allzu sehr ähnelten, und das würde sie erschrecken.

Karins Stimme war freundlich, ja einigermaßen besorgt. Sie sagte, sie habe ein paarmal versucht, ihn anzurufen, weil sowohl *Dimmalætting* wie *Sosialurin* ihn erreichen wollten, außerdem jemand von der Selbstverwaltungspartei.

Eigil erklärte, er sei nicht vor die Tür gegangen, seit er am Donnerstagabend die Zeitung gelesen habe, und er hoffe nicht, dass der Absturz, den er in der Politik erlebt hatte, sich in dem Roman widerspiegeln werde, an dem er schrieb.

Karin erkundigte sich nach seiner Mutter.

Eigil berichtete, dass sie inzwischen allein spazieren gehen könne und Ingvald und Tórharda in Gnade wieder aufgenommen habe.

Karin fragte, ob diese Gnade auch für Svanhild gelte.

Eigil lachte. Er sagte: »Mutter ist seit ihrer Hirnblutung ein milderer Mensch geworden.« Vielleicht dachte sie aber auch nur gründlicher über die Dinge nach. Jedenfalls hatte sie ihn eines Tages gefragt, was er davon hielt, wenn sie Svanhild und ihre Sekretärin einladen würde, an Weihnachten nach Hause zu kommen, oder vielleicht im nächsten Sommer. Eigil meinte, der Sommer sei sicherlich die beste Zeit, um Gäste zu empfangen, und über diese Antwort hatte sich seine Mutter gefreut.

Vor allem aus Höflichkeit erkundigte sich Karin, wie es mit dem neuen Roman voranging.

Eigil war unzufrieden. Sagte, die besten Passagen wären seine Beschreibungen von Henriette Nolsøe und Betta. Und der Grund lag auf der Hand. Er hatte ein lebendes Vorbild für beide Frauen. Die Intelligenz, die Henriettes Mund verströmte, und der Eros, mit dem er die Brahmadellenfrau versehen hatte, waren inspiriert von einer Frau aus Fuglafjørdur, die er ganz gut kannte.

Na, na, erwiderte Karin.

Sie wollte ihm nicht vorwerfen, dass ihm seine Romanfiguren immer nähergestanden hatten als die Menschen, die um ihn waren. So war es einfach, und wäre das Gegenteil der Fall gewesen, ja dann wäre er kaum Schriftsteller geworden.

Aber in ihrem Liebesthermometer war das Quecksilber unaufhörlich gefallen. Im Mai 1991 hatten sie zwei Wochen in New York verbracht, und dort fiel es noch weiter, als sie zum ersten Mal die Wut erlebte, von der Eigil oft geredet hatte und die er seinen genetischen Fehler aus Sumba nannte. Die Gewalttat fand in ihrem Hotelzimmer statt. Er hatte sie durchs Zimmer geworfen, und die Tätlichkeit kostete sie zwei gebrochene Rippen und ein verstauchtes Handgelenk.

Sicher, er war betrunken gewesen und hatte hinterher um Verzeihung gebeten und versprochen, dass so etwas nie wieder vorkommen würde. Aber Karin glaubte ihm nicht. Eigil war einfach zu rücksichtslos. Auch in dem, was er schrieb, fand sich nicht viel menschliche Wärme und Empathie. Eher im Gegenteil. Seine Personen zerbrachen an innerer Kälte.

Dennoch war sie schwanger, als sie nach Hause kamen. Ihr war es bereits Anfang Juni klar, und die folgenden Monate bezeichnete sie später als die besten und schönsten Monate, die sie je erlebt hatte.

Endlich war es ihr gelungen, schwanger zu werden, und all die kleinen Veränderungen ihres Körpers füllten den Alltag mit einer stillen Zufriedenheit. Auch das allmorgendliche Erbrechen gehörte dazu; hinterher putzte sie sich die Zähne und trank kühles Wasser aus dem Hahn.

Normalerweise war sie eine ruhige und besonnene Frau, und gerade diese Eigenschaft blühte mit jedem Gramm auf, das ihre Leibesfrucht zunahm. Als sie spürte, dass ihre Kleider um die Hüften allmählich zu eng wurden, freute sie sich, den Nähkasten zur Hand zu nehmen und Kleider und Hosen aufzutrennen und zu weiten. Sie wusste, dass ihr kleiner Schatz, wie sie den Embryo nannte, bereits sein eigenes Verdauungssystem, sein eigenes Herz und seine eigenen Augenlider hatte. Sie trug einen kleinen Träumer im Bauch, und wenn er sich bisweilen zu erkennen gab, entweder mit einem Knie oder einer Kopfbewegung, antwortete sie, indem sie über ihren Bauch strich.

Ihre Mutter brachte ihr manchmal Tee ans Bett und beschwerte sich, dass Eigil sich so selten in Fuglafjørdur zeigte. Karin antwortete normalerweise, dass sie und Eigil Leben schufen. Er in seinen künstlichen Büchern, während sie *the real thing* zu tragen hatte.

Am 17. Oktober ging unerwartet das Fruchtwasser ab, und sie erlitt im Bett eine Fehlgeburt.

Karin ließ ihre Mutter das, was sie ihre kleine misslungene Familie nannte, fotografieren. Herausgeputzt saßen sie auf dem Sofa im Wohnzimmer, oder besser gesagt, sie saßen ganz vorn auf der Sofakante, sie, Eigil und der tote kleine Junge. Sie hatte ihm einen Strampelanzug und eine kleine Mütze angezogen, die sie selbst gestrickt hatte.

Es war ein Schwarz-Weiß-Foto, das nun gerahmt unter Glas über dem Kopfende ihres Bettes hing.

Ein Schreiner aus Gøta fertigte einen kleinen Sarg, und der Junge wurde in demselben Grab beerdigt, in dem bereits sein Großvater lag.

Eigil wollte es Karin nicht sagen, aber der kleine Junge war eine merkwürdige Inspiration gewesen. Der Sarg, den Eigil persönlich getragen und den er auf den morschen Sargdeckel des Großvaters gelegt hatte, hatte ihn angeregt, einen Abschnitt seines Romanmanuskripts umzuschreiben. Er gab ihm den Titel ›Die kleine wandernde Kirche‹.

Sie hatten eine gute halbe Stunde miteinander telefoniert, als Karin sagte, sie würde jetzt ins Bett gehen, schließlich müsse sie morgen arbeiten.

Eigil bedankte sich für das Gespräch und fügte noch hinzu, er wisse genau, dass die Wahl zwischen Liebe oder Schreiben künstlich ist. Dieser Gedanke hatte seine Wurzeln in der Romantik, als die Autoren als geniale Wesen in Elfenbeintürmen lebten.

Karin unterbrach ihn und erklärte: »Ich weiß, was du sagen willst, aber ich schaffe es einfach nicht, es mir anzuhören.«

»Aber es ist wahr«, sagte Eigil

»Ich komme mit deinen Wahrheiten nicht zurecht«, erwiderte sie.

»Ich hätte lieber eine Frau wählen sollen als die Welt der Worte.«

»Gute Nacht, Eigil, und schlaf gut.«

Die gelb umrandete Luke ins Totenreich

Als Eigil sich am Mittwochmorgen in seinen alten Fiat Uno setzte, bemerkte er nicht sofort, dass sein Auto verunstaltet worden war. Erst als das Heizungsgebläse eine Weile lief, erschienen die aufgesprayten Buchstaben PISSER auf der Frontscheibe. Sie waren gelb, und die beiden S glichen den Runen der Nazis.

Eigil war zutiefst erschüttert. Er hätte nie gedacht, dass jemand ihn mit Nazis in Verbindung bringen könnte.

Seine zitternden Hände umklammerten das Lenkrad, und ehe er sichs versah, hatte er es in seiner großen Erregung aus der Halterung gerissen. Die große Mutter saß noch auf der Stange, die Eisenplatte unter dem Lenkrad hatte er in Stücke gerissen.

Er wollte das Lenkrad schon auf das leuchtende Armaturenbrett schmeißen, als er plötzlich seine Augen im Rückspiegel sah. Zumindest hielt er es für seine Augen.

Sie waren rot unterlaufen, das Weiße schimmerte gelblich, aus den Pupillen leuchtete der schiere Wahnsinn.

Er atmete ein paarmal durch die Nase, dann legte er das Lenkrad vorsichtig beiseite.

Es reichte. Er hatte die Moschee nicht gekauft, um sich zu bereichern, er hatte das Haus gekauft, weil er Angst hatte, seine Mutter zu verlieren. Und selbst wenn er es gekauft hätte, um sich zu bereichern, was zur Hölle ging das andere Leute an? Und dass ein Mann im Alter von siebenundzwanzig Jahren in der Silvesternacht 1980 auf ein Grab gepisst hatte, in dem ein

Mann lag, den er in den folgenden Jahren zu respektieren und bewundern gelernt hatte, war zunächst einmal ein Ausdruck von starken Gefühlen. Und gerade diese Wut sollten diese Arschlöcher beim *Sosialurin* zu spüren bekommen.

Eigil nahm die Tasche unter den Arm und ging mit langen Schritten die Jóannes Paturssonargøta nach Hause. Er sah weder nach rechts oder links, und welche Gedanken sich die Fußgänger oder Autofahrer über seine Person machten – oder ob sie sich überhaupt irgendwelche Gedanken machten –, war ihre Sache.

Eines war jedenfalls sicher: Wenn er anfing, sich selbst mit anderen Augen zu sehen, hatte er sich bereits freiwillig auf die Anklagebank gesetzt, und dann wäre der Teufel los.

Ein kleiner Seufzer kam über seine Lippen, er konnte nicht anders als zu lächeln. Die letzten Tage hatte er doch nichts anderes getan, als sich selbst mit den anklagenden Augen der anderen zu sehen. Der Teufel war also bereits los. Es war wie in der Hölle, gleich kam den Leuten Rauch aus den Ohren und außer Rand und Band geratene Klauen würden durch die Straßen steppen.

Er knöpfte die beiden obersten Mantelknöpfe auf und ging etwas langsamer. Der Verkehr schien ruhig zu fließen, um nicht zu sagen, regelrecht verlangsamt. Als würde es den Motoren der verschiedenen Fahrzeuge nicht gefallen, dass dieser dunkle Morgen der dreihundertdreiundvierzigste in diesem Jahr war, die Uhr bald halb neun zeigte und die Zeit einfach weiterging, ohne sich eine Pause zu gönnen.

Eigil hörte das schläfrige Tuten eines Schiffs, das an der Mole auslief; Tórharda hatte wohl recht, als sie meinte, der Puls der Stadt sei spürbar langsamer geworden, nachdem die beiden großen Banken in Konkurs gegangen waren.

Aber der Vollmond war reizend. Der Mond beruhigte das Gemüt, so wie Bilder des Mondes die Menschen schon immer beruhigt hatten, und erst jetzt bemerkte Eigil den Schneemantel oben auf dem Kirkjubøreyn.

Als er zum alten Friedhof kam, blickte er aus alter Gewohnheit den mittleren Weg hinunter. Die Ahornbäume und die Ebereschen hatten keine Blätter mehr. Wäre es nicht so dunkel gewesen, hätte er Poles Grabstein sehen können.

In der Silvesternacht 1980 hatte selbst in der Stadt noch Schnee gelegen. Er hatte die Friedhofspforte aufdrücken und an einigen Stellen bis zu den Knien im Schnee stapfen müssen, um an das Grab zu gelangen. Er hatte den Reißverschluss an seiner Hose geöffnet, und ein gelber Urinrand hatte sich in den weißen Schneeteppich gegraben. Und Eigil hatte überhaupt nicht wieder aufgehört zu pinkeln. Als ob er den Urin die ganze Weihnachtszeit über für diesen Unfug aufgespart hätte, als ob die Blase mit all denen verbunden wäre, die der Nolsøe-Clan mit ihrer großen Klappe verachtet hatte. Als Eigil schließlich die letzten Tropfen abgeschüttelt hatte, war Poles Grab das einzig schwarze auf dem ganzen Friedhof.

Tatsächlich war er das Bild des schwarzen Grabs nie losgeworden. Nicht dass es ihn wie ein Albtraum quälte. Durchaus nicht. Aber in seinem Kopf hatte sich als Bild festgesetzt, dass eine gelb umrahmte Luke hinunter ins Totenreich führte.

Der Widerwillen, den er Pole gegenüber empfand, hatte sich hingegen geändert, oder anders ausgedrückt, er war auf Ole Jacobsen übergegangen, auf denjenigen, der für die verfluchte Situation verantwortlich war, in der Eigil gelandet war.

Er kannte Ole Jacobsen nicht persönlich, auch nicht vom Hörensagen, und dass ein ihm unbekannter Mann einen so dunklen Schatten auf sein Leben werfen sollte, war schon einigermaßen unheimlich.

Eigil wusste nur, dass der Mann aus Vágur stammte und während des Krieges Magister für Vergleichende Literatur geworden war. Diese Informationen standen im Vorwort von

Band IX-X der Reihe *Von den Färöern – Úr Føroyum*, der 1983 erschienen war. *Diese letzte Nummer von* Úr Føroyum *hat Ole Jacobsen noch weitgehend vorbereitet, aber es war ihm nicht vergönnt, sie vollendet zu sehen*, schrieb der Vorsitzende der Dänisch-Färöischen Gesellschaft Aage H. Kampp.

Und dass Ole Jacobsen tatsächlich tot war, sah man an einem merkwürdigen Satzfehler im Vorwort. *Føroyum* wurde *Fóroyum* buchstabiert, und ein solcher Fehler wäre Jacobsens aufmerksamem Auge kaum entgangen.

Man könnte Ole Jacobsen eine tragische Figur nennen, anders ließ sich ein Mann kaum charakterisieren, dessen Frau wahnsinnig geworden war und sich das Leben genommen hatte; und als wäre das nicht genug, tat die Tochter es ihr nach und folgte der Spur ihrer Mutter unter die gelb umrandete Luke ins Totenreich.

Diese Informationen hatte Eigil von Marianne Bøge. Sie hatte im Institut für Färöische Sprache studiert und dabei einige Vorlesungen gehört, die Ole Jacobsen Anfang der Siebziger gehalten hatte. Ihrer Ansicht nach war der Mann ein hervorragender Dozent gewesen. Klar, scharf im Denken und mit seinem dichten weißen Andy-Warhol-Haarschopf durchaus auch ansehnlich und verführerisch.

Eine Vorlesung hatte von der Dichtung Christian Matras' gehandelt, und die Geschichte, wie Matras durch die schmalen Gassen des alten Tórshavn gelaufen war, um den richtigen Rhythmus für seine meisterhafte Übersetzung von *Fahr dahin, Welt, leb' wohl* zu finden, kannte Eigil von Marianne Bøge, die ihre Informationen wiederum von Ole Jacobsen hatte.

Jacobsen hatte auch eine Vorlesung über die letzten beiden Gedichte gehalten, die Karsten Hoydal veröffentlichte. Er meinte, über die Sammlungen *Die rote Dunkelheit*, *Singende Steine* und *Das Wasser und das Licht* sei genug geredet worden. Jacobsen hob *Brücken* und *Bambusgedichte* hervor, zwei

Hauptwerke, die zeigten, dass der ältere Dichter poetisches Neuland gefunden hatte. Aufgrund eigenartiger Umstände sollten *Brücken* und *Bambusgedichte* Karsten Hoydals letzte Werke bleiben. Als Dichter starb er auf der Höhe seines Schaffens, seine Überreste wurden nicht aus einer literarischen Hintertür hinausgezerrt und am Fuße eines kranken Baums verscharrt.

Aber Ole Jacobsen hatte eine ganz bestimmt Absicht, als er 1972 in der Schrift *Von den Färöern – Úr Føroyum* seinen siebenundachtzig Seiten langen Artikel über die Masernepidemie drucken ließ, da war Eigil sich sicher. Der Mann säte darin Hass gegen Napoleon Nolsøe, und wäre dieser gerechtfertigt gewesen, hätte man es ganz klar akzeptieren müssen. Aber Jacobsens Hass war irrational, und was aus irrationaler Erde wuchs, war immer unberechenbar und oft genug abscheulich.

Der Magister konnte zur Hölle fahren, und genau dorthin dürfte er auch gekommen sein, als er starb.

Gelächter bahnte sich den Weg durch Eigils Brust, als er auf den Friedhof blickte. Es sah den Magister vor sich, wie er im Totenreich um die Särge strich. Nur wenige Büschel waren noch von seinem Andy-Warhol-Haar geblieben, und sein Leichenhemd flatterte ihm um die trocken rasselnden Knochen. Eigil hörte, wie die Sargdeckel knarrten, die der Magister aufbrach, und wenn er in einen nationalistisch klaffenden Färöer-Schädel blickte, dröhnten Schimpfworte durch die Hallen unter der Pissluke.

Ganz offensichtlich war es Ole Jacobsen gelungen, eine vergessene Periode der färöischen Geschichte zu beleuchten, und zu Recht kritisierte er die nationalistische Gesinnung, die allzu oft die heimische Geschichtsschreibung färbte.

Aber der Mann schrieb ja nicht nur über die Masernepidemie. Seine Abhandlung konnte man ebenso gut als eine persönliche Abrechnung mit der gesamten Oberschicht interpretieren – von den 1840er Jahren bis hin zu seiner eigenen Zeit oder doch zumindest bis zum Aufstand von Klaksvík in den fünfziger Jahren, als die Bewohner einen dort praktizierenden Arzt mit Waffengewalt gegen seine Absetzung verteidigten, um so die Eigenständigkeit der Färöer zu unterstreichen.

Jacobsen schreibt nämlich: *Bei den Nachwirkungen von Panums Besuch auf den Inseln und den Instinkten, die er dadurch freisetzte, gibt es eine Verwandtschaft mit der Massenhysterie, die ein Jahrhundert später während der Arztaffäre in Klaksvík ausbrach. Hier wurde einer der größten Orte der Inseln förmlich in einen Belagerungszustand versetzt, nachdem die ganze Atmosphäre zuvor politisch aufgeheizt worden war.*

Eigil sah sich jedoch nicht imstande, ein genaueres psychologisches Profil dieses Mannes zu zeichnen, der voller Ehrfurcht über kultivierte Dänen schrieb, vor allem über Panum und Pløyen, und gleichzeitig färöische Nationalisten mit Dreck bewarf.

Und diese Aufgabe hatte Marianne Bøge letztlich auch nicht lösen können. Oder anders ausgedrückt, sie hatten nie über diese Sache gesprochen, und jetzt war es auch egal, da sie keinen Kontakt mehr hatten. Aber Eigil hatte sie im Verdacht, in den Magister verliebt gewesen zu sein, und nicht nur das, er war überzeugt, dass sie dessen Geliebte gewesen war. Denn dieses raffinierte Frauenzimmer, das mit seinen beiden Töchtern allein wohnte, liebte Männer, die laut wurden, deshalb war sie Eigils nächtliche Gespielin geworden; und er konnte sich sehr gut vorstellen, dass sie auch der Typ war, der es genoss, wenn ältere Herren ihre hoffnungslosen Orgasmen in die Nacht hinausschrien. Und wenn es sich obendrein noch um einen gehässigen färöischen Antinationalisten handelte, hatte sie sich ja geradezu in vergänglicher Begierde gewälzt.

Laut Marianne hatte der Magister in jedem Fall zwei Gesichter. Sie erzählte, dass er bei einem Gelage mit Studenten keine sonderlich milden Worte gefunden hatte, sondern denselben Christian Matras, den er in seiner öffentlichen Vorlesung in den Himmel lobte, in den Dreck zog.

Ole Jacobsen war der Ansicht, das akademische Examen von 1928 hätte Matras als Dichter zerstört, der Mann sei sein Leben lang eine aufgepustete Blase gewesen. Eine Zeitlang hatte diese Blase Luft durch den sozialdemokratischen Kompressor bekommen, dann schloss er den nationalen Schlauch an die Blase. Einige Jahre hatte er sich mit Kingo und Grundtvig in der Luft gehalten und die Wärme von Kirchenliedern genossen. Matras war ein Großverbraucher panskandinavischer Luft gewesen, bisweilen auch frankophiler Luft, und als er 1965 zurück auf die Färöer gekommen war und die Professur an der Hochschule übernommen hatte, war er so voller allgemein zugänglicher Luft, dass er förmlich über den färöischen Gewässern schwebte.

Marianne behauptete, dass Ole Jacobsen in seinem tiefsten Inneren darunter litt, nicht diesen mosaischen Drang in der Seele gespürt zu haben, der seine Altersgenossen nach dem Exil der Kriegsjahre heimreisen und die rückständigen Färöer aufbauen ließ. Er war in Dänemark geblieben und hatte sichere bürgerliche Rahmenbedingungen für sein eigenes Leben geschaffen, während die Nationalisten darangingen, das alte Heimatland zu modernisieren.

Auf Seite 68 im Band VI *Von den Färöern – Úr Føroyum* schreibt Jacobsen, färöische Studenten hätten Panum in Kopenhagen für dessen Beschreibung der Inseln in den *Beobachtungen* sogar mit körperlicher Züchtigung gedroht: *Sind diese Informationen über färöische Reaktionen, die wohlgemerkt nicht von volkstümlicher, sondern von der sogenannten intellektuellen färöischen Seite stammen, nicht übertrieben, und man muss wahrhaftig sagen, nein, sie sind es nicht, dann wird der eine oder andere möglicherweise fragen, ob dieses Volk und seine vorlau-*

ten Vertreter denn je alle Möglichkeiten ausgeschöpft haben.
Oder war die Kritik, die Panum übte, wirklich so ungerecht und
verletzend, dass er auf den Inseln, wo er annähernd 1000 Opfer
der Epidemie geheilt hatte, nichts anderes als Missbilligung und
die Androhung von Prügel erwarten konnte – als Lohn für eine
Tat, die der Rest der Welt bewunderungswürdig fand und die als
aufopfernder Einsatz und als wissenschaftliche Großtat galt?

Panum selbst schreibt in den *Beobachtungen:* ... *ich selbst*
habe circa 1000 beobachtet und behandelt... Sein Kollege
August Manicus hat ungefähr die gleiche Anzahl Färinger ver-
sorgt, das heißt, die beiden hatten sich um ungefähr ein Viertel
der färöischen Bevölkerung gekümmert.

Aber Panum schreibt nicht, dass er eintausend Färinger geheilt hat, wie Ole Jacobsen behauptet. Und Panum hat sich
nicht aus Bescheidenheit so ausgedrückt, sondern ganz einfach, weil es nicht möglich war, Patienten zu heilen, die sich
angesteckt hatten. Und das hätte Ole Jacobsen wissen müssen.
Und er wusste es auch, das beweist die Einleitung, dennoch erwähnt er es nicht.

Stattdessen verwendet er religiös aufgeladene Wörter wie
Heilung und Opfer. Er lässt Panum geradezu göttlich erscheinen, und das liegt kaum daran, dass er einen Mann wie Panum
liebt – irrationale Menschen lieben selten –, er lässt den Mann
göttlich erscheinen, weil er seine Autorität braucht, um *dieses*
Volk und seine vorlauten Vertreter, die nie alle Möglichkeiten
ausgeschöpft haben, mit Füßen zu treten.

Denn Panum schreibt auf Seite 324 seiner *Beobachtungen:*
Die Färöer hätten vermutlich kaum mehr als 100 Einwohner
verloren, wenn nicht eine gegen das Einschleichen der Masern
gerichtete Verordnung einige Jahren zuvor aufgehoben worden
wäre.

Diese Worte können schwerlich anders gedeutet werden
als eine ganz direkte Anklage gegen die Unachtsamkeit der

faröischen Behörden. Vor allem Amtmann Pløyen und selbstverständlich auch Landeschirurg Regenburg waren damit gemeint. Aber darüber schrieb Ole Jacobsen nichts.

Fuck you, Ole Jacobsen, dachte Eigil, als er von der Jóannes Paturssonargøta auf die Dalavegur bog und dabei liebevoll den Zaun des Friedhofs tätschelte.

Man erntet, was man sät

Elspa Tóra Lamhauge wünschte Eigil einen guten Morgen, als er gegen neun an den Empfang trat.

Mit der linken Hand machte er das V-Zeichen.

Noch bevor er sich versehen hatte, spreizte er Zeige- und Mittelfinger. So etwas war normalerweise nicht seine Art, und sofort bereute er seine unnatürliche Munterkeit.

Das Victory-Zeichen, der Faustgruß oder der ausgestreckte rechte Arm der Nazis, so etwas hatte ihm noch nie gefallen.

Elspa Tóra hingegen flirtete gern, und manchmal nannte sie ihn auch *mein Freund* oder *mein Liebster*. Sie war Anfang fünfzig. Nachdem ihre Kinder ausgezogen waren, hatte sie sich auf dem Arbeitsmarkt umgesehen und in den vergangenen sieben Jahren am Empfang von A/S Rógv gesessen.

Jetzt lächelte sie nur und teilte ihm mit, dass der Direktor ihn gern im Allerheiligsten sehen möchte.

Eigil blieb einen Moment am Empfangstresen stehen und fragte sie, ob er merkwürdig aussehe.

Sie schaute ihn besorgt an und schüttelte den Kopf. Sie sagte, es täte ihr leid, dass er nicht wiedergewählt worden war, aber es bedürfe mehr als einen Artikel im *Sosialurin*, um ihre Meinung über den flottesten Scheich der Stadt zu ändern.

Eigil war so gerührt, dass ihm Tränen in die Augen traten.

Sie reichte ihm ein Taschentuch, und während er sich die Augen wischte, sagte er, sie müsse Nachsicht mit ihm haben, er sei gerade psychisch etwas angegriffen.

Kjartan á Rógvi hatte Eigil vor der Tür gesehen, und als Eigil nun das Büro seines Chefs betrat, hatte dieser sich schon von seinem Stuhl erhoben und stand vor dem großen Gemälde *Sie warten* von Ingálvur av Reyni. Das bedeutete, dass er etwas auf dem Herzen hatte.

Kjartan nahm gerade dieses Bild gern als Hintergrund, wenn das Fernsehen ihn hin und wieder interviewte oder er für eine Zeitung fotografiert wurde.

Eigil war der Ansicht, dass Kjartan sich das, was ihm an natürlicher Würde fehlte, von diesem großen Werk oder generell von der bildenden Kunst lieh.

Seine Frau Amalia saß im Leitungsgremium des Kunstmuseums der Färöer, und seit vielen Jahren schrieb sie an einem Werk über die drei großen Frauen in der Malerei der Färöer: Elinborg Lützen, Ruth Smith und Frida Zachariassen. Das Buch wurde nicht fertig, und Eigil hatte den Verdacht, dass sie nicht mehr als den interessanten Titel zu Papier gebracht hatte: *Färöische Nornen.*

Dass die Malerei der Familie viel bedeutete, bewies auch ihre Tochter Vera á Rógvi. Sie studierte Kunstgeschichte am angesehenen und teuren Central Saint Martin College of Art and Design in London.

Kjartan eröffnete mit der Bemerkung, sein Telefon habe das ganze Wochenende über nicht mehr stillgestanden, und er sagte auch, dass der Artikel im *Sosialurin* nichts weniger als ein Skandal sei.

Die Zeitung lag auf dem Tisch. Er blätterte bis zum Leitartikel, und nachdem er ein paar Auszüge vorgelesen hatte, fragte er, was das solle. Als Chef der Firma hatte er seiner Ansicht nach das Recht auf eine Antwort.

Eigil klopfte auf die Lehne des Ledersessels und fragte, ob er ihn nicht bitten wolle, Platz zu nehmen.

Kjartan sah ihn ungläubig an und wurde wütend.

Es sei ihm scheißegal, ob Eigil saß, stand oder lag. Darum ginge es bei der Sache nicht. Er wollte wissen, was hier vor sich ging. Mehr nicht.

»Okay«, erwiderte Eigil. »Wollen wir zuerst über den Artikel reden, oder ist das Urinieren interessanter? Ich weiß nicht, ob du es gehört hast, aber das Pinkeln oder Spucken auf Gräber ist tatsächlich der populärste Sport auf den Färöern, möglicherweise sogar in allen nordischen Ländern. Und weißt du, weshalb? Weil die Nordländer sich hassen.«

Kjartan á Rógvi trat ans Fenster, und als er sich ein wenig beruhigt hatte, erklärte er, es sei ihm ernst. Es ginge um den Ruf der Firma, sie führten eine hochgeachtete Kanzlei, die einige der größten Firmen des Landes als Kunden hatte, darüber hinaus hätten sie außer den juristischen Ratgebern elf Festangestellte. Die Grabschändung durch einen leitenden Angestellten sei ein sehr ernster Vorgang.

Eigil antwortete, die Firma habe zehn Festangestellte. Der Elfte habe gerade gekündigt.

Kjartan griff sich an den Kopf. »Ich bin zu alt für solch einen Unfug«, brüllte er. »Du kannst dir solche Kindereien nicht erlauben.«

»Wenn es sich nur um Kindereien handeln würde, wäre alles gut«, erwiderte Eigil.

»Ich verstehe dich nicht«, sagte Kjartan. »Du bist wirklich eigenartig, und zwar auf eine ziemlich unangenehme Art und Weise.«

»Gut möglich, dass ich eigenartig bin. Aber tatsächlich ertrage ich deinen Blödsinn so früh am Morgen nicht. Die kleinbürgerlichste Zeitung der nordischen Länder hat Rufmord an dem Mann begangen, der einmal die Nummer zwei in dieser Firma gewesen ist, darum geht es.

Ich werde als Antisemit vorgeführt, und weißt du, was das bedeutet? Das bedeutet unter anderem, dass man mein Auto beschmieren darf. Man kann mich auch anrufen und beschimpfen. Das ist die wahre Vernichtung, und nicht, dass irgendjemand dich angerufen hat und dir und Amalia das Wochenende versaut hat.«

»Man erntet, was man sät«, entgegnete Kjartan.

Eigil traten Tränen in die Augen, aber diesmal ließ er sie einfach laufen, als er flüsterte: »Endlich hast du mich im Schleudersitz und kannst mich zur Hölle schicken.«

Plötzlich sah er Kjartans Augen vor Entsetzen aufleuchten, und im selben Atemzug verstand er auch, warum. Eigil hielt den Ledersessel in den Händen und wollte ihn über den Schreibtisch werfen. Er selbst war dermaßen überrascht, dass er den Stuhl wieder fallen ließ. Eines der hinteren Beine traf auf den Boden und brach ab, der Sessel fiel auf die Seite.

Kjartan wollte etwas sagen, brachte aber nichts heraus.

»Das Stuhlbein kannst du von der Steuer absetzen«, sagte Eigil.

Er zog den Schlüsselbund aus der Hosentasche, fummelte die Schlüssel zum Gebäude und seinem Büro ab und legte sie auf den Schreibtisch.

»Ich habe noch ein paar Bücher und Ordner in meinem Büro. Die kann Elspa Tóra einpacken.«

Dann verabschiedete er sich und ging.

FÜNFTER TEIL

Die Moschee

An einem schönen Tag im März 1993 klopfte es an der Haustür der Moschee, und als Eigil öffnete, stand ein alter Mann vor der Tür. Er trug eine färöische Kopfbedeckung und einen langen Mantel, in der Hand hielt er eine Ledertasche. Eigil sah, dass der Mann ein Anliegen hatte, und bat ihn herein.

Der Alte sagte, sein Großvater hätte Lýdar í Geil geheißen, und Lýdar sei der Bruder von Tórálvur í Geil gewesen. Er sagte, er wisse von der Freundschaft zwischen dem norwegischen Korporal Nils Tvibur und dem Bruder seines Großvaters, und er fügte hinzu, dass er seit dem Artikel im *Sosialurin* über den Kauf der Moschee viel an Eigil gedacht habe. Aber er war nicht nur gekommen, um über eine alte Freundschaft zu reden.

Der Mann von der Insel Nólsoy öffnete die Tasche und packte ein kleines Bündel Briefe mit einem ausgeblichenen Band auf den Küchentisch. Er legte ein amerikanisches Buch mit dem Titel *Leaves of Grass* dazu und erklärte, das Buch und die Briefe hätte er in Tórálvurs Schiffskiste gefunden. Eigil sei doch Dichter und gleichzeitig Besitzer der Moschee, also hatte er ja vielleicht Interesse, sich die Dinge einmal anzusehen.

Nachdem sie sich eine Weile unterhalten hatten, stellte Eigil zwei Gläser und eine Flasche Whisky auf den Tisch, aber der Alte sagte, er könne nicht trinken, wenn er nicht gleichzeitig auch etwas zu rauchen hätte.

Eigil bat den Mann, zwei Minuten zu warten, er wollte in Haldors Laden laufen und ein Päckchen Zigaretten kaufen.

»Wenn du etwas besorgen willst«, rief ihm der Alte nach, »dann hol Stumpen.«

Eigil kam mit einer Packung Lucca zurück, und während sich gemütlicher Zigarillogeruch in der Küche ausbreitete, probierten sie ein Gläschen.

Der Nólsoyinger war redselig und erzählte, was er noch in der Schiffskiste gefunden hatte. Außer den Briefen hatte eine dänische Bibel darin gelegen, die 1842 gedruckt worden war, einige Ahlen und eine Fotografie des Grabsteins der Schwester seines Urgroßvaters in Dänemark.

Auch das amüsante Gemälde eines tanzenden Mädchens hätte er in der Kiste entdeckt. Er konnte sich gut daran erinnern. Ob das Mädchen allerdings Edga oder Edgar Degas hieß, oder ob das der Name des Malers war, wusste er nicht mehr. Er hatte damals für seinen Vater einen Rechtsstreit ausgetragen, und als es ans Bezahlen ging, hatte der Anwalt gesagt, dass sein Vater ihm statt Geld auch das Bild geben könnte, das in der guten Stube hing.

Eigil bat den Alten, den Namen des Malers zu wiederholen, denn er war nicht sicher, ob er richtig gehört hatte. Und der Alte nannte noch einmal den Namen Edga oder Edgar Degas.

Eigil versuchte, sich nichts anmerken zu lassen. Er kannte Degas und die französischen Impressionisten gut, und er wusste, dass ihre Bilder Millionen wert waren.

Aber das wagte er nicht zu sagen.

Dennoch erkundigte er sich, wer der Anwalt gewesen war, und der Alte antwortete: Husted-Andersen.

Über die Briefe wusste der Mann von der Nólsoy zu berichten, dass Henriette Nolsøe, die Witwe des Doktors Napoleon Nolsøe und Tochter des Kommandanten Løbner, sie nach dem Tode ihres Mannes verwahrt hatte. Als Tóvó 1901 aus Dänemark zurückkam, hatte sie ihm die Briefe zurückgegeben. Und diese Henriette war so großzügig, dass sie Tóvó auch Nólsoyar-

Pálls altes Fernrohr geschenkt hatte. Er sagte, Henriette habe Tóvó gemocht, es sei aufrichtige Fürsorge gewesen, und als diese gute Frau 1906 starb, habe dies Tóvó sehr mitgenommen.

Sie hatten die Flasche fast zu einem Viertel ausgetrunken, als Eigil fragte, ob es denn wahr sei, was er gehört hatte: Wollte Tóvó, als er aus dem Zuchthaus zurückkam, wirklich weder seine Muttersprache noch Dänisch sprechen?

Der Nólsoyinger antwortete, darin läge ein Kern von Wahrheit. Soweit er es verstanden hatte, war Tóvó durch die vielen Jahre in Vridsløselille sonderbar geworden. Er mied die meisten Menschen, und daher gab es nur sehr wenige, die ihn überhaupt hatten reden hören.

Aber sein Vater hatte sich gut an Tóvó erinnern können, er hatte sich mit ihm allerdings auf Färöisch unterhalten. Das konnte der Alte mit Bestimmtheit sagen, denn sein Vater sprach keine andere Sprache als die der Inseln.

Der Alte zog den Mantel an, er musste das Schiff erreichen.

Eigil sagte, er würde die Briefe kopieren und ihm die Originale zurückschicken.

»Ach Quatsch«, erwiderte der Alte. Es gäbe schon genügend Briefe auf Nólsoy, und wenn nur noch zwei oder drei dazukämen, wäre es bloß eine Frage der Zeit, bis die lange, schmale Insel umkippen würde.

Ein mehrere Jahre alter Herbst

Wie so viele andere Häuser im Stadtteil á Reyni in Tórshavn hatte die Moschee keine Toilette, als Eigil das Haus kaufte. Hinter einem Vorhang der Schlafstube stand ein Trockenklosett und auf einem Regal ein Krug, auf dem *Desinfektionsmittel mit Parfüm* stand. Diese chemische Keule wurde mit Wasser vermischt, und wenn man die ersten Male auf dem Thron saß, konnte man davon ausgehen, dass einem die grüne Flüssigkeit ans Hinterteil spritzte. Und saß eine Frau dort, oh, seufzte Eigil, armes Brunstzeug.

Er hatte das Haus recht gründlich untersucht, vom Kriechkeller bis zum Dachboden.

Zwischen den Dachbodenbrettern und dem First gab es nicht mehr als einen guten Meter Platz; wenn er auf den Dachboden wollte, musste er krabbeln oder kriechen. Daher hatte er nur den Küchentisch unter die Luke gezogen und sich auf den Tisch gestellt, als er mit einer Lampe in der Hand den Dachboden untersuchte.

Was man zwischen den Dachbrettern sah, konnte kaum etwas anderes sein als Birkenborke, aber es dauerte eine Weile, bis Eigil klar war, dass es sich bei den Fasern, die vom Dachboden herunterhingen, um Wurzeln handelte.

Das Dach über der Kammer und auch ein gutes Stück über der Küche war ein Wald voller Wurzeln. Die dicksten entsprachen ungefähr dem äußersten Glied eines Kinderfingers, dann wurden sie immer dünner, und die allerfeinsten waren so dünn wie Fussel. An einigen Stellen waren die Wurzeln am Dachboden festgewachsen, und als Eigil vorsichtig in diesen Wald pustete, geriet dieser in Bewegung, die Fusseln fegten über die Bodenbretter, der ganze Dachboden lebte.

Er griff nach einer länglichen Schachtel und öffnete den staubigen Deckel, darin lagen ein Paar Schuhe und einige Dosen mit englischer Schuhcreme. Er wusste, dass nach dem letzten Krieg ein Schuhmacher seine Werkstatt im Haus gehabt hatte. Die Schuhe waren abgetragen, sicherlich hatten sie einem Arbeiter gehört, so wie das mitgenommene Oberleder und die deutlichen Knöchelspuren aussahen. Vermutlich war der Besitzer tot oder er hatte kein Geld gehabt, die Schuhe abzuholen.

Nicht überraschend, dass Bohrkäfer in den Dachsparren saßen. Die kleinen Biester hatten eine Unzahl von Löchern gebohrt, an einigen Stellen war so wenig Holz von den Sparren geblieben, dass Eigil das hellbraune Pulver mit dem Fingernagel aus den Löchern kratzen konnte. Er versuchte, ein Wort zu finden, das den Geruch des Dachbodens beschrieb, und plötzlich wurde ihm klar, dass der Dachboden nach Herbst roch. Genau so. Ein mehrere Jahre alter Herbst mit langen Wurzeln hatte auf dem Dachboden die Macht übernommen.

In die Brennkammer des alten Kohleherds hatte einer der letzten Bewohner einen Ölbrenner eingebaut, wann das letzte Mal Feuer unter den gusseisernen Ofenringen gebrannt hatte, war dennoch schwer zu sagen. Allerdings ging von den Küchendielen ein schwacher Geruch nach Petroleum aus.

In der Nachbarschaft gab es noch immer Häuser, in denen Petroleum verwendet wurde. Haldor, der jetzt Restorffs alten Laden besaß, war einer der Letzten in der Stadt, die Petroleum in Kannen verkauften. An ruhigen Nebeltagen, wenn der Rauch nur mit knapper Not aus dem Schornstein kroch, roch die gesamte Umgebung am Høgareyn nach Petroleum. Ganz langsam trieb der dicke Nebel zwischen die geteerten Giebel, nahm den Petroleumgeruch mit sich und drückte ihn gegen die Fenster. Der Geruch schien Farbe und Form zu haben, es wuchsen kleine bläuliche Blasen aus ihm, die sich wie Schuppen über die dünnen Fensterscheiben ausbreiteten. Der Geruch hing in jedem Grashalm, und wenn jemand einen Wischlappen oder einen Pullover an der Wäscheleine vergessen hatte, dann nahmen auch der Lappen oder der Pullover diesen nebligen Petroleumgeruch an.

Eigils Nase empfand den Geruch als so heftig, dass die bloße Flamme eines Streichholzes gereicht hätte, um ihn anzuzünden und sämtliche Häuser auf den Felsen niederzubrennen.

Und der Høgareyn oder ganz Tinganes waren nicht viel mehr als Felsen. Erde lag nur auf den pelzigen Hausdächern, dort wuchsen Gras und Sauerampfer und an einigen Stellen auch Wiesenschaumkraut, und an Nebeltagen war alles eingehüllt in diesen ärmlichen Petroleumgeruch.

Außer dem Herd, einer Spüle und dem kleinen weißen Küchentisch standen zwei Schemel in der Küche, sonst nichts. Eigil kaufte sich ein Sofa, und er schaffte sich auch eine Kaffeemaschine und einen elektrischen Ofen an.

Hin und wieder hatte er mit dem Plan gespielt, eine Weile nach Irland oder Dänemark zu gehen, um dort zu schreiben, und nach seinem Streit mit Kjartan á Rógvi ging ihm dieser Gedanke wieder durch den Kopf. Aber er hatte den Plan aufgegeben. Es hatte sich nämlich herausgestellt, dass diese spartanische Küche ungewöhnlich gut geeignet war, um darin zu schreiben. Er konnte dort tagelang vor seiner Schreibmaschine sitzen, einer elektrischen IBM mit Kugelkopf, dort saß er ebenso fest verwachsen wie die Wurzeln unter dem Dach, und wenn er erschöpft war, befreite er sich vorsichtig von den Wortwurzeln, warf sich aufs Sofa und schlief zufrieden unter einer gewebten Decke ein.

Er erinnerte sich an eine Fotografie von Gabriel García Márquez, auf der Márquez ohne Schuhe an einem kleinen weißen Tisch saß und schrieb. Was auf dem Foto so ansprechend wirkte, war eben diese spartanische Umgebung.

Auf der Rückseite des Plattencovers von *Songs from a Room* war eine von Leonhard Cohens Nymphen an einem ähnlichen Tisch abgebildet. Sie hatte die Hände an der Tastatur einer kleinen mechanischen Schreibmaschine, und hinter ihr stand das obligatorische Bett, das Leonhard Cohen die letzten fünfunddreißig, vierzig Jahre mit sich herumgeschleppt hatte, wenn er eine Nancy, Marianne oder Suzanne treffen wollte.

Eigil änderte nichts am Haus, er ließ einen Handwerker lediglich dort, wo das Trockenklosett gestanden hatte, eine Toilettenschüssel installieren.

Freundlicherweise durfte er sein WC an die Klärgrube seiner Nachbarn anschließen.

Diese Wohltat erinnerte Eigil an eine merkwürdige Reise nach Bergen mit der Fähre *Norrøna* im Jahr 1986. Er hatte seine Kajüte mit einem Bäcker aus Klaksvík geteilt, und während die meisten an Bord feierten, war Eigil zeitig zu Bett gegangen.

Als der Bäcker gegen Mitternacht in die Kajüte kam, schlief Eigil fest. Der Bäcker war so besoffen, dass er nur mit Müh und Not in seine Koje fand.

Wie sich herausstellte, hatte der Mann einen künstlichen Darmausgang, und es passierte, was nicht hätte passieren dürfen – die Tüte platzte.

Und während der arme Bäcker seinen Rausch ausschlief, fing er an zu scheißen. Es lief und lief aus dem Loch an seiner Seite. Die ganze Nacht. Braune Klumpen häuften sich zu einem kleinen Berg aus Scheiße und Pisse, und als Eigil schließlich erwachte und die Quelle des üblen Gestanks entdeckte, blieb ihm nichts anderes übrig, als die Kajüte zu verlassen.

Das Resultat dieses merkwürdigen Erlebnisses war das Prosa-stück *Kulturgeschichte des Scheißköters*.

Geister und Tränen

Im Übrigen war in der Moschee alles, wie es sein sollte, bis er eines Nachts erwachte und vor dem Sofa ein Mann stand, den er nicht kannte.

Die Haustür war abgeschlossen, auf diesem Wege konnte der Mann nicht ins Haus gelangt sein. Eigil wollte den Fremden nach seinem Namen fragen, bekam aber kein Wort heraus. Und plötzlich war der Mann weg.

Zwei Monate nach dem Besuch des Unbekannten erlebte Eigil wieder etwas Sonderbares.

Es war am Abend, und seine Aufmerksamkeit richtete sich auf die Uhr der Tórshavner Kirche, die zehn schlug. Kurz darauf hatte er das Gefühl, als hielte sich jemand in Tóvós altem Zimmer auf. Er stand vom Tisch auf, ging zur Tür und wollte sie öffnen, wagte es aber nicht. Oder anders ausgedrückt, er war wie gelähmt und konnte sich kaum auf den Beinen halten. Er hatte das Gefühl, als stünde ein furchtbarer Druck auf der Tür, nicht so, dass sie sich verbog, aber die Kraft war so groß, dass das Türfutter, der Rahmen und die Tür selbst bebten, ja beinahe aus der Wand gedrückt wurden. Und diese Kraft wollte ihm nichts Gutes, dessen war er sicher. Plötzlich wurde Eigil klar, dass das Böse selbst gegen die Tür drückte. Er vermutete, dass der Teufel persönlich nach Tórshavn gekommen war.

Er wich zurück an die Schreibmaschine, schaltete sie nicht einmal ab, sondern zog seinen Mantel an und verließ das Haus.

Seiner Mutter wollte er nichts von diesen Vorfällen erzählen, denn er wusste, wie sie es interpretieren würde. Dass ausgerechnet sie, die sie sich nie mit Geschichten über die Unterirdischen zurückgehalten hatte, so empfindlich war, ja geradezu eine Heidenangst hatte, war wirklich eigenartig.

Andererseits auch wieder nicht. Viele Färinger vermengten die Moral mit dem Übernatürlichen. Hatte man eine gewisse moralische Schwelle überschritten, konnte man damit rechnen, dass die Unterirdischen auf dieselbe Art und Weise hinter einem her waren wie der Gerichtsvollzieher bei Steuerschulden.

An dieser Einstellung lag es, dass die Parapsychologie nicht die Anerkennung fand, die sie verdient hatte, und sie war auch der Grund dafür, dass die Beschäftigung mit den Unterirdischen eher etwas mit Schauerromanen als mit Wissenschaft zu tun hatte.

In diesem Zusammenhang sollte man hinzufügen, dass Hjartvard Tvibur zu denen gehörte, die in der Lage waren, eine Botschaft aus dem Totenreich zu senden. Jedenfalls wusste Margit, die Kusine aus Sumba, so etwas zu erzählen. An einem Sankt-Olafs-Fest, als sie und ihr Mann Eigil besucht hatten, berichtete sie, dass Hjartvard ihr einmal im Traum erschienen sei und sich darüber beklagt habe, dass er an den Füßen fror.

Nie hatte Hjartvards Stimme so betrübt geklungen, als er noch gelebt hatte. Der Traum ließ sie nicht mehr los.

Einige Tage später war sie auf den Friedhof gegangen und entdeckte ein großes Loch am Fußende von Hjartvards Grab.

Der Sargdeckel hatte sich gelockert und war eingedrückt, Erde war in den Sarg gefallen, und es hatte hineingeregnet.

Drei Schubkarren voller Erde und Sand hatte sie in das Loch geschüttet und die Oberfläche des Grabes geglättet.

Ein großes Rätsel blieb jedoch, wie Hjartvard, der ja tot war, ihr diese Botschaft hatte zukommen lassen.

Vielleicht hatte sie ja auch ein anderer überbracht?

Aber warum sollte sich jemand anderer ausgerechnet um Hjartvard Tvibur kümmern?

Kristensa erfuhr von dem Hauskauf erst, als sie aus dem Krankenhaus nach Hause kam. Erst da erzählte Eigil ihr, dass die Moschee sich wieder im Besitz der Familie befinde. Kristensa sagte nichts dazu. Aber sie dachte, dass es dem Sohn in den letzten Jahren viel zu gut gegangen war, so funktionierte das Leben nicht. Für alle lag irgendwo in der Zukunft ein Unglück bereit. Allerdings erfüllte sie der Gedanke mit Entsetzen, dass das Unglück, das auf ihren Sohn wartete, mit der Moschee verbunden sein könnte.

Erst nach der verlorenen Stadtratswahl und nachdem er als Wirtschaftsprüfer gekündigt hatte, erst da nahm seine Mutter kein Blatt mehr vor den Mund.

Sie nannte das Haus ein Unglückshaus und forderte ihn auf, es zu verkaufen oder zu verschenken. Und um ihren Worten Gewicht zu verleihen, behauptete sie, Hjartvard habe den armen Tórshavner Tóvó í Geil in der Moschee umgebracht.

»Das weißt du nicht«, widersprach Eigil. »Das weiß niemand. Es gibt keine Beweise.«

»Tóvó í Geil starb am Sankt-Olafs-Fest 1918, und genau an diesem Tag war Hjartvard in Tórshavn«, erwiderte die Mutter. »Im Übrigen wurde auch nie bewiesen, dass Gregor seinen Vater ermordet hat. Denk daran. Und deshalb wurde er wahnsinnig.«

»Das ist Nils Tviburs Haus.«

»Nein«, fauchte die Mutter. »Das ist ein Schlangennest.«

»Ich will nichts mehr davon hören«, sagte Eigil. »Ich habe das Haus gekauft, weil ich dachte, du stirbst.«

»Und so wolltest du etwas von deiner Mutter bewahren? Oh, du dummer Junge. Geht das nicht in deinen Kopf: Ein Ungeheuer kam aus Norwegen. Er hat nur eine wirklich gute Tat in seinem Leben vollbracht, das war damals, als er sich eines verwahrlosten Jungen in Tórshavn angenommen hat, und dieser Junge wurde ein Menschenalter später von Hjartvard ermordet. Unsere Familie ist schwach, vergiss das nicht. Und es gehört so ungeheuer wenig dazu, um Unglück heraufzubeschwören.«

In ihren Augenwinkeln glitzerten zwei, drei Tränen. Nicht mehr Flüssigkeit, als auf eine Messerspitze passt. Aber gerade diese Spitze war so scharf, dass sie Eigil ins Herz stieß.

Und da er im Haus an der Jóannes Paturssonargøta hin und wieder auch durch unerklärliche Geräusche aufwachte, stellte er sich die unangenehme Frage, ob mit seinem Kopf noch alles in Ordnung war.

Dass Kristensa ihm eines Tages eine Halskette mit einem Kreuz schenkte, machte die Sache nicht besser. Eigil bedankte sich für ihre Umsicht, aber die Mutter verlangte, mit eigenen Augen zu sehen, wie er sich die Kette um den Hals legte.

Und als wäre das noch nicht genug, forderte sie ihn auf, zum Friedhof zu gehen und das Grab Napoleon Nolsøes instandzusetzen.

Verletzter Sumbinger

Eigil hatte das Kreuz bereits einige Wochen am Hals getragen, als er beschloss, mit dem Psychologen Arnfinn Vidstein Kontakt aufzunehmen.

Sie kannten sich nicht, hatten allerdings voneinander gehört. Die Vidstein-Familie hatte Wurzeln in der Stadt. Bevor die Kaianlage 1928 gebaut wurde, hatte es bereits einige Fährmänner in der Familie gegeben, die viel zum Musikleben der Stadt beigetragen hatten.

In Band 39 der Kulturzeitschrift *Vardin* hatte Maurentius Vidstein einen Artikel über das Werk William Heinesens veröffentlicht und diese kurze Bemerkung über den Roman *Die verdammten Musikanten* geschrieben: *So sind wir doch nicht verdammt, Dank sei dem Autor – William Heinesen.*

Maurentius war der Großonkel des Psychologen, und Arnfinn selbst galt als tüchtiger Musiker. Als Kuriosum kann erwähnt werden, dass das Klavier, das Dia vid Stein seinerzeit von Napoleon Nolsøe geschenkt bekam, sich in seiner Obhut befand.

Insgesamt wurden es sieben ganz besondere Konsultationen, doch bereits während der dritten Sitzung erklärte Arnfinn Vidstein geradeheraus, dass Eigil seiner Ansicht nach kerngesund sei.

Allerdings hielt er sich nicht für kompetent genug, um sich zu den parapsychologischen Phänomenen zu äußern. Aber er betonte, dass in einer labilen Phase schwer zu sagen sei, wo die

Grenze zwischen dem altmodischen Besuch eines Geistes und einer ganz gewöhnlichen Paranoia verläuft.

Wenn er also Eigils Zustand zusammenfassen sollte, dann würde er ihn einen verletzten Sumbinger nennen.

Was Eigil brauchte, war ein Gesprächspartner, der ihm half, die verschiedenen Verwicklungen näher zu beleuchten. Wenn Eigil wolle, könne er anbieten, ihm in das Dunkel zu folgen, wo die Kunst nicht artikuliert war, die Wut keine bestimmte Richtung hatte und die Angst zu einer so irrationalen Größe werden konnte, dass sie jegliche Lebenslust lähmte.

Eigil akzeptierte, und obwohl die folgenden Gespräche nichts Entscheidendes änderten, hatte er doch das Gefühl, als würde sein Gemüt sich weiten und sein Schreiben beflügelt.

Eigil recherchierte die Geschichte des Hauses seines Ururgroßvaters.

Nachdem Nils Tvibur die Stadt verlassen hatte, war der Soldat Jardis aus Signabøur der erste neue Bewohner der Moschee. Dass ausgerechnet Jardis einzog, hatte mit einem brutalen Vorfall im Jahr 1849 an Bord eines Frachtseglers zu tun. Nils Tvibur hatte den Mann aus Signabøur so übel verprügelt, dass der hinterher Invalide war und seine Arbeit als Wachsoldat aufgeben musste. Als Buße für seine Untat überließ Nils Tvibur Jardis das Haus, und Jardis wohnte dort bis zu seinem Tod im Jahr 1885.

Dann zog einer von Bäcker Restorffs Angestellten aus dem Laden in die Moschee. Er hieß Hansemann, und Eigil nannte ihn den Narren. An nicht weniger als drei Stellen hatte er in der Küche seinen Namen in die Wand geritzt, und bekanntermaßen ist es das wichtigste Kennzeichen von Narren, dass sie überall ihren Namen hinterlassen.

Hansemann zog aus, als Tóvó das Haus 1878 übernahm.

In den sechzehn Jahren, die er in Vridsløselille absaß, küm-

384

merte seine Schwester Ebba sich ums Haus, sie ließ eine ältere Frau und ihren Enkel darin wohnen.

Der Junge hieß Rikard, und heute hat man ihn vergessen, zu seinen Lebzeiten war er indes durchaus so etwas wie eine Legende, vor allem bei erwachsenen Frauen.

Er war stumm zur Welt gekommen, und als Dreizehn- oder Vierzehnjähriger erhielt er den grässlichen Spitznamen Rikard Riemen. Er litt an der Krankheit, die heutzutage als Priapismus bekannt ist und geheilt werden kann, doch das war in den 1880er Jahren noch nicht möglich.

Die Krankheit zeigt sich in einer permanent anhaltenden Erektion, und in Rikards Fall war sie sehr heftig ausgeprägt gewesen. Er lief buchstäblich mit einem Horn am Unterleib herum, und nach dem damaligen Krankheitsbegriff war es nicht unbillig, ihn einen anomalen oder geradezu dämonischen jungen Mann zu nennen.

In den vielen unmöglichen Briefen, die H. P. Hølund in älteren Jahren an William Heinesen schrieb, behauptete er, dass Rikard der inoffizielle Stammvater einer ganzen färöischen Fürstendynastie wäre. Vielleicht hat Heinesen geantwortet und ihn belehrt, dass es historisch unkorrekt ist, feudale Titel im Zusammenhang mit den Färöern zu verwenden.

In dem alten Bauern Skeggin Pól aus Leynar fand Rikard schließlich einen wohlmeinenden Freund.

Der Bauer hatte in Tórshavn ein paar Schafe verkauft und war abends ein paar jungen Leuten begegnet, die sich mit Rikard einen Spaß machten. Sie hatten ihn zwischen zwei Häuser getrieben, und jedes Mal, wenn sie ihn vor Angst jammern hörten, brachen sie in Gelächter aus. Sie fingen an, ihm die Hose auszuziehen, als plötzlich ein langbärtiger Zwerg in ihrer Mitte stand.

Skeggin Pól war wirklich ein alter Mann, und obwohl sein Vollbart noch immer lang war, so war er doch verblüht. Grau war er geworden, die trockenen Strähnen wehten ihm über Brust und Schultern. Doch seine Stimme war noch immer kraftvoll und sonderbar. Er schleuderte die Wörter geradezu heraus, forderte die verdorbenen Kerle auf, zur Hölle zu fahren, ansonsten würde er sämtliche Höllenplagen, die sich in diesem Loch von einer Hauptstadt finden ließen, heraufbeschwören.

Rikards Großmutter erschrak sich zu Tode, als sie den Jungen mit einem Zwerg nach Hause kommen sah, und sofort wollte sie wissen, welchen Unfug er nun wieder angestellt habe.

Skeggin Pól bat sie, kein dummes Zeug zu reden. Er erzählte ihr, was geschehen war, und versicherte, dass alles in bester Ordnung sei.

Dann fragte er, was dem Jungen fehle.

Die Alte sagte, Rikard hätte im Alter von zwei Jahren seine Mutter verloren, und sein Vater wäre ein Hurenbock aus Skáli gewesen, der sein Kind nie anerkannt hatte. Der Junge war stumm geboren, und die väterlichen Sünden hätten ihm dieses furchtbare Horn verschafft.

Sie zeigte auf die Erektion, schlug das Kreuzzeichen und verbarg ihr Gesicht in ihrem Tuch.

Am nächsten Morgen stand der Zwerg früh in der Küche. Er sagte, er werde nach Leynar heimkehren, sobald die Strömung sich änderte. Er wollte den Jungen mitnehmen. Er legte eine getrocknete Schafskeule auf den Tisch und erklärte, das Leben sei ein edles Lied an die Sonne, und wenn sie ihm den Jungen überließ, würde sie jedes Jahr zwei Säcke Wolle und ein Schaf bekommen.

Und es geschah, wie Skeggin Pól es wünschte.

Nachdem die Strömung sich an diesem Morgen gedreht hatte, wurde Rikard in den Vordersteven eines Achtmannbootes gesetzt, und in den folgenden Jahren gehörte es zu seinen Aufgaben, dem alten Bauern zur Hand zu gehen.

Auf allen langen Reisen, zum Beispiel nach Vestmanna oder Kollafjødur, nahm er Rikard als seinen Helfer mit, und an den ruhigen Abenden fischten der Brotherr und sein Knecht gewöhnlich vor der Landspitze Steyrur und bei den Láturgjógv-Klippen.

Rikard hütete die Gänse und baute auf eigene Initiative kleine Hasenhäuschen am Navahjalli und bei Hvassheyggjar.

Denn Amtmann Dahlerups Hasen gediehen, nicht nur auf Sydstreymoy, sondern auf der ganzen Insel.

Wie sich herausstellte, hatte der Junge ein ausgezeichnetes handwerkliches Geschick. Er schnitzte die besten Holzschuhsohlen, reparierte Harken, baute Holzverschlüsse und kümmerte sich auch um die Messerschäfte.

Skeggin Pól hatte also recht, wenn er behauptete, dass die bäuerliche Gemeinschaft unter der Leitung der Sonnenmänner menschlicher war als die neue Geldgesellschaft.

Er hielt es für eine Unsitte und eine große Schande, Schwachsinnige von den Färöern in dänische Irrenhäuser zu schicken.

Als sie nach Leynar gekommen waren, hatte Skeggin Pól dem Jungen als Erstes einen schmalen gewebten Gürtel gegeben und ihm erklärt, dass er ihn, wenn die Erektion am schlimmsten war, um den Bauch binden sollte.

Dieser gute Rat half.

Im Übrigen war es nicht ungewöhnlich, dass verheiratete wie unverheiratete Frauen auf dem Hof erschienen, um seine Ausstattung zu untersuchen; sie mussten keine Unannehmlichkeiten befürchten, denn Rikard plauderte nicht.

Auch der Sodomit Melkir vom Nordstova-Hof in Vestmanna kam, um Rikard zu begutachten. Er überredete ihn zum Onanieren und ließ sich für eine Krone die berühmte Erektion ins Arschloch stecken.

Als Skeggin Pól im Frühjahr 1891 starb, hatte Rikard fünf Jahre bei ihm gedient.

Mit ungefähr einhundert gesparten Kronen in der Tasche reiste der Junge nach Tórshavn, um seine Großmutter zu besuchen, und zwar in dem Sommer, in dem er laut Hølund angeblich die Grundlage für die sogenannte färöische Fürstendynastie legte.

Aber für die vorliegende Erzählung ist ein anderes Ereignis von wichtigerer Bedeutung.

Ebba brachte einen Nachzügler zur Welt, ein Mädchen, das den Namen Álva erhielt, benannt nach Tóvó oder Tórálvur, wie er im Kirchenbuch verzeichnet stand.

Eines Tages, als die Kinder auf der Halbinsel Tinganes spielten, stolperte Álva und fiel ins Wasser, das voll mit Tang war, und es war Rikard, der ihr nachsprang.

Er wusste, dass Ebba ihm und seiner Großmutter ein Dach über dem Kopf gegeben hatte, und auch aus diesem Grund setzte er sein Leben aufs Spiel. Es gelang ihm, das Mädchen zu retten, und auch Rikard war noch am Leben, als er in Henriette Nolsøes Küche getragen wurde. Dort allerdings starb er. Auf Poles alter Chaiselongue setzte das Herz des mutigen Mannes aus.

Viele ähnliche Geschichten in Verbindung mit der Moschee erzählte Eigil Arnfinn Vidstein.

Er wiederholte auch die Behauptung seiner Mutter, Tóvó sei am Sankt-Olafs-Fest 1918 in seinem eigenen Haus ermordet worden.

Arnfinn wollte wissen, ob man je die Umstände seines Todes untersucht hatte, dem war nicht so.

Eigil sagte, die Geschichte hätte den gleichen mystischen Schein wie so viele andere auch, die seine Mutter ihm vor Jahr und Tag über Ergisstova und seine Familie erzählt hatte.

Martin, Lýdars ältester Sohn, erbte die Moschee, und er nahm daraus mit, was er für brauchbar hielt.

Auf diese Weise kam die interessante Schiffskiste nach Nólsoy.

Eigil erzählte von den Briefen, die der alte Mann aus Nólsoy ihm geschenkt hatte, und er berichtete auch von dem kostbaren Degas-Gemälde, das ein durchtriebener Advokat Martin abgeluchst hatte. 1927 kaufte die Gemeinde Tórshavn die Moschee, und nun besaß er dieses Geisterhaus und wusste nicht, was er damit anfangen sollte.

Arnfinn Vidstein riet ihm, darüber nachzudenken, den Rat seiner Mutter anzunehmen und das Haus zu verkaufen, und wenn er keinen Käufer fände, es an den Erstbesten zu verschenken.

So würde die Tvibur'sche Kabale aufgehen. Mit anderen Worten, so könnte Eigil dieselbe gute Tat tun, die sein Ururgroßvater vor einhundertfünfzig Jahren getan hatte.

Der Schreiber des Leitartikels, der Peiniger und der lange Lulatsch

Am selben Tag, als Elspa Tóra Lamhauge Eigil erzählte, dass es niemand anderer als Jens Julian vid Berbisá gewesen sei, der den Artikel über die Grabschändung geschrieben und den *Sosialurin* auch sonst mit Schreckensgeschichten über Eigils Person gefüttert hatte, fuhr Eigil in seinem Fiat aus Tórshavn in Richtung Kolbeinagjógv.

Er drückte die Kinks-Kassette in den Rekorder, und während er an den dunklen Bergen vorbeifuhr, sang er bei den alten Hits wie *Sunny Afternoon* und *Death of a Clown* mit.

Am Steinbruch in Hundsarabotnur hielt er und blickte beim Pinkeln hinauf zu den hellen Sternen.

An der Brücke zwischen den Inseln Streymoy und Eysturoy war die Kassette zu Ende, und einen Augenblick wunderte er sich, dass er nichts Besonderes dabei empfand. Er fühlte sich gut, selbst die Lust, sich zu rächen, war ihm seltsamerweise vergangen. Als hätte eine ferne Autorität ihm aufgetragen, eine Gewalttat zu erledigen. Welche Folgen dies möglicherweise nach sich zog, war absolut ohne Interesse.

Auf den Straßen gab es so gut wie keinen Verkehr. Es war Abend, und es flogen auch keine Vögel mehr durch die Luft.

Als er auf dem Weg zum Tal Millum Fjarda aus dem Tunnel kam, begegnete ihm ein kleinerer Nissan-Truck, und als sie aneinander vorbeifuhren, sah Eigil, dass die Ladung aus Schafen bestand. Man hatte ein Netz über sie gespannt, und obwohl es keine Schlachtzeit war, wurden die Schafe sicherlich zu einer Schlachterei gefahren. Bauern fuhren ihre Schafe abends schließlich nicht spazieren. Die wolligen Köpfe starrten leer geradeaus, und der Gedanke, dass sie auf dem Weg zum Schlachtermesser waren und es keine Gnade für sie gab, überkam Eigil wie ein Schock.

Er drückte das Band mit den Kinks noch einmal in den Kassettenrekorder, drehte die Lautstärke auf und beschleunigte.

Das neue Lenkrad war ein wenig größer, und das Bakelit war auch nicht mit Leder bezogen, so dass es nicht so gut in den Händen lag wie das alte Lenkrad.

Nach dem flachen Stück am Millum Fjarda fuhr er jetzt knapp 130 Stundenkilometer. Die Lenkung zitterte ein wenig, und die Pferde des Fiats wieherten munter unter der Motorhaube.

Über den hohen Bergen war der dunkelblaue Himmel zu sehen, und als Eigil plötzlich den Vollmond entdeckte, der wie eine gelbblasse Abendblume am Himmel hing, spürte er, wie die rechte Seite des Wagens auf den Seitenstreifen schlitterte.

Sofort ging er vom Gas, wagte aber nicht, scharf zu bremsen. Er hörte, wie Kies unter die Stoßstangen und den Karosserieboden spritzte.

Ein paar Sekunden kämpfte er, um die Räder zurück auf den Asphalt zu bringen. Er schaltete in den dritten, dann in den zweiten Gang, und als er die Geschwindigkeit schließlich auf fünfzig gedrosselt hatte, gelang es ihm endlich, den Wagen wieder auf die Straße zu lenken.

Der Teufel soll den Mond holen, dachte Eigil, als er in die erstbeste Haltebucht bog. Die Hände zitterten auf dem Lenkrad, die Spannung löste sich aber, als er die Tür öffnete und ausstieg.

Die Abendluft war kühler als seine Haut, mit dem Mantelärmel wischte er sich ein paar Tränen ab und dachte, Ray Davis'

Nasallaute sind nicht unbedingt gut für Leute mit schlechten Nerven. Eine halbe Sekunde überlegte er umzudrehen, zurück nach Tórshavn zu fahren und den Mann mit dem verfluchten Schlüsselbund in Ruhe zu lassen.

Er streifte den Mantel ab und warf ihn auf den Rücksitz.

Unter den Kassetten im Handschuhfach fand er *The Greatest Hits* von Dusty Springfield. Bereits in den siebziger Jahren hatten Popblätter geschrieben, dass sie sich eher von Frauen angezogen fühlte als von Männern. Man konnte nur darüber spekulieren, ob es eine Verbindung zwischen dem Herumschnüffeln in ihrem Privatleben und ihrem Abstieg gab, der zur gleichen Zeit begann.

Aber für Eigil gehörte ihre Stimme zu den großen Stimmen des 60er-Jahre-Pops. Dusty war eine seiner Heldinnen, sie hatte den Mut, ihre Stimme mit Pathos zu füllen.

Langsam fuhr er in Richtung Skálabotnur, und als er *You don't have to say you love me* hörte, spürte er, wie ihm die Tränen über die Wangen liefen.

Obwohl sie verschmust klingen konnte, schmeichelte sie sich nicht ein, jedenfalls nicht in den Sechzigern. Dusty war glücklicherweise frei von diesem süßlichen Ton, der ihre Altersgenossen kennzeichnete, Tom Jones, die Everly Brothers und vor allem der Schlimmste von ihnen, Kenny Rogers.

Eigil brach in Gelächter aus. Vollkommen unerwartet lachte er aus vollem Hals.

Wenn er richtig loslegte, klang Kenny Rogers, als würde er scheißen. Der Kerl war wirklich ein affektierter Idiot. Er presste beim Singen den Kehlkopf zusammen, legte den Kopf schräg und sah mit seinen großen Hundeaugen aus, als suche er eine Hand, die ihn tätschelte. Eigil war überzeugt, dass dieser ätzende Typ sich mindestens einmal die Woche seinen feisten Countryhintern pudern ließ.

Hundert Meter vor sich sah er das Haus des Parteivorsitzenden, in zwei Fenstern der mittleren Etage brannte Licht. Eigil hielt an der Südseite des Hauses, zog die Handbremse, ließ die Kassette mit Dusty herausspringen, vergaß aber, den Motor abzustellen, und bemerkte das Motorengeräusch auch nicht, als er die Treppe hinauflief.

Die Haustür war abgeschlossen. Aber das hinderte Eigil nicht hineinzukommen. Er trat mit seinem rechten Fuß so fest gegen das Schloss, dass das Holz drum herum zertrümmert wurde.

Als er in dem großen dunklen Flur stand, bemerkte er Licht hinter einer Tür und hörte, wie ein Schlüssel im Schloss herumgedreht wurde. Er sah eine große Treppe, die zur ersten Etage führte, und dort, wo die Treppe aufhörte, begannen zwei Laubengänge, einer führte nach rechts, der andere nach links. Wahrscheinlich gab es Zugangstüren zu den Laubengängen, nur konnte er sie nicht sehen.

Eigil ging auf den Lichtstreifen zu und spürte plötzlich, wie jemand seine Knöchel packte; mit einem dumpfen Schlag landete er auf dem Boden. Er war über irgendwelche Gerätschaften und einen Schemel gestolpert, mit einer raschen Bewegung stand er wieder auf den Beinen. Er warf sich gegen die Tür, die samt Fassung und Angeln auf den Boden fiel.

Jens Julian stand am Schreibtisch und fummelte am Telefon. Er zitterte so sehr, dass ihm der Hörer aus der Hand fiel.

Eigil packte ihn mit einer Hand im Nacken, mit der anderen fasste er nach Jens Julians Hosengürtel, an dem der Schlüsselbund hing. Der Mann war fügsam wie ein Schaf auf dem Weg zur Schlachtbank. In einer gewaltigen Kraftanstrengung schleuderte Eigil ihn gegen den weißen Heizkörper.

Rücken und Nacken prallten gegen die Heizung, die Haut hinter einem Ohr wurde aufgerissen. Jens Julian übergab sich und blieb mit offenen, verblüfften Augen liegen. Als würde er zuhören, wie der Schlag sich zu den Heizkörpern im ersten Stock ausbreitete und von dort durch das Rohrsystem in sämtliche weiteren Räume des Hauses.

»Ich warte auf eine Erklärung«, sagte Eigil.

»Fahr zur Hölle«, stöhnte Jens Julian.

»Du musst mir erklären, wieso du diesen Leitartikel geschrieben hast.«

»Lieber ich als so ein Psychopath aus Sumba auf dem Stuhl des Vorsitzenden.«

»Hast du mich als Grabschänder angeschwärzt, weil du mich für geisteskrank hältst?«

»Ich hatte recht. Du bist verrückt.«

Jens Julians Jochbein schien sich ein paar Zoll verschoben zu haben, als sein Kopf gegen die Schreibtischkante geknallt war. Ein Blutspritzer hatte die schmale Olivetti-Schreibmaschine getroffen, aber der Stoß hatte den Mann nicht umgebracht. Eigil sah, wie die Halsader des Mannes zuckte, er hörte ein Gurgeln aus Jens Julians Kehle.

»Ich wollte die Partei überhaupt nicht übernehmen«, brüllte er und zog Jens Julian ans Fenster. »Du glaubst vielleicht, ich bin ein Weichei, aber da täuschst du dich, verdammt noch mal. Das Einzige, was ich will, ist, Worte in hübschen Beeten wachsen zu lassen.«

Er öffnete das Fenster und hob Jens Julian ans Fensterbrett. Erst jetzt bemerkte er, wie ungünstig der schiefe Unterkiefer den Parteivorsitzenden aussehen ließ. Der Kopf sah aus wie ein Fabrikationsfehler. Die Arbeiter der Corpus-Christi-Fabrik waren wohl schon heimgegangen oder hatten vielleicht gestreikt, als sie den Körper sahen, der langsam auf dem Transportband heranglitt – und dann hatten sie sich geweigert, das Kinn am Kopf zu befestigen.

Eigil nahm die Sache selbst in die Hand. Mit den Fingern unter dem Kinn und dem Daumen zwischen den Zähnen versuchte er, den Unterkiefer wieder einzurenken, aber das Jochbein ließ sich nicht fixieren. Es schien an mehreren Stellen gebrochen zu sein, ja tatsächlich war es vollkommen zertrümmert.

Die Reihe der Backenzähne mit ihren feuchten Silberplomben sah aus wie die Chinesische Mauer, wie sie sich von der Liaodong-Bucht in Richtung Westen durch das Bergland bis Gansu zog.

Plötzlich musste Eigil lachen.

Jens Julian hatte so oft davon geredet, die färöische Industrie zu schützen und eine Mauer des Protektionismus um die begrenzte hiesige Produktion zu bauen – und nun war diese Mauer eingestürzt.

So hatte seine Mutter nach dem Schlaganfall ausgesehen. Aber sie hatte nicht aus dem Mund geblutet, nein, wahrlich nicht. Ihr war Speichel aus dem Mund gelaufen. Und der Speichel hatte gestunken. Es hatte wie Schaum ausgesehen. Genau. Der Speichel hatte ausgesehen wie Geifer nach einem Verbrechen. Die Tränen verströmten den Geruch von Fäulnis.

Mit einem Mal fiel Eigil ein, dass er seiner Mutter versprochen hatte, Poles Grab instand zu setzen.

Vor einigen Wochen hatte er deshalb eine Dose Silberlack und einen kleinen Pinsel gekauft, um die Buchstaben auf dem Grabstein damit nachzuziehen.

Er hatte Arnfinn Vidstein erzählt, dass seine Mutter es ihm aufgetragen hätte, und der Psychologe hatte es für eine vortreffliche Idee gehalten. Solche Gedanken seien wunderbar unakademisch und gesund, sie wuchsen aus der uralten Weisheit des Volkes. Er hatte eine kleine Quatschvorlesung über die seelenreinigende Wirkung von Ritualen gehalten und dann gesagt, seiner Meinung nach hätten die alten katholischen Beichtstühle einiges zur Verbrechensvorbeugung beigetragen.

Eigil hörte ein Scharren auf dem Flur, und als er sich umdrehte, sah er einen großen Mann, der sich an der Tür bückte, um ins Büro zu kommen. Der Mann trug ein Unterhemd, und die langen, hageren Arme sahen aus wie die Fühler eines großen Insekts. Er richtete sich auf, die Schädelplatte reichte fast bis an die Decke, dann sah Eigil, dass er das Gesicht eines Kindes hatte. Er hatte ungewöhnlich hübsche, verträumte Augen, und am Kinn und auf den Wangen spross heller Flaum.

Wahrscheinlich unterlag Eigil einer Sinnestäuschung, aber es sah aus, als würden Beeren in dem Flaum wachsen.

Die Hose wurde von Hosenträgern gehalten, die nur mit Müh und Not auf den schmalen Schultern liegen blieben.

Eigil ließ Jens Julian los.

Der Mann mit dem Kindergesicht kam näher, er verströmte den deutlichen Geruch von Milch.

Einen kurzen Moment überlegte Eigil, auf ihn loszugehen, bis ihm plötzlich einfiel, dass Jens Julian einen kranken Jungen hatte.

Der junge Mann setzte sich neben seinem Vater in die Hocke und strich ihm mit seinen langen Fingern über das verunstaltete Gesicht.

Eigil ging an der Wand entlang zum Flur. Draußen hörte er Motorengeräusche. Ob Jens Julian die Polizei gerufen hatte? Erleichtert stellte er fest, dass er nur seinen eigenen Fiat hörte.

Schon halb auf der Treppe drehte er sich um.

Er ging zurück ins Büro.

Er hatte das Gefühl, gelassener zu sein.

Doch dann wurde ihm auf einen Schlag klar, dass er sich strafbar gemacht hatte. Im Licht des Büros sah er, dass die Tür zum rechten Laubengang deutlich höher war als die andere, und erst jetzt bemerkte er, dass die Bodendielen knarrten.

Der junge Mann beugte sich noch immer über den Vater, aber ob er weinte oder nur merkwürdige Laute von sich gab, konnte Eigil nicht beurteilen. Auch als er sich direkt vor ihn stellte, schien der junge Mann seine Anwesenheit nicht zu bemerken.

Eigil handelte rasch. Er verpasste dem langen Lulatsch eine feste Ohrfeige, und die kam so unerwartet, dass dessen Arme und Oberkörper in die Luft flogen. Vermutlich war es das erste Mal überhaupt, dass er geschlagen wurde. Eigil wollte nach ihm treten, hielt aber plötzlich inne.

Der junge Mann hatte sich in Embryonalstellung auf den Boden gelegt, die kreideweiße Haut auf der Seite und dem Rücken sah verletzlich aus.

Eigil hob ihn vom Fußboden hoch. Er wollte den Kerl am liebsten gegen die Wand schleudern, brachte es jedoch nicht fertig.

Vorsichtig legte er den jungen Mann wieder auf den Boden und ging.

Die Verhaftung

Eigil erhob sich, als er sah, wie die beiden Polizeibeamten auf das Grab zukamen. Vorsichtig stellte er den linken Fuß auf die Umrandung, und als er das Körpergewicht auf diesen Fuß verlagerte und davonlaufen wollte, bemerkte er die beiden anderen Polizisten, die sich von der Pforte vom Dalavegur her näherten.

Der Kies knirschte unter ihren Schuhen, ihre Gesichter waren ernst, und die Wachsamkeit der Beamten erkannte man an den vollkommen ruhigen Händen, deren Finger doch eine Spur angespannt waren.

Kristensa hatte ihnen von der Kraft ihres Sohnes erzählt, nun war sie vorne an der Pforte. Der Mensch, der ihm immer am nächsten gestanden hatte, hatte ganz offensichtlich die Polizeibeamten zum Friedhof geführt.

Eigil ging einen Moment lang der wahnsinnige Gedanke durch den Kopf, die Flasche mit der Reinigungsflüssigkeit an den Mund zu setzen, mehr brauchte es nicht, um die Kehle und die Eingeweide zu verätzen. Und wenn die Beamten versuchen sollten, ihm Wasser in den Mund zu spritzen, wäre er Manns genug, um die Flüssigkeit so lange bei sich zu behalten, bis er starb, zumindest aber, bis er ohnmächtig wurde.

Doch Eigil unternahm nichts.

Am einhundertfünfundachtzigsten Geburtstag von Napoleon Nolsøe war er die Fügsamkeit persönlich.

Er legte die Arme auf den Rücken und spürte, wie die Handschellen sich um seine Handgelenke schlossen, dann führten ihn die Polizeibeamten zur Friedhofspforte.

Als er an dem Pfosten vorbeiging, lächelte er seine Mutter an. Er wollte ihr sagen, das Grab sei nun instand gesetzt, aber es war nicht der rechte Moment, um zu sprechen.

Bevor Eigil am nächsten Tag verhört wurde, sprach er mit seinem Rechtsanwalt Hedin Poulsen. Normalerweise setzte der Schriftstellerverband Poulsen als Berater ein, und früher einmal war er auch Berater von A/S Rógv gewesen. Er und Kjartan á Rógvi hatten in den sechziger Jahren in Kopenhagen studiert, beide waren sie Mitglieder der kommunistischen Bewegung *Vorwärts mit den Inseln* gewesen.

Von dieser politischen Orientierung war nichts mehr übrig geblieben. Die Reste des alten proletarischen Solidaritätsgefühls begrenzten sich auf die selbstgedrehte Zigarette, die in seinem Mundwinkel hing. Er trug eine Tweedjacke, die bessere Tage gesehen hatte, und seine Stimme war geprägt von einem trockenen Raucherhusten.

In den Siebzigern hatte er zu einer Gruppe jüngerer Akademiker gehört, die der Parlamentarier Atli P. Dam um sich versammelt hatte. Worum es dabei ging, war nicht ganz klar, aber sie redeten viel von engerer Zusammenarbeit mit der Europäischen Gemeinschaft und von der Modernisierung des wirtschaftlichen Lebens überhaupt. Es hieß, dass Hedin einer derjenigen war, der im *Sosialurin* seine Meinung kundtat, auf jeden Fall wusste er seine Worte einzusetzen.

Sein Ruf allerdings war ruiniert. Wenn jemand den Namen Hedin Poulsen nannte, dachten die Leute sofort an die Schiffsmaklerfirma Maritim Harvest. Er hatte seine politischen Kontakte ausgenutzt, um für eigene Projekte staatliche Bürgschaften zu bekommen. Noch immer war nicht geklärt, wie viele Milliarden die Landeskasse verloren hatte, als die Banken 1992 in Konkurs gegangen waren. Allerdings wurde allgemein angenommen, dass eine Viertelmilliarde Kronen von Maritim Harvest veruntreut worden war.

Poulsen erzählte Eigil, dass die Einwohner von Morskranes gegen Mitternacht Jens Julians Sohn gesehen hätten, der mit den Armen fuchtelnd die Straße hinunterlief. Er hatte nur Unterhemd und Jogginghose angehabt, und sein Gesicht und seine Hände waren blutverschmiert gewesen. Hedin Poulsen zitierte einen Polizeibeamten, der gesagt hatte, der Berbisá-Sohn hätte ausgesehen wie jemand, der aus einem Horrorfilm geflohen war.

Wie sich herausstellte, hatte Jens Julians Ehefrau diesen Abend im Strickklub von Morskranes verbracht. Der Sohn wusste davon, und er kannte den Weg, denn seine Eltern und er drehten diese Runde normalerweise bei ihren gemütlichen abendlichen Spaziergängen.

Sie war zu ihrem Sohn auf die Straße gelaufen und gehörte mit den anderen Damen des Strickklubs zu den Ersten am Tatort. Dort hatte Jens Julian bewusstlos im Büro gelegen, es war sofort ein Krankenwagen gerufen worden.

Hedin Poulsen sagte, die Sache sei sehr ernst. Ein färöischer Parlamentarier sei überfallen und schwer verletzt worden; wenn er sich dieser Sache annehmen sollte, dann verlange er von Eigil, dass er ihm die ganze Wahrheit erzählte. Für Ausreden gäbe es keinen Platz.

Eigil erzählte ihm alles. Er begann mit der Stadtratswahl 1992, als man ihn anonym in der Zeitung als Grabpisser beschimpft hatte.

»Daran kann ich mich erinnern«, unterbrach ihn Hedin. »Und ich habe mich gewundert, dass du dich nicht gewehrt hast.«

»Das konnte ich nicht«, sagte Eigil. »In der Silvesternacht 1980 hatte ich nämlich wirklich auf Napoleon Nolsøes Grab gepinkelt, und ich war so dumm, laut darüber zu reden. Hätte ich bloß den Mund gehalten, dann wäre der Leserbrief nie geschrieben worden und alles in bester Ordnung.«

»Und du möglicherweise Vorsitzender der Selbstverwaltungspartei.«

»Das war nie meine Absicht gewesen.«

»Hab ich doch auch nur aus Spaß gesagt«, sagte Hedin Poulsen und begann zu husten.

»Der Leserbrief stand an einem Donnerstagabend in der Zeitung, und bereits an diesem Abend begann die mentale Kernschmelze, die mich als Politiker zu Fall brachte. Und die auch die indirekte Ursache dafür ist, dass ich nicht länger in der Wirtschaftsprüfungsfirma tätig bin.«

Eigil erzählte von den Schmierereien auf seinem Auto. Er berichtete auch von den anonymen Anrufen, in denen er beschimpft worden war. Vielleicht war er aber auch bloß hysterisch, so genau wusste er das nicht.

Und er erklärte, wie er die Moschee gekauft hatte, und dass es im Haus spuke. Unter anderem deshalb habe er Hilfe bei einem Psychologen gesucht. Am meisten hatte ihm allerdings die Arbeit an seinem Roman geholfen, denn vieles von dem, was an ihm fraß und was ihn quälte, konnte er an die Bügel seiner Romangarderobe hängen.

Am 25. August des vergangenen Jahres hatte er erfahren, dass der Artikel aus der Feder von Jens Julian vid Berbisá stammte. Das war der Grund, weshalb er an jenem Abend nach Kolbeinagjógv gefahren war.

Hedin Poulsen nickte. Er sagte, er müsse sich das unbedingt von einer verlässlichen Quelle bestätigen lassen. Nicht weil er diese Information vor Gericht verwenden wollte, sondern weil er nicht wusste, wie vertrauenswürdig all das war, was Eigil ihm erzählte.

»Du darfst mich nicht missverstehen. Ich sage nicht, dass du die Unwahrheit sagst oder etwa lügst, aber du könntest etwas vergessen haben. Dieser Fall ist so ernst, dass es keinen Platz für Halbwahrheiten gibt.«

Eigil verriet ihm, dass Elspa Tóra Lamhauge die Quelle war. Ihr Sohn hatte zu der Zeit beim *Sosialurin* gearbeitet, als das Blatt über die Grabschändung berichtete.

Hedin wollte wissen, was genau im Haus von Jens Julian í Berbisá passiert war.

Eigil fing an zu erzählen. Es war ungefähr elf Uhr, als er an die Haustür klopfte. Vielleicht hatte Jens Julian seinen Wagen vor der Tür gesehen, denn er wollte nicht öffnen und behauptete, bereits ins Bett gegangen zu sein, Eigil sollte ihn am nächsten Tag anrufen. Eigil hatte gesagt, er wolle mit ihm über den Zeitungsartikel sprechen, den Jens Julian seinerzeit für den *Sosialurin* geschrieben hatte. Der hätte ihm, Eigil, sehr geschadet. Zumindest könnte Jens Julian die Tür öffnen. Aber der Mann war in sein Büro geflüchtet, und Eigil gestand, dass er auch diese Tür aufgebrochen hatte.

Als Eigil ihn darauf ansprach, hatte Jens Julian zugegeben, den Leitartikel geschrieben zu haben. Er sagte, für eine politische Partei gebe es gewisse moralische Schranken, die nicht überschritten werden dürften, und ein Grabschänder wäre der nichtswürdigste Repräsentant, den man sich vorstellen könnte. Da sei er auf ihn losgegangen, erklärte Eigil.

Er habe Jens Julian gegen die Heizung geschleudert. Der Schlag war kräftig gewesen, aber sehr viel mehr sei nicht passiert. Er hatte versucht, dem Parteivorsitzenden aufzuhelfen, und er hatte auch um Vergebung gebeten, doch Jens Julian hatte nur gemeint, er soll zur Hölle fahren.

Und in gewisser Weise wäre er dieser Aufforderung auch nachgekommen. Er war nach Tórshavn zurückgefahren.

Hedin Poulsen strich sich eine Weile über das Kinn.

»Du sagst mit anderen Worten, dass dieser Junge, der einem

Gruselfilm entstiegen zu sein scheint, die Rolle eines Ödipus von Kolbeinagjógv gespielt hat. Kann ein Idiot so etwas?«

»Ich weiß nicht mehr als das, was ich dir erzählt habe.«

O Jesus, Freund der Schwermütigen

Am 27. Januar fiel am Kopenhagener Østre Landsret das Urteil über Eigil.

Zur Urteilsverkündung erschien er nicht persönlich.

Auch Jens Julian vid Berbisá nicht.

Seit den fürchterlichen Verletzungen, die er sich am 25. August des Vorjahres zugezogen hatte, hatte er kein Wort mehr gesprochen. Auch als das Jochbein längst wieder zusammengewachsen war, hatte ihn niemand zum Sprechen bringen können.

Im Namen ihres Mannes schickte seine Ehefrau der Führung der Selbstverwaltungspartei einen Brief. Darin stand, dass Jens Julian von seinem Amt als Vorsitzender zurücktrete und sich aus allen Ausschüssen zurückziehe. Er hatte selbst unterschrieben.

Die Vornamen waren deutlich lesbar, aber man musste sich schon anstrengen, um die Buchstaben bei ›vid Berbisá‹ zu unterscheiden. Das war kein gutes Zeichen. Er hatte immer Jens Julian geheißen, sich aber erst als Erwachsener vid Berbisá genannt.

In einem der vielen Telefonate, die Eigil mit seiner Mutter führte, erzählte sie, dass Jens Julian im Grunde der kleine Bruder seines eigenen Sohns geworden war. Der Mann konnte nicht mehr gehen, und es war ungewiss, ob er je wieder dazu in der Lage sein würde.

Die Mutter wusste einiges über die näheren Umstände, auch Details waren ihr bekannt. Trotzdem konnte Eigil sich nicht überwinden, sie zu fragen, ob sie zu Jens Julians Frau Kontakt habe.

Gut drei Monate hatte Eigil in verschiedenen Hotels und Pensionen im Hordaland gewohnt. In Bergen, Haugesund, Skudeneshavn und auch in der kleinen Stadt Sveio, die auf der Halbinsel gleichen Namens lag.

Er bevorzugte Flüssiges, und er trank allein. Aus dem Hotel von Skudeneshavn wurde er als Penner und Säufer herausgeschmissen.

Dass er während der Gerichtsverhandlung anwesend war, nicht aber bei der Urteilsverkündung, lag einzig und allein daran, dass die Buchstaben des Gesetzes es erforderten: *Der Angeklagte soll, soweit das Gesetz keine Ausnahme vorsieht, während der gesamten Gerichtsverhandlung persönlich anwesend sein, so lange hat er die Möglichkeit, sich zu äußern; allerdings kann der Vorsitzende Richter, nachdem seine Anhörung beendet ist, ihm gestatten, sich zu entfernen.*

Und genau das hatte Eigil getan. Er kehrte am 22. Januar auf die Färöer zurück. Die Urteilsverkündung fand am 23. statt, also musste er bereits am nächsten Morgen die Inseln wieder verlassen.

Er befürchtete, dass jemand von der Zeitung oder vom Radio ihn aufsuchen könnte, doch es gab niemanden, der an ihm Interesse zeigte.

Unter den wenigen Zuhörern auf den Bänken des Gerichtssaals war der Kassenwart des Schriftstellerverbandes, aber ob er aus Solidarität oder Neugierde gekommen war, wusste Eigil nicht.

Der neue Vorsitzende der Selbstverwaltungspartei erschien ebenfalls, und es überraschte Eigil, als er ihm dankte, seinen Teil dazu beigetragen zu haben, den Versager aus Kolbeinagjógv vom Vorsitz vertrieben zu haben.

Als Eigil wieder in Norwegen war, rief er seine Mutter an. Er sagte, sie würde ihm einen großen Dienst erweisen, wenn sie nicht zu der Verhandlung erschien. Diesen Wunsch erfüllte sie ihm.

Auch seine Schwester oder Ingvald kamen nicht zur Verhandlung.

Obwohl Eigil reichlich trank, versuchte er doch, mindestens zwei Stunden am Tag zu schreiben. Aus irgendeinem Grund gelang es ihm, sich zu konzentrieren, wenn der Kater am schlimmsten war. Wenn die Hände einen gewissen Rhythmus fanden, schien es, als würde das Kratzen des Füllfederhalters die Sinne beruhigen, und an einigen Tagen schrieb er eine ganze Seite, die zu gebrauchen war.

Außer dem Romanmanuskript, das teilweise mit der Maschine und einem großen Zeilenabstand geschrieben war, teilweise auch mit der Hand auf einigen A4-Blöcken mit Spiralbindung, hatte er die Briefe mitgenommen, die Tóvó seinerzeit an Napoleon Nolsøe geschrieben hatte. Neunundzwanzig Blätter hatte er fotokopiert und die Originale dem Landesarchiv übergeben: *Tórálvur (Tóvó) í Geil. Briefe von 1862 bis 1876* stand auf dem Umschlag.

Alle Briefe begannen mit den Worten: *Lieber Pole.* Dann schrieb er: *Ich sitze an Deck der* Thin Lizzy, *das Wetter ist viel zu gut, wir warten seit mehreren Tagen auf Wind.*

Er lieferte auch einige kurze Beschreibungen der Häfen in Newcastle oder Hamburg. Über Manhattan schrieb er: *Auf dieser kleinen Insel, nicht so groß wie meine Geburtsinsel Strømø, gibt es Leute aus der ganzen Welt. Neger, Chinesen, Araber, Indianer und Weiße. Ich weiß nicht, ob sie etwas miteinander zu tun haben, aber sie sind auf jeden Fall so schön anzusehen wie die vielen Bäume des Waldes.*

Obwohl Tóvó Seemann war, schrieb er nicht viel über das

Leben auf See. Vielleicht war das zu alltäglich. Büroangestellte, die Briefe schreiben, erzählen auch nichts von ihrem Büroalltag, und briefschreibende Bauern berichten auch nicht über Einzelheiten aus dem Stall.

Dennoch erzählte er von einem Vorfall, bei dem er einem deutschen Koch einen Zahn gezogen hatte. Die Behandlung war gut verlaufen, und das hatte er einzig und allein Pole zu verdanken.

Einen Brief hatte er auf Englisch verfasst. Er war drei Seiten lang und mit Tinte geschrieben, die einstmals rot, im Laufe der Zeit aber verblasst war. In diesem Brief zitierte Tóvó Auszüge aus Gedichten von Walt Whitman.

Eigil kannte nicht viel von der Dichtung des berühmten Amerikaners. Gedichte als literarisches Genre hatten ihn nie wirklich begeistern können. Er wusste, dass Whitman einer der wichtigsten Autoren der Moderne war, aber das besagte ja an und für sich nicht viel. Der Roman war die große Kunst, stilistisch, intellektuell und gefühlsmäßig. Auch das Drama und die Essayistik stellte Eigil über das Gedicht. Leute, die sich mit Gedichten beschäftigten, rochen ziemlich stark nach Kirche oder Geheimloge. Es überraschte ihn daher auch nicht, dass ausgerechnet Tóvó zu denen gehörte, die für das luftige poetische Wort schwärmten.

Fortan verlang ich kein Glück; ich selbst bin das Glück.
Fortan wimmere ich nichts mehr, verschiebe nichts mehr,
*   brauche nichts.*
Vorbei sind die Klagen zwischen dumpfen vier Wänden und
*   Bibliotheken, vorbei gallige Kritik.*
Rüstig und zufrieden schreit ich die freie Straße hin.
(…)
Ich bin der Dichter des Weibes gleicherweise wie der des
*   Mannes,*

Und ich sage: es ist ebenso erhaben, ein Weib wie ein Mann
   zu sein;
Und ich sage: dass es nichts Erhabeneres gibt als die Mutter
   des Menschen.
(...)
Größer bin ich, besser, als ich dachte.
Ich hätte nicht gedacht, dass ich so viel Gutes enthielte.
Alles kommt mir schön vor.
Ich kann Männern und Frauen gegenüber wiederholen: »Ihr
   habt mir so viel Gutes getan, ich möchte euch ebensoviel
   Gutes tun.«
(...)
Allons! Die Lockungen müssen stärker sein.
Wir werden pfadlose und wilde Meere besegeln.
Wir werden dahin gehen, wo die Stürme sausen, die Wogen
   stürzen und der Yankeeklipper unter vollen Segeln
   vorbeifliegt.
(...)
(Ich und die meinen, überzeugen nicht durch Beweise,
   Gleichnisse und Reime,
Wir überzeugen durch unsere Gegenwart.)

Das Interessanteste an den Briefen waren die Stellen, an denen Tóvó sich an seine Kinderjahre in Tvøroyri erinnerte.

Zweimal war er zu Besuch in Sumba gewesen, und die einzige schriftliche Beschreibung von Nils Tvibur, die aus dieser Zeit bewahrt ist, hat er geliefert: *Ich habe nur einen einzigen Hünen Tränen vergießen sehen, das war mein Freund Nils.* Die Worte trafen Eigil ins Herz.

Auf dem Weg nach Sumba hatte Tóvó den Dichter Pól Johannis in Agrar besucht. Er kannte den Mann aus Tvøroyri, wo dieser Holz für Boote kaufte oder andere Angelegenheiten in der Handelsgesellschaft regelte. Normalerweise kam er auch zu Pole, um Morphium für seine Frau zu besorgen. Aber der große Sammler von Volksliedern schätzte den Mann aus Agrar als Dichter nicht sonderlich. Nicht einen seiner Verse schrieb er auf. In Napoleons Augen war Pól Johannis einer dieser Bewohner von Suduroy, die ständig *hähähä* sagten und hinter ihrem Rücken schlecht über anständige Menschen redeten.

Und ganz falsch war die Einschätzung sicherlich nicht. Pól Johannis war ein großer Spaßvogel, das sah man auch in seinen oft scharfen und spöttischen Schmähversen.

Seine Frau litt an Schwermut und Schlaflosigkeit, und die einzige Medizin, die sie beruhigte und Schlaf brachte, war Morphium. In seinem Brief an Pole beschrieb Tóvó ihr Bett. Pól Johannis hatte Kufen darunter angebracht, und an den Abenden, an denen die Frau von Albträumen und Hoffnungslosigkeit besonders schlimm gequält wurde, saß er oft an ihrem Bett, schaukelte sie und sang für sie.

Glaub mir, wenn die Frau des Skalden der Spottlieder einmal stirbt, wird er einen Deckel für ihre Wiege schreinern, und als einzige Frau der Welt wird sie auf die gleiche Weise begraben werden, wie sie geschlafen hat. Und ich bin sicher, dass am Jüngsten Tag, wenn die Erde sich öffnet, und wir alle vor das Gericht gerufen werden, die Wiege zum Himmel emporfliegen wird, und auf dem Segel wird geschrieben stehen: O Jesus, Freund der Schwermütigen.

Eigil versuchte, den Hof zu finden, von dem sein Ururgroßvater 1827 in Norwegen davongelaufen war, und er wurde in der Tat fündig. Zufällig geriet er auf einen Campingplatz, der Sellegs Camping hieß. Der Touristenbetrieb wurde von einem jüngeren Pärchen aus Oslo betrieben, das er aber nicht antraf, weil es in den Wintermonaten in der Hauptstadt lebte.

Allerdings gelang es ihm, auf dem Gemeindebüro und dem

Polizeirevier ein paar Informationen über seine norwegische Herkunft zu bekommen.

Wie sich herausstellte, war der Sellegshof bereits 1910 aufgegeben worden, der letzte Pachtbauer hieß Gregor Selleg. So hatte auch Nils' Vater geheißen, und der Zwillingsbruder, der den Pachthof übernommen hatte, trug ebenfalls diesen Namen. Nils' Sohn, der Vatermörder von Sumba, war mit anderen Worten nach seinem norwegischen Großvater benannt worden.

Das überraschte Eigil.

Nils Tvibur hatte nicht nur die norwegischen Namen für die Kühe in sein neues Heim mitgebracht, sondern auch den Namen seines Vaters. Gregor war der Name der Pachtbauern in der Familie, wahrscheinlich seit mehreren Generationen.

Die Dame im Gemeindebüro sagte, dass von 1825 bis 1925 ungefähr ein Drittel der norwegischen Bevölkerung nach Amerika ausgewandert sei, darunter viele aus Sveio. Vielleicht war seine Familie unter den Emigranten gewesen. Andererseits könnten die Sellegs auch in eine größere Stadt in Hordaland gezogen sein. Heute lebte jedenfalls niemand mehr mit diesem Nachnamen in Sveio. Eine Familie hatte Selleg noch als Mittelname, das war alles.

Die Dame war hilfsbereit, sie verwies Eigil an zwei Adressen im Ort. Dort könnte er sich mit jemandem in Verbindung setzen, der über weitere Informationen aus dieser Zeit verfügte.

Eigil dankte ihr für den Rat und ihre Hilfsbereitschaft.

Tief in seinem Inneren hatte er jedoch das Interesse verloren, mehr über seine norwegische Herkunft zu erfahren, oder anders ausgedrückt, er wollte nicht mehr über seine gewalttätigen Gene wissen. Er befand sich in Hordaland, gerade weil er sich gerächt hatte, ja er war ein Flüchtling aufgrund seiner psychischen Konstitution. Egal welche Informationen er bekam, sie veränderten sein elendes Leben nicht.

Den gesamten Freitag, den 27. Januar, und auch den Abend über saß Eigil in seinem Zimmer in Rønnaugs Pensionat in Sveio und wartete auf das Klingeln des Telefons.

Er hatte sich gewaschen und rasiert, und obwohl eine ungeöffnete Flasche Jameson auf dem Schreibtisch stand, trank er nicht einen Tropfen.

Er hoffte und wartete, dass er für unschuldig erklärt würde. Nach der geglückten Gerichtsverhandlung am Montag war Hedin Poulsen jedenfalls der Ansicht, dass all die Unklarheiten in diesem Fall ihm zum Vorteil gereichten. Solange kein Urteil über ihn verhängt wurde, in dem er als unnachsichtiger Schurke beschimpft wurde, würde er schon irgendwie wieder auf die Beine kommen.

Es war kurz nach acht, als Hedin Poulsen anrief, und Eigil hörte sofort, dass der Mann aufgeregt war. Vielleicht hatte er auch getrunken, aber das traute Eigil sich nicht zu fragen.

Hedin teilte ihm mit, sie hätten das Verfahren gewonnen, aber es sei ein ungewöhnlich beschissener Rechtsstreit gewesen. Ein hilfloses Paar, Vater und Sohn, der ältere Invalide, der jüngere schwachsinnig von Geburt, waren die großen Verlierer.

Jens Julians Sohn sollte in eine Anstalt für gefährliche Schwachsinnige in Dänemark geschickt werden, und der Schadenersatz, den Eigil Jens Julian zu zahlen hatte, war auf 38 000 Kronen festgesetzt. Sogar noch ein bisschen mehr, aber die genaue Summe konnte er dann im Brief nachlesen.

Ein Hustenanfall schnitt die Stimme ab, und als Poulsen wieder sprechen konnte, klang seine Stimme hart und gnadenlos.

Er beschuldigte Eigil, eine Mischung aus Berserker und raffiniertem Schurken zu sein, und er hoffte, dass Eigil in der Badewanne dieser verfluchten Pension ersaufen möge.

Er sagte, er habe in seinem Leben viele kaltschnäuzige Teufel erlebt, und in seinem Leben sei auch nicht immer alles eitel Sonnenschein gewesen, aber Eigil sei eine Klasse für sich.

Er hielt einen Moment inne. Der trockene Husten klang beinahe freundlich, als wollte er Eigil Gelegenheit geben, eine Frage zu formulieren.

Das Problem war nur, dass Eigil keine Frage hatte.

Es vergingen drei, vier lange Sekunden, und als Hedin Poulsen sich schließlich verabschiedete, klang das leise Klicken im Telefon viel zu laut.

Die in diesem Buch verwendeten Zitate sind folgenden
Ausgaben entnommen:

Walt Whitman. »Grashalme«.
Übertragen von Johannes Schlaf.
Stuttgart: Reclam, 1968.

T.S. Eliot. »Die hohlen Männer«.
Aus: Englische und Amerikanische Dichtung 3:
Von R. Browning bis Heaney. Zweisprachig.
Hrsg. von Horst Meller und Klaus Reichert.
München: C.H. Beck, 2000.

August Strindberg. »Das Rote Zimmer«.
Übersetzt von Renate Bleibtreu.
© 2012 by Manesse Verlag, Zürich in der
Verlagsgruppe Random House GmbH, München.

Verwendung mit freundlicher Genehmigung
der genannten Verlage.